STEFANIE GERSTENBERGER | Das Limonenhaus

Über dieses Buch
Als die junge Köchin Lella Bellone erfährt, dass sich Grazia, die Frau ihres vor drei Jahren bei einem Berufsunfall verstorbenen Bruders Leonardo, das Leben genommen hat, ist ihr klar, dass sie nun jenes Versprechen einlösen muss, das sie Leonardo einst gegeben hat: sich im Ernstfall um seine Tochter Matilde zu kümmern. Sie reist von Köln nach Sizilien, der Heimat ihrer Eltern. Doch zwischen den Bellones und den LaMacchias, der Familie von Grazia, besteht eine alte Feindschaft, und Grazias Mutter Teresa verweigert Lella das Kind. Lella will Zuflucht im Limonenhaus suchen, in dem einst ihre Mutter aufwuchs und in dem später Leonardo mit seiner Familie lebte. Doch sie muss bestürzt feststellen, dass das Haus völlig leer geräumt wurde. Nur in einem verborgenen Winkel entdeckt sie noch eine alte Bibel und einige Tagebuchseiten, die wohl der Tante ihrer Mutter gehörten.
Durch einen Zufall trifft Lella wenig später Phil Domin wieder, einen Fotografen, der im Flugzeug von Köln neben ihr saß und ihr auf Anhieb sympathisch war. Auch Phil war von Anfang an von der jungen Frau fasziniert, obwohl er, neben beruflichen Gründen, eigentlich nach Italien gekommen ist, um die Eltern seiner Freundin Brigida aufzuspüren und diese um die Hand ihrer Tochter zu bitten. Lella bietet dem Fotografen, der kein Italienisch spricht, nun ihre Hilfe bei diesem Unterfangen an – doch keinesfalls uneigennützig, denn sie hat einen verzweifelten Entschluss gefasst ...

Über die Autorin
Stefanie Gerstenberger, 1965 in Osnabrück geboren, studierte Deutsch und Sport, bis sie erkannte, niemals Lehrerin werden zu wollen. Nach einem Wechsel in das Hotelfach lebte und arbeitete sie auf Elba und Sizilien, in der Karibik und in San Francisco. Die Reiserei fand 1993 in Köln ein Ende, wo sie als Requisiteurin Polizei-Serien, Krimis und Liebesfilme ausstattete und dabei den Schauspieler Thomas Balou Martin kennenlernte, mit dem sie heute verheiratet ist und zwei Kinder hat.

STEFANIE GERSTENBERGER

Das Limonenhaus

Roman

Diana Verlag

Per Maria
L'amica fantastica

FSC
Mix
Produktgruppe aus vorbildlich
bewirtschafteten Wäldern und
anderen kontrollierten Herkünften
Zert.-Nr. SGS-COC-001940
www.fsc.org
© 1996 Forest Stewardship Council

Das für dieses Buch verwendete
FSC-zertifizierte Papier *München Super*
liefert Arctic Paper Mochenwangen GmbH.

5. Auflage
Originalausgabe 12/2009
Copyright © 2009 by Diana Verlag, München,
in der Verlagsgruppe Random House GmbH
Dieses Werk wurde vermittelt durch die Literarische Agentur
Thomas Schlück GmbH, 30827 Garbsen
Redaktion: Meike Fritz
Umschlagmotiv: mauritius images / Botanica
Umschlaggestaltung: Hauptmann & Kompanie Werbeagentur,
München–Zürich, Teresa Mutzenbach
Herstellung: Helga Schörnig
Satz: Buch-Werkstatt GmbH, Bad Aibling
Druck und Bindung: GGP Media GmbH, Pößneck
Printed in Germany 2010
ISBN: 978-3-453-35428-9

www.diana-verlag.de

Kapitel 1

LELLA

Diesmal war es kein Besuch. Diesmal war es schlimmer.

Ich ließ meinen Gurt zuschnappen, atmete tief ein und schloss die Augen. Doch das seltsame Gefühl blieb.

Als ich meinem Zwillingsbruder Leonardo das erste Mal nach Sizilien folgte, wusste ich nichts von diesem Land. Wir waren in unserer Kölner Wohnung auf dem Bettvorleger geboren worden, gewärmt vom Pizzaofen unter uns. Mein Bruder übermütig und als Erster, ich zögernd ein paar Minuten später.

Bei uns gab es außer dem Dialekt meiner Eltern und den eindrucksvollen Flüchen meines Vaters überhaupt nichts Sizilianisches. Weder Fotos noch schwärmerische Landschaftsgemälde, keine Möbel und nicht eine einzige geweihte Madonnenfigur. Uns Kindern fiel nicht auf, dass wir nie in die Heimat meiner Eltern fuhren, sondern immer nur zu der Schwester meines Vaters in die Nähe von Bologna. Dort oben in Norditalien aß man gefüllte Teigtaschen statt *pasta alla norma*, es gab keine *cannoli*, und ich erinnere mich auch nicht daran, damals schon die eisige *granita*, die auf Sizilien im Sommer zum Frühstück serviert wird, probiert zu haben.

Meinen Eltern gehörte die Pizzeria *Da Salvatore*. Sie lag direkt an den Ausläufern eines Autobahnzubringers in Köln-Ehrenfeld, und auch hier gab es nichts Sizilianisches. Die Weinlaubgirlanden aus Plastik und die mit Bast umwickelten Weinflaschen hatte mein Vater Salvatore dem Vorbesitzer zusammen mit den Holzstühlen und Tischen abgekauft, »für kleine Münze«, wie er gerne erzählte, lautstark lachend. Vielleicht kam daher seine ständig gute Laune: Er liebte es zu bekommen, was er wollte, und dabei auch noch zu gewinnen. In diesem Moment stand er sicherlich summend in der Küche, während seine dicken Finger den Pizzateig in die Pfanne drückten. Er glaubte, ich sei bei einem Chorwochenende in der Eifel.

Wie oft war ich in den letzten drei Jahren heimlich nach Palermo geflogen, um meine Nichte Matilde zu sehen? Acht Mal? Zehn Mal?

Jemand blieb im Gang vor meiner Sitzreihe stehen, wahrscheinlich, um sich auf den freien Platz zwischen mir und dem Mann am Fenster zu setzen. Ich öffnete die Augen, schaute aber nicht hoch. Waren hinter uns nicht noch Plätze frei? Vielleicht ging er ja doch noch weiter. Dann fiel mein Blick auf seine Hände, und mein Herz setzte kurz aus, bevor es sich entschied, doch weiter zu schlagen. Alles passte: die Größe und Form, die Art, wie die Handgelenke aus den Ärmeln schauten, und sogar die Fototasche, die sie festhielten, alles genau wie bei meinem Bruder! Natürlich war mir in Sekundenbruchteilen klar, dass es nur eine Täuschung sein konnte, denn Leonardos alte Fototasche lag ja, gefüllt mit meinen Büchern, oben im Gepäckfach, und er selbst …

»Entschuldigung«, sagte der Unbekannte in diesem Moment zu mir und den rosafarbenen Blättern der Sportzeitung, hinter der sich der Mann am Fenster verschanzt hatte. Ich sah nur kurze, dunkelblonde Haare, breite Schultern und dann seine Beine, die mich streiften, während er Platz für die Stewardess machte, die sich mit einem Kichern an ihm vorbeizudrücken versuchte. Er schien ihren Annäherungsversuch gar nicht zu bemerken, sondern winkte jemandem in der Reihe hinter uns zu, offenbar dem vor sich hin wimmernden Baby, das erstaunt innehielt und dann verstummte.

»Entschuldigung!« Der Fremde war bemüht, mich nicht noch einmal zu berühren. Er setzte sich, verstaute die Fototasche sorgsam unter dem Vordersitz und suchte nach seinem Gurt. Wie sich nach einigem Ringen herausstellte, war er hinter meinem Rücken eingeklemmt.

»Danke!« Seine tiefe Stimme schien zu lächeln. Erst jetzt wagte ich, kurz in sein Gesicht zu schauen. Seine Augen waren hellblau wie Edelsteine, wie zwei Aquamarine, und seine Zähne waren blank und regelmäßig, eine glatte Reihe hellster Marmor, die ich am liebsten ablecken wollte. Unwillkürlich machte meine Zunge die Bewegung an meinen eigenen Zähnen. So würde es sich anfühlen. Ich musste mich zwingen, ihm nicht weiter auf den Mund zu starren. Seine Lippen waren nicht zu dünn; Männer mit dünnen Lippen konnten ziemlich gemein sein. Fasziniert schaute ich stattdessen auf die knetenden Leonardo-Hände, fast hätte ich nach ihnen gegriffen, um ihn zu beruhigen.

Heute Morgen hatte ich noch wie jeden Tag, bevor ich den Herd anmachte, mein Rechenritual absolviert. Rechne bloß nicht auch noch die Minuten aus!, hatte ich mich selbst verwarnt und erwischte nach einigen Sekunden dann die richtige Zahl: eintausendachtundneunzig Tage, also zwei normale Jahre, plus ein Schaltjahr, zwei Tage und ein paar ausdrücklich unausgerechnete Minuten war mein Bruder Leonardo nun schon tot. Was nichts anderes bedeutete, als dass drei Sommer und drei Weihnachten ohne ihn vergangen waren und dass seine kräftigen Hände mich nie mehr festhalten, zwicken und etwas zu fest auf den Oberarm boxen würden. In diesem Moment hatte mein Handy geklingelt. Wahrscheinlich Susa, die genau wie ich in diesem Moment am Herd stand und wissen wollte, ob wir uns heute Abend sehen würden. Susa war meine einzige richtige Freundin, eine Freundin-auf-den-ersten-Blick, wenn es so etwas gibt. Sie war alles, was ich nicht war: ausgehfreudig, unabhängig, konsequent, über eins siebzig groß, blond und Mutter. Ich ging in den Gastraum und ließ meinen Blick suchend durch die Beine der hochgestellten Stühle und die geöffnete Restauranttür schweifen. Wo hatte ich das Handy bloß hingelegt? Auf dem nassen Bürgersteig standen Seifenblasen vom Putzwasser und platzten träge vor sich hin. Mamma Maria sah und hörte ich nicht, dabei wusste ich, dass sie hier irgendwo sein musste. Meine Mutter redete kaum, manche Leute hielten sie sogar für taub. Oder stumm. Oder beides. In der Stille zwischen den Klingeltönen dröhnte der Motor eines Lieferwagens, der auf den Hof fuhr. Mein Vater, der vom Großmarkt zurückkam.

Ich entdeckte mein Handy neben der Zapfanlage.

»Lella Bellone«, meldete ich mich. Es rauschte in der Leitung, weit entfernt.

»Pronto?«

Nichts.

»Pronto!? – Hallo!«

»Lella? *Sei tu? Sei proprio tu!?*«

Das war nicht Susa. Meine Nackenhärchen richteten sich auf. Bist du es? Du bist es doch!? Es gab nur einen, der solche Doppelfragen stellte. Er redete auf Italienisch auf mich ein, ich hörte zu, und irgendwann murmelte ich: »Heute am späten Nachmittag? Ich werde da sein.« Hastig drückte ich die rote Hörertaste, um sein »Ja, aber ...« nicht mehr hören zu müssen.

»Verbindung beendet«, erschien auf dem Display. Ich schaute mich um. Die Uhr über dem Tresen zeigte fünf Minuten nach halb neun. Mit sehr viel Glück würde ich den Flug um 10.45 Uhr bekommen. Den Sommerflugplan konnte ich auswendig.

Ich versuchte mich zu konzentrieren: Pass, Geld, Wasch- und Schminkzeug, etwas Schwarzes zum Anziehen, mein kleiner Rollkoffer und Leonardos alte Fototasche würden für die Reise genügen. Meinem Vater konnte ich etwas von überraschenden Chorproben oder einem spontanen Ausflug mit Susa und ihrem Sohn Timmi erzählen, das war das kleinste Problem.

»Gibt es eben meine Pfannenpizza *fantastica*, wenn meine kleine Köchin nicht da ist. Geht doch auch, sind wir Pizzeria oder sind wir nicht Pizzeria?!«, würde er nur sagen.

Die Maschine hatte sich in der Zwischenzeit in Bewegung gesetzt, wir rollten auf unsere Startposition und hielten kurz an. Mit Gebrüll setzten die Triebwerke ein. Ich hatte keine Angst vor dem Fliegen, doch allein der Gedanke an das, was mich auf Sizilien erwartete, hatte meinen Magen zu einem kleinen Beutel voller Eiswürfel zusammenschrumpfen lassen. Ich bin so verdammt allein ohne dich, Leonardo, dachte ich verzweifelt. Obwohl er tot war, redete ich mit meinem Bruder. Ich konnte seine Stimme hören, seine spöttischen Kommentare, wir diskutierten, wir stritten. Doch wir lachten auch miteinander, vielleicht sogar öfter als vor seinem Tod.

Leonardo, das, was ich dir versprochen habe, werde ich nicht hinkriegen. Guck mich doch an, wie stellst du dir das vor?

Ich stelle mir gar nichts mehr vor, denn ich bin tot.

Ja, danke, ich weiß ...

»Hallo, darf ich mich vorstellen, Philip Domin.«

»Domin?« Ich schreckte aus meinen Gedanken hoch, die Zeitschrift auf meinem Schoß fiel hinunter. Wir bückten uns gleichzeitig und tasteten mit Mühe danach, denn wir befanden uns noch im Steigflug. Für einen Moment nur wollte ich die Täuschung hinauszögern: Leonardos Hände wurschtelten neben meinen unter dem Sitz herum, auch die Unterarme stimmten. Männlich behaart, hellbraun gelockt, auf leicht gebräunter Haut. Dann, mit einem Mal, war ich seinem Hals ganz nahe und konnte den Geruch seiner Haut, mit nur einem Hauch Aftershave, einatmen. Urplötzlich überkam mich ein heftiger Wunsch: Ich wollte diesen Fremden neben mir ganz unschwesterlich küssen, und bei diesem Gedanken wurde es heiß in meinem Schoß. Wir tauchten wieder auf, sein Kopf war rot, meiner sicher auch.

»Ja, aber nennen Sie mich ruhig einfach Phil.« Er grinste nervös. »Der Start ist immer das Schlimmste für mich.«

Was für ungewöhnliche Augen! Das hellste und zugleich kräftigste Blau, das ich je bei einem Menschen gesehen hatte. Schnell schaute ich weg.

»Entschuldigen Sie, wenn ich frage, waren Sie ...«

»Bitte, kein ›Sie‹!« Es war grotesk, jemanden mit Händen wie Leonardo zu siezen.

»Äh, warst du schon mal in Palermo?«

Ich nickte. »Einige Male.«

»Und darf ich fragen, was du dort vorhast?«

»Mmh, Familienfest und so.« Meine Hände ballten sich zu Fäusten vor Verlegenheit. Ein Fest würde es ganz bestimmt nicht werden. Wieso log ich? Wieso war schon mein zweiter an ihn gerichteter Satz eine Lüge? Weil es einfacher war, als die Wahrheit zu erklären. Meine Lügen klangen immer so harmlos, dass jeder sie mir glaubte.

Schnell fragte ich: »Und? Was hast *du* dort vor?«

»Also, ich bin Fotograf und muss in Palermo einen Auftrag ausführen, aber sobald das Projekt abgeschlossen ist, werde ich die Eltern meiner Freundin besuchen.«

Ich ließ ihn reden und hörte ihm dabei zu, wie er schwärmte und nach Worten suchte. Seine Stimme legte sich um mich wie ein weicher Schal.

»Ich möchte genau wissen, wie die Straßen in ihrem Dorf aussehen, in welchem Haus sie gewohnt hat, von welchen Tellern sie die verhasste *minestrone* essen musste, ich werde ihren Schulweg entlanggehen, alles! Vorher muss ich ihr Elternhaus allerdings erst einmal finden, ich weiß gar nicht genau, wo sie überhaupt wohnen.«

Er war verliebt und irgendwie schüchtern dabei. Von der Seite sah er aus wie dieser Schauspieler, der hübsche Engländer, der gerade überall die Hauptrollen bekam.

»Wieso ist deine Freundin denn nicht mitgekommen?«, fragte ich später, als wir die Alpen überflogen. Ich beneidete sie in diesem Moment, wie auch immer sie aussah, was auch immer sie tat.

»Brigida erweitert gerade ihre Galerie, sie hat neue Räume im Hafen angemietet, sie kann jetzt unter keinen Umständen freinehmen.« Phil schüttelte den Kopf, als ob er es selbst gar nicht für möglich hielt, dass ein Mensch so unabkömmlich sein konnte. »Sie ist so souverän, so systematisch und unermüdlich, wenn es darum geht, ihr Ziel zu erreichen.« Seine Augen leuchteten auf. »Erst war sie nur Aushilfe bei einer Fotoagentur, aber dort hat sie sich sehr schnell hochgearbeitet, und heute hat sie eine eigene Galerie. Außerdem eine Agentur für Fotografen im Internet: www.Dieletzte-Rettung.de.« Er lachte. »Typisch Brigida!«

Ein Dolch streifte mich, ein kleiner eifersüchtiger Kratzer nur. Warum erzählte er mir das alles? Er liebte doch seine Freundin, denn die war souverän.

Souverän. Was hieß das eigentlich genau? War ich souverän? Natürlich war ich das. Ich führte die Küche in der Pizzeria meines Vaters, ich schmiss den Laden, so nannte man das doch auf Deutsch.

Als wir noch Kinder waren, hatte das *Da Salvatore* nie viele Gäste, die meisten Leute aus der Nachbarschaft gingen lieber ins fröhlich lärmende *Pinocchio*, das nur ein paar Häuser weiter lag. Auch die italienischen Männer, die regelmäßig bei uns festsaßen, die Sportzeitung durchblätterten und über Fußball redeten, tranken nur Espresso oder ein Glas Wein, bevor sie pünktlich abends um acht zum Essen zu ihren Frauen zurückkehrten.

Leonardo und mich störte es jedoch nicht, dass das Restaurant alles andere als gut lief. Es war unser Wohnzimmer, unser Spielplatz, und *basta*. Heute verstand ich, woran es gelegen hatte. Es waren die Plastikeimer. Alles, was sich unser Vater unter der italienischen Küche vorstellte, schwamm in ihnen herum. Champignons, Peperoni, Zucchini, Sardinen und Sardellen kamen, tropfend vom Essig, direkt aus den Eimern auf die Pizza. Vater Salvatore hatte nie gelernt, die kleinen, vorgeformten Hefeteiglinge kunstvoll in die Luft zu werfen. In früheren Jahren stellte er öfter mal einen *pizzaiolo* ein, der die Dinger zur richtigen Größe jonglierte, der aber spätestens nach einem Monat Streiterei wieder verschwand. Irgendwann drückte Papa den Teig in eine Form, und von nun an stand »Pfannenpizza to go!« auf der Tafel auf dem Bürgersteig.

»Wir gehen mit der Zeit, das macht man jetzt so«, verteidigte er sich vor uns. Natürlich hatte niemand Einwände.

Alles, eingeschweißte Zwiebelringe, tiefgekühlte Minestrone, Zabaionepulver, Safranrisotto zum Anrühren, auch Waren, die in unserer Küche nie verwendet wurden, ließ Salvatore sich liefern. Unzählige der weißen Zehn-Liter-Behälter stapelten sich unten im Keller zu hochragenden Türmen. Zwischen den Eimern, Mehlsäcken und Olivenölkanistern hatte ich mit Leonardo als Kind Verstecken gespielt, Gänge und Indianerforts gebaut. Dort hatte mir Luigi Baldini, der Nachbarsjunge, auch das Küssen gezeigt. Leonardo war überraschend aufgetaucht, hatte uns aber nicht verpetzt. Ich weiß noch heute, wie sehr ich bedauerte, dass Luigi fortan nie mehr ›knutschen‹ spielen, sondern nur wieder als Indianer mit Leonardo durch unsere Gänge schleichen wollte.

Dann und wann hörten wir nachts Stimmen und Motorgeräusche in unserem Hof. Am nächsten Tag war der Keller ungewohnt leer, auf einen Schlag waren sämtliche Lebensmittel abgeholt worden, und mein Vater hatte noch mehr Geld als sonst in den Hosentaschen. Manchmal schenkte er uns beiden einen Zwanziger, den wir gerecht teilten, doch dann warteten wir ungeduldig, bis die Lieferungen erneut begannen und unser Spielplatz im Keller wieder in die Höhe wuchs.

Alles wurde anders, als Leonardo sich mit sechzehn von der Schule abmeldete und nach Wiesbaden ging, um dort eine Kochlehre zu beginnen. In den folgenden drei Jahren war er nicht oft bei uns in Köln. Höchstens für ein, zwei Tage mal oder zwischen Weihnachten und Silvester.

Ich dachte an den Sommer, in dem Leonardo endlich wieder nach Hause kam. Stolz zeigte er uns sein Abschlusszeugnis und brachte mir das Kochen bei. Ich musste lächeln. Quatschend und lachend hatten wir in der Küche gestanden, und ich hatte mir abgeschaut, wie er das Messer hielt. Hatte versucht, die Schalotten so schnell und gewandt zu schälen wie er, und geübt, meinen Daumen so zu verstecken, wie er es tat, wenn er Gurken und Karotten in hohem Tempo in feine, gleichmäßige Würfel schnitt. Aufmerksam notierte ich mir Leonardos Pasta- und Vorspeisenrezepte in eine Kladde. Heute war sie zerfleddert und mit Fettflecken verziert, doch die Gerichte, die ich daraus zubereitete, waren legendär in unserem Viertel. Ich hielt mich an seinen Grundsatz: Was nicht frisch war, stand nicht auf der Karte. Wenn ich einen Tag Pause machen wollte oder mal wieder heimlich auf dem Weg nach Sizilien war, blieb die Küche kalt, oder die Gäste mussten sich mit der öligen Pizza meines Vaters begnügen. Die meisten fragten, noch bevor sie sich setzten, nach mir und meinen Antipasti. Für meinen Vater kein Problem. »Köchin ist nicht da. Morgen vielleicht wieder.« Er führte sie hinaus, sperrte das *Da Salvatore* einfach zu und ging. Gelegentlich lachte er laut dabei. Manche

Gäste kamen danach nicht wieder. Auch einige Nachbarn machten um meinen Vater einen Bogen, er war nicht gerade sensibel im Umgang mit ihnen.

Wenn Leonardo doch noch leben würde, dachte ich, und starrte auf Phils gestikulierende Hände.

Vor einigen Jahren, bevor er losreiste und mich für immer verließ, hatte mein Bruder sich für mich etwas Großartiges ausgedacht, mein eigenes Geschäft hätte es werden sollen: »*La Dolce Vita*, Italienisches Süßspeisen-Catering für Ihre Party«. Er hatte sich alles überlegt, den Namen und das Konzept ebenso wie die Auswahl an Desserts und Gebäck. Stundenlang hatten wir zusammengesessen und mein Unternehmen geplant. Er brachte mir alle Zubereitungen bei, er schrieb mir auf, wo ich eine günstige Profi-Rührmaschine auftreiben konnte, wo ich Backformen, ausreichend Tabletts, Geschirr, Schüsseln und all den anderen Kram kaufen sollte. Leonardo wusste sogar, wie ich bei der Handelskammer mein eigenes Gewerbe anmelden musste. Doch Vater Salvatore winkte ab.

»Ein Party-Service, was für ein Quatsch!«, rief er, kleine Speicheltropfen waren wie Funken durch die Luft geflogen. »Hier, wir haben doch unser Geschäft, reicht ihr das etwa nicht? Warum muss meine Tochter Santinella etwas Eigenes haben?«

Keiner außer ihm nannte mich Santinella. Niemand antwortete. Ich schaute zu Boden, sah aber aus den Augenwinkeln, dass Leonardo Vaters wütenden Blicken gelassen standhielt. Salvatore versuchte es anders.

»Fehlt es dir an etwas, meine Kleine, brauchst du Geld?« Er zog ein Bündel aus der Hosentasche und blätterte – »Hier und hier und hier« – einige Geldscheine auf den Tisch. Leonardo nahm die Scheine und hielt sie meinem Vater vor seinen umfangreichen Bauch.

»Sie braucht kein Geld, Papa. Lella hat hier im Restaurant keine richtige Aufgabe. Seit ihrem Abitur hängt sie nur herum. Sie muss lernen, selbstständig zu arbeiten. Mach ihr Platz in deiner Küche, und kauf ihr einen Lieferwagen, den wird sie sehr gut brauchen können.«

»Partyservice, Party, Party – wer macht so viel Party? Die Deutschen bestimmt nicht«, brummte mein Vater. »Nein, meine kleine Santinella, um Aufträge betteln, für fremde Leute den Nachtisch ranschleppen, alleine mit dem Auto *Dio*-weiß-wohin unterwegs, so was tut ein Mädchen nicht. Und eine Bellone schon mal gar nicht!«

Ich war nach oben in mein Zimmer gelaufen und hatte mich auf mein Bett geworfen, zwischen die zitronengelben Handzettel, die Leonardo und ich entworfen hatten. »LA DOLCE VITA! Versüßen Sie Ihr Leben mit unseren original italienischen Desserts, frisch und jederzeit lieferbar!« Die Zettel waren nie verteilt worden.

Ich schüttelte den Kopf und seufzte tief. Draußen vor dem Fenster des Fliegers leuchtete das Blau des Himmels, Susas Lieblingsfarbe. Sie wollte mich in letzter Zeit ständig dazu überreden, den Lieferservice doch noch aufzuziehen. Immerzu fantasierte sie von uns beiden in gestärkten Kochuniformen und einem himmelblauen Lieferwagen.

»Und mit Timmi klappt das auch, du siehst ja, sogar ein Kind kann man haben bei dem Job, gut sogar.«

Nein, das *Dolce Vita* erinnerte mich an eine traurige Zeit, das konnte Susa vergessen.

»Ich will sehen, wo dieses kleine, patzige Wesen aufgewachsen ist.«

»Aha?«, sagte ich abwesend. Phil hatte die ganze Zeit weiter von seiner Freundin geschwärmt und nicht gemerkt, dass ich nicht richtig zuhörte.

»Schon als Kind muss sie absolut selbstständig gewesen sein, immer unabhängig von ihren Eltern.«

In diesem Moment wäre ich gerne ein ehrgeiziges, kleines Mädchen gewesen mit Träumen von einem Leben als Tänzerin, Prinzessin oder Schauspielerin, nur um Phil jetzt hier oben davon erzählen zu können.

Eine halbe Stunde später verließen wir unsere Flughöhe. In meinen Ohren knackte es.

Er macht dich unruhig!

Nein!, widersprach ich meinem Zwillingsbruder in Gedanken heftig.

Er gefällt dir!

Nein!!

Er ist der erste Mann seit Langem, mit dem du schlafen möchtest, das ist doch mal was.

Ich spürte, dass ich schon wieder rot wurde.

Jetzt rechne bitte nicht aus, wie lange mein letztes Mal schon her ist, fuhr ich Leonardo an.

Doch, erwiderte er, *bin gerade dabei. Lange. Zu lange. Du musst wieder mit diesen Sachen beginnen. Macht doch Spaß, schon vergessen? Und er ist gut für dich, dieser Fotograf, das spüre ich.*

Ach, und dann kann ich ihn ja auch gleich heiraten und viele Kinder mit ihm kriegen, bravo! Übrigens, da wäre noch etwas, nur eine Kleinigkeit, er ist gerade auf dem Weg, um die Eltern seiner zukünftigen Frau zu treffen.

Wir setzten zum Landeanflug an.

Kapitel 2
PHIL

Es ist eine Marotte von mir, Menschen, die ich treffe, mit erfundenen Namen zu belegen. Es sind meistens keine sympathischen Namen, doch der für meine Sitznachbarin aus dem Flugzeug war so anziehend wie sie selbst. Sie war die ›Lady Madonna‹ für mich, aber nicht nur weil sie schwarz gekleidet war. Als ich sie zum ersten Mal anschaute, hatte ich sofort an die Zeile aus dem Beatles-Lied denken müssen. Auch jetzt, während sie das Band und die Gepäckstücke beobachtete, sah sie aus, als ob sie einer Musik in ihrem Kopf lauschte. Wie die Madonna im Lied. Ich genoss es, meine Blicke unbemerkt auf ihrem hellrosa Mund und ihren tiefbraunen Augen mit den Kinderwimpern ruhen zu lassen. Brigida verließ das Haus nie ohne ihren sorgfältig gemalten Kleopatra-Blick, doch dies hier neben mir waren ungeschminkte Augen, ohne Wimperntusche. Ihre Kleidung war unauffällig, aber elegant: schwarze Bluse, dünne Strickjacke, schwarze Stoffhose.

Plötzlich hatte ich das Gefühl, ich müsse den zierlichen Körper neben mir berühren, wenigstens meinen Fuß ganz dicht neben den ihren stellen. Zum Glück kam gerade unser Gepäck. In wortlosem Einverständnis hoben wir unsere Koffer vom Band, liefen nebeneinander her, machten gemeinsam einen Bogen um den geduckten Drogenhund am Ausgang und teilten die Menge der Körper, die uns hinter der automatischen Glastür erwartete.

»Palermo!? Palermo!?«, riefen die Taxifahrer und zerrten an unseren Taschen und Koffern. Sie wollten schon alles in einen Wagen bugsieren, doch meine Lady Madonna schüttelte den Kopf. Sie sagte ein paar leise Worte und zeigte auf mich. Bedauernd sah ich zu, wie mein Gepäck im Kofferraum des zweiten Taxis verschwand. Jetzt war sie gleich fort. Warum hatte ich sie nicht gefragt, wo sie während ihres Aufenthalts wohnte? Zu spät.

»Tja, dann alles Gute«, wünschte ich ihr, wofür wusste ich nicht genau. Dabei starrte ich von oben auf das silberne Kreuz, das zur Hälfte zwischen den vielen Knöpfen ihrer schwarzen Bluse verschwand, und nahm die Hand, die sie mir reichte. Verwirrt über die trockene Weichheit ihrer Finger, stammelte ich noch ein unwahrscheinlich klingendes »Auf Wiedersehen« und warf einen letzten Blick auf ihren geschwungenen Mund und ihre Augen. Ich lächelte und stieg ein. Was konnte ich auch anderes tun? Wir fuhren los, ich sah sie neben ihrem Taxi stehen, schon blieb sie hinter mir zurück. Schade, dachte ich, die erste Frau, deren Hand die gleiche Temperatur hatte wie meine. Vorbei. Ich benutzte bereits die Vergangenheitsform für sie.

Nach ein paar Metern bat ich den Fahrer anzuhalten, denn um ihm mitzuteilen, wohin genau er in Palermo fahren sollte, brauchte ich die Adresse meines Hotels, und die befand sich in meiner Fototasche, die dummerweise im Kofferraum lag. Ich stieg aus und nahm die Tasche heraus. Doch noch bevor ich sie geöffnet hatte, wurde mir klar, dass eine Verwechslung vorliegen musste. Es war die Tasche der Lady Madonna, ein ganz ähnliches Modell, genauso bordeauxrot und mit dem gleichen schwarzen Streifen, aber viel älter als meine. Das bedeutete, dass sich meine Fototasche in ihrem Taxi befand, mit meiner Großbildkamera, den Akkus, den Filmen, meinem Handy, meiner Hotelreservierung. Ich hatte mir nicht einmal den Namen des Hotels gemerkt – ich merkte mir selten etwas, was ordentlich ausgedruckt auf einem Zettel zu lesen war.

Beim flüchtigen Hineinschauen in ihre Tasche konnte ich nur ein wollenes Tuch und Bücher entdecken, drei dicke Romane, alle auf Italienisch. Auch beim genaueren Durchwühlen fand ich keine Adresse, keine Brieftasche, nichts, was mir nützen konnte. Doch ich hatte Glück. Aus dem Augenwinkel sah ich in diesem Moment ihr Taxi an uns vorbeifahren. Ich sprang zurück in den Wagen und rief meinem Fahrer zu: *Follow that taxi! And stop it, stop the taxi!«*

Sie fuhren vor uns, ziemlich schnell und gerade noch in Sichtweite.

»*Go! Go!*«, forderte ich, damit mein Fahrer endlich aufs Gas drückte. Er schaute mich im Rückspiegel vorwurfsvoll an. Ich starrte zurück. Auf der kleinen Karte am Armaturenbrett las ich, dass seine Lizenz die Nummer 2865 hatte und er Mario Bracciocaldo hieß. *Bratschiokaldo* wurde das wahrscheinlich ausgesprochen und hieß, wenn ich mich nicht täuschte, ›warmer Arm‹. Ich würde diese Sprache nie lernen.

Wir verfolgten den Wagen, bis die Autobahn überraschend auf einer ganz normalen Kreuzung endete. Sämtliche Ampeln standen auf Rot, dennoch schoben die Fahrzeuge sich von allen Seiten vorwärts, ungeachtet der dunkelhäutigen Männer, die Zehnerpacks Papiertaschentücher, Fensterleder und Einmal-Feuerzeuge gegen die Windschutzscheiben drückten. Das Taxi war nicht mehr zu sehen! Ungeduldig trommelte ich mit den Fingern auf die Polster. Wir entkamen dem Gewühl mit viel Hupen und Drängeln und schossen wieder über ein Stück Autobahn. Plötzlich sah ich es wieder, in fünfzig Metern Entfernung raste das andere Taxi vor uns davon, sie mussten es sein. Wir fuhren ungefähr zehn Kilometer im selben Abstand, mein Fahrer zuckte die Achseln, als ich ihn erneut zum Schnellerfahren aufforderte, und redete auf mich ein. Offenbar gab der Wagen nicht mehr her. Bei einer Stadt namens Bagheria fuhr das Taxi, in dem hoffentlich meine Lady Madonna mit der Fototasche saß, ab. Auch Mario Bracciocaldo setzte den Blinker. Doch dann verlor sich die Abfahrt in einem Straßengewirr, drei Autos schoben sich zwischen uns, und auf einer T-Kreuzung endete unsere filmreife Verfolgung mit der banalen Frage: rechts oder links? Der andere Wagen war nicht mehr zu sehen. Wir bogen nach rechts, Mario fuhr noch einige Minuten weiter, doch was ich befürchtet hatte, bestätigte sich: Das Taxi der Lady Madonna blieb verschwunden. Schließlich hielt Mario am Straßenrand, drehte die Scheibe runter und besprach unseren Fall mit einem alten Mann, dessen dreirädriges Lastwägelchen er gerade fast platt gefahren hatte. Vielleicht stand ihm der Sinn aber auch nur nach ein paar von den schönen weißen Zwiebeln oder Knoblauchzöpfen, die der alte Herr zum Verkauf auf die Ladefläche gehäuft hatte? Zwei graue Pappdeckel hatte er zittrig mit Filzstift bemalt: »1 kg *cipolle* 90 C«, »*Aglio* 1 EU«.

»*La Signorina – Italiana?*«

»*Si!*«

»*Il nome?*«

Ihr Name? Beide standen jetzt vor meinem geöffneten Seitenfenster und schauten mich eindringlich an. Moment, wie war das noch? Sie hatte mir ja auch ihren richtigen Namen genannt, ein Name, der mich an eine Margarine erinnert hatte, ein alter Name, ein sehr katholischer Name. »Der Name seiner Mutter, etwas anderes kam für meinen Vater ja nicht in Frage.« Sie schien ihren Vater zwar zu mögen, aber den Namen, den er ihr gegeben hatte, fand sie so entsetzlich, dass niemand sie so nennen durfte. »Lella«, hatte sie leise gesagt, dabei verharrte ihre Zunge lange auf den *L*s in der Mitte, wie um sich darauf auszuruhen.

»Santinella! Lella!«

Die beiden überlegten, zuckten die Schultern.

»*In ferie? Hotel?*« Der Alte war schlau, er beugte sich weit zu mir in das Fenster hinein, wahrscheinlich wusste er auch, dass seine getönte Brille, ein Modell mit riesigen, braun eingefassten Gläsern im Stil der siebziger Jahre, zurzeit ultramodern war. Brigidas Musikerfreunde setzten sich so etwas auf.

Nein, ich schüttelte den Kopf, ich wusste leider nicht, was Lella in Sizilien vorhatte. Ein Familienfest? Hatte sie nicht etwas in der Art gesagt? Ich schwitzte und versuchte, die Autotür aufzumachen. Unwillig wichen die beiden zurück, als ich ausstieg.

»Sie hieß Santinella Bellone«, rief ich, erleichtert, dass mir ihr Nachname eingefallen war, und auch ein wenig stolz über die italienischen Wörter, die ich meiner Meinung nach sehr flüssig ausgesprochen hatte. »Lella, die große Schöne«, meine Übersetzung hatte sie verlegen in ihre Zeitschrift schauen lassen, in der sie auf dem ganzen Flug nicht eine Zeile gelesen haben konnte. Sie hatte sie in ihrem Schoß hin und her gedreht, gerollt, wieder entrollt und zweimal fallen lassen.

»Und! *Momento* ...« Ich zupfte an meinem schwarzen Hemd und deutete auf meine Beine, die in dunklen Jeans steckten: »*Nero, tutto nero!*«

Das war es! Die beiden Männer redeten durcheinander und zeigten in verschiedene Richtungen, der Alte bekreuzigte sich, während der Taxifahrer mir mit seiner Hand an der Schulter bedeutete, dass er mich wieder in sein Taxi laden wollte. Ich stieg wieder ein, wir fuhren davon.

Kapitel 3

LELLA

Der Fahrer kam mir bekannt vor. Er hatte eine aufgedunsene Figur und einen Babykopf – ein Säugling, den man zu einer Größe von einem Meter siebzig aufgepumpt hatte. Ich war mir sicher, dass er es gewesen war, der mich drei Monate zuvor, im Februar, auf der gleichen Route direkt vom Flughafen zu meiner Schwägerin Grazia gebracht hatte.

Mit seinen dicken Händen umschloss das Baby das Lenkrad und rauschte mit mir über die Straßen. Ich war froh über sein Schweigen, so konnte ich in Ruhe nachdenken. Ausnahmsweise hätte ich in diesem Moment gerne geweint, konnte es aber nicht.

»Du hast als Kind nie geweint«, sagte mein Vater oft voller Stolz. Vielleicht stimmt es sogar. Auf den wenigen Fotos, die es von mir gibt, lache ich. Auf keinem bin ich alleine zu sehen, immer steht, sitzt, liegt Leonardo neben mir, wir halten uns an den Händen, umschlingen uns, lachen. Leonardo hat angeblich auch nie geweint, aber über ihn sprach mein Vater nicht mehr.

Im Taxi war es heiß, ich ließ die Scheibe einen Spalt hinuntersurren. In meinem Nacken spürte ich Kopfschmerzen heraufziehen, mit geradem Rücken presste ich mich gegen die Lehne der Rückbank, holte mein Handy hervor und schrieb an Susa:

Susa! Das wird heute Abend nichts mit uns, ich bin auf Sizilien.

Die schnellste SMS-Schreiberin, die ich kannte, antwortete nicht, aber wahrscheinlich spritzte ihr gerade das Fett aus drei Pfannen auf ihre gestärkte Kochjacke, und sie konnte sich nicht melden. Susa war die eigentliche Chefin, nicht Bullerjahn, ich hatte sie oft besucht und gesehen, mit welchem Schwung und guter Laune sie allen großen und kleinen Küchenkatastrophen begegnete. War der letzte Sack Schalotten komplett faulig, die gefrorenen Focacciabrote bis zur Unkenntlichkeit zusammengepappt, der Spüler nicht erschienen? Alle, die Lehrlinge, die Spüler, die Aushilfen, selbst die anderen Köche gingen zu ihr. Susa wusste immer Rat, und Bullerjahn, der große Chef, zahlte ihr mehr als allen anderen. Dennoch würde sie sofort kündigen, um mit ihrem Ersparten und einem satten Kredit in die Selbststständigkeit zu springen. Dummerweise hatte sie mich als Partnerin eingeplant, die einzige unbestimmbare Zutat in ihrem Zukunfts-Rezept.

Ich schaute hinaus, rechts von uns ragten die grauen Felsen empor, jetzt musste gleich die kleine Kirche in der Nische kommen. Schon war sie vorbei, eine alte Bekannte, gefangen zwischen unnachgiebigen Wänden. Mit einem dumpfen Plopp kündigte mein *telefonino* Susas Nachricht an:

Na toll, du feige Nuss, sobald es um unser Dolce-vita-Ding geht, haust du einfach ab.

Ich antwortete sofort:

Grazia hat sich das Leben genommen.

Zehn Sekunden später klingelte das Handy.

»Lella, entschuldige, das war mal wieder typisch für mich, und ich mache auch noch dumme Witze. Es tut mir leid!«

»Grazia wird heute beerdigt, ich muss da jetzt erst mal hin, ich weiß gar nichts mehr ...«

»Du Ärmste, Moment mal«, rief sie, und dann hörte ich undeutlich: »... natürlich ist noch Schnittlauch im Kühlhaus! Der liegt wie immer unter der Minze. Sorry«, ihre Stimme war wieder lauter, »diese Tamara findet wieder nichts. Aber du hast gerade andere Sorgen.«

»Jetzt ist nur noch Matilde übrig.« Meine Stimme zitterte. »... und ich wollte doch noch deine Wohnung putzen und schmücken und die ›Fünf‹ für Timmis Torte vorbeibringen ...«

»Hör mal, kleine Itakerin, wie oft soll ich dir das noch sagen: Du sollst bei mir einziehen, nicht meine Putzfrau spielen, und mit Timmis Geburtstag werde ich schon alleine fertig. Hauptsache, du kommst bald zurück. Und zwar mit der Kleinen!«

Ich schluckte, bevor ich antworten konnte. Wenn sie mich »kleine Itakerin« nannte, war es Susa ernst. »Ja.«

»Pass auf dich auf – und hol sie her! Ich denke ganz fest an dich.«

Ich schloss einen Moment lang die Augen. Ich hatte das erste Mal Angst davor, meine Nichte wiederzusehen. Im Februar, was hatten wir da miteinander gemacht? Ich erinnerte mich an den warmen Wind, als ich erleichtert die große Außentreppe der Klinik hinuntereilte, in der sie Grazia untergebracht hatten, beschwingt von dem Gedanken an mein Patenkind. Wir waren miteinander den Strand entlanggelaufen, sogar barfuß, obwohl ich wusste, dass Grazias Familie damit nicht einverstanden sein würde, denn es war Februar, also noch kein Sommer. Im Februar ging man als Sizilianer nicht an den Strand, *basta*, egal, ob es so warm war wie an einem Tag im Juni. Matilde krümmte ihre nackten Fußsohlen und rührte sich zunächst nicht vom Fleck, als stünde sie das erste Mal in ihrem Leben im Sand.

»Lauf! Na los! Ja, du darfst dir die Füße nass machen.« Ich trieb sie an wie ein störrisches Maultierfohlen. Nach ein paar Minuten sprang das Fohlen übermütig auf dem Saum von Algen, Kronkorken und winzigen Muscheln herum, der sich auf dem Sand gebildet hatte. Als ich sie müde auf meinem Rücken zum Auto zurücktrug, klammerte sie sich mit ihren dünnen Armen wie ein Äffchen an meine Schultern.

Sofort konnte ich Matildes weiche Haut wieder unter meinen Händen spüren, fühlte ihre Rippen und hatte ihren verschwitzten süßen Kindergeruch wieder in der Nase. Was sollte ich ihr nachher nur sagen? Jetzt ist die Mamma auch noch tot, jetzt nehme ich dich mit!?

Damals, einige Stunden bevor Leonardos Herz in seinem schwer verletzten Körper endlich zu schlagen aufhörte, hatte ich ihm versprochen, mich um Matilde zu kümmern. Jetzt war der Zeitpunkt, das Versprechen einzulösen.

Doch bei dem Gedanken, Grazias Mutter, Teresa, gegenüberzustehen, wurde mir schon jetzt schlecht. Teresa würde kein Wort mit mir reden, mich nicht an Grazias Sarg und auch nicht zu Matilde lassen.

In den vergangenen Jahren hatte ich versucht, nicht zu

einer Figur auf einem Foto zu werden, auf die Matilde nur noch mit dem Finger zeigen konnte. Ich hatte so oft wie möglich für Matilde da sein wollen, wollte ihr auch weiterhin etwas von ihren Eltern erzählen, wie sie sich kennengelernt und verliebt hatten, wie sie als Baby von ihnen gehalten und geschaukelt worden war und wie sie mit ihr gesprochen hatten. Meine Bemühungen waren jedoch häufig vergeblich gewesen: Wenn ich mit Matilde telefonierte, wusste ich oft nicht, ob sie schon oder nicht mehr am Apparat war, die meisten meiner Geschenke gingen angeblich mit der Post verloren, und nach jedem meiner Besuche in Bagheria, der Stadt bei Palermo, aus dem auch meine Eltern kamen, war ich deprimiert. Manchmal hatte ich auf meinem Bett in der Pension *Pollini* gelegen und vor Wut auf mein Kissen eingeschlagen, weil ich Matilde wieder nur eine Stunde, manchmal sogar nur dreißig Minuten gesehen hatte.

»Sie muss jetzt schlafen«, war noch eine der intelligentesten Ausreden gewesen. Ich hasste die Familie LaMacchia, doch bald würde ich ihr gegenüberstehen. Das Taxifahrer-Baby setzte den Blinker und bog in die Abfahrt nach Bagheria ein.

Kapitel 4

PHIL

»Und wohin jetzt?«

Mario antwortete sehr detailliert, leider vermischte er dabei eine Menge *U*s und *Sch*s zu einem Brei, der sich für meine Ohren nicht italienisch anhörte. Ich hatte Kopfschmerzen. Wenn diese völlig unnötige Sache mit der Tasche nicht passiert wäre, säße ich vermutlich schon längst in meinem Hotelzimmer. Ich brauchte die Sicherheit einer Tür, die sich abschließen ließ. Ohne ein im Voraus gebuchtes Zuhause fühlte ich mich haltlos. Ich hätte bereits alles ausgepackt, ich hätte mich ausgezogen, denn in Hotelzimmern lief ich gerne nackt herum. Nur mit einem Handtuch um die Hüften hätte ich den Fernseher angemacht, die Wasserhähne Probe laufen gelassen und die Akkus für die Kamera geladen. Wo, mit wem fuhr meine gesamte Ausrüstung jetzt herum?

Ich ahnte, dass Brigida mich mit all den Fragen konfrontieren würde, die ich mir selbst in der letzten halben Stunde schon ungefähr siebzig Mal gestellt hatte: Wie konnte das passieren? Warum hast du nicht besser aufgepasst? Ist dir klar, dass die Hasselblad deine Investition in die Zukunft war? Ist dir bewusst, dass diese Investition noch nicht einmal zur Hälfte abbezahlt ist? Und das Laptop, auch neu! Wer ist diese Frau überhaupt? Wo hattest du deine Augen, als der Taxifahrer dein Gepäck eingeladen hat? Du willst sie wohl unbedingt wiedersehen, stimmt doch, oder?

Da hatte ich das erste Mal einen richtigen Auftrag von Brigidas Agentur und saß im Handumdrehen ganz tief im Schlamassel. Seit einem Jahr hatte ich nichts anderes getan, als die neusten Automodelle im Studio auszuleuchten, von Architektur und wie man sie fotografiert hatte ich wenig Ahnung.

»Kein Problem, die Villa«, hatte ich dennoch vor Brigida behauptet. »Kannst du Autos, kannst du alles, heißt es doch!«

Nun bezahlte ich dafür, dass ich mich hatte vordrängeln müssen. Dabei hätte der eigensinnige Classner die Villa Camilla viel besser übernehmen können, der fotografierte noch analog, ganz klassisch. Und schwärmte bei jeder Gelegenheit vom sizilianischen Licht, den Barockvillen aus weichem Tuffstein und der genialen Rasiercreme, die es nur in der Drogerie gegenüber dem Hauptbahnhof von Palermo gibt. Die Rasiercreme roch angeblich nach Mandeln, und als er mich bat, ihm fünf der roten Töpfchen mitzubringen, sagte ich, kein Problem. Immer sagte ich sofort, »Kein Problem«, um mir selbst zu beweisen, dass alles ganz einfach war, ganz entspannt.

Für Brigida musste ein guter Fotograf genau so sein: lässig, aber pünktlich; gewissenhaft, aber entspannt. Ich war niemals entspannt bei Brigida, dafür sorgte ihre Launenhaftigkeit, die ich jedoch als sizilianische Eigenart an ihr bewunderte. Über Sizilien wusste ich zwar kaum etwas, dafür wusste ich, dass Brigidas Wille genauso stark war wie ihr Haarwuchs und ihr Akzent. Sie ging keine Kompromisse ein, sie sprach klar, direkt, ohne Umschweife. Und alle diese Dinge liebte ich an ihr.

»Meine Männer waren alle irgendwie Freaks«, sagte sie oft. *Meine Männer*, allein diese beiden Worte verursachten bei mir ein unangenehmes Stechen in den Eingeweiden. Waren es mehr gewesen als die drei, die ich kannte? Sie hatten sich nahtlos aneinandergereiht, einer hatte den anderen abgelöst. Brigida war nicht einen Tag männerlos geblieben.

Als sie mich traf, hatte sie sich gerade von ihrem damaligen Freund getrennt. Sie hatte keine Zeit, sich zu fragen, wer ich wirklich war. Was sie gesehen hatte, gefiel ihr. Sekundenschnell hatte sie ihr Urteil über mich gefällt und nahm mich innerhalb weniger Stunden komplett in ihrem Leben auf.

»Wo hast du dich bisher versteckt? Habe dich noch nie in der Szene gesehen.«

Ich zog es vor, geheimnisvoll zu schweigen. Ich war für sie der verrückte, außergewöhnliche Phil, und ich wusste zum ersten Mal in meinem Leben, dass ich genau der sein wollte, den diese attraktive Frau mit dem breiten Mund und den großen Brüsten in mir sah. Seitdem bemühte ich mich, sie nicht zu enttäuschen. Mir blieb keine Zeit, wie früher in Sinnfragen zu versinken, denn meine neue Aufgabe hieß: Unberechenbar bleiben! Und das hielt mich den ganzen Tag in Atem.

Freaks, irgendwie Freaks ... Ich hatte Brigidas Freaks genau studiert, der Kameramann, dann der Vorbesitzer ihrer Galerie, der auch malte, und kurz vor mir das Kindergesicht mit dem Rastafilz auf dem Kopf, der sich Musiker nannte. Sie alle brachten das nötige Maß an kreativer Verrücktheit mit, bewundert wurden sie im Nachhinein aber eher für ihre Verschlossenheit, wenn sie sich Brigida entzogen, um ihre künstlerische Passion zu verfolgen. Sie durften ihr Geld ruhig mit ehrlicher Arbeit verdienen, aber niemals ihre Kunst dem Profit opfern. Und nun war auch ich einer von ihnen! Aber ich arbeitete daran, der Letzte in der Reihe zu werden, ich würde Brigida für immer an mich binden, nach mir würde keiner mehr kommen!

Seit einem Jahr flog ich daher alle zwei Monate irgendwohin, drei Tage nach Amsterdam, nach Barcelona oder London, einfach, um mich rar zu machen und interessant für sie zu bleiben. Ich sagte ihr auch nie, wohin ich fuhr, und sie fragte nicht. Dann lag ich auf irgendeinem Hotelbett und trank *Jim Beam*, manchmal ging ich raus, ganz selten fotografierte ich sogar. Den größten Teil der Zeit verbrachte ich jedoch damit, ein Geschenk für sie zu finden. Es ging ihr nicht um Geld, die Messlatte ihrer Ansprüche lag höher. Doch bis jetzt hatte ich sie jedes Mal mit Bravour genommen.

Zum Beispiel mit einer einzigen auf Rügen gepflückten Mohnblumenkapsel, in der die Samen ganz fein rasselten. Mit einer 25-Kilo-Kiste Darjeeling aus einer Amsterdamer Teespedition oder einer abgeschabten grünen Handtasche vom Victoria Market aus London. Ein Volltreffer, eine Vintage-Handtasche und auch noch in der Farbe, die sie liebte!

Meine Fotos zeigte ich Brigida nicht, da ich befürchtete, keines würde ihren Ansprüchen genügen. Und es hatte den Anschein, als machten die verweigerten Fotos mich für Brigida interessanter als eine Ausstellung derselben in New York.

Brigida war von niemandem abhängig, schon gar nicht von mir, und das imponierte mir. Sie liebte es, meine Pläne, sofern sie nicht ihr unmittelbares Wohl betrafen, zu sabotieren, einfach so, als Belustigung, um eine Reaktion von mir herauszufordern. Sie lachte dann und sagte etwas wie: »Jetzt fang bloß nicht an, langweilig zu werden!« Langeweile war ein für Brigida unverzeihliches Vergehen, eine Sünde, für die es bei ihr keine Absolution gab.

Draußen glitten die Fassaden der Häuser vorbei. Ich wusste nicht mehr, wo wir waren, denn ich hatte den Namen der Stadt bereits vergessen. Ich schaute auf die Uhr. In zwei Stunden, am späten Nachmittag, sollte ich den deutschen Villenbesitzer treffen, einen Herrn, an dessen Namen ich mich nicht mehr erinnern konnte, der aber in dem handlichen Dossier erwähnt wurde, das Brigidas Assistentin mir auf mehreren Seiten zusammengestellt hatte. Passenderweise steckte auch dieses Dossier mit der Hotelreservierung und allen weiteren Informationen in meiner Fototasche. Früh am nächsten Morgen, zu der Tageszeit, zu der das Licht noch keine starken Schatten wirft, hätte ich mit der Arbeit beginnen sollen. Was für ein Mist!

»Verdammt noch mal, wohin fahren wir eigentlich!?«, rief ich nach vorne. Keine Antwort, ich hätte sie sowieso nicht verstanden. Also lehnte ich mich zurück, trommelte mit meinen Fingern immer schneller auf dem Polster des Rücksitzes herum und beobachtete den Fahrer namens ›warmer Arm‹, der so tat, als ob er tatsächlich einen Weg verfolgen würde.

Einmal hielt er an, um in einer Bar zu verschwinden. Ich blieb sitzen, in der Befürchtung, mein restliches Gepäck würde vielleicht mitsamt dem Taxi auch noch abhandenkommen. Doch nach zehn Minuten kehrte Mario Bracciocaldo zurück, erklärte mir etwas in unverständlichen Worten, und nun fuhren wir wieder. Vermutlich überlegte er gerade, in welcher Hinterhofgarage er mich gefangen halten konnte, um ein anständiges Lösegeld für mich zu erpressen. Vielleicht gar keine so ganz schlechte Geschichte, um sie Brigida zu erzählen, dachte ich plötzlich. In ihren Augen war ich ein Künstler, der sich nach Abenteuern dieser Art sehnte, da sie ihn zu außergewöhnlichen Fotos inspirierten. Ein großer Irrtum, den ich nie freiwillig aufklären würde. Ich hörte mit dem Trommeln auf und begann, mir im Geiste den Anfang meines kleinen Abenteuers zurechtzulegen.

Kapitel 5

LELLA

Wo haben sie Matilde versteckt? Ich schaute mich um, doch die Hand zwischen meinen Schulterblättern schob mich sachte voran, weiter durch den Flur in den Salon, in dem die Vorhänge zugezogen waren. Buntes Geflacker von Kerzenflammen beleuchtete den Sarg, der mitten im Raum aufgebockt war, klotzig wie ein frisch lackierter Kahn. Die Ruder fehlten natürlich. Und frische Luft zum Atmen fehlte auch. Die Stuhlreihen zu beiden Seiten des Sarges waren leer. Auf einem der Sitze hatte jemand eine Espressotasse mit bräunlichem Zuckersatz am Boden zurückgelassen. Ich stand alleine vor dem Kopfende, und zunächst schaffte ich es nur, Grazias gefaltete Hände zu betrachten, zwischen deren Finger ein Rosenkranz geschlungen war. Ihre schmalen, wohlgeformten Hände, um die ich sie immer beneidet hatte, lebten nicht mehr. Zögernd tasteten meine Augen sich über die weiße Spitzenbluse zu Grazias Gesicht hinauf. Sie sah so grau aus. Warum hatten die sie nicht wenigstens ein bisschen zurechtgemacht? Am liebsten hätte ich meinen Schminkbeutel geholt und ihr einen Hauch Rouge auf die Wangen gepinselt.

Tu es doch, kommentierte Leonardo trocken. Er war mir keine große Hilfe.

Ich wusste nicht, was ich tun sollte, ich konnte nicht für Grazia beten, ich konnte ihr nicht auf Leonardo-Art über die Haare streichen. Stattdessen schlug ich ein Kreuzzeichen und blickte mich unauffällig um.

Noch nie war ich in Grazias Elternhaus gewesen, Matilde hatte ich immer nur irgendwo außerhalb der Wohnung treffen dürfen. Der Fernseher war ausgestellt und mit einem schwarzen Häkeldeckchen verhängt. Aus dem hinteren Teil der Wohnung kam Stimmengemurmel, und es schepperte in regelmäßigen Abständen laut. Ich stellte mir vor, jemand schaue hinter der Küchentür auf die Uhr und lasse jede Minute einen Topfdeckel fallen, aber wahrscheinlich waren sie nur alle in der Küche versammelt und begutachteten die mitgebrachten Speisen.

Ich war auf Sizilien immer bloß ein Gast gewesen, eine neugierige Beobachterin, die nicht viel von dem begriff, was sie sah, doch mit sizilianischen Beerdigungen war ich vertraut. Nach Leonardos Tod hatte ich einen erzwungenen Intensivkurs durchlaufen müssen. Damals, als wir bei Mammas Cousine wohnten, war die Wohnung Tag und Nacht voller Frauen, die sich natürlich nicht an meine vor Kummer zusammengesunkene, nunmehr völlig verstummte Mutter wendeten, sondern an mich. Sie ließen mich die tausend Kleinigkeiten entscheiden, die zu entscheiden waren. Wollten wir Blumenkränze? Wollten wir »Blumen, die unvergänglich sind«, das hieß Geldgaben? Wollten wir eine Anzeige in der Zeitung oder viele Anzeigen an den Mauern von Bagheria?

»Früher«, hatte eine von den Frauen erzählt, »früher hat man die Waisenkinder singen lassen, aus dem Waisenhaus, das war da, wo heute die Schule steht. Die stellten sich vor der Kirche auf, in zwei Reihen, und sangen und klagten und bekamen dafür Geld. *Requem eté doneiddó* ...« Mit zittrig hoher Stimme sang sie einige unverständliche lateinische Worte und verzog ihre faltige Stirn, als ob sie grässliche Kopfschmerzen hätte. Ich war froh, dass keine Waisenkinder für Leonardo singen würden, und entschied mich für Sonnenblumen, die es aber im Mai noch nicht gab, wählte Ranunkeln, die es erst recht nicht gab, nahm dann irgendwelche roten Rosen, die von den Nachbarinnen als nicht männlich genug befunden wurden, die ich dann aber trotzdem bekam. Ich wünschte mir nur noch, es wäre vorbei, wünschte mich zurück nach Deutschland, wo ich auf meinem Bett in Ruhe weinen wollte. Meine Mutter und ich saßen im Nebel unserer Trauer und warteten, bis es endlich Zeit für die Feier in der Chiesa Madre wurde. Die Küche der Cousine meiner Mutter wurde mit jeder Menge Essen zugestellt, das niemand aß. *Ù cùnsulo* nannten die Nachbarinnen das. Sie trugen gefasste Gesichter zur Schau, kümmerten sich, waren wichtig, hatten etwas Nützliches zu erledigen. Manche brachten auch ein Päckchen Kaffee oder ein Pfund Zucker, Kekse oder sogar Geld. Es war ein Kommen und Gehen, dauernd klingelte es an der Tür, läutete das Telefon; Murmeln und Wispern; Unbekannte, die mir forschend ins Gesicht sahen, Namen nannten, die mir nichts sagten, und mir die Hand drückten.

»Wer sind diese Frauen?«, fragte ich. »Sind das alles Nachbarinnen oder auch Verwandte von dir?« Doch Mamma tupfte sich nur die Augen mit einem fürchterlich parfümierten Taschentuch, das ihr irgendwer in die Hand gedrückt hatte, und zuckte die Schultern. Ich wollte raus aus der Wohnung, allein sein. Nach Matilde konnte ich die

Familie LaMacchia nicht fragen, ich wollte aber auch Grazia nicht sehen, die vermutlich im Haus ihrer Eltern in tiefe Depressionen abgetaucht war. Ich sehnte mich danach, am Meer entlangzugehen, meine Wut und alle Fragen in den stark wehenden Scirocco zu schreien, aber man schickte mich zurück auf das Sofa. Ich war *in lutto*, in Trauer, da marschierte man auf Sizilien nicht alleine am Strand entlang.

Ich verstand Sizilien nicht. Manchmal war es mir bunt, unbeschwert, lustig und chaotisch erschienen, dann trug es knallige Farben, und man aß leckere, würzige Gerichte. Der Geschmack der Speisen konnte einem aber auch den Atem rauben, dann war Sizilien melancholisch und zäh, und nichts bewegte sich wirklich vorwärts. Aber in diesen Tagen nach Leonardos Tod war Sizilien für mich nur noch schmutzig und ungerecht. Sizilien – so hieß mein Feind. Es hatte mir Leonardo weggenommen.

Zwei ältere Frauen mit schwarzen Kopftüchern kamen herein, nickten mir zu und starrten mich einen Moment lang beinah erwartungsvoll an, berührten dann Grazias glatte Stirn und machten das Kreuzzeichen.

»Wie schön sie aussieht, jetzt hat sie ihren Frieden«, behauptete die eine seufzend.

»Aijajai, die arme Teresa«, flüsterte die andere gut hörbar, »erst die Tochter tot und dann ...«, sie machte eine Pause, »... eine schwere Prüfung, eine schwere Prüfung für dieses Haus!« Beide bekreuzigten sich mit einem Seitenblick auf mich nochmals.

Natürlich wussten sie, wer ich war, eine Bellone, eine, die hier eigentlich nicht anwesend sein durfte. Teresa, Grazias

Mutter, die wahrscheinlich gerade in der Küche herumpolterte, hatte mich wortlos an der Tür stehen lassen. Ihr Haar war wie immer glatt zurückgekämmt, sodass der Eindruck entstand, sie hätte ihren blanken Schädel braun angemalt und sich einen glitschigen Knoten im Nacken angeklebt. Ein Trauerschleier oder wenigstens ein schwarzes Kopftuch hätte ihren Kopf gnädig verhüllt.

Nur Gaetano, Grazias Vater, hatte ich es zu verdanken, am Sarg Abschied nehmen zu können. Er war leise und gebeugt an die Wohnungstür gekommen und hatte schweigend meine ausgestreckte Hand gedrückt. Ich hatte ihn nur dreimal in meinem Leben gesehen und war auch diesmal wieder erstaunt über die Größe und Form seiner Ohren, die sich wie zwei Espresso-Untertassen rechts und links an seinen Kopf schmiegten. Er hatte mich in den dunklen Salon geschoben und hinter mir ein gepresstes Geräusch losgelassen, dann war er aus dem Raum gegangen. Ich glaube, er weinte.

»Alles dreht sich ums Essen, und jeder steckt seine Nase in die Dinge der anderen. Alle urteilen über dich, bevor sie dich auch nur von Weitem gesehen haben, behaupten aber, niemanden zu kennen und rein gar nichts zu wissen, das ist Sizilien!«, hatte Leonardo einmal gesagt, und prompt erschien mir wieder sein Schulterzucken und sein lässiges Lachen vor den Augen.

Mein Zwerchfell klumpte sich nervös zusammen. Wo war Matilde? Mehrere Menschen kamen herein und gingen auf den Sarg zu. Sie führten sich auf wie eine andächtige Gruppe von Touristen, die sich untereinander leise auf die Qualität des Seidenfutters, mit dem der Sarg ausgekleidet war, aufmerksam machten. Langsam, wie im Gebet versunken, setzte ich mich, ohne den Kopf zu bewegen, und schielte unauffällig auf die andere Seite des Wohnzimmers, wo sich drei von ihnen am verhängten Fenster versammelten und mit bösen Mienen die beiden emsig hin und her eilenden Bestatter beobachteten, auf deren graue Arbeitskittel »*Funebri Piero Mineo*« gedruckt war. Es waren Grazias ältere Brüder: Antonio, Isidoro und Domenico. Sie sahen sich sehr ähnlich, ich hätte sie nie auseinanderhalten können. Auch Teresa und Gaetano entdeckte ich zwischen den anderen Personen in Schwarz, die meisten Frauen. Sie umringten den Sarg, sodass ich nichts mehr von dem braunen Ungetüm sehen konnte. Als die beiden Angestellten der Bestattungsfirma sich nun mit dem Sargdeckel näherten, um den Sarg zu schließen, schwoll das murmelnde Weinen und Klagen noch einmal heftig an. Trotz der Lautstärke hörte es sich irgendwie unbedeutend an. Mit Mühe schafften sie es, sich durch die Menge zu drängen. Ich erwartete, ein sattes Echo von Holz auf Holz zu hören, aber in meinen Ohren schrappte es nur, als ob eine Pappschachtel verschlossen wurde. In diesem Moment zogen die drei am Fenster murmelnd das Kreuzzeichen über ihre Krawattenknoten hinweg. Nur leere Gesten. Ich fühlte eine Hitzewelle der Wut in mir aufsteigen. Meine Backenzähne taten weh, so fest presste ich sie aufeinander. Wer so zufrieden aussieht, betet nicht.

Der Deckel war drauf, jetzt hatte Grazia wirklich ihren Frieden. Keiner konnte sich mehr über den mit Seide gepolsterten Sargrand beugen. Ich stellte mir vor, wie schwarz und undurchdringlich das Dunkel war, in dem ihr gelblich graues Gesicht nun endlich lag. Leise und unbemerkt von der klagenden Familie stand ich schließlich auf, ging, ohne den Blick zu heben, aus dem Salon und schlich an der Küche vorbei. Mein Hals war völlig ausgetrocknet. Das, was ich hier tat, war äußerst unangebracht.

Sag einfach, du suchst die Toilette, beruhigte ich mich.

Ich fand Matilde in einem kleinen Zimmer. Die Jalousien waren wie überall in der Wohnung auch hier heruntergelassen. Ein Fernseher lief ohne Ton. Matilde saß regungslos in rosa Unterwäsche auf dem Bett, eine Wintermütze auf dem Kopf, ein Lätzchen um den Hals, und starrte auf Tom und Jerry, die sich durch Mäuse- und Käselöcher jagten.

»Matilde!« Sie schaute hoch, lächelte schüchtern, schlug die Augen nieder und zappelte aufgeregt mit ihren nackten Füßen. Dann sprang sie auf und flog in meine Arme.

»Hast du ...?«, begann sie auf Italienisch. Ich setzte mich und zog Matilde dabei auf meinen Schoß. Tief sanken wir in der weichen Matratze des Bettes ein.

»Du kannst mich ruhig fragen. Natürlich habe ich dir etwas mitgebracht, aber nur etwas ganz, ganz Kleines.« Auf dem Kölner Flughafen hatte ich in aller Eile noch etwas für sie gekauft. Wo stand geschrieben, dass man einem Kind zur Beerdigung seiner Mutter nichts mitbringen durfte? Ich überreichte ihr ein buntes Päckchen. Sie wickelte es aus und betrachtete die beiden Tiger andächtig.

»Gefallen sie dir?«

Matilde nickte. Dann rutschte sie tiefer, kuschelte sich mit ihrem bemützten Kopf in meine Arme wie ein Baby und drehte die Tiger dicht vor ihren Augen hin und her. So blieben wir sitzen. Ich wiegte sie sanft und streichelte über ihre glatten Beine. Ich liebte das samtige Gefühl ihrer Kinderhaut unter meiner Hand, wieder und wieder strich ich auf und ab.

»Schau mal, der eine hat eine rote Zunge und der andere nicht!«

»Was du alles entdeckst, Mátti!«

»Warum hat dieser hier eine rote Zunge und der andere nicht?«

»Diese Zunge hat der Mann, der die Tiger angemalt hat, vergessen«, sagte ich.

»Vielleicht hat ihn jemand gestört«, überlegte Matilde. »Bestimmt hat ihn sein Kind gestört, und dann hat er's vergessen.«

»Ich glaube, sein Kind hat ihn nicht gestört, ich glaube, er ist etwas essen gegangen. Er aß zu viele Gnocchi mit Tomatensoße, und danach war er so satt, da hat er nicht mehr daran gedacht.«

Matilde nickte und drehte die Tiger weiter vor ihren Augen. Lange konnte es nicht mehr dauern, vom Flur waren Stimmen zu hören. Da ging auch schon die Tür auf, und Teresa kam herein.

»Komm! Komm, waschen und anziehen für die Mamma! Die Mamma will dich schön sehen!« Teresa zog das Kind aus meinen Armen, wobei sie es geschickt vermied, mich zu berühren. Wie ein Äffchen schwang Matilde kurz an einer Hand in der Luft, sie ließ die Tiger fallen. Schon waren sie bei der Tür. Es dauerte nur Sekunden, da waren Matildes dünne Beine entschwunden. Im Fernseher schlug die Maus den Kater mit einem Holzhammer wie einen Pflock in die Erde.

Ich stand auf, sammelte die Tiger vom Boden und schaltete das Gerät ab. Wie grob sie mir Matilde entrissen hatte, sie hätte ihr das Schultergelenk auskugeln können! Und warum musste sie das Kind immer tragen, ständig schleppte sie es auf dem Arm und hinderte es am Laufen. Oder sie ließ es in dem klapprigen Karren mit den rotierenden Rädern sitzen, den man kaum lenken konnte. Im Alter von vier Jahren war Matilde wahrscheinlich erst eine Strecke von drei Kilometern auf ihren eigenen Füßen gelaufen. Zwei davon hatte sie mit mir zurückgelegt. Ich hätte Teresa am liebsten mit dem Hammer der Zeichentrick-Maus auf ihren glatt gestriegelten Kopf geschlagen und wünschte, Matilde hätte geschrien und um sich geschlagen, um bei mir bleiben zu können. Aber sie hatte nicht protestiert.

Ich schaute mich zwischen den Plastikfiguren und Plüschtieren um, die alle viel zu ordentlich im Regal saßen. An der Wand hing ein Plakat von Pu dem Bären im roten Pullover und ein gerahmtes Bild von Padre Pio in seiner braunen Mönchskutte. Unter seinem Abbild stand »Bete für uns!«, Unter Pu war nichts zu lesen. Ich schaute mich vergeblich nach den Bilderbüchern um, die ich meinem Patenkind bei jedem Besuch mitgebracht hatte. Vor dem Fernseher lagen zahllose Walt-Disney-Filme verstreut. Ich legte die Tiger auf Matildes Kopfkissen und öffnete dann zögernd den Kleiderschrank. Sofort konnte ich Grazias Parfüm riechen. Es drang aus ihrer Kleidung, die verpackt auf Bügeln hing und bleich durch die Plastikhüllen hindurchschimmerte. Grazia hatte fast ausschließlich Weiß getragen.

Auf dem obersten Brett sah ich eine kleine Ecke karierten Stoff hervorschauen. Es war der Koffer mit dem aufgenähten Hasen, den ich Matilde vor zwei Wochen zum vierten Geburtstag geschickt hatte. Ich stieg auf einen Stuhl, holte ihn herunter und öffnete den Reißverschluss. Als Kind hatte ich mir immer so einen Koffer gewünscht. Matilde sollte ihr Spielzeug hineinpacken und ihn durch die Wohnung rollen, hatte ich auf die Glückwunschkarte geschrieben. Aber Teresa hatte Matilde mein Geschenk vermutlich überhaupt nicht gezeigt, der Koffer schien völlig unbenutzt. Ich begann, kleine rosa T-Shirts, blumige Hosen, zwei Nachthemden und Matildes Unterwäsche aus den Fächern zu nehmen und auf den roten Kofferboden zu stapeln. Mit sicherem Blick erkannte ich die Sachen, die ich Matilde geschenkt hatte. Teresa dagegen bevorzugte Jogginganzüge für ihr Enkelkind, die sich in grässlichem Gelb, Babyrosa und Pink in den Fächern stapelten und die ich dort liegen ließ.

Wie viele Pullover sollte ich einpacken? Würde eine Jacke reichen? Es war warm, aber Mitte Mai konnten die Nächte noch kühl sein. Ich würde etwas kaufen. Meine Hand hielt inne, als seine Stimme mich scharf unterbrach: *Du wirst gar nichts kaufen!*

Leonardo, ich weiß nicht, was ich tun werde.

Ich sage dir, was du tun wirst. Du wirst sehr vernünftig und nur ein kleines bisschen feige sein und Matilde hier lassen!

Ich konnte ihm keine Antwort darauf geben und ging darum einfach weiter Matildes Kleidungsstücke auf den Bügeln durch. Sehr vernünftig und ein kleines bisschen feige ... Einfach nicht darüber nachdenken. Langsam ließ ich den geblümten Gürtel eines roten Sommerkleidchens durch meine Finger gleiten. Da ihre eigentliche Größe letzten Sommer nicht vorrätig gewesen war, mir das Kleid aber so außerordentlich gut gefallen hatte, hatte ich es eine Nummer größer genommen. Deswegen wird es auch dieses Jahr noch passen, überlegte ich, während ich wartete, dass die Tür sich hinter meinem Rücken öffnete.

»Die da! Was macht die da?!«, würde Teresa keifen. Sie siezte mich nicht, sie sagte nicht *lei*, sie benutzte *quella*, was so viel wie »die da« bedeutete. Aber die Tür blieb geschlossen.

Vernünftig und feige. Leonardo war so gemein! Ich streifte das rote Kleid vom Bügel und legte es zusammen mit einer dicken Strickjacke in den Koffer.

Kapitel 6

LELLA

»Gott hat recht, was immer er auch geschehen lässt. Seine Wege sind unergründlich«, eröffnete Padre Francesco der Trauergemeinde. Seine Worte reihten sich viel zu laut aneinander, übertönten sich gegenseitig in einem blechernen Lautsprecher-Echo und verhallten zwischen den weißgoldenen Mauern der mit Blumen geschmückten Chiesa Madre.

»Durch schwere, unsichtbare Krankheit wurdest du so unerwartet aus deinem noch so jungen Leben gerissen«, versuchte der Padre uns Anwesenden Grazias Tod schmackhaft zu machen. Er log – und wir alle wussten es.

Musste es unbedingt dieselbe Kirche sein wie vor drei Jahren? Wenn ich geahnt hätte, dass ich auf derselben Kirchenbank wie bei Leonardos Beerdigung sitzen würde, wäre ich aus Köln gar nicht erst losgeflogen. So aber saß ich fast genau an der Stelle wie damals im Mai, nur diesmal zwischen den ablehnenden Schultern der Familie LaMacchia, die sich neben mir und auf der anderen Seite des Ganges ausbreiteten. Ich spürte ihre empörten Seitenblicke. Sie hatten angenommen, dass ich den Anstand besäße, mich in einer der hinteren Bänke zu verkriechen.

Nein, nein, nein! Dein Platz ist in der ersten Reihe! So kannst du Grazias Sarg besser sehen!

Ich hatte mich von Leonardos Stimme nach vorne führen lassen.

Grazia ist tot, sie wird bestimmt keinen Wert darauf legen, dass ich ihren Sarg bewundere. Sie konnte mich nie wirklich leiden!, hielt ich ihm entgegen.

Sie mochte dich, sie konnte es nur nicht immer zeigen. Du hattest etwas gegen sie, das wissen wir beide, Lella!

Cavolo! Du bist tot, Leonardo, und du willst immer noch recht haben.

Ich habe eben immer noch recht!

Ich erwiderte nichts mehr, sondern schnaubte nur leise. Gegen Leonardo kam ich einfach nicht an.

Das Gefühl, für eine ganze Gruppe von Menschen unsichtbar zu sein, kannte ich bisher nicht. Für die LaMacchias war ich ein Bestandteil der abgestandenen Luft.

»Hast du irgendetwas darüber herausfinden können? Warum diese Feindschaft, dieser Hass aufeinander?« Gleich bei meinem ersten Besuch hatte ich meinen Bruder mit Fragen gelöchert.

»Eine uralte Bagatelle, nehme ich an«, hatte Leonardo geantwortet. »Grazia weiß auch nichts Genaues. Ein Streit um ein Grundstück vielleicht, eventuell hat einer dem anderen aus Versehen einen Olivenkern in den Limoncello gespuckt oder einen Mandelbaum gefällt, der an der Grenze zu irgendeinem Grundstück stand. Solche Feindseligkeiten gibt es hier oft, die schaukeln sich über die Jahre hoch, bis keiner mehr weiß, worum es überhaupt ging.«

»Aber weswegen sind Mamma und Papa aus Sizilien weggegangen?«

»Frag sie doch!«

»Sehr witzig!«

»*Gemellina!* Man bekommt doch aus den Leuten hier auch nichts heraus. Vaters Eltern hatten eine Polsterei in Bagheria, ich kann dir die Werkstatt zeigen. Heute ist eine Wäscherei da drin, aber wenn man genau hinschaut, kann man unseren Namen noch an der Mauer erkennen. Die waren anscheinend mal richtig wohlhabend. Leider ist niemand mehr da, den wir fragen könnten, alle sind tot.«

»Und Papas Schwester?«

»Zia Antonia? Na, da musst du in Bologna anrufen, so taub wie die ist, viel Glück!« Leonardo hatte mich mit beiden Händen um die Taille gepackt, er konnte jeden Moment zuzwicken. »Lella, ich weiß es wirklich nicht! Keine Ahnung.« Und dann hatte Leonardo mit seinen Händen zugedrückt, und ich konnte nicht anders, als vor Lachen aufzukreischen.

Ich zuckte bei der Erinnerung an Leonardos Hände auf meiner Kirchenbank zusammen. An jeder Ecke, auf jedem Sims stand ein Gesteck weißer Lilien. Ihr betäubender Geruch und die Ausdünstungen der vielen schwitzenden Menschen krochen mit einem Hauch von Verwesung unter meine Kleidung und legten sich klebrig auf meine Haut. Damals bei Leonardos Beerdigung waren unsere roten Rosen zwischen all den blutrünstigen Gemälden, vergoldeten Nischen und gläsernen Schreinen kaum zu sehen gewesen. Ich dachte daran, wie krumm Mamma neben mir gesessen hatte, ich fühlte noch einmal den Schmerz in meinem steifen Körper und meine Angst vor dem nächsten Moment, den es zu überstehen galt. Wozu noch die verweinten Augen öffnen, wozu atmen, wo doch jeder Atemzug sinnlos geworden war und jede Minute einfach nur zu einer Minute ohne ihn wurde?

Jetzt saß ich wieder in dieser vergoldeten Kirche, hörte die Autos draußen hupen und starrte nach vorne auf den geschlossenen Sarg. Also, was konnte ich tun? Wie sollte ich an Matilde herankommen, und wohin sollte ich sie mitnehmen? Nach Hause, in die Pizzeria zu meinem Vater? Der seinen Sohn nach der Heirat mit dem falschen Mädchen verstoßen hatte? Der sein Enkelkind noch nie gesehen hatte?

Warum soll überhaupt *ich* es sein, die die Folgen deiner falschen Entscheidungen wieder in Ordnung bringt, Leonardo? Warum ausgerechnet ich?, schimpfte ich innerlich vor mich hin.

Leonardo antwortete nicht. Typisch. Das hatte er schon immer so gehalten, Kritik prallte einfach an ihm ab.

Angefangen hatte alles damit, dass sich Leonardo nach Abschluss seiner Ausbildung ins Ausland bewarb, zunächst nach Paris. Ich betete dagegen an, aber natürlich bekam er die Stelle. Leonardo bekam immer alles, was er wollte.

In den nächsten Jahren reiste mein Bruder in der Welt umher, er kochte, er lernte. Nach einem halben Jahr wurde er von seinem Pariser Chef nach St. Martin geschickt, danach kochte er in Boston in einem vornehmen Nachtclub, ein paar Monate später bereitete er in London bei einem Flughafen-Caterer vierunddreißigtausend Mahlzeiten am Tag vor. Schließlich kehrte er nach Paris ins *Ti Beudeff* zurück und wurde Souschef, stellvertretender Küchenchef.

»Ich saufe nicht, wie die meisten, na ja, ich teil es mir ein«, erklärte er mir ein knappes Jahr später, als er für zwei kurze Tage bei uns vorbeirauschte, »und ich kann es eben.

Catering, aber auch *à la carte*. Wenn sie das erst mal sehen, hören die Chefs ziemlich schnell auf, mich anzubrüllen.«

Sein *à la carte* hatte für mich eine perfekte französische Melodie, die ich an ihm hasste und bewunderte. Am nächsten Tag flog er weiter nach Dubai. Zwei weitere Jahre vergingen.

Dann kam der Tag, an dem der Brief aus Sizilien eintraf. Der Absender war eine Anwaltskanzlei aus Bagheria. Mamma Maria bekam beim Anblick des dicken Umschlags einen Schwächeanfall und lag zwei Tage im Bett. Sie ließ mich nicht in die Papiere des Anwalts hineinschauen, sondern flüsterte nur ängstlich, ich solle Papa nichts verraten. In meiner Verzweiflung rief ich Leonardo an, der mittlerweile in der Schweiz arbeitete, und bat ihn, mit unserer Mutter zu sprechen. Mamma schickte mich während des Gesprächs aus dem Zimmer. Als sie mich endlich wieder hereinrief und mir den Hörer hinhielt, erklärte Leonardo: »Alles halb so wild, Mamma soll eine Erbschaft antreten, jemand hat ihr in Bagheria, in der Nähe von Palermo, ein Häuschen am Meer vermacht. Ich fliege nach Palermo und regle das mit diesem Anwalt, diesem Acquabollente. Sag ihr, ich werde mit Papa sprechen. In zwei, drei Tagen spätestens bin ich bei euch in Köln.«

Er hielt sein Versprechen. Ich stand gerade allein am Herd und schlug eine Vanillesauce im Wasserbad auf, tauchte einen Suppenlöffel hinein, pustete auf den Löffelrücken und nickte zufrieden. Wunderbar, das rosenblütenähnliche Muster, das zu sehen war, hielt sich, die Sauce war gelungen. Erst da entdeckte ich meinen Bruder, der in der Tür zum Hof stand.

»Hej, *gemellina*, gelernt ist gelernt, was?«

Er umarmte mich, und ich atmete seinen Geruch nach

Leder, Zedernholz und Fremde ein. Ich hatte ihn vermisst. Jetzt würde alles gut. Ein Gefühl ähnlich einem glücklichen Seufzen stieg in meinem Körper hoch.

»Sizilien ist cool, Lella, das hätte ich nie gedacht! Sag es Mamma und dem Alten noch nicht, aber meine nächste Stelle habe ich in Palermo. Und da ist noch etwas ...«

Ich schluckte. »Palermo also.«

Ich versuchte, meiner Stimme einen unbefangenen Klang zu geben. Es misslang. »Und was ist da noch, was hast du eben gesagt?«, brachte ich den Satz zu Ende. Ich schaute ihn an. Mein Bruder sah zur Seite.

»Was war da noch?«

»Wieso?«

»Du hast eben gesagt: ›Und da ist noch etwas ...‹«

»Ach so, ja«, er lachte mich an, »ich habe echt supernette Leute in Palermo getroffen, die Stadt ist der Hammer!« Wir wussten beide, dass es nicht das war, was er hatte sagen wollen, denn er traf überall auf der Welt »echt supernette Leute«, und jeder Ort war für ihn der Hammer, wohin er auch fuhr.

Wir starrten uns stumm an. Ich konnte es nicht fassen, er hatte mir in die Augen geschaut und mich angelogen. Ich wendete mich ab, um ihn meine Bestürzung darüber nicht sehen zu lassen.

Warum ausgerechnet Palermo? Ich schaute mich in der Kirche um. Ich war von LaMacchias eingekreist. Eine ganz normale Familie, wie man sie überall sehen konnte: dickleibige Tanten und kahle Onkel, einfache Bauerngesichter, Pickelnasen und dunkle Mausaugen, frisch rasierte Studentengesichter und junge, müde aussehende Frauen, die sich die Kleinkinder auf dem Schoß zurechtsetzten.

Warum mussten unsere Familien etwas miteinander zu tun haben, warum hatte Leonardo ausgerechnet Grazia treffen müssen? Es war ein Zufall, dass er, der doch nur einen Job annehmen wollte, ausgerechnet dem schönsten und melancholischsten Mädchen von ganz Sizilien begegnete. Ein Zufall, so unwahrscheinlich wie ein Sechser im Lotto. Doch dann fiel auch noch die Zusatzzahl: Sie war eine La-Macchia.

Keine drei Monate nach seiner Abreise nach Palermo stand er wieder in der Tür. Mamma war ganz aus dem Häuschen, sie redete drauflos, sie plapperte geradezu. Natürlich nicht über seine neue Arbeit, um das Thema Sizilien nicht berühren zu müssen, aber über einige andere unwichtige Dinge. Sie lächelte Leonardo zu, der diesmal zu funkeln und zu strahlen schien. Ich war immer noch wütend auf ihn, aber das machte ihm anscheinend nichts, denn er drückte mich wieder und wieder an sich und betrachtete mich mit einem Blick, den ich nicht kannte.

Abends wartete ich in meinem Zimmer auf ihn. Mein Hals platzte fast von all den ungestellten Fragen. Ich wollte die Neuigkeit, die er offensichtlich mit sich herumtrug, nicht erst von meinen Eltern hören. Wir hatten schon als Kinder immer unsere Geheimnisse vor ihnen bewahrt, er würde, er *musste* einfach zu mir kommen. Aber Leonardo kam nicht, ich hörte seine Zimmertür gegenüber zuschnappen. Starr und ratlos lag ich da und konnte stundenlang nicht einschlafen.

Am nächsten Morgen trat Leonardo summend in die Küche unseres Restaurants, wo ich gerade mit einem Schneebesen und der ganzen Wut und Verzweiflung der vergangenen Nacht zwanzig Eigelb, drei Kilo Mascarpone und zwei Pakete Puderzucker schaumig schlug. Mamma hatte ebenfalls einen Schneebesen in der Hand und wartete nur darauf, mich abzulösen. Die Rührmaschine, die ich auf Leonardos Rat hin gekauft hatte, war kaputtgegangen. Unser Vater saß auf einem Hocker, trank Espresso und blätterte nach Sonderangeboten bei Aldi. Leonardo umarmte Mamma, die gluckste wie eine ganze Schulklasse junger Mädchen. Er zwickte mich in die Seite. Ich schlug lasch nach ihm, ich wollte nicht nett zu ihm sein.

»Mamma, weißt du noch, als kleiner Junge wollte ich dich immer heiraten.«

»*Si!*«, antwortete sie mit seltsam klarer Stimme, und ich hielt die Luft an, denn ich wusste plötzlich, was jetzt kommen würde.

»Mamma! Papa! Ich werde heiraten! Also, das heißt, ich wollte euch fragen, ob ihr mir die *benedizione* gebt.« Er rieb sich die Stirn und setzte gleich darauf hinzu: »Ist ja irgendwie albern, aber ich merke, es ist mir schon wichtig, dass ihr einverstanden seid, also, wenn ihr meine zukünftige Frau ... So macht man das doch, oder?«

Meine Knie fingen an zu zittern.

»Wenn die Liebe anklopft, dann lass sie nicht draußen stehen«, sang mein Vater laut und falsch in sizilianischem Dialekt. Er stand auf und haute Leonardo auf die Schulter.

»Ja ja, ist gut, Papa!« Mein Bruder nickte Mamma beruhigend zu. »Ich möchte sie euch ganz bald vorstellen. Sie ist von da, wo ihr herkommt.«

Mamma Maria schluckte mühsam, ihre Blicke huschten zwischen ihrer Hand und der Tür zum Hof hin und her, als ob sie mit dem Rührbesen fliehen wollte.

»Wer ist sie denn?«, fragte ich, als niemand mehr etwas sagte.

»*Gemellina!*« Er schaute auf, als hätte er mich erst jetzt bemerkt. »Sie ist ein wunderschönes, kluges Mädchen, und sie malt.«

Ich sah vor meinem inneren Auge eine zarte Person mit wilden schwarzen Locken in einem farbbespritzten Overall, die riesige Leinwände mit einem Besen, grüner Farbe und einer großen Portion Selbstbewusstsein bearbeitete.

»Was für ein Zufall, dass sie aus eurer Stadt kommt, nicht?«, wandte sich Leonardo nun wieder an unsere Eltern. Die beiden schwiegen und schauten auf ihren Sohn.

»... und ich liebe sie!«

Mamma Maria schwankte, ich packte sie am Ellenbogen, um sie zu stützen. Meine Eltern sahen sich an.

Ich weiß, das ist im Nachhinein immer einfach zu sagen, aber in diesem Moment, als meine Eltern, die sich sonst nie anschauten, ihre Blicke ineinanderbohrten, ahnte ich, dass mit Leonardo auf Sizilien etwas Fürchterliches geschehen würde.

Sogar in den Augen meines Vaters konnte ich die Angst vor Leonardos nächsten Worten aufflammen sehen. Etwas hatte sich dort auf dieser Insel zugetragen. Seit sie vor zweiunddreißig Jahren aus ihrer Heimat fortgegangen waren, waren sie kein einziges Mal mehr zurückgekehrt.

»Bleib doch hier«, sagte ich leise zu ihm, »gehe nicht nach ... dahin!«

Doch Leonardo steckte nur seine linke Hand in die Hosentasche und schaute in meine Rührschüssel. Mit dem rechten kleinen Finger stippte er in die Masse, schüttelte den überschüssigen Rest so flüchtig und doch aufmerksam ab, wie nur Köche es können, und probierte.

»Mascarponeschaum! Du hast daran gedacht, Puderzucker zu nehmen. Gut. Muss aber noch länger geschlagen werden.« Ich nickte automatisch.

»Von wo kommt sie genau? Kommt ihre Familie aus Bagheria?«, knurrte mein Vater.

»Ja. Mir gefällt Bagheria. Wie aufwendig sie dort die barocken Villen restauriert haben, alle Achtung. Die Villa Cutó war früher anscheinend total verfallen, jetzt sind eine Bibliothek und ein Teil der Universität dort eingerichtet.«

Niemand sprach. In der Küche war es still wie in einer verlassenen Kirche. Einige Sekunden starrten wir Leonardo nur an.

»Also, sie heißt jedenfalls Grazia. Grazia LaMacchia.«

Da begann Mamma zu schreien und hörte erst auf, als der Arzt ihr eine Dreiviertelstunde später ein Beruhigungsmittel spritzte.

»Eine alte Geschichte. Sie werden dir nur Lügen erzählen, lügen, das ist das, was sie können«, brüllte Papa, der, während der Arzt Mamma untersuchte, in den Keller gelaufen war und dort unten irgendwas zerschlagen hatte. Wir konnten ihn bis ins Schlafzimmer im ersten Stock poltern hören.

»Worüber werden sie mir Lügen erzählen?«

»Lügen eben. Und jetzt hör zu, ich mache es kurz.« Mein Vater stand breitbeinig vor dem Herd, er nahm eine Fleischgabel vom Haken und bohrte die langen Zinken in seine eigene Handfläche. Ich hatte auf einmal Angst vor ihm.

»Du kapierst nicht, in was für einem Haufen Scheiße du da rührst. Die wollen eine Stadt sein? Universität, seit wann haben die da was von der Universität?! Bagheria ist immer noch ein auseinandergewalztes Dorf voller Neid und Schadenfreude, Schafställen und Staub, in dem Cousins seit Jahrhunderten schon ihre Cousinen heiraten.«

Ich blieb stehen, versteckte mich hinter der Schwingtür und hielt den Atem an. Zum ersten Mal erzählte unser Vater etwas von seiner Heimatstadt.

»Such dir ein anderes Mädchen! An der einen Stelle sind sie alle gleich, es gibt Tausende von dieser ...« Er stockte, ich hatte mich vorgeschoben, er konnte mich nun im Türrahmen stehen sehen. »... von dieser Sorte. Glaub mir, dein Vater weiß das!« Seine Augen wurden noch schmaler, und er machte einen Schritt auf Leonardo zu, der seine Arme vor der Brust verschränkte, aber nicht zurückwich.

»Was für eine Sorte? Was für eine Sorte ist sie denn? Du kennst sie ja nicht einmal!«

»Das braucht dich nicht zu interessieren.« Die weit auseinanderstehenden Augen meines Vaters schauten verächtlich an Leonardo auf und ab, dann schleuderte er ihm seinen letzten Satz entgegen: »Nur eins noch: Wenn du die heiratest, bist du nicht mehr mein Sohn.« Er ging aus der Küche, ohne mich anzuschauen.

Noch am selben Nachmittag flog Leonardo zurück nach Palermo.

»Es tut mir leid, kümmere dich bitte um Mamma!«, sagte er mir zum Abschied und strich mir über die Haare. »Ich hätte vorher mit dir reden sollen. Ich schreibe dir, versprochen.«

Ich nickte nur.

Während ich zu dem gemarterten Jesus hinaufschaute, der sich links neben mir in einem Glaskasten aufzurichten versuchte und dessen Hand- und Fußgelenke sehr anschaulich mit Blut verkrustet waren, erinnerte mich ein knurrender Laut aus meinem Innersten daran, dass ich seit dem trockenen Käsebrötchen im Flugzeug nichts mehr gegessen hatte.

Leonardo hatte Grazia schon zwei Monate später geheiratet. Eine LaMacchia!

Meinen Eltern hatte ich erzählt, ich sei auf die Hochzeit einer Schulfreundin eingeladen. Weit weg, in Bayern, und erst in drei Tagen wieder zurück. Stattdessen flog ich das erste Mal in meinem Leben nach Sizilien, zu Leonardo.

Grazia war kurz vor der Trauung nervös. Wir saßen, nein, man kann schon sagen, wir *versteckten* uns im fensterlosen Hinterzimmer einer Bar in Santa Flavia und warteten auf Leonardo. Grazia erzählte mir von dem Versuch, ihre Eltern auf Leonardo vorzubereiten. Währenddessen hackte sie mit ihrem Espressolöffel angestrengt in der leeren Tasse herum, als ob sie etwas Hartes zerkleinern müsste.

»›Ich bringe nächsten Samstag jemanden mit‹, habe ich zu Hause erzählt. Da tauschten sie Blicke und fragten sich, wie hat sie das denn geschafft?«, begann Grazia leise. »Die haben mich doch immer überall abgeholt oder einen von meinen Brüdern geschickt. Papa war still, aber er freute sich für mich, das konnte ich spüren, obwohl ich mich nicht traute, ihn anzuschauen. Mein Bruder Domenico wollte wissen, wo ich ihn kennengelernt habe. Und ich antwortete: ›Er verdient gut, er arbeitet in Palermo, im *Sirena*.‹ Mamma fragte natürlich: ›Ist schon etwas passiert, was nicht passieren darf?‹ Da ahnte ich immer noch nichts. ›Mamma!‹, habe ich ganz empört gesagt. ›Was redest du da!‹ ›Dann bring ihn eben mit!‹, meinte Papa – und dann nenn' ich seinen Namen, und sie fragen nach den Namen seiner Eltern, und plötzlich bezeichnet Mamma mich als eine Nutte, die in Palermo herumspaziert und für den ersten Tellerwäscher die

Beine breit macht! Meine Brüder reden durcheinander und wollen wissen, wo er wohnt, damit sie ihn umbringen können, und Papa ... der hat plötzlich geweint. Mein Vater! Ganz still. Und dann ging er weg.«

Grazia weinte dann auch und erzählte, ihr Vater Gaetano habe sich sogar mehrmals betrunken, er trinke sonst nie, und eine Woche seine eigene *pasticceria* nicht mehr betreten. Ihre Mutter und ihre drei Brüder sprächen nicht mehr mit ihr. Das könne sie aushalten, aber dass auch ihr Vater schweige, das schneide ein Loch in ihre Seele. Genauso hatte sie sich ausgedrückt.

Da eine Braut kurz vor der Trauung nicht weinen soll, habe ich sie in den Arm genommen und ihr ins Ohr geflüstert: »Er ist mein Bruder, und gleich wird er dein Mann. Er wird dich beschützen. Ihr werdet ein glückliches Leben haben, nur ihr zwei. Zum Teufel mit unseren idiotischen Familien!« Sie zuckte zusammen und bekreuzigte sich. Wegen dem Teufel wahrscheinlich. Sie weinte weiter, und wir mussten uns die Toilette aufschließen lassen, wo es mir vor dem Minispiegel gelang, Grazias verschmiertes Augen-Make-up wieder herzurichten. So schön wie vor den Tränen sah sie aber nicht mehr aus.

Gegen alle Vernunft hatte mein Bruder also nach der Mittagsmesse das Mädchen mit dem schwermütigen Schneewittchengesicht in der Chiesa della Pietá geheiratet. Außer mir und dem Pastor waren nur die alltäglichen in Schwarz gekleideten Frauen mit ihren Einkaufsnetzen dabei. Als die beiden aus der Kirche kamen, habe ich Blütenblätter geworfen und ein paar Bilder gemacht. Eins davon bewahrte ich noch immer in meinem Portemonnaie auf. Grazia trägt darauf einen cremeweißen, eleganten Hosenanzug, ihre schwarzen Haare sind am Hinterkopf zu einem wunderbar altmodischen Knoten zusammengeschlagen, und ihr Mund ist kirschrot. Das steht ihr gut. Sie hält Rosen mit tennisballgroßen Blüten in der Farbe ihres Anzugs in der Hand – weiße Rosen, ausgerechnet meine Lieblingsblumen. Leonardo blinzelt neben ihr in die Sonne. Gleich wird er das Jackett ausziehen, die Ärmel seines Hemdes hochkrempeln und das Auto anschieben, das sich sein neuer Freund, Claudio, der Sohn des Notars, geborgt hatte, um uns abzuholen. Grazia und Leonardo halten sich an beiden Händen fest, und diese Pose sieht nicht so albern aus wie die auf den anderen Hochzeitsfotos, die in grauenhafter Öffentlichkeit überall in Sizilien in den Kästen der zahlreichen Fotogeschäfte hängen. Eine Hand genügt ihnen nicht, sie klammern sich hinter den Rosen aneinander, als könnten sie nur so sämtlichen Verwünschungen, Enterbungen und Anfeindungen ihrer Familien standhalten.

Was ist nun mit Matilde?, meldete sich plötzlich Leonardos Stimme.

Natürlich würde ich es für dich tun, Leonardo, flüsterte ich tonlos. Für dich und für Grazia! Aber ich weiß einfach nicht, wie. Sag du es mir!

Ich hatte Leonardo versprochen, mich um Matilde zu kümmern, aber wie sollte ich sie aus dieser Gift sprühenden Familie herausholen? Wie stellte er sich das vor? In der rechten Hand schwenke ich den Hasenkoffer, mit der linken führe ich Matilde aus der Wohnung? Vorbei an Teresas bösen Blicken, Gaetanos hilflosen Gesten und den Mündungen der Pistolen, die die drei Brüder in den Innentaschen ihrer Anzugjacken selbstverständlich mit sich trugen?

Auf der anderen Seite des Ganges konnte ich mein Patenkind auf der Bank zappeln sehen. Ich sah auch Teresas altersfleckige Hand, die wie eine Kralle auf Matildes Oberschenkel ruhte.

»Vater unser, der du bist im Himmel«, begann ich zusammen mit der Trauergemeinde, »geheiligt werde dein Name ...« Ich stockte. »... wie im Himmel so auf Erden«, versuchte ich dann den Anschluss an die murmelnde Schar zu erwischen.

»Lella!« Matilde war der Umklammerung von *nonna* Teresa offenbar entkommen. Sie drückte sich neben mich auf die Bank, packte meine Hand und zog sie in die Höhe, denn nun wedelte der Priester mit seinem Weihrauchfässchen herum und zwang die Trauergesellschaft zur gemeinsamen Fürbitte auf die Beine.

Ich strich dem Mädchen über die gehäkelte dunkelblaue Mütze. Warum setzten sie ihr überhaupt so ein dummes Mützchen auf? Matilde zuckte und schaute mich streng von unten an. Beten!, hieß das, nicht streicheln!

Ich faltete die Hände und verbrachte erholsame Minuten, ohne an irgendetwas zu denken. Danach durften wir uns alle wieder auf die dunkle Holzbank setzen. Der Pfarrer sagte vermutlich ein paar Worte, die ich nicht wahrnahm, und die Trauergemeinde schlug das Kreuzzeichen. Unaufgefordert führte das Kind neben mir die Bewegungen aus, genau darauf achtend, dass auch ich alles richtig machte.

Schon war die Ruhe im Sitzen vorbei, und wir mussten alle wieder knien. Das Gesicht in den Händen verborgen, gelang es mir erneut, die Worte des Gebets an mir vorbeiplätschern zu lassen.

Ach, Matilde, was mache ich bloß mit dir, du kleines zartes Äffchen? Du bist so brav, dein Lächeln ist so artig, dass es mir in der Kehle wehtut.

Hol sie her, hatte Susa am Telefon gesagt. Hol sie her! Und dann? Die Familie LaMacchia würde mir nie erlauben, Matilde mit nach Köln zu nehmen. Aber wohin sollte ich dort auch mit ihr, zu Susanna? Könnte ich es wagen, sie mit zu meinem Vater zu nehmen? Mamma bekäme vor Schreck einen Erstickungsanfall, sie würde sterben, und ich hätte Schuld. Ich drückte das kleine Mädchen an mich und strich über den dicken Wollstoff an ihrem Rücken. Was für ein hässliches Kleid Teresa ihr da angezogen hatte. Ich senkte meinen Kopf wieder, bekam die letzten Worte des Gebetes mit: »Gebenedeit seiest du, Maria. Amen.«

Grazias Brüder und drei weitere Männer hoben den Sarg auf ihre Schultern, wir erhoben uns von den Bänken, um ihnen zu folgen. Teresa zischte von der anderen Gangseite nach Matilde. Ich zwang mich, sie kurz anzuschauen, meine Augen trafen die ihren. *O Dio*, sie konnte so grimmig gucken.

Hilf mir, Leonardo!, bat ich meinen Bruder.

Kannst wegucken, das reicht schon, hörte ich ihn sagen. *Lass Matilde bloß nicht zu ihr!*

Zum ersten Mal in meinem Leben wünschte ich mir einen Hut mit schwarzem Schleier auf den Kopf. Ich senkte meinen Blick, aber nicht schnell genug, um ihn, der sich da mit gespielter Bescheidenheit in der letzten Reihe aufrichtete, nicht zu bemerken.

Claudio Acquabollente! Er war blass, trug die Haare mit Gel geglättet und betonte damit seine große Nase und seine Kopfform. Der Mann, den ich irgendwann vor tausend Jahren einmal geliebt hatte und jetzt verachtete, der Mann, den ich hier am allerwenigsten sehen wollte, erstaunte mich mit einer nie festgestellten Tatsache: Er hatte einen Eierkopf.

Erneut hörte ich Teresa von der anderen Gangseite nach Matilde rufen. Doch ich nahm mein Patenkind nur noch fester bei der Hand, und so gingen wir dem Sarg mit kleinen Kinderschritten hinterher. Auf dem Sargdeckel zitterte ein Gesteck aus weißen Lilien und Anthurien, bei deren Anblick ich wie immer an die unansehnlichen Geschlechtsteile von männlichen Pavianen denken musste. Als ich an Claudio vorbeiging, machte er mir mit ausgestrecktem Daumen und kleinem Finger ein Zeichen: Wir telefonieren! Vergiss es, Claudio, dachte ich und hob mein Kinn.

In der überhitzten Kirche hatte ich vergessen, dass es draußen erst Mai war. Dankbar streckte ich meinen Kopf in die frische, klare Luft. Das Licht der Nachmittagssonne wurde von den Mauern der eng um die Kirche stehenden Häuser aufgenommen und in einem kräftigen Goldorange wieder abgestrahlt. Ich musste die Augen zusammenkneifen, und auch Matilde hielt sich beide Hände vor das Gesicht. Ein Brunnen ließ hinter hohen Gitterstäben mit gleichgültiger Munterkeit Wasser in eine riesige Marmorschale plätschern. Es klang frisch, nach Leben, Frühling und nahem Sommer und übertönte fast die Totenglocke, die irgendwo oben in ihrem Glockenturm, fern und nicht dazugehörig, vor sich hin läutete. Wie ein Haifischmaul ragte die Klappe des schwarzen Leichenwagens in die Luft. Sie hatten den Sarg schon hineingeschoben. Gleich ginge es im Schritttempo die ersten Meter zu Fuß in einem Trauerzug den *Corso Butera* hinunter. Danach würde man in die Autos steigen, die vorher auf einem Supermarktparkplatz abgestellt worden waren, um die restliche Strecke zum Friedhof zu fahren.

Matilde umklammerte zwei von meinen Fingern so fest, dass es mir wehtat. Sie ignorierte die ausgestreckten Hände der Großmutter und deren Ausrufe: »Komm, komm zur *nonna!*«

Ich zog Matilde mit mir. Wir gingen durch einen Wald aus *ghirlande*, Blumenkränzen, die auf lange Stelzen geflochten waren. Schwarze und farbige Kostüme, weiße Hemdsärmel, schicke und weniger schicke Anzüge überschwemmten den Platz; sie stauten sich in großen Menschenklumpen, manche holten Sonnenbrillen und Handys heraus, fragten Nachrichten ab, zündeten sich gegenseitig Zigaretten an oder standen nur herum. Aber ihre Augen beobachteten uns heimlich, uns beide, die zwei Bellones, die noch übrig waren.

Ich wusste nicht, was ich tun sollte. Ich wollte mit Matilde nur einige Minuten auf einer der grünen Bänke sitzen, inmitten der alten Männer, die mit den Spazierstöcken zwischen ihren Beinen redend oder schweigend die Zeit verstreichen ließen. Ich zog sie zu einer leeren Bank. Aus den Augenwinkeln sah ich, wie uns einige Personen folgten und eine Schlinge um uns zogen: Antonio, Domenico und Isidoro.

»Bist du traurig?«, fragte ich Matilde, die mit der Handfläche fortwährend über die schmalen Holzbretter der Bank streichelte. Sie wollte mir nicht antworten, und sie wollte sich nicht setzen. Trotz des sackartigen Kleides, das bis zu ihren Fußknöcheln reichte, war sie so hübsch, dass es mir in der Brust wehtat. Ihre Augenbrauen hoben sich in einem perfekten Bogen, bis auf den kleinen, akkuraten Knick, den die rechte Braue zum Ende beschrieb. Den hatte sie schon bei ihrer Geburt gehabt. Ihr breiter Mund erinnerte mich an meinen eigenen und den von Leonardo. Ich nahm Matildes

Hand und konnte die dünnen Knöchelchen auf ihrem Handrücken fühlen.

»Ich bin sehr traurig«, sagte ich. »Weißt du, was ich mache, wenn ich sehr traurig bin?«

Matilde schüttelte den Kopf, ohne den Blick von der Bank zu heben.

»Ich erzähle mir etwas über das, was mich traurig macht. Oder ich erzähle es jemandem, den ich gerne habe.«

Ich gab vor, Grazias Brüder nicht zu sehen, die wiederum so taten, als ob sie nach irgendwem Ausschau hielten, und dabei näher rückten. Matildes Augen blickten mich ernst und dunkel an. Es sind Grazias Augen, ein bisschen schräg, ein wenig traurig, überlegte ich. Sie müsste in den Kindergarten gehen, sie sollte rennen, lachen, toben und mit anderen Kindern spielen dürfen. Stattdessen verkümmert sie bei ihren Großeltern vor dem Fernseher. *Dio*, wie soll ich sie da bloß rausbekommen?, wiederholte ich bestimmt zum hundertsten Mal, und meine Ratlosigkeit blies sich wie ein hässliches Gummitier auf und zerplatzte in meinem Kopf.

»Ich habe dich so, so gern«, sagte Matilde in diesem Augenblick leise, »aber ich will nichts sagen.«

»Vielleicht kannst du mir später etwas erzählen. Oder wir gehen ans Meer und erzählen uns gar nichts.«

»Ja.« Sie lächelte kurz. »Wir sagen nie mehr etwas Trauriges, wir sagen gar nichts. Gar nichts über die, die nicht da sind.«

Mein Hals wurde ganz eng. Hastig räusperte ich mich, doch das Gefühl, nicht schlucken zu können, hielt an. Meine Augen brannten, und ich merkte auf einmal, wie müde ich war. Ohne etwas zu sehen, starrte ich zwischen den herannahenden Hosenbeinen der Brüder hindurch. Dort hinter dem Brunnen, wo der *Corso Butera* den Berg hinunterführte, ließen die Geschäftsleute ratternd ihre Metallrollos vor den Fenstern herunter. Für ein paar Minuten, solange der Trauerzug vorbeizog, schlossen sie ihre Läden, um Grazia und ihrer Familie die letzte Ehre zu erweisen.

Ein Taxi hielt. Jemand stieg aus, er überragte den Taxifahrer neben sich um zwei Köpfe. Ich sprang auf, die Brüder schauten irritiert um sich. Dunkelblond, gut aussehend und ein bisschen unrasierter als noch vor drei Stunden in der Ankunftshalle des Flughafens Falcone & Borsellino stand er plötzlich da. Der Fotograf aus dem Flugzeug. Phil!

Auch er hatte mich jetzt entdeckt und machte mir mit den Händen ein Zeichen. Ich habe Zeit, keine Eile, sollte das offenbar bedeuten. Ein entschuldigendes Lächeln erschien auf seinem Gesicht. Es sah dennoch wichtig aus. Dringend.

Warum fuhr er mir mit dem Taxi den ganzen Weg vom Flughafen bis nach Bagheria hinterher, immerhin fast fünfzig Kilometer?

Seine Haare waren lockig, ein längerer Schopf hing ihm in die hohe Stirn, daneben schoben sich zwei kaum erkennbare Buchten unter die Haare. Das würden mal Geheimratsecken – auch damit sähe er sicher noch gut aus. Ich würde seine Haare gerne berühren ...

Bevor sich das Entsetzen über meine schlichten Gedankengänge in mir ausbreiten konnte, wurde mir ganz warm, und mein Herz galoppierte los. Egal, was ihn hier vor die Chiesa Madre in Bagheria geführt hatte, jetzt war er da. Und das war die Lösung. Ich würde ihn überreden können. Jemand, der verrückt genug war, sich Suppenteller zeigen zu lassen, aus denen ein kleines Mädchen gegessen hatte, würde mir helfen. Ich atmete tief ein und lächelte Matilde zuversichtlich an. Und wie zur Bestätigung hellte sich ihr ernstes Gesichtchen plötzlich auf. »Guck mal: ein Fisch!« Sie zeigte auf eine Stelle in der Holzmaserung der Bank und ließ ein kleines, entzücktes Lachen hören.

Gemächlich bezog die Trauergesellschaft hinter dem Leichenwagen Aufstellung, noch immer war ich von Antonio, Domenico und Isidoro umringt. Alle drei hatten leichte Hängebacken und einen identischen Unterbiss, der ihnen das Kinn vorschob. Der Älteste und Kleinste, Antonio, guckte mir gleichgültig von unten ins Gesicht, doch dieser Blick war genauso falsch wie die enormen Jacketkronen in seinem Mund. Ich beugte mich zu Matilde.

»Ich komme wieder, ich komme ins Haus der *nonna*, und dann spielen wir mit deinen Tigern, gehen spazieren und erzählen uns etwas Trauriges oder etwas Lustiges oder nichts.« Und noch einmal, etwas leiser, das Ganze auf Deutsch, was die Mundwinkel der Brüder noch stärker zucken ließ als vorher. Leonardo hatte mit Matilde als Baby immer Deutsch geredet, sie hassten ihn dafür.

Obwohl Matilde mein Deutsch nicht verstand, nickte sie ernsthaft, schlang mir die Arme um den Hals und gab mir einen knautschigen Kinderkuss auf den Mund. Dann ließ sie sich von *nonna* Teresa, die den Kreis ihrer wachsamen Söhne in dieser Sekunde wie ein Adler durchstoßen hatte, an die Hand nehmen. Feierlich und entschlossen, wie es nur eine Vierjährige konnte, schritt sie auf den Leichenwagen zu, der den Sarg ihrer Mutter im Schritttempo vorbeilenkte.

Ich sah ihr nach, starrte auf Teresas Haarknoten, der zufrieden wippte. Wenn ich nicht das Richtige tat, würde ich Matilde nie wieder sehen, ich würde nur zuschauen können, wie sie aus meinem Leben trippelte und verschwunden bliebe. Ich musste also auf jeden Fall das Richtige tun, hatte aber noch keine konkrete Vorstellung, was das sein könnte. Es hatte aber mit Phil zu tun, dessen war ich mir sicher. Langsam ging ich zu der wartenden Gestalt hinter dem Taxi.

Kapitel 7

PHIL

Am liebsten würde sie rennen, dachte ich, als ich ihren beherrschten Gang sah. Sie flieht vor diesen Leuten, und nur der Anstand bewahrt sie davor, noch schneller zu gehen.

Das kleine Mädchen, mit dem sie an der Bank gesprochen hatte, drehte sich noch einmal zu ihr und winkte.

Schade, sie sieht es nicht, dachte ich, aber in derselben Sekunde wandte Lella sich zu der Kleinen um und schickte ihr einen Kuss durch die Luft. Keinen von diesen geworfenen Handküssen, sondern einen ganz langsamen, mit dem Mund, das konnte ich von der Seite sehen. Es sah nach einem Versprechen aus, das zusammen mit dem Kuss wie eine Seifenblase hinüberschwebte und von dem Mädchen hüpfend, als ob sie einen Schmetterling mit dem Netz erwischen wollte, aufgefangen wurde. Dann nahm die schwarze Lady Madonna die Schultern zurück, strich eine Strähne ihrer langen Haare aus dem Gesicht und kam auf mich zu.

»Hallo.« Sie klang atemlos.

»Bitte entschuldigen Sie.« Meine Güte, wir sind doch per du, schoss es mir durch den Kopf. Ich begann noch einmal: »Äh, es tut mir leid, ich wollte dich nicht stören, bei ... dabei«, ich machte eine unnötige Handbewegung und schloss die Menschenmenge, den Kirchplatz und das schöne Wetter mit ein.

»Aber diese Tasche hier, also ... das ist nicht meine.«

Ich hielt ihr die schwarz-rot gestreifte Schultertasche entgegen, die alte Fototasche, die mir nicht gehörte.

»Du hast meine Tasche?«, wiederholte sie mit erstaunt aufgerissenen Augen, die etwas gerötet waren. »Habe ich die etwa am Flughafen liegen lassen? *Dio*, das ist mir noch nicht mal aufgefallen. Wie hast du mich gefunden?«

Ich zeigte auf Mario Nr. 2865, der seine lederne Mütze in der Hand drehte und damit auf die nahe Mauer deutete, an der eine einzelne Todesanzeige klebte. »Grazia La-Macchia« war neben zwei grünlich gefärbten, betenden Händen zu lesen. Ich zuckte mit den Schultern, aber der Taxifahrer wusste offensichtlich, wen er vor sich hatte, oder er besaß ein gutes Namensgedächtnis. *Signorina Bellone* nannte er sie, drückte ihre Hand, senkte den Kopf, presste seine Mütze dramatisch an die Brust und nuschelte etwas auf Sizilianisch, was sicherlich »Mein aufrichtigstes Beileid« oder Ähnliches bedeutete. Mir fiel ein, dass ich auch kondolieren sollte, aber sie konnte mich nicht hören, denn mein dicker, unrasierter Fahrerfreund redete auf sie ein. Er sagte *scusi* und zeigte auf die Kirche, um sich schon vorab für die etwas unpassenden Umstände der Erzählung zu entschuldigen. Denn nun beschrieben seine Hände eine Verfolgungsjagd, er lachte, wie im »Tschienema«, ja, wie im Kino, es hatte ihm Spaß gemacht, dass da endlich mal einer zu ihm in den Wagen sprang und »*Follo se taxi!*« schrie. Lady Madonna antwortete ebenfalls in der Nuschelsprache. Sie zeigte auf die Kirche und bat ihn um irgendwas. »*Grazie*«, sagte sie, und ein dankbares Lächeln erschien auf ihrem Gesicht. Der Fahrer bahnte sich einen Weg durch die Menschen und verschwand in der Menge. »Mein Beileid.« Wer die Tote wohl war? »Grazia LaMacchia« klang in meinen Ohren über achtzigjährig, zart und altersknochig, wahrscheinlich ihre Oma oder eine Erbtante mit einem hellwachen, würdevollen Vogelgesicht. Lella nickte nur und guckte angestrengt auf die Straße vor ihre hochhackigen Schuhe. Hoffentlich weinte sie nicht! Ich wusste nicht, wie man weinende Frauen tröstete.

Hätte ich nicht einen besseren Spruch finden können, etwas, was sich wenigstens ein bisschen mehr nach Mitgefühl anhörte? »*Gesu é onnipotente*« hatte jemand an die Mauer des Hauses gegenüber gepinselt. Die blaue Farbe war zu flüssig gewesen und in langen Tränenbächen nach unten gelaufen. Ich konnte mir denken, was derjenige, der das geschrieben hatte, meinte, es kam mir dennoch zweideutig, um nicht zu sagen unanständig vor.

»War sie deine Oma?«

Überrascht hob Lella die Augen vom grauen Asphalt. Sie sah auf einmal sehr müde aus.

»Die Frau meines Bruders. Mein Bruder ist vor drei Jahren gestorben.«

»Oh, das ... das tut mir leid ... auch – leid.« Was für ein Hohlkopf ich war, das tut mir *auch* leid! Die schöne Lady Madonna starrte über die Menschenmenge, die sich jetzt zu einem Zug formte, und antwortete nicht. Sie schaute auf ihre Armbanduhr und dann in den Himmel.

»Nun denn«, sagte ich nach einer endlosen Minute, »ich bin ein bisschen erledigt, ich sollte mal langsam zurückkehren nach Palermo, mich vorbereiten, in meinem Hotel die Akkus aufladen, alles prüfen für morgen.«

»Ja.«

»Und ich weiß noch nicht einmal den Namen meines Hotels, weil sich alle Unterlagen in der Tasche befinden.« Ich lachte, ich redete geschwollen, wie immer, wenn ich verlegen war. Es klang dumm, unheimlich dumm. Entspann dich, Philip Eric Domin!, befahl ich mir, sei ganz du selbst und rede, Herrgott noch mal, vernünftig! Ich versuchte es: »Eine dumme Verwechslung, irgendwer hat die Taschen in die falschen Taxen gelegt. Wo ist mein Taxifahrer eigentlich hin?«

»Holt meinen ... Koffer aus der Kirche.«

Am tonlosen Klang ihrer Stimme und ihrem Blick merkte ich, dass meine größte Sorge sich bestätigen würde.

»Sag jetzt nicht, du hast sie ... Das gibt es doch nicht! Wo hast du die Tasche gelassen? Da war meine Hasselblad drin, die war noch nicht mal bezahlt ...Das ist doch jetzt nicht wahr, oder?! Sämtliche Objektive, der neue Belichtungsmesser, mein Laptop, mein Handy... ich glaub es einfach nicht!«

Ich rannte ein paar Schritte davon, um sogleich wieder auf sie zuzusteuern. »Das ist eine Katastrophe!«, rief ich, trat noch einen Schritt näher auf sie zu und guckte ihr wütend ins Gesicht. Was für eine Entschuldigung würde sie herausbringen? Zu meinem Erstaunen wich Lella nicht vor mir zurück, sie biss stattdessen auf ihrem Daumenknöchel herum, nickte, seufzte leise und schnalzte mit der Zunge. Zweimal sagte sie: »*Oh, no!*«

Vielen Dank, sie hatte sie liegen lassen! Meine neue Kamera fuhr in einem Taxi über Siziliens Straßen, wahrscheinlich lag sie schon längst bei einem Schieber in Palermo, der sich die schwarz behaarten Hände vor Freude über die hochmoderne Ausrüstung rieb! Ich legte meine Arme auf das Autodach und bettete meinen schmerzenden Kopf darauf, wir redeten kein Wort miteinander, bis ein Quietschen die Rückkehr des Taxifahrers ankündigte, der einen schwarzen Rollenkoffer hinter sich herzog und einen graublauen, verknitterten Damenmantel im Arm trug.

»*Piacere*, Bracciocaldo Mario!« Ich war plötzlich Luft für ihn, aber das war mir egal. Lella erklärte ihm die Verwechslung. Während er Lellas Gepäck im Kofferraum verstaute, stellte er viele Fragen, Lella schüttelte nur den Kopf. Es ging um das andere Taxi, den Fahrer und die Automarke, so viel verstand ich.

»Bar Eden?«

»*Si, andiamo!*« Ihre Stimme klang auf einmal gehetzt, Mario lief um das Auto herum und öffnete ihr die Beifahrertür, nur mir machte niemand die Tür auf. Dann sah ich, wie ein Mann mit ölig nach hinten gekämmten Haaren auf uns zukam. Lella hatte ihn auch gesehen. »*Dai, andiamo!*« Mario warf seinen untersetzten Körper ächzend hinter das Steuer, schnell verzog ich mich auf die Rückbank. Wir fuhren dem Ölkopf fast über die Füße. Lella drehte sich zu mir um: »Wenn sich irgendwo in Bagheria Taxis treffen, dann vor der Bar Eden.«

»Schön.«

»Dass ist eine Möglichkeit.«

Es sollte vermutlich hoffnungsvoll klingen, tat es aber nicht, sie rieb sich die Schläfen mit beiden Händen, wahrscheinlich hatte sie wie ich Kopfschmerzen.

»Er fragt jetzt mal.«

Per Funk gab unser Fahrer die Suche nach der Tasche durch.

»Falls das Taxi aber schon wieder Richtung Palermo

ist ...«, begann Lella den Satz, um ihn nicht zu beenden. Mario nickte, »*eh! Si!*«, sagte er, als ob er verstanden hätte. Ja ... dann sah es -*eh! Si!*- schlecht aus, so viel hatte ich auf meinem Rücksitz auch schon begriffen.

Plötzlich klingelte ein Handy. Es war Mozarts »Kleine Nachtmusik« und deswegen war es mein Handy! Es hatte die ganze Zeit in der Tasche meines viel zu warmen Mantels gesteckt, wo ich es eigentlich nie aufbewahre, da ich elektromagnetische Strahlungen so fern wie möglich von meinem Körper halten möchte. Es vibrierte klingelnd vor sich hin und hörte auf, noch bevor ich es hervorgenestelt hatte. Zehn Anrufe in Abwesenheit. Sprachnachrichten: drei. Alle von Brigida. Meine Güte, warum in Abwesenheit? Ich hatte nichts gehört, war Sizilien denn ein einziges Funkloch?

»Es ist zwar widerlich, geht aber nicht anders!« Lella seufzte und redete daraufhin schnell auf Mario ein.

»Was hast du ihm gesagt?«

»Ich habe ihm gesagt, er soll durchgeben, dass die ehrenwerte Familie LoConte diese Tasche sucht.« Sie zuckte mit den Schultern. »Vielleicht haben wir auf diese Art eine Chance und Teresas einflussreicher Familienname, den sie immer so betont, ist endlich mal zu etwas zu gebrauchen!«

Wer waren die LoContes nun wieder? Mario räusperte sich wichtig, gab dann den Namen und die besonderen Merkmale der Tasche noch einmal durch und dass das Fundstück doch bitte in der Bar Eden abzugeben wäre.

Die Bar war ein Reinfall, sie erfüllte überhaupt nichts von dem, was ich mir bis zu diesem Zeitpunkt unter ›Eden‹ vorgestellt hatte, denn ›Eden‹ war hässlich. Vor dem hoffnungsvoll angesteuerten Taxitreffpunkt parkte kein einziger Wagen, dafür wuchsen aus den Fliesen des schadhaften Bürgersteigs Grasbüschel, die man auch mit viel gutem Willen nicht als Garten durchgehen lassen konnte. Eine Markise spendete drei Tischen Schatten, den niemand benötigte, ein einsamer Stuhl stand neben der Tür, die in der Fensterfront eingelassen war. Im Gänsemarsch, Fahrer Mario voran, gingen wir durch die Tür, überquerten eine Fläche, auf der eine zwanzigköpfige Folkloregruppe mühelos ihre Volkstänze hätte aufführen können, und erreichten den Tresen.

»Mario!«, rief der *barista*, während er uns mit unverhohlener Neugier anstarrte.

»Was willst du trinken?«, fragte Lella mich, sie selbst bestellte eine *latte macchiato*.

»Campari.« Ich hatte Brigidas Lieblingsgetränk zu meinem gemacht. Campari machte mich locker, und wenn ich locker wäre, würde ich ihr die ganze Sache besser erklären können. Ich tippte ihr ein »*Amore, tutto bene*« in mein Handy.

»Sag es ihr lieber noch nicht, vielleicht haben wir ja Glück.« Lella lehnte sich an den Tresen und massierte wieder ihre Schläfen. »*Dio*, hoffentlich *haben* wir Glück«, hörte ich sie hinter ihren Händen murmeln. Sie wusste genau, wem ich schrieb, ich hatte im Flugzeug viel zu viel erzählt, und sie hatte sich offenbar alles gemerkt. Meine Finger trommelten auf den hellen Marmor der Theke. »Also Campari!« Ich war nervös, seit Stunden fuhr ich nun schon meiner Tasche hinterher. »*Analcolico?*«, wurde ich gefragt. »Anal ... was?« »Ohne Alkohol?«, übersetzte Lella das Wort des Barkeepers. »Mit natürlich! Und Soda bitte.« Ich trank in hastigen Zügen, sobald das schildlausrote Getränk vor mir stand.

Nach zwei weiteren Campari schaffte ich es, mich von der Theke zu lösen. Ich blätterte die Seiten des *Giornale di Sicilia* um, das auf der Eistruhe ausgebreitet war, und schaute mir die Bilder an, da ich von den Schlagzeilen kein Wort verstand. Fotos von bewaffneten Soldaten in Somalia und zwei böse blickenden, halslosen Männern, die wahrscheinlich verhaftet worden waren. Der Barmann füllte Oliven, Chips und Erdnüsse in kleine Schalen, die er auf einem Deckchen mehrmals umarrangierte, bis er abschließend mit einem Geschirrhandtuch zufrieden über den Tresen wischte. Sonst passierte nichts. Mario stand dicht neben Lella und redete auf sie ein, während sie mit einem langen Löffel in ihrem *Latte-macchiato*-Glas rührte.

Ich verstand vier Worte: *Germania, ristorante, Sicilia, fidanzato*.

Lella schüttelte mehrmals den Kopf. Ich wusste nicht, auf welche Frage sie mit Nein antwortete. Auf die nach dem Verlobten auch? Sie schaute in die andere Richtung, und Mario gab auf, er kam bei ihr nicht weiter. Gewissermaßen freute mich das.

»*E lui?*«, fragte er. *Lui* war ich. Ich spürte, wie der Alkohol mich entspannte, und rückte näher an Lella heran. Ich wollte verstehen, was sie über mich sagte.

Sie zuckte die Schultern. *Fotografo, máchina fotografíca,* und *giorno, tassi, merda*.

Sie hatte Scheiße gesagt. Über mich? Oder Scheißtag? Scheißtaxi? Scheißtyp, das schien mir im Moment am wahrscheinlichsten … Ich trank den vierten Campari. Mario sah zur Fensterfront und hob das Kinn. Zwei Taxis hielten vor der Bar, die Fahrer waren kaum durch die Tür, da riefen sie schon ihre Bestellungen durch den weiten Raum.

»*Due caffè!*« Ich reckte mich und sackte gleich wieder zusammen: Ihre Hände waren leer. Etwas berührte mich leicht am Ellenbogen. Es war Lella.

»Aah! Santa Maria Santinella Bellone! Die große schöne kleine Heilige«, sagte ich viel zu laut.

»Gut gesagt«, antwortete sie leise, aber ohne ein Lächeln. Herrje, war ich peinlich.

»Wenn ich dir sonst mit irgendwas helfen kann, Geld oder so ... Es tut mir leid, dass das passiert ist.« Sie war traurig – warum war diese schöne, zierliche, schwarze Frau so verdammt traurig? Klar, die Beerdigung ihrer Oma, ach nein, ihrer ... Wer war das gleich doch gewesen? Egal, aber sie sollte lachen. Vergiss die Tasche!, wollte ich ihr sagen, stattdessen starrte ich sie an. Gott, war sie schön, und ich betrunken.

»*Signorina! Eccolo!*«

Immer sagten diese Italiener *eccolo* zu irgendwas. Ich drehte mich und rempelte den unbekannten Taxifahrer fast um. Er hatte sie, er hielt meine Fototasche wie ein Baby im Arm! Schnell nahm ich sie an mich. »*Grazie! Amico! Due Campari*«, orderte ich beim Barmann und klopfte dem Fahrer dabei auf die Schulter. In diesem Moment klimperte Mozarts *Kleine Nachtmusik* blechern aus meinem Handy. Mein »Hallo?« klang so entsetzt, dass sich mir alle Anwesenden interessiert zuwandten. Ein leises, beißendes »Phil, wo bist du?« von Brigida. Es war das erste Mal, dass sie mich im Ausland anrief.

»Tja, wo bin ich wohl? Ich bin in Palermo ... nein, in einer Bar ... Das Hotel? Das Hotel ist soweit in Ordnung, glaube ich, also ich habe es noch nicht gesehen, heißt das ...«

Ihre Stimme war so laut! Lella sollte meine Antworten

nicht hören. Ich entfernte mich, lief ein Stück durch den leeren Raum und versuchte, eine stille Ecke zu finden.

»Nein, reg dich doch nicht auf!« Die Akustik der Bar war hervorragend, jedes meiner gedämpften Worte war für Lella und alle anderen sicherlich bestens zu verstehen.

»... ich sag doch, alles in Ordnung. Der Termin? Okay, nein, alles gut ... nein ... ja, natürlich kann ich reden. Ich kann dich am Telefon auch *amore* nennen. Vor den anderen Frauen? Was für andere Frauen? Hier gibt es keine Frauen.« Brigida hatte alles in ihrem Leben im Griff, bis auf ihre Eifersucht; sie machte sie verletzbar und das ärgerte sie. Ich sah, wie Lella Mario einen Fünfzig-Euro-Schein in die Hand legte, Mario ihn zweimal ablehnte, dann schließlich beiläufig nahm und ihr sein Kärtchen hinhielt. Ich beugte mich vor, um besser sehen zu können. Lella steckte es ein, und beide guckten zu mir hinüber und redeten. Schnell schaute ich weg und sofort wieder hin. Lella bedankte sich mit Handschlag, und Mario griff zu und schaffte es, ihre Hand mindestens fünfzehn Sekunden in seinen beiden Pratzen gefangen zu halten. Aha, so ging das hier, kein *fidanzato* in Sicht, das nutzte der alte Bock natürlich aus!

Brigida beschwerte sich, dass Signor Pappalardo mich nicht hatte erreichen können. Der Termin für heute Nachmittag sei abgesagt worden.

»Das ist *dein* Auftrag, Phil, du musst erreichbar sein!«

Lella winkte mir kurz zu, zeigte dann auf ihre Armbanduhr und zuckte entschuldigend die Achseln. »Bleib doch, einen Augenblick mal«, versuchte ich ihr mit meiner freien Hand zu signalisieren, aber da wandte sie mir schon den Rücken zu.

»*Amore*«, stotterte ich und blickte Lella nach, die Sekunden später vor dem Fenster erschien und ihren Koffer von Mario gereicht bekam. »Ich gehe jetzt in mein Hotel, ich ruf dich heute Abend noch mal an.« Die Lady Madonna ging einfach davon, Santa Maria Santinella Bellone, die große schöne kleine Heilige. Ich spürte ein heftiges Verlangen, meinen Koffer aus dem Taxi zu holen und mit Lella schweigend durch die Straßen zu wandern. Zum Teufel mit den Villen-Fotos und der Agentur, der Galerie und dem ganzen Mist! Nüchtern wäre ich nie auf so eine Idee gekommen.

»Gut gesagt«, wiederholte ich leise, so wie Lella es betont hatte.

»Was? Oh, mein Gott, Phil, red doch mal lauter!«, rief Brigida aus ungefähr zweitausend Kilometer Entfernung durch das Handy.

»Nichts.« Meine Augen verfolgten Lella, die mit ihrem Koffer langsam die Straße hinuntermarschierte, an einem Bauzaun entlang, bis ich sie nicht mehr sehen konnte. Wie ein Anrufbeantworter, den man wochenlang nicht abgehört hat, spulte Brigida eine Nachricht nach der anderen ab. Es handelte sich um Begebenheiten, die sich heute Vormittag in der Galerie zugetragen hatten, mit Personen, an die ich mich seltsamerweise kaum erinnern konnte. Endlich legte sie auf. Ich stand alleine am Tresen der Bar, so allein, dass ich mich festhalten musste. Durch das flauschige Gefühl, das der Campari in mir erzeugt hatte, spürte ich ein Verlangen nach der Lady Madonna aufflackern, wie heute Mittag am Flughafen, nur viel stärker. Ich hatte sie gehen lassen und besaß nicht einmal ihre Telefonnummer. Ein paar Sekunden lang sah ich mein Leben an ihrer Seite, blitzschnell eingetauscht gegen jenes, das ich mit Brigida führte. Ich saß in einer spärlich eingerichteten Einbauküche und schaute Lella jeden Abend glücklich dabei zu, wie sie Spaghetti für mich kochte. Wir lagen im Bett, und ich hielt ihre Hand. Wir fuhren jedes Jahr in dasselbe ligurische Bergdorf, und wenn wir auf der Straße ein Eis aßen, ließen wir uns im gleichen Moment probieren, wir drehten uns einander zu, ich legte meine Hand ganz leicht auf ihre Hüfte und hielt ihr meine Eiswaffel hin, sie lachte mich an und öffnete ihren wundervollen Mund ...

Plötzlich tauchte der dicke Taxifahrer vor meinem Gesicht auf. »Du bekommst sie jedenfalls nicht«, rief ich in sein Grinsen, »ich durchschaue dich, du hast es doch auch gerade bei ihr probiert!« Er schnalzte mit der Zunge und schüttelte entrüstet den Kopf. Der Kerl hatte mich genau verstanden! Doch da grinste er schon wieder und schob mich aus der Bar.

Kapitel 8

LELLA

Fahrer Mario hob mein Gepäck aus dem Kofferraum des Taxis.

»Und noch mal Entschuldigung, das mit der Verwechslung tut mir leid, Signorina.«

Ich winkte ab, schon gut, *arrivederci* dann also. Ich legte mir Leonardos Fototasche um, hängte meine Handtasche über die andere Schulter und zog den Koffer hinter mir her. Phils Blicke bohrten sich in meinen Rücken. Ja schau du nur, dachte ich. Deine aquamarinblauen Augen und das Aussehen eines hübschen Schauspielers haben mich irgendetwas Großartiges über dich glauben lassen. Ich schnaubte, nie mehr würde ich Gott mit meinen lächerlichen Bitten belästigen. Wie schnell er den Campari getrunken, mit was für einer veränderten Stimme er telefoniert hatte, so beiläufig und doch so bittend, so ängstlich! Aber das konnte er ja machen, wie er wollte, es ging mich nichts an. Er war eben nicht der, den ich in ihm gesehen hatte. War das etwa seine Schuld? Na also. Und außerdem hatte er ja eine Freundin.

»Bri-dschi-da«, flüsterte ich. Was für ein Angeber-Name! Das Gehen an der milden Luft, in der man das nahe Meer erschnuppern konnte, ließ mich wieder wach werden. Die *Via Palagonia* stieg vor mir an, hier waren die Bordsteine so hoch, dass ich den Koffer jedes Mal, wenn ich eine Seitenstraße überqueren wollte, runter- und auf der anderen Seite wieder heraufheben musste. Ich kam an hohen Zäunen vorbei, an denen Briefkästen hingen. Die vergitterten Türen trugen oben Spitzen aus Eisen und waren verschlossen, man musste klingeln, um eingelassen zu werden. Das Limonenhaus war nie bewacht und verriegelt gewesen. »Ich könnte in einem solchen Käfig nicht wohnen«, hatte Leonardo einmal gesagt. Sich an seine Sätze zu erinnern tat immer noch weh. Wann würde das aufhören, wann würden die Erinnerungen an ihn nicht mehr so schmerzen? Ich wollte mit meinem Koffer und Leonardos Fototasche weg von den Gitterkäfigen, wollte einfach nur weiterlaufen und meine Beine spüren. Die Sonne stand bereits tief, doch es war immer noch angenehm warm. Ich trabte die Via Diego d'Amico entlang.

Grazias Luxus-Sarg war nun bereits in ein eckiges Loch in der Mauer geschoben worden, vermutete ich, umgeben von Generationen von LaMacchias, denn ihre Bitte, neben Leonardo liegen zu dürfen, würde natürlich eine Bitte bleiben. Vielleicht besaßen die LaMacchias aber auch eines der prachtvoll geschmückten Totenhäuser, in das Grazia mit ihrem Sarg ziehen konnte, überlegte ich, während ich weiter und immer weiter durch die Straßen marschierte. Sicher besaßen sie eines. Alle Familien, die etwas auf sich hielten, hatten heutzutage Grabstätten, in die man hineingehen konnte und zu denen man einfach mit dem Auto fuhr. Manche hatten ganz normale Haustüren und Fenster, kleine Einfamilienhäuschen, die den Friedhof von Bagheria zu einer Mini-Wohnsiedlung mit Vorgärtchen, eingeschränktem Halteverbot und Baustellenlücken verwandelten.

Meine Abwesenheit würde den LaMacchias auffallen. Meine Eingeweide zogen sich mit einem kleinen Angststoß zusammen, wenn ich an Teresas eiskalten Blick dachte. Doch wem nützte meine Anwesenheit bei der Zeremonie jetzt noch? Das Getuschel und Gestarre, das Schweigen und Teresas Gezerre, um Matildes Hand bloß nicht mir überlassen zu müssen, hätten mich sowieso fliehen lassen. Später wollte ich weiße Rosen an Grazias Grab bringen, keine Lilien – von deren Duft hatte sie in der Klinik einmal Kopfschmerzen bekommen. Auch bei Leonardo würde ich eine Rose hinlegen. Es fiel mir schwer, vor dem 80 x 80 Zentimeter großen Stück Marmor mit seinem Namen nicht an den Sarg zu denken und an das, was nach drei Jahren noch von seinem Körper übrig war. Schnell schob ich das Bild beiseite.

Er hat nichts damit zu tun, wiederholte ich, er hat nichts mit dem zugemauerten Fach an der Friedhofswand zu tun.

Nee, wirklich nicht!, hörte ich seine Stimme, und das Kribbeln in meinem Bauch legte sich. Ich lief geradeaus, immer weiter, bis ich merkte, dass die Bürgersteige neuer und breiter wurden und ich schon fast in Santa Flavia angelangt war.

Die Räder des Koffers eierten über den Bürgersteig und stoppten vor den Bahngleisen, deren Schranke geschlossen war. Wie oft hatte ich schon die leeren Gleise Richtung Palermo betrachtet und dann in die andere Richtung gestarrt, bis endlich einer der Bummelzüge nach Castelmonte geschlichen kam oder die seltenen Intercity-Züge nach Milazzo oder Palermo durchrauschten. Ich hatte mindestens einen Tag meines Lebens vor dieser Schranke zugebracht. Aber diesmal nutzte ich die Zeit und schrieb eine SMS an Susanna. Wie immer antwortete sie sofort, und schon flogen unsere Nachrichten hin und her.

Hast du viel zu tun?

Bin gerade zu Hause reingekommen ... wie geht es dir?

Eine furchtbare Beerdigung – und ich habe mich verliebt!

Du verliebst dich nie!

Doch – ein Blitzschlag, was tut man dagegen?

Dagegen nichts – dafür alles

Er ist schon wieder weg

Du hast natürlich nicht seine Nummer

Natürlich nicht

Dann ist ja gut, dachte schon, ich müsste mir Sorgen machen. Wie weit bist du mit dem Matilde-Plan?

Es gibt keinen Plan. Nur Unüberlegtes.

Dann lass sie eben vor der Glotze sitzen. Walt Disney gehört ja heutzutage schon fast zur Allgemeinbildung. Ciao, ich küsse dich.

Ich grinste. ›Susanna Elefantenhirn‹ nannte ich Susa manchmal. Sie erinnerte sich haarklein an all die Vorfälle, die ich mit Matilde in den vergangenen drei Jahren erlebt hatte, und wusste, wie deprimiert ich jedes Mal von meinen Reisen nach Bagheria wiedergekommen war. Matilde sprach kaum, und wenn sie etwas erzählte, dann waren es die wirr zusammengemischten Abenteuer von Cinderella, Arielle, Bambi und Pinocchio.

»Hat die *nonna* dir das vorgelesen?«, fragte ich jedes Mal hoffnungsvoll, obwohl ich die Antwort schon kannte.

»Nein, das habe ich auf DVD«, erwiderte Matilde. Warum sollte Teresa ihrem Enkelkind vorlesen? Meine Mutter hatte das bei uns auch nie getan, sie kannte es nicht. Auf Sizilien war das abendliche Vorlesen für Kinder nicht sehr verbreitet.

Die Schranke öffnete sich endlich. Ich lief weiter, bis der kleine Fischerhafen unter mir lag, und als ich den Berg links von mir hinaufschaute, konnte ich die Säulen der antiken Ausgrabungsstätte von Solunto erkennen. Ich blieb abrupt stehen. Ich war in Porticello angekommen, und erst in diesem Moment wurde mir klar, dass ich nicht auf dem Weg in meine Pension war. Am Hafen roch es nach Diesel, Tang und verrottetem Fisch. Mein Blick streifte über die großen Thunfischboote, die rostig ineinander verhakt im Hafenbecken lagen, die Taue steif vom Salz. Kaum denkbar, dass sie noch einmal auslaufen würden. Was sollten sie da draußen auch, es gab ohnehin zu wenig Thunfisch im Meer. Aus einem offen stehenden Fenster wehte der Duft von in Knoblauchöl angebratenen Garnelen, der Duft, den Leonardo so oft aus dem Restaurant mit sich gebracht hatte. Mein Magen fragte knurrend, warum ich in der Bar nichts gegessen hatte.

Ich ging weiter, am Sportplatz vorbei. Ein geschlossenes Lokal, eine Häuserreihe, und dahinter ein Knick, auf einer Landzunge endete die Straße in einer Meeressackgasse. Links lag die abgetrennte Lagune, ruhig wie ein See, rechts das offene Meer. Ich ging schneller, und da stand es, von flachen Felsen eingerahmt, das alte Limonenhaus, das Mamma damals von Zia Pina geerbt hatte. Ein aufgestellter Schuhkarton mitten im Wind. Wer war auf die Idee gekommen, dort ein Haus zu bauen, so völlig ungeschützt vor Hochwasser und dem nächsten Sturm? Musste es nicht irgendwann umkippen? Das Meer hatte sich bereits den Putz in großen Brocken von den Mauern geholt.

Aber es kippte nicht, es hatte 180 Jahre beharrlicher Angriffe überstanden, unbewegt, als ob es mit dem Felsen verwachsen wäre.

Endlich konnte ich den Koffergriff loslassen. Ich streifte den Riemen von der Schulter und stellte die Fototasche auf den rauen, mit dicken Kieseln durchsetzten Beton. Dann reckte ich mich und schaute auf die Uhr. Genau fünfzig Minuten hatte mein Fußmarsch von Bagheria gedauert. Ich kletterte über die Felsen seitlich um das Haus herum, bis meine Füße das Wasser fast berühren konnten.

Das Meer hatte einige Dinge zwischen den Steinen angehäuft, Bretter, verknotete Seile, eine Yuccapalme, die mit nackten Wurzeln für immer unter einem Felsbrocken klemmte. Die Wellen klatschten gedämpft von unten dagegen und machten vertraute, glucksende Geräusche. Ich sah keinen einzigen der Krebse, die hier sonst hektisch und ziellos herumkrabbelten. Ich schaute nach oben. Drei Meter über dem Meeresspiegel klebte der Balkon am Haus, gestützt von zwei dünnen Stelzen. Dunkelgrün glotzten die Fensterläden zu mir hinunter und machten mir Angst. Ich sollte da nicht hineingehen.

»Ich möchte ihn noch bei mir haben«, hatte Grazia mich nach Leonardos Beerdigung angefleht. »Ich hebe alles auf, du kannst dir später holen, was du möchtest. Aber jetzt kann ich nichts von ihm weggeben, es riecht alles noch nach ihm!«

Ich hatte mir eingeredet, dass Mamma Maria zu schwach wäre, um das Häuschen ihrer Kindheit und Jugend wiederzusehen, dabei war ich selbst erleichtert gewesen, die Räume nicht noch einmal betreten zu müssen. Ich war mit Mamma Maria geflohen. Wir waren zum Flughafen gefahren und mit der ersten Maschine nach Deutschland zurückgekehrt. Nur möglichst schnell heraus aus der sizilianischen Suppe des Klagens, der sonderbaren Bräuche, der befremdlichen Trauerfeierlichkeiten. Wir wollten alleine sein mit unserer Trauer und dem Entsetzen über das, was geschehen war, von dem wir ahnten, dass wir es für eine lange Zeit nicht begreifen würden. Wir ließen Tante Pias antike Möbel, Mamma Marias Vergangenheit und meine Erinnerungen zusammen mit Leonardos Klamotten, seinen Büchern und allen Schätzen, die er von seinen Reisen mitgebracht hatte, im Häuschen zurück.

Ich kletterte von den Felsen wieder auf die Mole und betrachtete die Haustür, während meine Finger am Boden meiner Handtasche nach meinem Schlüsselbund suchten. Ich hatte den Schlüssel mit dem ledernen Bändchen und der kleinen Glasmurmel daran nie davon entfernt. Und wenn jemand das Schloss ausgetauscht hatte? Aber wer sollte das schon tun? Es war immer noch Mammas Haus, mein Haus, und erst recht das von Matilde. Es gab nur eine Person, zu der eine solche Dreistigkeit passen würde: Teresa!

Allein ihr Name machte mich wütend. Ich entschied, alles mit nach Deutschland zu nehmen, niemand sollte Leonardos Besitz an sich raffen. Ich hatte immer Angst davor gehabt, seine persönlichen Sachen wiederzusehen, aber nun wusste ich plötzlich, ich könnte es ertragen, wenn es in den Räumen des Häuschens noch genauso aussähe wie früher. Wenn die Tischhälfte von Zia Pina, der halbe *mezzo tondo*, und die vier Stühle mit den verschlissenen Sitzen aus Sisal noch in der Küche ständen. Wenn ihr altes Ehebett mich im obersten Stockwerk erwarten würde. Auf einmal freute ich mich und wurde ganz aufgeregt. Gleich würde ich die tönerne Amphora wiedersehen – sie stand direkt oben am Treppenabsatz. Man konnte seinen Kopf hineinstecken, so groß war sie, und noch das Aroma der Zitronenschalen riechen, die Zia Pina früher darin zum Gären gebracht hatte. Die bunten Stofftücher aus Martinique hingen vielleicht noch an den Wänden, neben Kerzenhaltern aus angerostetem, gebogenem Draht, die Leonardo aus dem Tessin mitgebracht hatte und die völlig mit Wachs bekleckert waren. Der uralte Besteckkasten von Zia Pina mit seinem Extrafach für die vielen verbogenen Zuckerlöffelchen aus angelaufenem Silber ... Immer mehr Einzelheiten, an die ich jahrelang nicht gedacht hatte, schossen an die Oberfläche meines Gehirns, wie Korken, die man unter Wasser festgehalten hatte.

Ich wollte in die Räume hineingehen, ich wollte alles wiedersehen, befühlen, ich war bereit, die guten Erinnerungen zu genießen, die schlechten würde ich verscheuchen.

Regen und Sonne hatten die Reklamezettel aufgeweicht, gebleicht und wieder getrocknet. Sie rollten sich in verschossenen Farben aus dem Briefkasten, bildeten eine feste Masse vor der Tür und wuchsen unter ihr hindurch. Ich trat auf den Teppich aus Papier und wischte mir unwillkürlich die Schuhe daran ab. Der Schlüssel passte noch, ließ sich sogar mühelos herumdrehen. Natürlich, die Tür klemmte, das hatte sie immer getan, aber meine rechte Schulter hatte den unverzagten Schwung, mit der man sie aufstoßen konnte, ohne sich wehzutun, noch nicht vergessen. Dennoch brauchte ich drei Anläufe, denn die Tür gab bei jedem Stoß nur ein kleines Stück weiter nach, bis sie plötzlich ganz aufflog und ich kräftig mit dem Kopf gegen das Holz knallte.

Der Wind hatte auch Dreck, kleine Zweige und Plastikfetzen unter dem Türspalt hineingeweht, ich rieb mir die schmerzende Stelle seitlich über dem rechten Ohr und machte einen Schritt auf die erste Stufe der steinernen Treppe, die gleich vor mir nach oben führte. Einen Moment lang schloss ich die Augen. Durch den feinen Geruch nach Zitronen war alles wieder da, so hatte es angefangen; Claudio hatte mich hier unten auf der Stufe das erste Mal geküsst.

Denk ruhig daran, es wird nichts Dramatisches passieren, sagte ich mir. Gib es zu, es war ein richtig guter Kuss, voll Alkohol und Sehnsucht, er war einer unserer längsten, und er ereignete sich in Leonardos und Grazias Hochzeitsnacht.

Le nozze, die Hochzeitsnacht, die Hochzeitsfeier. Die Familien des Brautpaares, die sich normalerweise die Kosten für eine möglichst pompöse Hochzeitsfeier teilen, hatten der Verbindung die *benedizione* nicht gegeben. Der Vater des Bräutigams hatte seinen Sohn verstoßen, der Vater der Braut war in eine Art Starre gefallen. Das sizilianische Pflichtprogramm, all das, was nicht fehlen durfte, fiel also aus: Es gab keine Luxuslimousine, mit der die Braut vor der Kirche vorfuhr, keinen aufwendigen Blumenschmuck, keinen Fotografen, weder ein Hochzeitsvideo noch ein Essen mit zwanzig Gängen in einem Nobelrestaurant.

»Es hat auch Vorteile, wenn beide Familien nicht miteinander sprechen. Man kann seine Hochzeit feiern, wie man will und erlebt als Brautpaar sogar etwas wie Spaß«, war Leonardos Kommentar.

Am Abend, als die Julisonne gerade dabei war, rotglühend im Meer abzutauchen, trafen wir uns mit Leonardos Kochkollegen, um im *Melarancio* zu feiern. Marta, Freundin von Leonardo und Alleinherrscherin über die Barockvilla ihrer adeligen Großmutter, öffnete das *Melarancio* nur nach eigener Lust und Laune. Wenn ihre leidenschaftlichen Liebesbeziehungen sie nicht gerade davon abhielten, richtete sie im Zitronengarten der Villa stimmungsvolle Tauffeiern, unvergleichliche Geburtstagspartys und sonstige Familienfeste aus. Leonardo hatte die Hochzeit auf einen Sonntag gelegt, auf den Tag, an dem die meisten Restaurants auf Sizilien ihren Ruhetag haben. Niemand musste arbeiten, und obwohl die runden Marmortische bei Marta mit süß-sauer eingelegtem Gemüse, gegrillten Meerbarben, Berge von lauwarmen Schnitzeln in süßem Marsalawein überhäuft waren, hatten Leonardos Kollegen alle noch zusätzlich etwas mitgebracht. Gefüllte Sardellen, die wie kleine Vögel mit aufgerissenen Schnäbeln auf einer ovalen Platte angerichtet waren, Meeresfrüchtesalat und natürlich *vitello tonnato*. Sieghard aus Bozen nannte mir dreimal seinen Namen, bis ich ihn im Gelächter endlich verstand. Er schleppte eine über und über mit kandierten Früchten belegte *Cassata* heran. Die sizilianische Torte war in der Wärme schon ein wenig zusammengesackt. Marta tänzelte trotz ihrer Körperfülle mit immer neuen Weißweinflaschen elegant zwischen den Tischen umher.

»Eines Tages werde ich deinen Bruder aus dem *Sirena* abwerben, und wir werden etwas Sensationelles, Noch-nie-Dagewesenes eröffnen.« Sie zwinkerte zu mir herüber, während sie ihn von oben bis unten betrachtete. Es sah eher aus, als ob sie ihn statt abzuwerben gleich auf einer der Gartenbänke verführen wollte.

Es war eine warme Nacht, die Grillen überzirpten die leise Musik aus den Lautsprechern, und von der Terrasse, oben auf der Einfriedungsmauer der Villa, konnte man die Lichter des Hafens von Porticello sehen. Wir aßen, und ich wusste, dass ich zu viel trank. Bevor ich von der Torte probierte, schleuderte ich einige der kandierten Früchte nicht sehr damenhaft hinaus in die Dunkelheit irgendwo zwischen die Zitronenbäume. Claudio lachte darüber und schenkte mir immer wieder nach, er rückte mit haarsträubenden Geschichten heraus, in denen es um Erbschaften und falsche Testamente ging, und brachte mich damit zum Lachen. Er sah gut aus, mittelgroß, wie Leonardo, und unter seinem weit aufgeknöpften Hemd konnte ich eine durchtrainierte Männerbrust erblicken.

»Ich habe eine Vespa.« Er schaute mir fragend ins Gesicht.

»Ich liebe Motorroller«, antwortete ich.

»Ich schwimme manchmal von Aspra bis nach Mongerbino die Küste entlang.« Wieder sein prüfender Blick.

»Ich schwimme auch gerne.«

»Ich hole dich morgen mit der Vespa ab, sie ist dunkelblau. Magst du dunkelblau? Magst du Fisch? Oktopus?« Ich nickte. Ich mochte die Farbe Dunkelblau zwar nicht, aber ich liebte Oktopus.

»Findest du meine Nase zu groß? Soll ich sie mir operieren lassen? Soll ich?«

»Niemals!«

Ich beobachtete Claudio heimlich von der Seite, ich mochte seine Hakennase im Profil und wünschte, er würde nichts Albernes, Peinliches, Dummes mehr sagen. »*Gemellina*, du bist vollkommen, du bist in mein Leben gefallen wie eine Sternschnuppe, bitte verlass mich übermorgen nicht, wir buchen deinen Flug um!«

»Alles, aber nenn' mich bitte Lella!«

Begleitet vom Zirpen der Grillen und verschwommen klingender Discomusik, brachte Claudio mich spät in der Nacht den kurzen Weg zu Mammas Limonenhaus. Nach ein paar Metern kletterte ich auf seinen Rücken und klammerte mich singend an ihn. Von diesem Rücken, von Leonardo und Sizilien würde ich mich nicht so schnell wieder trennen, nahm ich mir vor.

Ich holte mein Gepäck ins Haus und setzte es an der Treppe ab. Langsam stieg ich hinauf. Die Kanten der Stufen waren abgerundet und glatt, bei der fünften fehlte rechts immer noch das kleine halbmondförmige Stück, als habe jemand es herausgebissen. Ich presste vor Aufregung die Lippen zusammen. Ich würde alles wiedersehen: die Küche, die Kammer, die Tischhälfte, auf der ich mit Claudio beinahe mal ... Aber dazu war sie dann doch zu wackelig gewesen, wir hatten uns auf dem halbkreisförmigen Tisch nur geküsst.

Oben angekommen blieb ich stehen. Nur ein heller Kreis auf dem Stein zeigte, wo die Amphora einmal gestanden hatte. Was war hier los? Ich stieß die angelehnte Zimmertür auf.

Die Wohnküche war dunkel, aber auch so konnte ich sofort erkennen, dass ich ins Leere schaute. Der Raum war restlos kahl! Bis auf die Hälfte des alten sizilianischen Tisches, des *mezzo tondo*, den man mitten im Zimmer stehen gelassen hatte, war alles ausgeräumt. Ich probierte den Lichtschalter neben der Tür. Es klickte trocken und blieb schummerig. Kein Strom. Die Küche schien eine Gruft zu sein. Unsere gemeinsamen Mahlzeiten am halbrunden Tisch, unser Gelächter, der Duft von frittierten Fischen, Espresso und die Schwaden des warmen *aceto balsamico* – gelöscht, irgendjemand hatte alles ausgelöscht. Auch Leonardos Summen, sein Töpfeklappern, der Klang seiner glatten Schuhe waren hinausgetragen worden und mit ihnen all die anderen Geräusche, denen ich aus meinem Kämmerchen je gelauscht hatte. Ich ging mit hallenden Schritten und öffnete beide Flügeltüren zum Balkon, die mit dumpf knarrenden Angeln über den alten Bodenkacheln schürften. Auf jeder Seite hatten sie im Laufe der Jahre schon zwei dunkle Halbkreise in das blau-gelbe Lilienmuster gezogen. Die Fensterläden quietschten entsetzlich laut, als ich sie an die Hauswand bog. Das Zimmer hinter mir wurde vom Abendlicht rot überzogen. Es schien, als atmete es die frische Luft ein, die jetzt mit einem aufkommenden Windstoß in alle Ecken des kahlen Raumes fegte. Ich ertrug den ungewohnten Anblick nicht und beugte mich schnell über die Balkonbrüstung. Das Wasser leuchtete schiefergrau, ich konnte die flauschig bewachsenen Steine auf dem Grund gerade noch erkennen, Wellen leckten von unten gegen die Felsen und das Fundament des Hauses. Der Geruch nach Meerestang machte es mir leicht, an die ersten, wunderbaren Tage zu denken, die ich in diesem Haus verbracht hatte. Hier hatten die Liegestühle gestanden, in denen Leonardo und ich nachts saßen; das Wasser war fast reglos, nur ganz leise schlug es an die Steine unter uns. Der Mond tauchte als Riesen-Orangenscheibe über dem Golf auf und wanderte langsam aufwärts, bevor er sich oben wie ein silbergelber Fußball an den schwarzen Himmel heftete. Wir tranken Weißwein und aßen dazu winzige Fischchen. Sie waren kaum größer als mein kleiner Finger. Ich konnte drei auf einmal in den Mund stecken und mitsamt ihrer knusprigen Teighülle, Kopf und Minigräten zu einem köstlichen Mus zermalmen.

Ich ging wieder hinein. Links hatte der Herd gestanden, auch er war fortgeschafft worden. Nur der eckige steinerne Ausguss hing noch an der Wand.

Auf Zehenspitzen stieg ich über zwei Stellen, von denen ich wusste, dass die alten Kacheln sich dort gelöst hatten, und schaute in das schummrige Zimmerchen, in dem ich damals gewohnt hatte. Der Rest des Hauses war leidlich trocken, so trocken, wie ein Haus am Meer eben sein kann. Doch in diesem Raum, der wie ein Erker oben in drei Meter Höhe aus dem Mauerwerk hervorsprang, glitzerten die Kristalle des Meerwassers an den Wänden.

Ich stieß den vom Salz zerfressenen Fensterladen auf. Hier drinnen hatte Grazia zunächst ihre Malutensilien gelagert, an den Wänden hatte sie Regalbretter anbringen lassen. Abgeknickt, wie leblose Würmer hingen die roten Dübel nunmehr aus zahlreichen Bohrlöchern. Auf den Brettern hatte sie ihre Zeichenobjekte gehortet. Eigenwillig geformte Zweige, Steine, rostige Garderobenhaken, gläserne Türknäufe und -knöpfe, selbst getöpferte Vasen und Berge von Stoffresten. Wozu hatte sie die Stoffe eigentlich gebraucht? Gleich neben der Tür hatte die sperrige Staffelei gestanden, man kam kaum an ihr vorbei. Weiterhin gab es ein schmales, an die Wand geklapptes Bett für Gäste. Doch das Kämmerchen war zu feucht, die Bretter bogen sich, die Stoffe stockten und schimmelten, die Zeichenblöcke wellten sich und waren nicht mehr zu gebrauchen. Leonardo kaufte große Plastikkisten, so dass nichts von der schädlichen Meeresluft an Grazias Papiere, Stoffe und verderbliche Objekte gelangte.

Und dann hatte *ich* mich hier einquartiert. Endlich schien das, wonach ich mich immer gesehnt hatte, ganz nah: Ich nahm wieder an Leonardos Leben teil, ich war wieder mit meinem Zwillingsbruder zusammen. Ich wollte bleiben. Aber wie in aller Welt sollte ich das meinen Eltern beibringen? Drei Tage lang schleppte ich meine Angst wie einen Buckel mit mir herum. Was würde mein Vater sagen? Ich war doch sein kleines Mädchen, sein Stolz, seine Einzige. Am Tag vor meiner Abreise überwand ich schließlich meine Feigheit. Tatsächlich war es die von Grazia angestrebte Schwangerschaft, die mich in Köln anrufen ließ. Ich muss gestehen, ich gönnte Grazia dieses Sonderrecht nicht. Denn auch ich wollte endlich meine eigene Familie, und natürlich Kinder, denn ich liebte Kinder. Wie wäre es erst mit einem kleinen Ableger von mir, ein kleines Wesen, von mir geboren? Als Jungfrau war ich zwar ziemlich im Verzug, doch nun hatte ich ja Claudio!

Ich nahm allen Mut zusammen. Es war morgens, Vater Salvatore war also vom Großmarkt zurück und trank gerade seinen Espresso in der Küche. Er nahm ab.

»Ich bin bei Leonardo«, begann ich, »und ich bleibe!« Ich legte auf. O Gott, was hatte ich getan? Ich rief noch einmal an, vielleicht war er ja gar nicht so wütend. Hatte er mir jemals etwas wirklich übel genommen?

Er nahm ab. Schweigen. Ganz ruhig sprach er dann den verdammenden Satz aus: »Santinella, hör gut zu. Wenn du auf Sizilien bleibst, bist du nicht mehr meine Tochter! Überleg es dir!«

Ich blendete die Geräusche der Spülmaschine und das Geschluchze meiner Mutter im Hintergrund aus und wisperte mit letzter Kraft: »Nein, Papa, ich bleibe!« Dann legte ich auf und spürte eine Kraft, als ob mich jemand sachte nach vorne schöbe: Für meinen Vater waren wir nun beide gestorben. Doch ich war endlich bei Leonardo.

Claudio wich in den nächsten Tagen nicht von meiner Seite, seine Sätze begannen und endeten mit »*ti amo*«. Nach einer Woche nahmen wir gemeinsam das Malzimmer in Beschlag. Die Staffelei zog ein Stockwerk höher in Grazias und Leonardos Schlafzimmer, wir legten eine breite Matratze über die Plastikkisten, die gerade eben zwischen die Wände passte. Ich war zweiundzwanzig, ich hatte das erste Mal in meinem Leben eine Entscheidung für mich getroffen und besiegelte diese, indem ich mit einem Mann schlief.

Gut. Prima Vergangenheit, und damit basta! Ich verbot mir, weiter zu denken, doch das war unmöglich. Genau hier hatte die Matratze gelegen. Er hatte mich immer von oben bis unten abgeleckt, ich mochte das Gefühl nicht, das sein Speichel auf meiner Haut hinterließ, wagte aber nicht, ihm meine Abneigung zu gestehen. Ich mochte auch sein Stöhnen und Weinen nicht, in das er zum Ende hin ausbrach, wenn er mit mir schlief. Ich dagegen weinte nie vor Lust, hielt es aber dennoch für Liebe, was wir da miteinander taten. Denn ich kannte nur ein Ziel: noch schneller schwanger zu werden als Grazia. Jedes Mal, wenn ich Claudios streng nach Champignon und feuchter Erde riechenden Saft zwischen meinen Beinen heraussickern fühlte, dachte ich: Nun ist es passiert.

Es schüttelte mich, nichts hatte ich damals verstanden, *un bel niente!* Ich ging langsam aus dem Raum. Plötzlich fühlte ich mich schmuddeliger als ein wochenlang benutzter Spüllappen. Warum hatte ich mich in den vergangenen drei Jahren nicht um das Limonenhaus gekümmert? In meiner Trauer hatte ich vergessen, Leonardos Sachen zu retten, oder waren alle Möbel und seine persönlichen Dinge womöglich irgendwo eingelagert worden? Doch hätte Grazia mir nicht davon erzählt?

Ich seufzte, ich sollte endlich meine Pension aufsuchen, die nur einen kurzen Fußmarsch entfernt lag. Signora Pollini, die redseligste, netteste Wirtin der Welt, wartete sicher schon auf mich. Ich schloss die Türen zum Balkon. Es war immer noch hell im Raum, ich hatte die Fensterläden vergessen.

Ich strich über die halbe Tischplatte. Hier – an diesem Tisch – hatte Leonardo mich an jenem furchtbaren Abend mit seinen Vorwürfen überhäuft, und ich war geflüchtet. Aber nicht zu Claudio, dessen »*ti amo*« schon lange hohl klang, sondern zurück nach Köln. Im Flugzeug saß ich neben einer jungen Frau, Susanna Blumfeld, genannt Susa, die mir nach drei Sätzen sofort ein Taschentuch und ein Zimmer in ihrer Wohnung anbot. Das Taschentuch nahm ich an und auch ihre Freundschaft, das Zimmer nicht.

Mein Vater schloss mich in die Arme, wortlos. Wir redeten nicht über das vergangene Jahr, erwähnten es nie. Ich stürzte mich in Arbeit, putzte das Restaurant vom Kühlhaus bis unter die Zapfanlage und begann wieder zu kochen. Wenn ich nicht arbeitete, schlief ich oder sah Kochshows im Fernsehen.

Und wenn ich in dieser Zeit gelegentlich mit Leonardo telefonierte, rief ich ihn im *La Sirena* an, um nicht Matildes Baby-Gejauchze im Hintergrund hören zu müssen. Sobald ich aufgelegt hatte, verjagte ich jeden aufkommenden Gedanken an die drei im Limonenhaus. Ich zerriss Claudios Entschuldigungs-Verzeihung-wollen-wir-es-nicht-noch-einmal-versuchen-Briefe, die nach einigen Monaten eintrafen, und warf die Schnipsel ins Altpapier. Susa rief regelmäßig an und versuchte, mich zum Ausgehen zu überreden. Wenn sie zu sehr drängelte, ging ich mit ihr ins Kino oder passte auf Timmi auf, damit sie alleine losgehen konnte. Ich lernte, Timmi ins Bett zu bringen und dass Gutenachtgeschichten gut für Kinder sind. Ab und zu gab Susa mir ein Alibi, und ich flog nach Sizilien, um Matilde zu sehen. Mein Leben hatte sich durch das Jahr auf Sizilien kaum geändert: Ich stand wieder am Herd und wartete auf etwas, von dem ich nicht wusste, was es sein würde.

Irgendwas in mir sträubte sich, das Haus zu verlassen. Ich stieg ein Stockwerk höher und betrat das Schlafzimmer. Der gleiche Grundriss wie unten, nur der Balkon und das angeklebte Malzimmer fehlten. Auf dem Boden mischten sich Staubflusen und Mörtelbrocken mit einer Handvoll toter Fliegen. Alles war leer, nackt und schäbig. Ich ging zum Fenster und suchte nach Spuren von Matildes Wiege. Es gab keine Spuren. Dort an der Wand hatte das riesige Bett aus braunem Metall mit seinen drei übereinandergelegten Matratzen gestanden, so wie Zia Pina es meiner Mutter hinterlassen, so wie Leonardo es übernommen hatte. Die Matratzen hatte er gegen neue ausgetauscht, doch es mussten auch wieder drei sein.

»Es kam mir vor, als würde ich dem Bett mit einer einzigen dünnen Schaumgummimatratze seine Erhabenheit nehmen!«

Er hatte die dunklen Deckenbalken wie auch die Türen des Wandschranks weiß gestrichen. An die Wand, über das geschwungene Kopfteil des Bettes und die darin eingefassten Madonnenbilder, hatte er einen bunten Teppich aus der Karibik gehängt und mit wenigen Gegenständen die hell gestrichenen Holzkonsolen, die an den Wänden entlangliefen, geschmückt. Alles war verschwunden: das Windlicht aus durchbrochenem Ton, die hübschen Tessiner Kerzenständer und der Spiegel in seinem von Holzwürmern zerlöcherten Rahmen – ein weiteres Erbstück von Zia Pina.

Ich ging in die Hocke und berührte die schmutzigen Fliesen, in der Hoffnung, etwas zu finden. Ein kleines Ding, einen Hinweis, etwas, was ich als Erinnerung mitnehmen könnte, und wenn es nur ein rosa Knopf von Matildes Babyjäckchen wäre. Wie ein Pilzsammler suchte ich den Boden ab, konnte aber nichts entdecken. Ich fühlte mich leer und ausgeweidet wie das Haus. Im Badezimmer roch es nach Algen und Schimmel, in der Sitzwanne hatte sich ein hellgrüner Fleck zum Abflussrohr hin ausgebreitet, der Duschkopf war abmontiert. Ich klappte die Tür schnell wieder hinter mir zu. Auch Zia Pinas Platz war leer. Nicht einmal der Nagel für den Rahmen, aus dem sie in Schwarzweiß auf uns herabgelächelt hatte, steckte noch in der Wand. Ich begann die Treppe hinabzusteigen, mein Hals wurde eng und ließ kaum mehr Luft zum Atmen durch. Es war nichts von unserer gemeinsamen Zeit zu finden. Jemand hatte Leonardo, Grazia, Matilde und mich aus dem Limonenhaus getilgt, uns vollständig ausradiert.

Unter der Treppe war, wie in vielen alten sizilianischen Häusern, ein Winkel ausgespart. Langsam drehte ich an dem Keil, der die Holztür verschloss. Sieh an, dachte ich, das Kabuff hat irgendwer vergessen. Ich wühlte, doch ich fand nur alte Farbeimer, Plastiktüten und Bodenkacheln mit Lilienmuster, mit denen das Haus ausgelegt war. Der Reihe nach räumte ich alles aus der Nische. Wertloser Dreck, abgebröckelter Zement von den Fliesen. Nichts von Erinnerungswert, nicht einmal ein alter Bilderrahmen oder eine Türklinke aus Messing, nichts, was ich mitnehmen konnte.

Meine Augen suchten die Vertiefung unter der Treppe noch einmal ab. An der Seite, halb in eine Fuge neben der untersten Stufe gerutscht, steckte etwas. Es konnte ein Buchrücken sein, gebrochen, zerfleddert, vielleicht sogar nass. Womöglich bot der Sockel, auf dem das Haus stand, haarigen Wasserratten ein Zuhause. Wir hatten nie irgendwelche Geräusche gehört, aber denkbar war es, dass sie dort unten mit ihren langen Schwänzen entlanghuschten. Ich schauderte. Schnell stand ich auf, klopfte mir den Dreck von den Händen und lief durch die Küche. Das Meer vor den Balkontüren war bis auf einen schwachen Purpurstreifen dunkel, die Bergkette zog sich düster in Richtung Cefalú, gleich würde das Rot mit der Sonne endgültig verschwinden. Zeit zu gehen. Doch das Buch, oder was immer es auch war, das Ding unter der Treppe ließ mir keine Ruhe. Meine Augen suchten nach einem langen Gegenstand, mit dem ich es dort herausholen konnte, ohne es berühren zu müssen. Hinter der Eingangstür entdeckte ich einen Besenstiel, mit dem ich unter den Stufen stocherte. Es knirschte, etwas riss, ich bekam es nicht heraus.

Lass es einfach!, sagte ich mir, raus hier und ab zu Signora Pollini. Dort nimmst du erst mal eine Dusche. Signora Pollinis Dusche hatte einen starken Strahl, sie speiste sich aus einem scheinbar endlosen Heißwasser-Vorrat und war das Beste an dem Zimmer, das sich dabei in ein Dampfbad verwandelte.

Einen Versuch noch, dann gehst du!, befahl ich mir, doch das Buch rutschte nur tiefer in die Spalte. Der Besenstiel war zu dick. Ich kroch auf den Knien so weit es ging durch die Öffnung und unter die Treppe. Schließlich erwischte ich es mit den Fingerspitzen, der Buchrücken riss weiter ein, doch dann hatte ich es endlich und warf es angeekelt hinter mich. Feucht mit einem fettigen Knäuel aus Haaren und Dreck im Schlepptau, schlitterte es über die Fliesen direkt unter die Halbmondhälfte des *mezzo tondo*. Es war ein Gesangbuch oder eine kleine Bibel, der schwarze Umschlag trug ein aufgeprägtes Kreuz, das nach oben gegen die Decke zeigte. Na großartig, sagte ich mir, wegen einer alten Bibel ist deine schwarze Hose jetzt an den Knien völlig verdreckt. Ich klopfte mich notdürftig ab. Wahrscheinlich lag da in der Spalte noch mehr Zeug. Ein Haarnetz von Zia Pina, oder wie interessant: eine kaputte Brille! Aber ich konnte die Bibel nicht auf dem Boden liegen lassen. Ich legte sie auf den Tisch und schlug mit spitzen Fingern die erste Seite auf. Vielleicht hätte ich sie nur kurz durchgeblättert und wäre dann, ohne einen weiteren Blick zu verschwenden, aus dem Haus gegangen. Wenn da nicht diese rasende Kritzelei gewesen wäre, mit Graphit, so schwarz und immer noch schwärzer, brutal, endgültig. Innen, auf dem bräunlich angelaufenen Einband, hatte sich jemand alle Mühe dieser Welt gegeben, etwas unkenntlich zu machen. Ich ging zum Fenster und versuchte, das schwindende Licht einzufangen. Ich fühlte mit den Fingerspitzen über die Buchstaben, die sich unter der Schwärze in das Papier gedrückt hatten. »Allegra Maria Elisabetta« musste es heißen, ich war mir sicher, so schrieb Mamma das große »A«.

Lebhaft, heiter, lebendig bedeutete ihr Nachname. Viel hatte sie davon ja nun nicht gerade übernommen. Wer hatte den Namen unkenntlich gemacht? Sie selbst? Warum? Und wie kam ihre Bibel unter die Treppe, war das Zufall oder ein Versteck? Ich blätterte die dünnen Seiten der Bibel durch, sie klebten wellig aneinander. Vorsichtig löste ich sie, indem ich sie über Kopf hielt und sanft ausschüttelte. Geh duschen, sagte ich mir erneut, und lass das Ding hier liegen. In einer Ecke der Küche raschelte es, vor Schreck fiel mir die Bibel aus der Hand. Ich spürte, wie sich meine Nackenhärchen aufrichteten. Man schmeißt mit der Heiligen Schrift nicht nach Ratten, dachte ich, und hob das Buch vom Boden auf. Mehrere Papiere waren aus den Bibelseiten hervorgerutscht. Ich faltete sie auseinander und hielt sie in das spärliche Licht, das immer noch durch die Flügeltüren fiel. Es waren herausgerissene linierte Heftseiten, sie waren beschrieben, ganz dünn, mit einem sehr harten Bleistift. Ich begann zu lesen:

16. März
Maria singt und pfeift immerzu, sie läuft herein und heraus und macht mich ganz irr. Wenn sie nicht singt oder summt, träumt sie lächelnd vor sich hin – sie steht mit dem Lappen in der Hand am Fenster, und wenn ich sie nicht ermahnen würde, würden wir nie fertig mit dem Putzen. Meine Schwester hat noch immer nicht zurückgeschrieben. Interessiert sie sich nicht mehr für ihre Drittgeborene? Maria hat ihr zum Namenstag ein Kärtchen geschickt. Das vergisst sie nie, meine Mariuccia.

17. März
Bis eben war Maria so glücklich, gestern hat sie endlich den Mut gehabt, mir von ihrem heimlichen Schatz zu erzählen. Ich habe ihr nicht gesagt, dass ich es schon lange weiß! Nun aber ist sie völlig aufgelöst, Finú hat sich an der Hand verletzt. Die Leute sagen, er habe sich den kleinen Finger fast amputiert, er hänge angeblich nur noch an einem Faden aus Nervengewebe und Haut. Finú soll sich weigern, zum Arzt zu gehen. Maria wollte sofort zu ihm, aber ich habe es ihr verboten. Sie sind noch nicht offiziell verlobt, man wird schlecht über sie reden. Seitdem schmollt sie und ist böse auf mich. Den Finger wird Finú sicher verlieren, aber seine Arbeit wird er auch mit neun Fingern verrichten können. Er ist begabt und versteht sich drauf. Er wird das Geschäft seines Onkels bestimmt einmal erben, der fleißige Junge!

19. März
Konnte gestern nicht schreiben, denn ich ahnte es. Habe sie draußen gesucht, die Leute auf dem Platz gefragt, wo schon die Buden für das Fest aufgebaut wurden. Ich saß bis nachts draußen vor der Tür, in eine Decke gewickelt, es war kalt.

Ab hier waren die Zeilen nicht mehr lesbar, die Feuchtigkeit hatte die Buchstaben aufgelöst. Ich sah auf. Die Ecken des Zimmers waren mit Dunkelheit gefüllt. Meine Mutter hatte gesungen, gesummt und gepfiffen? Hier in diesem Haus? Ich konnte sie mir nicht dabei vorstellen. »Finú?«, flüsterte ich in die Stille. Ich hatte den Namen noch nie gehört. »Finú!« War meine Mutter vor meinem Vater mit einem anderen verlobt gewesen? Und auf wen hatte die Zia Pina dann gewartet, in der Nacht zum 19. März? Auf meine Mutter? Ich blätterte die Heftseiten durch, doch die Bleistiftbuchstaben waren verschwommen. Ich würde eine starke Lampe brauchen, um noch etwas erkennen zu können. Erstaunt stellte ich fest, dass meine Finger zitterten, als ich die Seiten in die Bibel legte. Ich wischte den Umschlag sorgfältig mit der Hand ab und verließ das stockdunkle Haus.

Kapitel 9

PHIL

Taxifahrer Mario wollte oder konnte mit dem Auto nicht bis zum Hotel vordringen.

»*Destra, a destra*«, er wies mit dem Finger in die engen Gassen. Ich lief verwirrt los, die schmalen Straßen wurden noch schmaler. Ich befand mich in irgendeinem Altstadtviertel, tief in den Innereien der Stadt, und es stank bestimmt nach irgendwas. Siziliens Licht hatte mir schon bei der Ankunft den Atem genommen, aber Palermos Gassen saugten nun die letzte Kraft aus mir. Überall lungerten die Menschen ohne ersichtlichen Grund herum, warteten sie vielleicht auf mich, wollten sie mich ausrauben? Das lärmende Rollen meines Koffers hallte von den Hauswänden wider und machte noch weitere Bewohner auf mich aufmerksam. Ein Pulk kleiner Jungs bemerkte das Stativ in meiner Hand: »Foto, foto!«, schrien sie und schubsten sich gegenseitig vor meine Füße. Marktstände verstellten mir den Weg, Plastikspielzeug und rosa-schwarze Fußballtrikots schaukelten herab und streiften mein Gesicht. Waren es Werkstätten? Was, um Himmels willen, wurde in den dunklen tiefen Gewölben hinter zur Hälfte heruntergelassenen Metallrollos getrieben? Und was hatte es mit den alten Männern auf sich, die auf Stühlen an der Mauer entlang saßen, ihre groben Hände auf Stöcke gestützt? Ich sah knotige Gelenke, Altersflecken, Narben. Solche Hände sollte man mit hohem Kontrast, auf hartem Barytpapier, Stärke 5, besser 6, abziehen, dachte ich und kämpfte mich weiter voran. Oben, an den Mauern, neben eingemeißelten Straßennamen, Stromkabeln und verblichenen Reklameschildern hingen absonderliche Altäre, hinter gesprungenem Glas blinkten Glühbirnen, leuchteten rote Grablichter vor sich hin, standen verwelkte Blumen in Marmeladengläsern vor Madonnenbildern. Ich kam an Barockkirchen vorbei, die von bröckelnden Palazzi erdrückt wurden, und unter den Planen der Baugerüste sah ich den Müll, den der Wind dort zusammengetragen hatte. Du bist hier fremd, fremd, fremd und nicht willkommen, rief mir alles entgegen. Ich muss hier auch nicht willkommen sein, erwiderte ich und versuchte, mich ebenso lässig und erhaben zu fühlen, wie ich in Brigidas Augen schon lange war.

Kapitel 10

LELLA

In meinem Zimmer legte ich die kleine Bibel auf den Nachttisch und ließ mich auf das Bett fallen. Wer hat das Limonenhaus ausräumen lassen? Wer hat unsere Vergangenheit so radikal weggetragen und gelöscht, Leonardo?

Finde es heraus!

»Du hast gut reden, du hast doch länger als ich hier gelebt, Leonardo!«

Ich stand wieder auf, zog ein paar Schleifen zwischen Bett und Fenster und näherte mich dann dem Nachttisch. Die Heilige Schrift verströmte einen leichten, doch nicht unangenehmen Geruch, nach feuchtem Papier. Endlich schlug ich sie auf, holte die drei losen Blätter hervor und überflog noch einmal die wenigen leserlichen Zeilen von Zia Pina. Ich ließ die Seiten auf meine Knie sinken. Wer war meine Mutter? Das Mädchen, das durch das Haus wirbelte, bis die Tante ganz irre wurde, hatte nichts mit ihr gemeinsam und war doch dieselbe Person.

Als kleines Mädchen hatte ich Mamma Maria heimlich beobachtet, um herauszubekommen, über was sie brütete, warum sie kaum sprach. Ich wollte sie zum Lachen bringen, aber mehr als ein dünnes Lächeln hatte ich bei ihr nie erreichen können. Sie funktionierte zwar, doch sie tat alles schweigend, man konnte leicht vergessen, dass sie überhaupt da war.

Ich hasste Mamma Maria nicht, aber liebte ich sie? Vielleicht konnte man es eher Nachsicht nennen, was ich in den letzten Jahren für sie empfand. Ich sah sie vor mir, wie ich sie heute Morgen zum letzten Mal gesehen hatte. Auf dem Boden hockend, den Wischeimer vor sich, mit einem kleinen Schwamm die Fußleisten abschrubbend. Immerzu putzte sie, sauber war es bei uns, keine Frage.

»Mamma, ich muss für ein, zwei Tage weg«, hatte ich nur erklärt. »Mach dir deswegen bitte keine Sorgen«, war mir noch hinterhergerutscht. Mamma Maria nickte.

»Ist was passiert?«, hatte sie im sizilianischen Dialekt gefragt.

»Nein, es ist nichts passiert, nur eine Chorprobe, wir haben doch nächste Woche diesen Auftritt.«

Auf einmal war ich froh, dass ich sie noch kurz umarmt hatte, bevor ich ging.

Was war passiert, wo war ihre einstige Lebenslust geblieben, woher kam ihre Ängstlichkeit, mit der sie mich als heranwachsendes Mädchen an allem zu hindern versuchte, was Spaß machte? Bei der Freundin übernachten? Nein. Ausgehen? Nein. Freundinnen mitbringen? Das wollte ich sowieso nicht.

Irgendwie hatte ich immer gespürt, dass mein Elternhaus nicht vorzeigbar war. Mich mit meinen Klassenkameradinnen zu vergleichen kam mir nicht in den Sinn. Mit deutschen Vätern konnte man diskutieren und streiten, man konnte bei ihnen um Fahrstunden und erste Autos betteln. Man durfte androhen, so schnell wie möglich von zu Hause ausziehen zu wollen, und konnte so lange herummaulen, bis ein Junge bei einem übernachten durfte. Aber als Tochter eines sizilianischen Vaters? Ich musste gar nicht fragen, Papa Salvatore hätte all das nicht zugelassen. Einen festen Freund haben? Undenkbar für mich. Schon als ich zehn Jahre alt war, hatte mein Vater mir mit seinen Andeutungen von Anstand und gutem Ruf in den Ohren gelegen, von der Ehre und dem Wichtigsten, was eine Frau nicht leichtfertig weggeben durfte. Natürlich habe ich damals gar nicht verstanden, was er mit dem Wichtigsten überhaupt meinte. Ich schüttelte den Kopf.

Das leer geräumte Limonenhaus, meine singende Mutter und wer war dieser Finú? Es ließ mir keine Ruhe, und obwohl es schon nach zehn war, schlüpfte ich in meine hohen Schuhe und stieg die Treppen hinunter. Ich verharrte vor dem Perlenvorhang, der als Sichtschutz vor aufdringlichen Pensionsgästen über der Tür der Küche angebracht worden war. Zögernd klopfte ich schließlich gegen den Türrahmen.

»*Entra, entra!*«, rief meine Wirtin. Mit den Armen durchteilte ich die klickernden Schnüre und steckte den Kopf hindurch. Signora Pollini rührte in einem Topf am Herd, winkte mich näher und redete dabei gegen den laut dröhnenden Fernseher an:

»*Buona sera! Buona sera!* Die Signorina aus Deutschland. Ja, da schauen Sie, hier stehe ich wieder. Die haben mir eine künstliche Hüfte eingebaut, endlich kann ich mich wieder bewegen. Letztes Jahr, vor der Operation, ja das war schlimm! Wissen Sie noch, wie ich immer da draußen auf dem Stuhl gesessen habe und mich nicht rühren konnte? Aber jetzt: Den ganzen Weg bin ich gepilgert, nicht auf Knien, das ging ja dann doch nicht, aber auf meinen eigenen Füßen, hoch zur Grotte der heiligen Rosalia, ja immerhin.«

Der Fernseher stand direkt neben dem Tisch. Signora Pollinis Ehemann, ein kleiner Mensch mit von der Sonne verbranntem Gesicht, grüßte kurz mit der Hand, löste dann den Blick aber nicht mehr vom Bildschirm. »Setzen Sie sich!« Ich gehorchte. Mit dem Finger fuhr ich das Blumenmuster der Wachstuchdecke nach.

»Und jetzt schickt der Berlusconi mir Briefe. Ich soll ihn wieder wählen, aber diesmal, nein, diesmal nicht! Das hat er sich so gedacht, ja, der Berlusconi.« Der rote Sekundenzeiger der Küchenuhr lief unbeirrt seine Runde, Signora Pollini würde noch stundenlang über Politik und Pilgerfahrten weiterreden. »Also!«, fuhr sie fort, während sie mir den Rücken zudrehte und die Ofenklappe aufriss. »Ist alles in Ordnung mit dem Zimmer?« Die Träger des mächtigen Büstenhalters und die Schürze schnürten ihren fleischigen Rücken zu hervorquellenden Rechtecken zusammen, wie bei einer Wurst im Metzgerladen.

Jetzt musste ich ihre Redepause nutzen. »Ja, alles bestens! Ich war gerade im Limonenhaus, Sie wissen schon, das direkt an der Mole steht, direkt am Meer. Kannten Sie meine Großtante, die Lehrerin Passarello?« Die Signora schob eine Auflaufform hin und her. Hatte sie mich nicht gehört?

»Warum ist meine Mutter eigentlich bei ihr aufgewachsen?«

Nun endlich schaute Signora Pollini auf: »Natürlich kannte ich Pina, die Lehrerin, und auch deine Mutter, sie war ja nur ein paar Jahre jünger als ich.«

Dio! Signora Pollini war rosig, stämmig und mit ihrer neuen Hüfte sehr rührig, ihre Augen blitzten angriffslustig aus ihrem

Hamsterbäckchen-Gesicht. Ich hatte sie mindestens fünf Jahre jünger geschätzt als Mamma Maria, dabei war sie älter.

»Die kleine Allegra Maria. Sie war ein so aufgewecktes Mädchen. Sie sprang und hüpfte immerzu, und schlau war sie ... Und für die Pina das Ein und Alles! Mein Gott, das ist ja wirklich schon ein paar Jahre her.«

Meine Wirtin schaute forschend in mein Gesicht. Ich nickte auffordernd, sie sollte weitererzählen!

»Die Pina, die Pina, es war ein Jammer mit der Pina! Sie hatte kein Glück, sie war ja die Zweitgeborene, musste also warten, bis die Erste, Mirella, deine Großmutter, heiratete, da ging damals kein Weg dran vorbei. Die Mirella verlobte sich auch, doch bald darauf kam der Krieg, und er, wie hieß er doch gleich, war Soldat und vermisst, und die Zeiten waren hart. Um es kurz zu machen: Nach zehn Jahren hat die Mirella dann endlich geheiratet. Deine Großtante, die Zia Pina, hatte sich schon mit fünfzehn verlobt, hatte aber nun mal so lange ausharren müssen. Da starb der Vater, vier Jahre strikte Trauer, das war damals so. Natürlich kein Gedanke an eine Hochzeit. Die Zeit war fast zu Ende, da starb die Mutter, wieder Trauer, weitere vier Jahre in Schwarz. Pinas Verlobte wechselten, denn hübsch war sie ja. Aber sie alle wurden des Wartens müde. Die verschwanden, einer nach dem anderen. Die Pina hatte einfach Pech, sie ist übers Warten eine *zitella* geworden.«

»Zitella?« Ich erschauerte, was für ein grässliches Wort! »Wie alt war sie da?«

»Tja, so dreißig, denke ich, vielleicht auch dreiunddreißig ...«

Ich hielt den Atem an, noch sieben Jahre, dann war ich auch dreiunddreißig. Wenn ich es bis dahin nicht schaffen würde, jemanden zu heiraten, wäre ich damals bereits *zitella*, alte Jungfer, genannt worden. Unglaublich.

»Ja«, seufzte Signora Pollini, »*ogni nato é destinato.*« Jeder hat sein Schicksal, man kann ihm nicht entkommen.

»Aber dann schickte ihre Schwester Mirella die dritte ihrer vier Töchter zu ihr, Maria, deine Mutter.«

»Aber warum?«

»Ach, die lebten ja irgendwo in der Nähe von Catania in einem Dorf. Der Mann von der Mirella kam von da, wollte dort nicht weg. Nie hatten sie Geld, die Pina schickte immer welches. Sie hatten viele Kinder, und wie das dann so ist. Die Pina war froh, ein lebendes Geschöpf um sich zu haben, die eigenen Eltern waren ja tot, das ganze Haus so leer. Ja, ja.« Meine Wirtin stützte ihre Hände in die Mitte ihres runden Leibes und nickte den Erinnerungen hinterher. Doch dann fing sie sich wieder und stellte einen Teller vor mich hin. Darauf schichteten sich wie bei einer Lasagne Nudeln, Hackfleisch, Erbsen, gebratene Auberginen, zerlaufener Mozzarella und Schinken. Auch gekochte Eierscheibchen gehörten in Signora Pollinis Version dieses Gerichts. »*Buon appetito!*« Hungrig machte ich mich über die *pasta al forno* her. Ich musste mich zügeln, um nicht allzu hastig eine Gabel nach der anderen aufzuhäufen und in meinen Mund zu schieben. Ich kaute und schluckte. Bis ich die nächste Frage stellen konnte, verging einige Zeit.

»Es schmeckt wundervoll, Signora Pollini, ich habe mich nur gerade gefragt, wer das Haus meiner Großtante leer geräumt haben könnte?«

»Deren Angelegenheiten«, sagte Signora Pollini nur, *fatti loro!* Ein unsichtbarer Rollladen ratterte lautlos vor ihrem Gesicht herunter.

Sie stellte einen Espresso vor ihren Mann, der vom Rauschen des endlosen Fernseh-Beifalls völlig hypnotisiert war, sie selbst ging zum Limoncello über. »Nun ja«, ich versuchte mir meine Enttäuschung nicht anmerken zu lassen. »Die Grazia ist mit ihrer Tochter ja schon vor drei Jahren zu ihren Eltern gezogen.«

»Gott habe sie selig«, sagte meine Wirtin unweigerlich, wie immer, wenn von einer toten Person gesprochen wurde.

Doch scheinbar hatte der Limonenlikör den Rollladen ein Stück nach oben gezogen. Denn nun begann Signora Pollini mir alles über die Feuer zu erzählen, die *faló*, die aus alter Tradition am 19. März, am Tag des heiligen Giuseppe am Strand und auf den Plätzen brannten. Über das alte, trockene Reisig aus den Zitronengärten, den Müll und auch über die vielen guten Möbel, die diesmal von den Flammen gefressen worden waren.

»Vor dem Limonenhaus?«

»Genau da.«

»Wer hat das getan?«

»Man sagt, dass es die LoConte Teresa und ihre drei Söhne waren. Die hätten alles aus dem Haus geschleppt und sogar aufgepasst, dass niemand ein Möbelstück aus den Flammen holt.« Sie räumte ab und klapperte mit den Tellern herum.

Teresa! Ich versuchte ruhig zu bleiben, um Signora Pollini noch schnell eine letzte Frage zu stellen: »Kennen Sie einen, der Finú genannt wurde? Er soll der Verlobte meiner Mutter gewesen sein.«

Meine Wirtin wackelte argwöhnisch mit dem Kopf und blieb eine Minute lang stumm.

»Der Verlobte ... war sie denn verlobt, die Maria? *No, no, no,* davon weiß ich persönlich nichts.«

Ich erhob mich von dem harten Küchenstuhl, bedankte mich für das Abendessen, sie winkte ab, brachte mich zum Treppenaufgang und tätschelte mich an der Schulter.

»Sie sehen blass aus! Jetzt schlafen Sie gut und ruhen sich erst mal aus, ja? Nicht so viele Gedanken machen, nicht so viele Sorgen wälzen!«

»Ja, danke, das werde ich tun.«

Gegen Signora Pollinis Rat lag ich noch lange wach und machte mir Gedanken und Sorgen um Matilde. Schließlich musste ich aber doch eingeschlafen sein, denn gegen sieben wachte ich von lautem Vogelgezwitscher auf. Ich hielt es nicht mehr im Bett aus, also stand ich auf und öffnete weit das Fenster. Die Luft prallte glatt und überraschend kalt gegen mich, wie eine Glastür, die man zu spät sieht. Ein neuer Tag war angebrochen. Das Zählwerk in meinem Kopf sprang automatisch um: eintausendneunundneunzig Tage ohne Leonardo. Ich zuckte mit den Schultern – was nützte es mir noch, die Tage zu zählen? Schon als er noch lebte, hatte ich immer vergebens auf ihn gewartet. Ich fröstelte, und meine Brustwarzen zogen sich unter dem dünnen T-Shirt, in dem ich geschlafen hatte, zusammen. Mit der Kälte fühlte ich meinen Kopf klar werden. Die Benommenheit der letzten Stunden verflog mit jedem Atemzug und wurde von einer kraftvollen Wut ersetzt. Und erst jetzt bemerkte ich, wem sie galt: Teresa!

Natürlich, Teresa war schon immer der Kern des Problems. Sie hatte sich am Eigentum von Zia Pina vergriffen und an dem meiner Mutter. Sie hatte Leonardos Sachen verbrannt. Sie behandelte Matilde schlecht. Sie liebte das Kind nicht. Es gab keine Ausrede mehr, ich musste Matilde schnellstens von Teresa und den hässlichen Jogginganzügen fortschaffen! Ich suchte die Visitenkarte hervor und rief Mario den Taxifahrer an.

Während Mario in seinem Taxi vor dem Friedhof auf mich wartete, machte ich mich auf die Suche nach der Familiengruft der LaMacchias. Die davor aufgestellten *ghirlande* wiesen mir den Weg. Die Tür war offen, ich trat ein. Hier hatten sie Grazia gestern hinter eine breite Marmorwand gelegt, zu Gaetanos Familie. Rote Grablichter brannten in der feuchten Morgenluft, in einer der Kerzen schwammen zwei tote Motten im flüssigen Wachs, es roch nach Weihrauch. Ich betete vor Grazias Grab, ich weinte nicht, doch ich bat sie um Verzeihung für meine Eifersucht, mit der ich ihr manchmal das Leben schwer gemacht hatte:

»Es ist ein wenig spät dafür, ich weiß, aber ich werde, und das schwöre ich hiermit bei meinem eigenen Leben, ich werde Matilde aus den Händen deiner Mutter befreien! Denn das ist das Einzige, was ich noch für dich tun kann.« Mit festen Schritten ging ich die sandigen Wege zurück. Zwei Frauen kamen mir entgegen. Misstrauisch musterten sie mich, ich hielt ihren Blicken stand.

Wieder im Taxi bat ich Mario, mich zu Phils Hotel nach Palermo zu bringen.

»Wird gemacht, Signorina!«

Auf dem Weg schrieb ich eine Nachricht an Susa:

Ich habe eine Entscheidung getroffen, verrückt, aber es muss sein

Es klingelte, Susa war dran. Die Simserei mochte ja lustig sein, aber Susa war der Meinung, dass man wichtige Dinge persönlich besprechen sollte. Sie verachtete Leute, die ihr Leben per SMS führten, die auf diese Weise stritten, sich versöhnten oder ihre Beziehungen beendeten.

»Was ist passiert?«

Ich erzählte ihr in knappen Worten, wofür ich Teresa verantwortlich machte. »Und deswegen muss ich Matilde da rausholen – ich habe so eine Wut auf Teresa. Jetzt kann ich nicht mehr anders, sonst bekomme ich ein Magengeschwür!«

»Schaffst du das alleine?«

»Äh, ich werde vielleicht jemanden mitnehmen.«

»Wen?«

»Den Blitzschlag.«

»Oha.«

Susa schwieg einen Moment. »Das ist wirklich verrückt. Meinst du, der ist der Richtige dafür?«

»Keine Ahnung. Drück mir die Daumen!«

»Na, du wirst es schon merken, vertrau einfach deinem Gefühl. Ich drücke alle Daumen, die ich habe!«

Kapitel 11

PHIL

Gleich beim Erwachen drang eine Einsicht gnadenlos in mein Gehirn: Palermo war laut.

Das *Hotel Oriente,* das Brigidas Assistentin, Lilli, für mich gebucht hatte, lag mitten in Palermos überfüllten Altstadtgassen, in denen es permanent schepperte, jaulte und knatterte. Zusätzlich lärmten die Zimmermädchen mit ihren Staubsaugern vor meiner Tür und stießen dabei an alle Wände, die sie erreichen konnten. Ich lag auf dem Bauch und schob meinen Kopf unter die pralle Kissenwurst, auf der eine bequeme Position nicht einzunehmen war, ohne einen steifen Nacken zu bekommen. Erfolglos. Der Lärm aus dem Korridor war immer noch gut zu hören. Wahrscheinlich machten sie ein Spiel daraus: einen Treffer an der Fußleiste, ein Punkt, am Türrahmen, zwei Punkte, an der Tür selbst, höchste Punktzahl ...

Ich zog an der bleischweren Brokatdecke, die sich am Ende des Bettes mit dem Laken verflochten hatte.

Tief unter mir jagten in diesem Moment zwei Motorräder durch die Gasse und verursachten explosionsartige Geräusche. Es war gerade mal acht. Ein Presslufthammer knatterte los, hörte auf und begann von Neuem. Nach zwei Sekunden stoppte er wieder. Bitte nicht weiterhämmern, beschwor ich ihn, geht doch alle mal Frühstückspause machen, mein Kopf platzt sonst. Campari-Soda verursachte üble Kopfschmerzen – noch eine Erkenntnis am frühen Morgen.

Dopo pranzo hatte der Herr Pappalardo am Telefon erklärt, *after lunch*, sein Englisch war mäßig. *Pranzo?*, was für ein eigenartiges Wort für Mittagessen. Erst gegen 15 Uhr sollte ich mich in der Bar Azzurro, gleich gegenüber dem Hotel, mit dem Besitzer treffen und gemeinsam zur Villa hinausfahren. Ich gähnte, mein Leben war fantastisch: Ich würde heute eine Villa fotografieren und über tausend Euro damit verdienen, ich würde Brigida mit einem außergewöhnlichen Geschenk überraschen und ganz sicher ein paar wilde Anekdoten für sie erfinden. Ferner hatte ich vor, irgendetwas Lustiges für sie durchzuführen. Sie lachte so gerne, das war mein größter Triumph: ihr unverfälschtes Lachen zu verursachen, das aus ihr herausschoss wie ein Springteufel aus der Schachtel. Ich würde ihr etwas Verrücktes schicken, etwas Altmodisches, ein Telegramm vielleicht oder einen Kieselstein aus ihrem Heimatdorf. Jedenfalls würde ich länger als nötig auf diesem durchhängenden Hotelbett herumliegen, um bloß nicht zu früh wieder in Düsseldorf zu erscheinen. Brigida sollte mich vermissen!

Brigida! Was für eine Frau! Ich dachte an ihre Brüste, üppig abstehend, mit sechs kleinen, wie aufgemalten Muttermalen dazwischen. An ihren großen prallen Hintern, die wild gelockten schwarzen Haare ihrer Spalte, deren wuchernder Weg hoch zum Bauchnabel von ihr jede Woche mit Wachs gerodet wurde, der sich aber spätestens nach einer Woche sein Terrain zurückeroberte. Ihre Figur war außerordentlich weiblich, nicht dick, aber fest, unter ihrer Haut schien es zu vibrieren, wenn ich sie berührte. Noch vor einem Monat genügte allein die Vorstellung ihrer gierigen Oberschenkel, die sich um mich schlangen, um mich zu erregen, doch langsam ließ dieser Reflex nach. Ungeduldig spulte ich die wenigen Pornoszenen, die ich in meinem Leben gesehen hatte, vor und zurück. Nichts. An diesem Morgen war mein Penis nur ein weiches Anhängsel, das sich ohne Ergebnis durchkneten ließ. Damals, mit vierzehn, fünfzehn, hatte ich ihn gehasst und ›Kapuziner‹ getauft, weil er so demütig und genügsam aus seiner Vorhautkapuze lugte. Ich war ein sogenannter Spätzünder gewesen. Der späteste Spätzünder der ganzen Schule, des ganzen Universums, nehme ich mal an. Erst mit neunzehn, eine Ewigkeit nach meinen Mitschülern, lange nach dem Abitur, wuchs ich endlich in die Höhe. Und mit mir auch der Kapuziner. Aber die Klassenfahrten, die Feten am Baggersee und Partykeller-Knutschereien, überhaupt alles, was mit Mädchen aufregend war, war vorbei. Keine hatte mit dem dicklichen Jungen, der recht anständig Witze erzählen konnte, zusammen sein wollen. Sie lachten über den amüsanten kleinen Kerl und fanden mich »süß«, aber knutschen wollte trotzdem keine mit mir. Doch dann gab ich Gas. Ich ließ mir mit neuem Selbstbewusstsein lange Haare wachsen und lernte Inga kennen. Die liebe Inga. Bei ihr durfte ich alles ausprobieren, was ich bis dahin verpasst hatte, sieben Jahre lang. Sehr viel war das trotzdem nicht gewesen. Meine Güte, warum musste ich gerade jetzt an die einschläfernde Inga denken? Lieber wollte ich an Lella und ihre schwarze dünne Bluse denken, an ihren kleinen Ausschnitt mit dem silbernen Kreuz, den sich vorwölbenden Busen, der nun vor meinen Augen auftauchte. Und obwohl exzellent getarnt unter all dem Schwarz, beschenkte er mich ganz unvermittelt mit einer mächtigen Erektion. Ich strich daran mit einer Hand auf und ab. Der Kapuziner konnte sich inzwischen im erigierten Zustand auf zwanzig Zentimeter verlängern und sich zu vierzehn, durchaus nicht bescheidenen oder genügsamen Zentimetern Umfang aufpumpen. Das hatte niemand aus meiner Klasse unter der Dusche zu bieten gehabt, keiner von denen. Ein schwacher Trost.

Eine schwarze dünne Bluse, das konnte doch nicht wahr sein! Wollte ich mich allein mit der Vorstellung eines silbernen Kreuzes und zweier Brüste, die ich nur hatte erahnen können, befriedigen? Mein Körper wollte es, denn es waren sehr schöne Brüste. San-ti-nel-la echote es lustvoll durch meinen Kopf. Sie fand den Namen furchtbar, also nannte sie sich Lella. Lelllla. Wieder hörte ich, wie ihre Zunge auf den *L*s in der Mitte sitzen blieben, es hatte wunderschön geklungen. In ihrem Blick war nichts Freches gewesen, nichts Ermunterndes. Sie hatte mich ruhig angeschaut, als ob sie alles von mir wisse, aber doch verheißungsvoll, mit einem Hauch Traurigkeit über meine Zurückhaltung vielleicht.

Meine Hand hielt taktvoll inne. Natürlich schaute sie traurig, sie kam gerade von einer Beerdigung.

Bei Lella hatte ich etwas Feinsinniges, Bescheidenes gespürt. Eigenschaften, für die Brigida aufgrund ihrer Selbstsicherheit und charmanten Rücksichtslosigkeit gar keine Zeit fand. Ich stellte mir Santinellas, Lellas Beine vor, deren Form in der eleganten schwarzen Hose nicht besonders gut zu erkennen gewesen waren; ihren Mund, ihr ganzes Gesicht, das nicht klassisch italienisch wie das von Brigida, sondern eher indisch anmutete. Die runden Augen, die etwas abgerundete Nase. Ihr Blick. Ich küsste sie in Gedanken, strich über ihre runden festen Brüste, über die weiche Haut ihrer Pobacken, schob meine Hand weiter, zwischen ihre Beine, und dann kam ich. Gewaltig strömte es aus mir heraus, lange und ausgiebig. Stöhnend fiel ich zurück in die Kissen und spürte erlöst meinem nur etwas schnelleren Herzschlag nach. Lella verlangte nichts, ich würde sie nie wiedersehen, aber dieser kleine Film mit ihrem Blick und den sich öffnenden Lippen würde mich noch lange begleiten, das ahnte ich. Die Lady Madonna, wer hätte das gedacht, sie war so schön, es war ihr sicher nicht bewusst, wie schön sie war.

Es klopfte. Ich erschrak und rührte mich nicht, nass klebte meine Hand an meinem Bauch. Es klopfte wieder. Gleich würde sich ein Schlüssel im Schloss drehen, und ein Zimmermädchen stände mit einem Stapel weißer Handtücher im Raum.

»*No grazie!*«, rief ich, jetzt doch leicht außer Atem, wie nach einem kurzen Sprint.

»Phil?!«

Brigida? O Gott, was um alles in der Welt machte Brigida hier?

Noch einmal: »Phil?«

Das war zu leise für Brigida, Brigida redete zudem immer mit Ausrufezeichen, nie mit Fragezeichen. Das konnte nur eins bedeuten ...

»Komme«, rief ich und spurtete ins Bad, wo ich ein Handtuch von der Stange riss, mich notdürftig abtrocknete, um dann damit den Fleck zu bedecken, den ich auf meiner Pyjamahose entdeckt hatte. Ich atmete kurz durch und entriegelte die Tür.

»*Buongiorno!*«

Sie hatte den taubenblauen Sommermantel in der Taille festgezurrt, ihre Haare und Augen wirkten noch schwärzer als gestern. Den Kopf hielt sie gesenkt wie ein Stier vor dem Angriff, als ob man sie zutiefst erschreckt hätte und sie sich jetzt rächen wollte. »Entschuldige, ich hätte anrufen sollen, aber ... es ist ... dringend.« Sie wirkte plötzlich erschöpft und machte eine Geste, als ob sie mir förmlich die Hand geben wollte. Vor Schreck zeigte ich mit meiner unbenutzbaren Rechten ins Zimmer.

»Komm rein.«

Zögernd trat Lella ein. Ich hatte vergessen, wie zierlich sie war, sie reichte mir gerade bis zur Schulter. Um Himmels willen, hoffentlich konnte sie es nicht riechen. Rasch ging sie zum Fenster, als wenn sie Abstand zwischen sich und meinen nackten Oberkörper bringen wollte, zog die Vorhänge beiseite, fragte scheu: »Darf ich?«, und öffnete es.

Natürlich, sie hatte es gerochen.

Quengelnde, schimpfende Rufe drangen ins Zimmer. Auf der Karte hatte ich den Markt *Vucciria* entdeckt, nicht allzu weit von meinem Hotel entfernt. Der Name bedeutete laut Reiseführer ›Geschrei‹ auf Sizilianisch, eine nette Untertreibung. Ich hatte auch über die dornige, sizilianische Artischockenart, über die ausgeklügelte Anbauweise von Blutorangen und die vielfache Zubereitungsart von Sardinen gelesen. Hatte mich über *panelle, crocche*, über *pane ca' meusa*, in Fett ausgebackener Milz in einem Brötchen informiert. Spezialitäten, die ich nicht richtig aussprechen konnte, aber unbedingt hatte probieren wollen, um Brigida meinen Mut zu beweisen. Im Moment aber interessierte mich das alles nicht mehr.

»Entschuldige, ich bin gleich wieder da!«

Ich ging ins Bad und ließ den Wasserhahn am Waschbecken laufen, bevor ich die Klobrille hochklappte, Lella sollte mich nicht hören. Warum war sie bloß hier? Bestimmt nicht wegen meiner für Sizilien recht imposanten Größe oder den athletischen Schultern, auch nicht wegen meiner muskulösen Arme oder wegen meines Schwanzes, der nun nicht das kleinste bisschen mehr pochte, sondern sich vor Schreck zu einem schlaffen Nichts zurückentwickelt hatte. Fast so klein wie der Kapuziner von damals. Was wollte sie von mir? Sie hatte irgendetwas beschlossen, das mit mir zu tun hatte, aber das konnte sie vergessen, was immer sie plante. Alles, was diese junge Frau anging, brachte mich durcheinander, so durcheinander, dass ich mich nicht mehr auf das wichtigste Vorhaben in meinem Leben konzentrieren können würde. Ein so intensives Gefühl wie mit Brigida hatte ich noch nie zuvor erlebt. Seit einem Jahr schon sann ich darüber nach, wie ich ihr meine Liebe erklären sollte. Einmal hatte ich es gewagt, aber nachher musste ich feststellen, dass sie währenddessen eingeschlafen war. Erst dachte ich, sie mache Scherze, aber sie hat sogar leise geschnarcht. Aber jetzt hatte ich die richtige Idee, wie ich ihre Aufmerksamkeit würde fesseln können. Denn während ich Lella im Flugzeug von Brigida erzählte, hatte ich beschlossen, Brigidas Heimatort ausfindig zu machen und ihre Eltern um die Hand ihrer Tochter zu bitten. Dieser Plan erfüllte mich auch jetzt wieder mit einem erregenden Hochgefühl. Derartige Verrücktheiten erwartete sie von mir.

»Du spinnst ja!«, würde sie sagen, es klang schon in meinen Ohren. »Du spinnst ja, und deswegen liebe ich dich!«

Brigida war die lang erwartete Entschädigung für die Zeit vor meiner späten Pubertät – verlorene Jahre, um die ich mich noch immer betrogen fühlte. Und was für eine Entschädigung sie war!

Es geschah an dem Morgen, an dem ich die Haarschneidemaschine von Florian, meinem Mitbewohner, ausprobiert hatte. Der Badezimmerboden war mit Haaren bedeckt gewesen, und ich hatte ein völlig fremdes Gesicht freigelegt, das nicht mir zu gehören schien.

Brigida sah dieses Gesicht und verführte mich gleich in der Umkleidekabine, in der wir aufeinandertrafen. Sie stellte keine Fragen, ich stillte in diesem Moment nur zufällig ihr unbändiges Verlangen, unterhalten zu werden. Übrigens das Bezeichnendste ihrer Charaktermerkmale, doch das ahnte ich zu diesem Zeitpunkt noch nicht. Nachdem ich den richtigen Satz gesagt hatte, setzte sie sich auf mich und ließ mich so in ihr Leben. Ich war erstaunt, aber zum Glück nicht komplett überwältigt, der Kapuziner witterte seine Schicksalsstunde.

»Brauchst du noch'n Hemd? Nimm das hier!«, sagte sie, kaum dass wir unser Kennenlernen beendet hatten, und hielt mir den Bügel hin, den sie zuvor auf den Boden geschleudert hatte. Ohne zu fragen, probierte ich nach dem Hemd mit den orangefarbenen Streifen immer weitere Kleidungsstücke an, die sie für mich draußen an den Kleiderständern zusammensuchte. Später trug ich einen Berg von Klamotten zur Kasse und bezahlte die zweitausend Euro mit meiner Kreditkarte. Sie sah meinen Namen darauf.

»Ich werde dich Phil nennen!«, sagte sie entschieden. Ab diesem Moment war ich nicht mehr Philip, dem man seine ostwestfälische Herkunft ansah, sondern ein lässig gekleideter Phil. Einer, der Hemden mit Mustern und Streifen und eine teure Sonnenbrille trug, der die richtigen Jeans und Jacken im Schrank hängen hatte und sogar coole Anzüge, wie die Musiker von den neuen Bands sie tragen. Meine schwarzen Sweatshirts und schwarzen Hosen hatte sie nie zu Gesicht bekommen. Meine gesamte alte Garderobe war von mir in fest verschnürten, blauen Säcken, als ob es sich um die Lumpen eines Leprakranken handelte, bei der nächsten Altkleidersammlung an die Straße gestellt worden.

Am Abend unseres Kennenlernens zeigte ich Brigida eine einzige Fotoarbeit von mir, von der ich glaubte, dass sie ihr gefallen würde: ein Strauß absterbender Blumen in Schwarzweiß. Sie verschaffte mir den regelmäßigen Job bei Heiermann im Studio. Durch ihre Agentur hatte sie die besten Kontakte.

»Bei dem kannst du als zweiter Fotograf in Ruhe viel Geld verdienen und hast noch genug Zeit, deine eigenen Bilder zu machen.« Am nächsten Tag kündigte ich meine Anstellung in einem vor sich hin träumenden Fotogeschäft in Düsseldorf-Erkrath und wurde ein Dauergast in ihrer Wohnung. Das Zimmer in meiner Wohngemeinschaft hat sie nie betreten.

Ich wurde zu einem Spezialisten für ihre unausgesprochenen Wünsche und studierte heimlich die Event-Sparte in der Stadtzeitung, den wöchentlichen Veranstaltungskalender und das Düsseldorfer Branchenbuch, um sie mit verrückten Ideen zu überraschen. Wenn Brigida am Wochenende aufwachte und mir erwartungsvoll in die Augen schaute, konnte es passieren, dass ich sagte: »Heute muss ich das Meer sehen, und wenn du willst, nehme ich dich mit!« Dann saßen wir kurz darauf im Auto. Und da ich wusste, dass sie die belgische oder holländische Küste nicht mochte, pulten wir vier Stunden und drei Staus später deutsche Nordseekrabben in Horumersiel. Dort erstand ich noch schwarze Anglergummistiefel für sie, die sie auf der nächsten Party zu einem Minikleid trug. Und so ging es weiter: Wir kletterten morgens um fünf auf nicht sehr hohe sauerländische Berge, abends in ein U-Boot-Restaurant hinab oder mittags dem Kölner Dom auf dem Dach herum. Sie war für mich eine außergewöhnliche Frau, die in dem Glauben lebte, einen außergewöhnlichen Mann an ihrer Seite zu haben, und ich tat alles, um sie nicht zu enttäuschen.

Ich lächelte und klappte die Klobrille wieder herunter. Mein Leben mit Brigida war nie alltäglich, nie einfach. Sie war süchtig nach meinen Ideen und liebte mich dafür, und diese Liebe würde ich für nichts in der Welt aufs Spiel setzen, auch nicht für Lella und ihre schwarzen, zornigen Augen.

Werde sie los!, warnte mich eine Stimme in meinem Kopf. Hier in Sizilien kennt man sich, Brigida wird von ihr erfahren, sie wird in die Luft gehen vor Eifersucht! Wieso hatte ich die Lady Madonna überhaupt hereingebeten? Sie musste ganz schnell wieder aus meinem Zimmer und aus meinem Leben verschwinden.

Als ich aus dem Badezimmer kam, war Lella tatsächlich weg. Auf meinem Bett lag ein Zettel: »Bin in der Bar gegenüber.«

Niemals, ich schüttelte den Kopf, ich würde schön da bleiben, wo ich hingehörte!

Kapitel 12

LELLA

Ob er kommen würde? Durch das Fenster der Bar konnte ich den Eingang des Hotels gut beobachten. Wahrscheinlich nicht. Es war geradezu unverschämt, wie ich mich benommen hatte. Ich war einfach so in sein Hotelzimmer spaziert. Völlig überrascht und halb nackt hatte er vor mir gestanden.

Was hatte ich mir eigentlich vorgestellt? Es würde niemals klappen. Ich holte tief Luft, aber das beklemmende Gefühl in meinen Lungen blieb.

Gut, dass Mario, der Taxifahrer, noch wusste, wo er Phil gestern Abend hingebracht hatte. *Hotel Oriente* in der Via Corto, eine kleine enge Gasse, momentan für Autos gesperrt. Wahrscheinlich wegen der Bauarbeiten. Überall standen Baugerüste an den Häusern, auch direkt neben dem Hoteleingang. Das Viertel hatte sich verändert; vermutlich galt es heute als schick, nahe dem alten Hafen in der *Kalsa* zu wohnen. Nach Leonardos tödlichem Unfall hatte ich die *Kalsa* gemieden. Ich war nie wieder zwischen den prächtig renovierten Palazzi und den verfallenen Gebäuden des Quartiers umhergelaufen. Und nun saß ich mittendrin, ganz nah am *La Sirena*, vor meinem Milchkaffee.

Bei meinem heimlichen Besuch zu Leonardos Hochzeit, aus dem dann über ein Jahr wurde, hatte ich mich mit dem Taxi direkt zum Restaurant in die Via Paternostro bringen lassen. Wir hatten uns minutenlang in den Armen gelegen. Zwei Köche rannten zwischen den Öfen umher, zerkleinerten dann in mörderischem Tempo und mit großen Messern irgendetwas Buschig-Grünes, das sie eilig mit den Händen in einen Topf schaufelten.

»Bis morgen dann, Leoná. He, und viel Glück!«, grüßten sie Leonardo, bevor ihre Messer weiterhackten. Die Hintertür des Restaurants stand offen, wir traten hinaus. Leere Holzstiegen und Olivenölkanister stapelten sich auf dem Pflaster. Ein schmutzig grauer Kasten brummte unter dem vergitterten Fenster und blies lauwarme Luft auf die Gasse, die ich keinesfalls einatmen wollte. Es war Samstag, gegen sechs Uhr nachmittags.

»Hier, genau hier, haben Grazia und ich uns zum zweiten Mal gesehen, zum zweiten Mal ohne Verabredung. Was für ein Zufall, oder?« Leonardo hatte sein kurzes, sorgloses Lachen gelacht. »Genau hier ist sie in mich hineingelaufen.«

Ich hatte die schmale Gasse entlanggeschaut. Wäscheleinen kreuzten sich oben, wo die baufälligen Häuser immer enger aneinanderrückten und die Bewohner sich etwas zurufen konnten, ohne sich sehen zu lassen. Ein Korb wurde an einem Seil in den zweiten Stock gezogen. Ich entdeckte in ihm ein kleines Hündchen, das auf mich herunterkläffte.

»Eigentlich war ich an diesem Vormittag, als ich sie traf, nur zum höflichen Schauen da. Ich wollte den Job gar nicht«, fuhr Leonardo fort. »Claudio Acquabollente, der Sohn vom Notar, bei dem ich tags zuvor die Papiere für Mammas Häuschen unterschreiben musste, war der Meinung, ich wäre wie geschaffen für das *Sirena*. Er hat mich hergeschleppt. Ich mochte den Kerl von Anfang an, er nahm alles so ernst und wusste doch so viele komische Geschichten.« Leonardo lachte. »*Va bene*, habe ich ihm gesagt, mir gefällt es in dem Restaurant bei den Schweizern zwar sehr gut, ich bin da immerhin Souschef, aber lass uns einfach mal vorbeigehen. Während wir da also in der Küche herumstanden, kam Giovanni, der Spüler mit dem kaputten Bein. Er zog einen Pappkarton hinter sich her und trug einen Eimer mit verdorbenen Sardellen. Das ist seine Arbeit: spülen und Zeug wegschmeißen. Aber da kannte ich ihn ja noch nicht. Er zockelte also an mir vorbei, und ich sag ihm: ›Gib her! Wo muss das hin?‹« Leonardo grinste. »Das ist ein Trick! Ich guck mir die Karte, den Müll und die Kühlhäuser an, und schon weiß ich, wie der Laden läuft … Und dann … Bamm!, lief dieses Mädchen um die Ecke, und wir haben uns nur angeguckt, und ich konnte überhaupt nichts sagen und wollte auch nichts sagen. Ich hatte sie nämlich schon einmal gesehen, in Porticello, vor Mammas Häuschen, direkt auf den Felsen, am Meer. Mit einem Zeichenblock auf den Knien. Der war leer, nichts drauf. Sie saß einfach nur da und schaute aufs Wasser. Aber wie sie die Kreide in der Hand hielt, die Art, das hat mir gefallen. Ganz ruhig, aber mit so einer Spannung, jederzeit konnte sie loslegen, den ersten Strich tun. Ich hatte mir das Limonenhaus gerade von außen angeschaut und bin danach rein, habe oben die Fenster geöffnet. Ich habe mich sogar auf den Balkon getraut, nur um zu sehen, ob sie noch da unten auf den Steinen sitzt, mit ihrem leeren Block. Saß sie aber nicht. Ich war richtig wütend auf mich. Warum hatte ich sie nicht angesprochen? Du weißt, ich rede sonst mit jedem, wenn ich will, mit Alten und Kindern und Verrückten und Betrunkenen, mit Männern und Frauen. Und gerade bei ihr werde ich auf einmal schüchtern? Und dann sehe ich sie hier, mitten in der *Kalsa* wieder. Sie war alleine, keine Mutter, keine Freundin, und sie wohnte ja nicht einmal hier, sie war aus Bagheria gekommen.«

Leonardo hatte sich überwältigt die Stirn gerieben, als könne er sein Glück immer noch nicht fassen.

»Ich habe mir geschworen, ich werde sie *nie* fragen, was sie hier überhaupt zu tun hatte«, seufzte er. »Ich war völlig weg, gab ihr nur stumm die Hand und dachte nicht an den Sardellengeruch, der daran haften musste. Und sie nahm sie, und ich fragte mich, wer wohl dafür gesorgt hatte, dass wir uns begegnen. Ich meine, Palermo hat fast eine Million Einwohner – ist doch verrückt, oder?«

»Aber echt!«, hatte ich geantwortet und meine Mundwinkel gezwungen zurückzulächeln. Denn während wir dort auf der Gasse standen, schnitt sich die Gewissheit waagerecht und scharf wie ein Filetiermesser durch meine Gedanken: Er wird nie zurück nach Köln kommen. Die Reiserei ist vorbei. Seine Wege kreuz und quer durch die Welt enden hier in der *Kalsa*. Ich habe ihn erst an die Kocherei, dann an Sizilien und am Ende an Grazia verloren.

Mit »verloren« hatte ich natürlich gemeint, dass Leonardo für immer auf Sizilien bleiben, dass er dort leben würde. Ich konnte ja nicht ahnen, dass sein Leben wirklich in diesem Viertel enden würde, dass er zwei Jahre später so grauenhaft im *La Sirena* verunglücken sollte.

Mein Herz machte einen Satz, endlich, da kam er! Er trug denselben schlampig-schicken Kurzmantel wie gestern.

Plötzlich ging das Atmen besser, und meine Augen sahen ihn noch einmal so, wie er eben im Hotelzimmer vor mir gestanden hatte. Sein Brusthaar hatte die Form von Afrika, ein hübsches, wuschiges Afrika.

Na, fantastisch! Anstatt mir zu überlegen, wie ich Matildes Entführung organisieren sollte und wie ich diesen Fotografen dazu bringen konnte, mir zu helfen, dachte ich an seinen Körper. Die Fototasche schief umgehängt, ein schwarzes, zusammengeschobenes Stativ in der Rechten, rollte er seinen Koffer heran. Er wollte doch nicht schon wieder abreisen? Musste er nicht noch diese Villa fotografieren?

Sein Fotografenblick sprang unruhig über mein Tischchen hinweg, flüchtete nach draußen, über die Straße, auf das Baugerüst und die geschwärzte Fassade des Hotels gegenüber. So würde ich es nie fertigbringen, ihn um Hilfe zu bitten. Gab es denn niemanden, den ich an seiner Stelle fragen konnte? Schließlich hatte ich länger als ein Jahr in Porticello gewohnt. Ich überlegte erneut, aber mir fiel niemand ein. Zu den Menschen, die ich durch Leonardo kennengelernt hatte, hatte ich keinen Kontakt mehr. Manche waren inzwischen weggezogen, andere hatten Kinder bekommen und sich nie mehr gemeldet oder waren, wie zum Beispiel Marta, durch Leonardos Tod übermäßig freundlich und verlegen. Ich hatte alle Telefonnummern weggeworfen und war unauffindbar geworden. Außer für Claudio, der mich seit gestern mit Nachrichten auf meinem Handy bombardierte und tatsächlich an diesem Morgen in aller Herrgottsfrühe vor der *Bar al Porto* gestanden hatte. War das Zufall? Woher wusste der, was ich tat? »Lella, *aspetta!*«, hatte er gerufen, und bei diesem ›Lella, warte‹, hatte sich etwas in mir zusammengekrümmt. Schlagartig wusste ich wieder, wie es sich angefühlt hatte, als meine Verliebtheit zu ihm innerhalb weniger Tage zu etwas Leblosem verkümmert war. Wie ein Büschel gelbes Gras, das zu lange von einer Steinplatte zerdrückt worden war und sich nie wieder aufrichten würde.

Claudio hatte noch weiter auf mich eingeredet, doch ich hatte ihn ignoriert und war ins Taxi gestiegen. Der sollte mir nicht helfen, der nicht! Der sollte seine Klappe halten und sich in seine Kanzlei verziehen, wo er den Leuten für jede Unterschrift das Geld aus der Tasche tricksen konnte. Phil stellte sein Gepäck neben meinen Tisch auf den Boden und bestellte etwas bei dem blassen Mädchen hinter der Bar, das ihn verliebt anstarrte, seit er zur Tür hereingekommen war.

»*Uno cappuccino, prego!*«

Falsch und typisch deutsch. Die Blasse lächelte ihn weiter an. Na ja, ich schnaubte leise, so umwerfend sieht er ja nun auch nicht aus.

Sei doch einmal im Leben ehrlich zu dir, bohrte Leonardos Stimme, *natürlich sieht er umwerfend aus, und jeder hält ihn offenbar für diesen englischen Schauspieler, wie heißt der noch mal, der ist auch oft so unrasiert. Dein Phil ist eine gelungene Mischung aus diesem Schauspieler und meinen wundervollen Händen, allerdings die unverbrannte Ausgabe.*

Dein Humor ist ganz reizend! Und außerdem ist er nicht mein Phil!

Heute früh erschien er dir als die ultimative Rettung, und nun tust du so, als ob du ihn zähneknirschend akzeptierst! Ich sage dir, er ist deine Rettung, dein Werkzeug wird er sein, oder was gibt es sonst noch für einen Grund, noch vor dem Aufstehen an seine Zimmertür zu klopfen?

»Was ist denn so dringend?« Phil streifte meine Augen nur einen kurzen Moment, danach irrten seine hellblau umrandeten Pupillen wieder ungeduldig zwischen den Spiegeln der Bar herum. Ich saß am Tisch und merkte, dass meine Entschlossenheit in sich zusammenfiel wie ein missratenes Soufflé. Bevor das Soufflé der Angst vollends den Platz überließ, atmete ich zweimal tief ins Zwerchfell, wie damals bei den Chorproben, wenn ich zu Hause wieder nicht geübt hatte. Vielleicht kam so ein halbwegs normaler Ton heraus.

»Ich hätte einen Auftrag für dich, nichts Großes. Äh, kannst du meine Familie fotografieren? Das wird in Italien so gehandhabt«, erklärte ich viel zu schnell. »Die Trauerfamilie lässt sich nach der Beerdigung noch einmal fotografieren, weil, weil ...« O Gott, mir fiel nichts ein. »Das hat dir deine Freundin vielleicht schon erzählt.«

Phil schüttete das Kakaoherz auf dem Milchschaum mit Zucker zu.

»Die Trauerfamilie fotografieren?«, fragte er endlich und rührte beschäftigt in seiner Tasse. »Davon habe ich noch nie etwas gehört. Aber Brigida hat mir bis jetzt auch wenig über Sizilien erzählt.«

»Na ja, siehst du ... Also machst du es?«

»Nein. Keine Zeit.«

»Bitte! Gestern hast du gesagt, du fotografierst erst am Nachmittag.«

»Das ist doch gar nicht deine Familie, oder?«

Aha, keine Antwort, dafür eine Gegenfrage. Er hatte gut aufgepasst. Nein, das war nicht meine Familie. Freiwillig würde ich ganz sicher nie mit den LoContes und La-Macchias zu tun haben.

»Ich werde nicht mehr oft herkommen. Sie war meine Lieblingsschwägerin, ich brauche ein Erinnerungsfoto, auch für meine Eltern, die konnten leider nicht mitkommen.«

Sofort wurden meine Wangen heiß, bestimmt war ich rot

geworden. Mein Vater würde auf ein Foto der Familie La-Macchia spucken. Und Mamma?

Ich sah zu Phil. Er war ein völlig Unbekannter, dessen Anblick mich auch nach dieser Nacht noch ganz kribbelig machte. Er war groß, blond, fremd, seine Hände waren kräftig, aber nicht brutal. Mit ihm würde es mir gelingen, das spürte ich. Er verstand von Sizilien *un cazzo*, wie Leonardo gesagt hätte, einen Scheißdreck, und konnte so genug Verwirrung stiften, während ich Matilde entführen würde. Denn ich würde sie mit mir nehmen, das hatte ich geschworen. Auch mit Gewalt, wenn es sein musste! Ich würde mich an Teresa rächen, dieser Möbel-Vernichterin, dieser lieblosen Großmutter, die mich so hasste, dass sie mir noch nicht mal die Hand gab!

Ich konzentrierte mich wieder auf Phil und startete noch einen Versuch.

»Hast du immer noch vor, die Eltern deiner Freundin zu besuchen?«

»Selbstverständlich.«

»Woher kommen sie?«

Über Phils Nasenrücken bildeten sich ein paar Querfalten. Er rührte, rührte und zerrührte den Milchschaum in seiner Tasse, dann hob er den Kopf und schaute mich das erste Mal an diesem Morgen länger als einen Sekundenbruchteil an.

»Du wirst lachen, ich weiß es nicht.«

»Du hast keine Ahnung, wo sie wohnen, keinen Ort, nichts?«

»Marcia? Marga? Ein kleiner Ort, der sich eventuell auf einer Insel befindet.«

»Auf einer Insel? Mein Gott, Sizilien ist selbst eine Insel, und dann liegen noch knapp dreizehn drum herum verstreut. Aber es war irgendwas mit Sizilien, da bist du sicher? Oder vielleicht Ligurien? Venetien? Hört sich alles ähnlich an, alles mit ›i‹.«

»Doch, sie kommt aus Sizilien, natürlich, sie ist hier aufgewachsen. Brigida, also meine Freundin, spricht eben nicht gerne über ihre Heimat.« Er trank endlich, ganz ruhig, aber sein wippender Fuß verriet ihn.

»Und du meinst, dass ihr das gefällt, wenn du ihre Eltern besuchst, also, falls du sie je finden solltest. Ich könnte mir vorstellen, dass sie ziemlich sauer wird, wenn ...«

»Malfa! Ich wusste doch, sie hat das mal beiläufig erwähnt, da habe ich es mir notiert. Hier, hier steht es in meinem Kalender. Malfa, klingt wie Mafia. Oder sollen das hier doch eher zwei »f« sein, Maffa?«

Pfff. Viel Spaß beim Suchen ..., dachte ich.

»Vielleicht fange ich am besten im Internet an. Meinst du, es könnte hier in der Nähe ein Internetcafé geben?«

»Hier in der *Kalsa?* Nicht dass ich wüsste.«

Ich stand auf, um zu bezahlen. Noch hatte ich ihn nicht, aber bald.

»Ob der richtige Ort dir allerdings weiterhilft? Sizilianer rücken nicht gerne mit Informationen heraus.« Mein Lächeln wollte nicht recht gelingen. »Etwas, was du nicht weißt, sollst du auch nicht wissen. Allein dass du fragst, macht dich für sie schon verdächtig.«

»Ja, das kommt mir recht bekannt vor.« Phil stieß einen Seufzer aus. »Und niemand ist der englischen Sprache mächtig!« Er hatte absolut recht.

»O doch, da findest du schon jemanden.«

Phils Handy spielte die Kleine Nachtmusik, die Brigida-Musik, wie ich seit gestern wusste. Er sprang auf und drehte sich mit ihr am Ohr zum Fenster. Das blasse Mädchen reichte mir lächelnd das Wechselgeld über die Theke.

»Wollt ihr nach Malfa, nach Salina? Entschuldige, ich habe zufällig den Namen gehört. Die Insel ist wunderschön, ich fahre im Sommer oft an den Wochenenden rüber, direkt von Palermo mit der Fähre.«

»Danke, ja, wir überlegen es uns. Direkt von Palermo, sagst du?«

»Ja. Aber eigentlich nein.« Sie kicherte und knickste und zeigte dabei ihre mit einer Zahnspange verdrahteten Zähne, die Augen fest auf Phil gerichtet. »Die fahren erst ab dem zwanzigsten Juni von hier. Zurzeit gehen die Fähren nur von Milazzo.«

»Schade, trotzdem vielen Dank für den Tipp!«

»Und?« Phil kam an die Theke, er klappte sein Handy zu. »Kennt sie vielleicht den Ort?«

»Nein, sie hat keine Ahnung. Also, das ist mein letzter Vorschlag: Du hilfst mir, und ich helfe dir, und dann geht jeder seiner Wege.«

Kapitel 13

PHIL

»Fahr vorbei, das passt schon!«

Ich versuchte, um zwei Nuancen lässiger zu klingen, aber was mir bei Brigida immer mühelos gelang, versagte hier. Meine Stimme klang aufgeregt und atemlos. Ich fühlte mich von Lella ausgetrickst. Sie hatte es geschafft, mich zu dieser Fahrt zu überreden, ohne auch nur ein einziges Mal zu lächeln.

Lella gab Gas, schaltete in den ersten und dann sofort in den zweiten Gang. Sie jagte um die Ecken, als kenne sie sich aus. Schon hatten wir das Gassengewirr hinter uns gelassen, umrundeten ein Reiterdenkmal und fuhren schließlich immer geradeaus.

Im Kofferraum lag mein schwarzer Koffer wie ein Liebhaber auf ihrem schwarzen Koffer. Ich räusperte mich, was für ein alberner Gedanke. In diesen Kleinwagen passten die Gepäckstücke nun mal nicht anders hinein.

Nein, sie hatte mich nicht ausgetrickst, ich hatte nur eben in der Bar eine schwache Sekunde lang das Gefühl gehabt, es wäre nicht der richtige Zeitpunkt, sie zu verlassen. Brigida ist nicht hier, hatte ich mir gesagt, fahr einfach mit, kein Problem. Außerdem war ich tatsächlich neugierig auf die trauernden Menschen gewesen. Vielleicht gelangen mir endlich einmal außergewöhnliche Porträts, die ich Brigida zeigen konnte. Lella würde ich natürlich komplett aus der Geschichte herausstreichen müssen, aber das war keine Schwierigkeit. Ich würde sie durch einen imaginären Antonio ersetzen.

Doch schon stiegen wieder Zweifel in mir hoch. Anstatt mich auf meine Arbeit vorzubereiten oder durch Palermos Gassen zu bummeln und nach einem ausgefallenen Geschenk für Brigida zu suchen, saß ich bei diesem Mädchen im Auto. Ich warf einen Seitenblick. Lella schien meine Unruhe zu spüren, sie kaute auf ihrer Unterlippe.

»Zehn vor neun, um zwölf sind wir wieder hier, spätestens! Wie, sagtest du, heißt dein neues Hotel?«

»Hotel *Padella d'oro*«, sagte ich.

»Goldene Pfanne, toller Name!« Trotz der heiteren Tonart, die sie anschlug, wirkten ihr Mund und ihre Stirn von der Seite gesehen verzweifelt. Plötzlich hätte ich gerne ihre Hand genommen, um zu fühlen, ob unsere Hände die gleiche Temperatur hatten, so wie gestern vor dem Flughafen. Stattdessen sagte ich:

»Die Goldene Pfanne war ein Missverständnis, während des Reservierungsvorganges brach im *Hotel Oriente* der Computer zusammen, und sie hatten keinen Internetzugang mehr. Daraufhin schickte die Assistentin ein Fax, doch die Reservierungsabteilung hat darauf das Abreisedatum nicht richtig lesen können. Nun sind ab morgen sämtliche Zimmer belegt, und ich muss in dieses *Padella* umziehen!«

»Unglaublich«, sagte Lella, aber es schien sie nicht wirklich zu interessieren. Sie drückte ihren Fuß aufs Gas und beschleunigte, ohne sich um so etwas wie Abstand oder den

Einsatz des Blinkers zu scheren. Mutig überholte sie in diesem Moment einen weinroten Fiat Panda von rechts. Es gab keine Fahrbahnmarkierungen, kreuz und quer trudelten wir mit den anderen Autos über die breite Straße. Ich trommelte mit den Fingerspitzen auf meine Fototasche und bremste weit früher mit dem Fuß, als sie es tat. Vielleicht hatte sie recht, je zügiger wir die Sache durchführten, desto eher wären wir wieder zurück. Palermos Vorstadthochhäuser verschwanden nach und nach im Rückspiegel. Am Straßenrand hatten Händler unter Pinienbäumen ihre Stände mit Korbmöbeln und Sonnenschirmen aufgebaut, doch die Geschäfte liefen nicht gut. Vielleicht war es noch zu früh, niemand hielt.

Zehn Kilometer legten wir schweigend zurück, vorbei an braunroten, zerklüfteten Felsen, Autofriedhöfen und Werbetafeln. Ab und an sah ich hinter Lella das Meer auftauchen.

Lella folgte dem grünen Schild nach Bagheria, sie lenkte den Wagen die abfallende Ausfahrt hinab, die schon nach wenigen Metern im Ort endete. Kleine Gemüsekarren wie der, den Taxifahrer Mario gestern beinahe umgefahren hatte, standen an den Rinnsteinen, darauf türmten sich Zucchini, Tomaten und Auberginen, die hier lila-weiß, wie giftige Riesenbeeren aussahen. Untersetzte Frauen kamen Tüten schleppend aus den Geschäften, furchtlos bewegten sie sich mitten durch die zähe Autoschlange, in der wir gefangen waren, um auf die andere Straßenseite zu gelangen. Motorroller zogen an uns mit röhrendem Knattern vorbei, Männer mit Schiebermützen und gestrickten Westen standen im Schatten einer Metzgerei zusammen, rauchten und bemühten sich auszusehen, als ob die fünfziger Jahre noch nicht vorüber waren. Sie warten auf nichts, sie hoffen auf nichts, dachte ich, als wir langsam an ihnen vorüberrollten. Ihre faltigen Gesichter sind nicht enttäuscht, aber auch nicht zufrieden, nicht lauernd, aber auch nicht satt. Sie alle haben diesen seltsamen Ausdruck in den Augen. Sie würden einen ganzen Bildband abgeben, die Leute von Bagheria.

»Vergiss es!«, würde Brigida gesagt haben, »Porträts, Menschen, Lebendiges, das ist nicht dein Ding, glaub mir.« Brigida. Immer ehrlich, immer direkt. Ich hatte sie für einen Moment vergessen gehabt. Lella fuhr bereits zum dritten Mal um denselben Kreisverkehr.

»Weißt du nicht mehr, wo du hinmusst?« Meine Stimme bebte vor Ungeduld.

»Doch, klar!« Sie parkte quer vor einer gelben Schranke, dahinter ragte ein Hochhaus in den Himmel. Ich sah keine Blumen, noch nicht einmal Wäsche auf den Balkonen, nur die grauen Lamellenkästen der Klimaanlagen.

»So kommt aber keiner mehr hier raus«, knurrte ich sie an.

»Das ist in Ordnung so, mach dir keine Sorgen. Also, wir gehen nach oben, du stellst dich vor, zeigst deine Kamera und sammelst alle Anwesenden in einem Zimmer. Am besten im *salotto*, das ist der große Raum voll Rokoko-Sofas und goldenen Schnitzereien, den findest du schon, der ist nicht zu verwechseln.« Wir stiegen aus, Lella knallte die Autotür heftig zu.

»Hast du sie informiert, dass wir kommen?«

»Nein, das ist eine Überraschung. Und, und könntest du vielleicht so aussehen, als ob du nicht gleich wütend an die Decke gehst?« Sie legte die Hände wie ein tibetanischer Mönch zusammen. »Rede ruhig viel mit ihnen, schau sie freundlich an, gib ihnen Zeichen mit der Hand, das verstehen sie dann schon.«

»Und was machst du?«

»Ich hole Matilde dazu, das Kind von meinem Bruder und Grazia.« Auf meinen Blick hin erklärte sie: »Grazia ist die, die gestern beerdigt wurde, und ihre kleine Tochter Matilde ist etwas verschüchtert, darum.« Schweigend schulterte ich meine Tasche und ging hinter ihr her. Dunkelgraue Wolken hatten den blauen Himmel in den letzten Minuten in ein Weltuntergangsszenario verwandelt; die ersten Regentropfen warteten darauf, hinunterfallen zu dürfen. Lella lief über den betonierten Vorplatz auf die Eingangstüre zu, vorbei an einer struppigen, vom aufkommenden Wind geschüttelten Palme und alten Pappkartons.

»*Chi é?*«, schnarrte es aus der Sprechanlage, während das Auge der Türkamera ihren Hinterkopf surrend fixierte.

»*Sono io!*«, rief sie, die Tür sprang auf.

Im Fahrstuhl konnte man kaum aneinander vorbeischauen, Lella sah mich mit ihren großen, blanken Augen ernst von unten an. Ich hörte mich ärgerlich schnauben, denn mein Handy zeigte keinen Empfang. Ich konnte nur hoffen, dass Brigida jetzt nicht gerade wegen des Villen-Auftrags anrief. Die Kunden regten sich immer auf, wenn sie ihre Fotografen nicht jederzeit erreichen konnten, und riefen dann bei ihr an. Nun war ich einer von den Unauffindbaren. Der Fahrstuhl blieb im vierten Stock ruckend stehen. In die Wohnungstür waren drei Schlösser nebeneinander eingebaut, irgendwer machte sie einen Spalt auf. Lella sah mich wieder kurz mit aufeinandergepressten Lippen an, dann drückte sie die Tür auf und trat in die Dunkelheit. Ich folgte ihr, wir bahnten uns unseren Weg durch einen Flur voller schwarz gekleideter Menschen. Alte Frauen mit runden Bäuchen und dünnen Beinen, deren lichte Scheitel mir bis zu den Ellenbogen reichten, betrachteten mich argwöhnisch, während ich mich an ihnen vorbeischob. Ich gelangte in einen großen Raum und verlor Lella aus den Augen. Um irgendwas in den Händen zu haben, nahm ich meine Kamera aus der Tasche. Wenn ich statt der Kamera den Kapuziner hervorgeholt hätte, wäre der Effekt nicht weniger dramatisch gewesen. Sie raunten und murmelten, sie schienen über mich zu reden, obwohl sie mich noch nie gesehen hatten. Eine der schwarzen Greisinnen winkte mich zu sich auf das mit goldenem Brokatstoff bezogene Sofa hinunter und rückte mit ihren trüben Augen ganz nah an mein Gesicht heran, ungläubig, ausgerechnet mich hier zu sehen.

»Ich wundere mich auch«, konnte ich leider nicht auf Italienisch sagen. Ich lächelte bedauernd, sie nickte und klopfte mir milde auf die Schulter. Ich blieb neben ihr zusammengefaltet hocken, nur noch ein Drittel so hoch und dadurch weniger auffällig, und erklärte ihr leise die Kamera. Sie starrte dabei abwesend auf ihre faltigen, von Altersflecken gezeichneten Hände, die ich nicht zu fotografieren wagte. Nach ungefähr zehn Minuten erschien Lella wieder in meinem Blickfeld. Sie hatte wieder den gleichen wütend-entschlossenen Ausdruck in den Augen, den ich schon aus meinem Hotelzimmer kannte. Wir wurden zusammen mit den anderen in ein dunkles Zimmer voller Stühle gedrängt, und ich merkte, dass Lella es auf ihrem Stuhl vor mir kaum aushielt. Ich sah ihren Nacken unter ihrem kunstvoll hochgesteckten Haar. Wie ein witterndes Reh schien sie die wenigen Geräusche, die zu uns in den geschlossenen Raum drangen, auszuloten. Ich schaute mich um. Hinter mir, an der Tür, lehnte ein kleiner, aber sehr kräftig gebauter Mann mit verschränkten Armen. Der Bodyguard. An ihm kam niemand vorbei. Ich konnte mich dem betenden Chor – einer betete vor, alle fielen mit ihrer Antwort ein – nicht anschließen. Meine Mutter war nicht gläubig. Stattdessen blätterte ich in dem Gebetbuch, das auf meinem Stuhl gelegen hatte. Eine von himmelblauen Wolken umrandete Madonna segelte auf dünnem Papier durch die Luft und landete unerreichbar unter einem Stuhl zwei Reihen vor mir. Ein von spitzen Pfeilen durchbohrtes Lamm und einige ebenfalls durchbohrte heilige Herzen flatterten hinterher. Als ich wieder aufschaute, war das Gebet zu Ende und Lella verschwunden. Ich blieb sitzen und begann aus den bisherigen Vorkommnissen eine lustige Geschichte für Brigida zurechtzustricken. In diesem Moment tauchte Lella von irgendwoher wieder auf und zerrte mich wortlos aus der Wohnung.

Ein Regenschauer war in der Zwischenzeit niedergegangen, nass glänzten die Beulen und Schrammen der am Straßenrand geparkten Autos in der Sonne. Wir stiegen ein.

»Also fotografiert werden wollte jedenfalls keiner.« Meine Stimme klang rau. Ich blieb ganz ruhig, sollte sie sich doch wundern, wieso ich nicht fragte. Lella wunderte sich nicht, sie raste einfach los. Diesmal hatte ich weniger um mich als um die Fußgänger Angst, die vor uns die Fahrbahn zu überqueren versuchten.

»Wo war das, es war doch diese Straße hier, oder die nächste? Das war ganz in der Nähe, es muss hier irgendwo sein!« Fieberhaft irrte ihr Blick die Häuserfronten und Gassen entlang. Nun war meine Geduld doch am Ende.

»Erwähnte ich, dass ich es sehr schätze, über Vorgänge

informiert zu werden?« Keine Antwort. »Was genau suchen wir denn?«

»Die *pasticceria*, die Bäckerei, hinten an der *Bar Aurora!* Er lief durch den Salon und rief, er müsse in seine Backstube, tagelang wäre er nicht in der Backstube gewesen. Und das, während Teresa daneben stand! Er konnte vielleicht nicht mehr sagen, mehr war wahrscheinlich nicht möglich.« Sie schaute mich an, die Augen weit aufgerissen. »Das war ein Hinweis, oder? Das war ein Hinweis, und wenn nicht ... dann ist sowieso alles aus. Matilde war nicht mehr in der Wohnung, und der Koffer war weg, also hat er sie vermutlich in die Backstube gebracht, anders kann ich es mir nicht erklären.«

Ich konnte mir weder das mit dem Koffer noch den Rest erklären, am wenigsten, wie ich in diese Situation hineingeraten war. Aber eines war sicher: Ich musste ganz schnell wieder heraus aus der Geschichte. Wortlos ließ ich mich von ihr durch die Straßen fahren, bis sie plötzlich »*Eccolo*, da ist es!« ausrief und so scharf vor einem Schaufenster bremste, dass es mich in meinem Gurt knapp bis vor die Windschutzscheibe schleuderte. Durch das Glas starrte ich auf die Auslage, in der sich monströse Pralinenschachteln und in Geschenkpapier gewickelte Schokoladeneier mit goldenen Riesenschleifen türmten. Warum Eier? Ostern war längst vorbei.

»Sie sollten uns besser nicht sehen«, flüsterte sie.

Meine Güte, wen suchten wir überhaupt, was hatte sie eigentlich vor? Nebenbei bemerkt, war es sowieso zu spät. Falls jemand da drinnen sein sollte, wären wir ihm schon längst aufgefallen, doch ich nickte bemüht gleichgültig. Lella legte den Rückwärtsgang ein und lenkte den Wagen zurück in eine schmale Gasse, die am Ende der Straße abbog. Ungerührt stieg ich aus und hängte mir meine Fototasche um. Solange ich mit Lella unterwegs war, würde ich meine Ausrüstung nicht freiwillig aus den Händen geben, soviel hatte ich gelernt. Wir gingen auf den Laden zu. *Bar Aurora – Pasticceria* stand über der Tür. Lella probierte zaghaft an der Klinke. Die Tür war abgeschlossen. Sie hielt die Hände seitlich an die Augen und schaute durch die Scheibe hinein. Alles war dunkel.

»Entweder sie ist hier ... oder ...« Sie verzog das Gesicht, als ob sie weinen wollte, ballte die Fäuste und flüsterte ein leises: »Mach, dass sie da drin ist, *ti prego!*«

Ohne mich anzuschauen, lief sie am Schaufenster entlang und bog um die Ecke. Ich folgte ihr wie ein unbeteiligter Spaziergänger. Lange würde ich dieses undurchsichtige Spielchen nicht mehr mitmachen! Wir standen in einer engen Gasse, gerade breit genug für ein Auto. Rechts von uns war in die Mauer eine unscheinbare Tür eingelassen, die einen Spalt offen stand. Ich sah, wie Lella sich langsam heranschlich, einen Blick hineinwarf und weiterging. Sie drehte sich um, gab mir ein Zeichen. Dort sollten wir hinein, oder nur ich? Niemals! Doch da tauchte Lella plötzlich wieder neben mir auf, packte mich bei der Hand, und schon standen wir im Halbdunklen eines Ganges viel zu dicht beieinander. Lella zog die Tür mit dumpfem Knall hinter uns zu. Sie ließ meine Hand los, was ich kurz bedauerte, und wir tasteten uns ein Stück durch den Gang, bis wir uns in einer schwach erleuchteten Backstube befanden. Alles war leer und unbenutzt, die langen kahlen Tische aus mattem Aluminium, die hohen Rollwagen mit eingehängten Backblechen, die Öfen mit ihren kalten Fensterhöhlen aus dunklem Glas waren außer Betrieb. Hinter einer Schwingtür hörte man Stimmen, ich unterschied eine dunkle und eine hohe feine. Es war ein Mann mit einem Kind. An der Tür zur Straße wurde mit einem Schlüssel hantiert.

»Schnell«, flüsterte Lella und stieß mich in eine dunkle Ecke zwischen zwei Öfen, bevor die Tür aufgezogen wurde und schwere Schritte den Boden erschütterten. Ich erkannte den Bodyguard aus dem Bet-Zimmer, gefolgt von einem, der ihm ähnelte, noch einen halben Kopf kleiner. Sie stampften an uns vorbei und verschwanden im anderen Raum, die Tür schwang leise vor und zurück, ich hörte kurze Sätze, die sich entfernten.

»Der Koffer«, wisperte Lella, sie zeigte auf einen rot karierten Kinderkoffer, der vor uns in der Ofennische stand. Ich verstand immer noch nichts. Was erhoffte sie sich von mir? Wahrscheinlich sollte ich ihren Beschützer spielen. Erst seitdem ich mein Gesicht von meinen langen Haaren freigelegt hatte und ich dank Brigida die richtigen Klamotten besaß, nahmen mich die Frauen wahr. Sie hatten entschieden, dass ich stark und schön und mutig war. Diese Rolle hatten sie dem kleinen Philip von früher zugedacht. Und bei Brigida kamen noch ganz andere Wünsche hinzu ... Unwillkürlich musste ich grinsen. Wir warten, bedeutete Lella mir jetzt mit einer Geste ihrer Hand. Nach einigen Minuten näherten sich Stimmen.

»Pipì?!«, hörte man, »Pipì?«, sagte die Kinderstimme verwundert. Sie hatten ein Problem da drüben, so viel verstand ich. Die Schwingtür ging langsam auf, Lella krallte ihre Hand in meinen Arm. Das kleine Mädchen, das ich auf dem Kirchplatz gesehen hatte, schob sich durch die schmale Lücke, trippelte summend durch den Raum, unter einen Arm hatte sie ein Stofftier geklemmt, verträumt strich sie mit der Hand über die Flächen der Backtische.

»Matilde!«, wisperte Lella, die Kleine drehte sich wie ein Kreisel um sich selbst. »Schsch ... Mátti!« Das Kind stürzte auf Lella zu, die sich auf den Boden gehockt hatte und sie jetzt fest im Arm hielt. Sie flüsterte ihr etwas ins Ohr.

»Wir treffen uns draußen«, wisperte sie zu mir hoch.

»Mátti, *sei pronta?*« In der Tür stand der ältere Mann, den ich schon in der Wohnung gesehen hatte.

»Kümmer dich nicht um ihn, wir hauen ab. Versuch die Tür da vorne zu blockieren, ja!?« Mit diesen hastigen Worten stand Lella auf und stieß mich mit erstaunlichem Schwung in seine Richtung, sodass ich Gelegenheit bekam, die eigentümlichen Ohren rechts und links an seinem Gesicht aus der Nähe zu betrachten. Hinter mir entfernten sich eilige Schritte. Der Mann bewegte sich nicht. Wir standen uns einfach nur gegenüber, die Sekunden vergingen, draußen auf der Gasse röhrte ein Auto vorbei. Ich lief zur der Schwingtür und stemmte meine Arme dagegen, wie Lella es gesagt hatte. Er wandte sich zu mir. In dem trüben Licht sah ich es rechts und links seiner Nasenflügel feucht glitzern, während so etwas wie ein Lächeln sein Gesicht überzog.

Diese Sizilianer waren alle verrückt!

Jemand donnerte von innen gegen die Tür, ich verstärkte den Druck meiner Arme, doch meine Sohlen rutschten widerstandslos über den Boden, federleicht wie eine Pappfigur schob man mich in den Raum hinein. Der Bodyguard schaute mich kaum an, sondern verpasste mir, quasi im Vorbeigehen, einen Haken an die Stirn, der mich gegen die Tische fliegen ließ. Es schepperte, ich riss meine Fototasche am Riemen hoch und dann rannte ich nur noch. Ich stürzte aus dem Dunklen ans Tageslicht, jagte um die Ecken, rechts herum, links, egal in welche Gasse, egal wohin, nur weg. Hinter mir Schritte, sie waren zu zweit oder zu dritt. Ich rannte fast eine Frau um, die aus ihrer Wohnung trat und sich vor Schreck an den Hals griff. Mit drei Sekunden Verspätung keifte sie hinter mir her. Das Auto war nicht mehr da, Lella auch nicht, ich würde sie nie wiedersehen. Nebensache, wenn ich das hier nur überleben würde! Ich stürmte eine Gasse hinunter, auf eine breitere Straße zu, ich sah viele Autos und hohe Mauern, ein Gefängnis oder ein Stadion vielleicht. Hauptsache Menschen in der Nähe, die mich vor diesen Wilden hinter mir retten konnten. In diesem Moment erkannte ich Lella in dem silbernen Fiat Punto. Sie bremste scharf und gab wieder Gas, noch ehe ich die Autotür zugeschlagen hatte. Keuchend tupfte ich mit der Handfläche an meine Augenbraue, die heftig pochend schmerzte. Blut! Eine Menge Blut tropfte an meinem Gesicht herunter.

»Was ist passiert, haben sie dich geschlagen?«

Ich wollte schreien, meine Hände zitterten vor unterdrückter Wut, doch ich riss mich zusammen und schaute durch das Rückfenster, konnte aber nur Autos sehen. Ich hatte Angst gehabt, das erste Mal in meinem Leben richtige Angst. Ich hielt mich an dem Griff über der Tür fest.

»*Ciao, nonno*«, sagte das Kind auf der Rückbank. Lella legte viel zu früh die Gänge ein und sah unablässig in den Rückspiegel.

»Ich habe es doch gewusst! Wenn er sie irgendwo hinbringen würde, würde es die Backstube sein«, rief sie, wischte sich mit dem Ärmel über die Augen und schniefte kurz. Ich schüttelte den Kopf und tupfte weiter an meiner rechten

Augenbraue herum. Lella schaute kurz auf meine blutigen Fingerspitzen, erstaunt, als ob sie gerade erst bemerkt hätte, dass ich überhaupt anwesend war. Sie nahm einem Rollerfahrer die Vorfahrt und reichte mir währenddessen von irgendwo ein Papiertaschentuch. »Pass doch auf!«, rief ich und unterdrückte gerade noch ein »Danke schön«.

»*Cavolo*, da sind sie, sie sind hinter uns. Achtung!« Der Wagen pflügte durch eine riesige Wasserlache um die Kurve, sodass wir für eine Sekunde von aufspritzendem Wasser wie in einer Waschanlage umschlossen waren.

»Wir müssen zur Autobahn, da kommen sie mit der alten Kiste nicht weit. Wir werden sie abhängen! Die haben immer noch dieselbe Karre wie vor vier Jahren. Ich glaube es nicht.« Lella lachte euphorisch, aber ihre Stimme war hoch vor Angst.

»Vielleicht kannst du mich mal aufklären, was die von uns wollten? Was machst du jetzt mit dem Mädchen, und wieso ...?« Mozart unterbrach mich klimpernd aus meiner Fototasche. Die Kleine Nachtmusik. Warum hatte Brigida diese unsinnige Mozartparodie in mein Handy eingespeichert? Ich würde das sofort ändern, sobald ich aus diesem Auto herauskäme, und je schneller dies der Fall war, desto besser. Lellas Augen fixierten immer noch den Rückspiegel. Ein grünes Schild, *autostrada*. Sie drückte das Gaspedal durch, bis der Motor zu jaulen begann.

»Täusche ich mich, oder wäre Palermo nicht die zweite Auffahrt gewesen?«

Lella nickte, ich drehte mich um und sah, wie der schmutzig weiße Wagen hinter uns zurückblieb. Das kleine Mädchen saß unangeschnallt auf der Rückbank, es hielt einen Bären im Arm und kaute konzentriert auf dessen Ohr herum.

Ich lächelte ihr zu, das alles musste ihr doch Angst machen. Mozart klingelte ununterbrochen.

»Was tust du?« Ich schaute wütend auf meine Armbanduhr und tastete nach meinem Handy. »Ich muss allerspätestens in zwei Stunden wieder in Palermo sein.«

Am rechten Fahrbahnrand schwenkte ein Mann in orangefarbener Warnweste eine ebenso grellfarbene Fahne, die dichte Schlange der Rücklichter leuchtete rot auf, Lella musste scharf bremsen, und die Räder rutschten über den nassen Asphalt. Ich kniff die Augen zusammen und spannte die Kiefermuskeln an, um mich gegen den Aufprall zu wappnen, doch einen Zentimeter bevor sich unser Kühler in den Kofferraum vor uns bohrte, standen wir still. Ich atmete tief durch.

»Ja, bitte?«

»Hallo, Süßer!«

»Hallo, *amore*.« Ich versuchte meiner Stimme den Enthusiasmus zu geben, den Brigida erwartete, und blickte unbeweglich geradeaus, um Lella nicht anschauen zu müssen.

»Na, noch im Bett, du Penner?« Das hörte sich äußerst gut gelaunt an. Vielleicht hatte ich ausnahmsweise ja auch mal Glück. Ich lachte: »Nein, nein!« Die vergangenen Ereignisse lagen noch auf meinem Kehlkopf, ich kratzte meine Stimme zusammen.

»Bin schon unterwegs, ich weiß nicht, wie das hier heißt.« Ich tastete nervös nach dem Reiseführer, ließ ihn aber doch in meiner Fototasche stecken. »Ja, Pappalardo hat heute Morgen noch ein Mal verschoben, es geht jetzt um fünfzehn Uhr los ... alles klar ... ja, sicher ...«

Lella zuckte zusammen und stieß mich mit dem Ellenbogen an. Ich funkelte böse zurück.

»Hör mal«, sagte Brigida, »ich bekomme hier gerade ein anderes Gespräch.« Ein knappes Ciao, sie legte auf.

»*Ciao, ciao, amore!*«

»Höchste Zeit, *amore*«, murmelte Lella, mit einem *Klack* ließ sie die Zentralverriegelung einrasten. Im Seitenspiegel erkannte ich eine dicke männliche Person, die erstaunliche Ähnlichkeit mit dem Schläger aus der Bäckerei hatte und sich fünfzig Meter entfernt von uns durch die stehenden Fahrzeuge zwängte. Vor uns stiegen Abgaswolken auf, die Schlange setzte sich zentimeterweise wieder in Bewegung.

»Schnell!«, ich schnallte mich ab, »kletter' rüber! Du fährst zwar rasant, aber ob wir danach noch am Leben sein werden, ist mehr als fraglich.«

Lella widersprach nicht. Hastig löste auch sie ihren Gurt, wir schwiegen beide, nur unser angestrengter Atem keuchte durch das Auto, als sie über mich kletterte und zwischen meine Schenkel rutschte, während ich mich mit meinen langen Beinen unter ihr hindurch auf den Fahrersitz schob. Matilde gefielen unsere Verrenkungen, sie klatschte hinten von ihrer Bank begeistert in die Hände. Geschafft! Schon machte sich eine Hand an der Tür des Wagens zu schaffen, und der Dicke guckte mit seinen schwarz getönten Brillengläsern wie eine Stubenfliege herein. Er schlug mit der flachen Hand gegen das Fenster und brüllte irgendwas, doch die Straße war jetzt frei, und ich konnte beschleunigen. Ein paar Meter schleiften wir ihn an unserer Seite noch mit, während es hinter uns wild hupte. Dann ließ er endlich los. Lella beugte sich vor, um in den Seitenspiegel zu schauen; ich beobachtete die in den Himmel gereckte Faust der Figur im Rückspiegel, bis sie zwischen rot-weißen Baustellenbaken und blühenden Oleanderbüschen verschwunden war.

Bei Brigida hätte ich versucht, meinen Zorn und meine Angst zu vertuschen und alles als großes Abenteuer herunterzuspielen, aber bei Lella dachte ich überhaupt nicht daran, mich zu verstellen.

»Verdammt, wir fahren in die falsche Richtung! Was tue ich hier? Ich muss spätestens um halb drei in Palermo sein. Ich sollte für dich fotografieren und wollte dann meine Sachen in mein Hotel bringen, aber nein, ich fotografiere nicht, stattdessen lasse ich mich in einer elenden Backstube irgendwo außerhalb von Palermo niederschlagen.« Ich holte Luft und suchte mit dem Schaltknüppel nach dem fünften Gang. Ich wusste, dass der Zorn drei tiefe Querfalten in meine Stirn gefurcht hatte.

»Außerdem bin ich bis jetzt kein Stück weiter mit meinen Nachforschungen gekommen, das war schließlich ein Teil der Abmachung, oder? Du erinnerst dich vielleicht? Was denkst du dir eigentlich, mir ...«

Eine Reihe von Pieptönen unterbrach mich. Es war wieder mein Handy, diesmal kein Mozart, also konnte es auch nicht Brigida sein. Lella schnappte es sich vom Boden, auf den es während unseres Bäumchen-wechsel-dich-Spielchens gerutscht war, und studierte die Nummer, die angezeigt wurde: »*Pronto!*«

Ich streckte ungeduldig die Hand aus und wedelte das Telefon mit den Fingern zu mir, vergebens.

»*Il Signor Filippo Dómin*«, Lella betonte den Namen genauso falsch auf der ersten Silbe, wie der italienische Anrufer es wahrscheinlich getan hatte, »*in questo momento non c'è.*« Ihre Stimme klang schon fast verführerisch, als sie fortfuhr: »*Posso riferire qualcosa?*« Ich schlug mit der Faust auf das Steuerrad, das war doch nicht zu fassen! Sie mischte sich in alles ein, nickte nur, sagte *d'accordo, va bene, capisco* und einiges mehr, und legte schließlich auf.

»Kann ich mein Telefon bitte mal wiederhaben? Was fällt dir ein, da dranzugehen? Wer war das? Ich muss zurück! Wann kommt hier die nächste Abfahrt? Warum ist es dem Sizilianer nicht möglich, hier mal anständige Schilder aufzustellen? Weder Kilometer noch Orte sind angegeben. Ich muss zurück, geht das eigentlich in deinen Kopf, oder was!?«

»Schrei nicht so, du machst Matilde Angst.«

»Oh, Entschuldigung, Matilde!«, sagte ich leise in Richtung Rückbank. »Meine Güte, ich fasse es nicht«, zischte ich zu Lella rüber.

»Was denn? Es ist alles in Ordnung, dein Job ist verschoben, die Villa Camelia ...«

»Camilla!«, knurrte ich.

»Camilla«, wiederholte Lella freundlich. »Die Villa Camilla kannst du erst in drei Tagen fotografieren, der jetzige Besitzer sitzt in ... ach, irgendwo, fest. Wir haben also volle zwei Tage Zeit und sind auch schon auf dem richtigen Weg. Ist doch schön.«

Lella lehnte sich zufrieden zurück, und statt zu bremsen, auszusteigen oder zu fluchen, lenkte ich den Wagen sprachlos über eine Trasse auf hohen Betonstelzen geradeaus, immer weiter fort von Palermo. Rechts und links klebten bunte Häuser an den kargen Berghängen, grüne und braune Feldquadrate lagen wie Teppichstücke nebeneinander tief unten im Tal und täuschten mir ein harmloses Stück Sizilien vor. Ist doch schön? Also diese Frau hatte Nerven!

»Erst in drei Tagen, das hat er gesagt?«

»Das hat er gesagt.« Lella sprach leise gegen die Scheibe an ihrem Fenster.

»Wer überhaupt?«, raunte ich zu ihr hinüber.

»Der Signor Barbero Pappalardo, toller Name.«

Wir fuhren durch einen langen Tunnel, gelbe Lichtrechtecke flogen vorbei, und als wir von der Röhre wieder ans Tageslicht gespien wurden, war von kargen Bergen nichts mehr zu sehen. Dafür standen pechschwarze Schafe reglos wie ausgestanzt auf grünen Wiesen. Ich war erschöpft und überlegte krampfhaft, was ich tun sollte. Vor Brigida hätte ich den unerschrockenen, heiteren Draufgänger gegeben, das war hier jedoch nicht nötig. Am liebsten hätte ich mich auf das weich aussehende Grün hinter einen dieser großen Steine gelegt und an gar nichts mehr gedacht.

»*Lupi, lupi neri!*«

»*Si, tesoro.*« Lella drehte sich zu Matilde und antwortete ihr auf Italienisch.

»Matilde hat recht«, sagte sie dann zu mir, »sie sehen zwar wie Schafe aus, aber das könnten auch schwarze Wölfe sein, gemeine schwarze Wölfe. Hat es alles schon gegeben, oder?«

Ich nickte und überlegte angestrengt, was ich erwidern könnte. *Sie* war der Wolf im Schafspelz, sie schob mich doch mit treuherziger Miene zum Fotografieren in eine Wohnung und ließ mich dort zwischen Trauerfiguren allein, um ein Kind zu suchen, das sie dann später aus einer stillgelegten Backstube mitnahm, obwohl einige Leute ganz entschieden etwas dagegen einzuwenden hatten. Sie sollte bloß nicht glauben, dass ich mir das gefallen lassen würde! Ich wollte schon den Mund öffnen, als sich der Gedanke von vorhin ein weiteres Mal seinen Weg bahnte: Es ist nicht nötig, ihr etwas vorzuspielen, bei ihr kannst du so feige und missgelaunt sein, wie du wirklich bist ...

»Ich hatte Angst um dich, als du nicht kamst«, sagte Lella leise.

Angst? Ich zuckte nur mit den Schultern. Mein Pulsschlag war schon vor dem alten Mann in die Höhe geschossen, aber dann, als der massige Kerl mich so mühelos mitsamt der Tür beiseiteschob, raste er richtig los, und ich wäre fast von alleine umgekippt. Meine Knöchel wurden weiß, als sie sich um das Lenkrad schlossen, und die Wut schnitt mir die Luftzufuhr ab. Eines Tages würde ich auch keine Fragen mehr stellen, kein Verständnis vortäuschen, ich würde trocken zuschlagen und die Reaktion meines Opfers mit keinem Blick würdigen.

»Was hat er gemacht, als wir da herausgerannt sind?«, fragte Lella einige Kilometer später, während derer ich noch drei weitere Schläger in meiner Fantasie unschädlich gemacht und mich dadurch etwas beruhigt hatte.

»Wer?«

»Na der *nonno*, der alte Mann.«

»Er hat sich nicht gerührt, nur so vor sich hin gelächelt.«

»Das hatte ich gehofft.«

»Er weinte dabei.«

Lella drehte sich zu Matilde um und streichelte ihr über die dünnen Beine, die in roten Strumpfhosen steckten. »Willst du etwas essen, Matilde, *una banana?*«

»*Si, grazie*«, kam die Antwort gut erzogen von hinten. Keine Aufregung, alles war wie üblich. Dort hinten wurden jetzt erst mal Bananen verspeist! Die Machtlosigkeit aus dem Dunklen der Backstube stieg erneut in mir auf.

»Ja, während der alte Mann nicht wusste, ob er lachen

oder weinen sollte, habe ich ... hat dieser Koloss mir dann, ohne irgendwas zu sagen ... Ach, ist ja egal!« Ich haute mit einer Hand auf das Lenkrad.

»Nein, nichts ist egal.« Lella beugte sich zwischen den Vordersitzen hindurch und wühlte auf der Rückbank in einer Korbtasche. Ihre Beine verdrehten sich, dicht neben mir zeichneten sich die Oberschenkel schlanker unter dem feinen schwarzen Stoff der Hose ab, als ich es mir heute Morgen im Hotelzimmer vorgestellt hatte. Lella zog sich wieder nach vorne auf ihren Sitz, sie kam meinem Ohr dabei sehr nahe: »Danke dafür.« Ihr Flüstern rann mir in lustvollen Schaudern den Nacken entlang, und der Kapuziner, o bitte nicht, der erwachsen gewordene Kapuziner richtete sich sofort in meiner Hose auf.

»Hej, ein Ständer auf freier Strecke, super!«, würde Brigida jetzt sagen, vorausgesetzt, sie wäre die Verursacherin desselben. Super?

Ich gab Gas, und trotzdem wurden wir langsamer, obwohl ich das Pedal mit meinem Fuß ganz durchdrückte und der Tank laut Anzeige noch halb voll war. Ich pumpte hektisch. Bitte nicht das jetzt auch noch! Ich lenkte den Wagen auf den Seitenstreifen, trat noch ein paar Mal, doch der Motor erstarb gleichzeitig mit meiner Erektion. Lautlos rollte der Wagen dahin, bis wir standen.

»Was ist los, haben wir kein Sprit mehr?« Lella schaute sich nervös um.

»Doch, am Benzin liegt es nicht, oder die Anzeige ist kaputt.« Ich probierte die Zündung, kein Laut, gar nichts. Das sah nach einem ernsten Schaden aus. »Wo kommt der Wagen eigentlich her?«, fragte ich Lella.

»Ist ein Leihwagen.«

»Gut, schon verstanden, ich nahm auch nicht an, du könntest ihn gestohlen haben. Welche Firma?«

»Firma Mario.«

»Wer ist Mario?«

»Der Taxifahrer – dein Taxifahrer von gestern.«

»Wieso leihst du dir von diesem Verbrecher ein Auto? Und nun?«

»Ist mir doch egal, soll er ihn hier abholen«, rief sie. »Ich hab jetzt für so einen Mist keine Zeit, wir müssen weiter!«

Plötzlich wechselte sie den Ton. Fröhlich redete sie auf Matilde ein, stieg aus, öffnete die hintere Tür und streichelte dem kleinen Mädchen mit beiden Händen über die Wangen.

»Sie ist müde. Kannst du bitte einen Wagen anhalten, möglichst schnell und nicht den falschen, bitte.« Sie versuchte ein Lächeln. Es waren nicht viele Autos unterwegs, nur vereinzelt rauschten die Wagen viel zu dicht an uns vorbei.

Ich nickte und winkte dem nächsten Auto, das zu meiner Verblüffung auch sofort hielt.

Brigida, begann ich in Gedanken, Brigida, du kannst dir nicht vorstellen, in was für eine Geschichte ich diesmal allen Ernstes hineingeraten bin. Lellas Winken unterbrach meine Gedanken. Der Fahrer des Wagens war ausgestiegen. Der Mann war Mitte fünfzig, er warf seine Zigarette auf die Fahrbahn und öffnete den Kofferraum, bevor er mir mit hängenden Armen dabei zusah, wie ich Lellas, Matildes und meinen Koffer in das andere Auto lud. Ich schob den defekten Wagen ein wenig näher an die Leitplanke und klaubte vor dem Verlassen noch Matildes Trinkflasche von der Rückbank. Dann übergab ich Lella den Schlüssel, schaute kurz in ihre Augen. Gemeinsam stiegen wir ein. Es war alles ganz unkompliziert, und ich hatte mich noch nicht mal besonders anstrengen müssen. Ich hatte mich nur gerade entschieden, sie zu begleiten. Ein wahres Hochgefühl.

Das wahre Hochgefühl verflüchtigte sich bereits auf dem sauber gefegten Bahnsteig. Niemand wartete außer uns, wir hatten die tote Zeit zwischen den Zügen erwischt, alle anderen Menschen waren gerade abgefahren oder bereits angekommen und schon auf dem Weg nach Hause, zu einem ordentlichen Mittagessen. *Pranzo*. Eine absonderliche Sprache. Wir waren die Einzigen, die nicht vorwärts kamen, nicht vor, aber auch nicht zurück, wir verharrten an einem Punkt auf der Landkarte, zwischen Oleander und zwei Bänken aus unbequemen schwarzen Drahtkästchen. Auf die Pflastersteine des Bahnsteigs war eine gelbe Linie gemalt, die nicht übertreten werden sollte. Doch schon seit einer halben Stunde war kein Zug, vor dem man sich hätte in Acht nehmen müssen, an Gleis drei vorübergefahren.

»S. Stefano di Camastra«, las ich zum zehnten Mal auf dem Schild gegenüber, um den Namen dann doch gleich wieder zu vergessen. Brigidas schwarz umrandete Kleopatra-Augen schienen mich spöttisch aus der Deckung der Pfeiler und Bahnhofsmauern zu beobachten. »Was tust du da, Phil?«, hörte ich sie betont ruhig fragen. Ja, was tat ich hier? Ohne auch nur einen Augenblick nachgedacht zu haben, war ich hinter einer fremden Frau hergelaufen und gefährdete damit mein Leben mit Brigida! Lella beugte sich über den Korb, ich sah auf ihren schmalen Rücken hinunter, bemerkte die Rundung ihrer Hüften, den harmonischen Bogen ihrer Taille.

Bogen! Rundungen! Geflissentlich schaute ich den zwei Gleissträngen und den blendend weiß gefärbten Schotterstreifen nach, die sich an der Küste entlangzogen. Sizilien war ein gigantischer Brocken aus Stein, dessen Bergketten sich zusammen mit den Gleisen in der Ferne dunstig auflösten. Ein Seufzer entschlüpfte mir. Ich fuhr nicht gerne mit dem Zug. Wir hätten uns ein Auto mieten sollen, bei einer anständigen Autovermietung, aber es gab angeblich keine in diesem Ort. Wen wollten wir mit dem Ablenkungsmanöver täuschen – die übergewichtigen Bodyguards? Drei davon gab es, so viel wusste ich mittlerweile. Sie sahen sich ähnlich, waren die wesentlich älteren Brüder der verstorbenen Grazia und schon immer daran interessiert gewesen, das Leben der Schwester zu sabotieren. Sicher waren sie schon wieder umgekehrt, erst mal nach Hause gefahren, um ein ordentliches *pranzo* einzunehmen. Die Fahrt würde für uns jetzt jedenfalls doppelt so lang dauern.

Dem kleinen Mädchen schien das nichts auszumachen, es saß mit artig an den Knöcheln gekreuzten Beinen auf einer der beiden Bänke und biss in eine Teigtasche.

»Nimm eins von den *arancini*, die sind typisch sizilianisch«, lockte Lella mich und versuchte, mir einen Kloß zu reichen. »Die hier scheinen auch wirklich gut zu sein. Frisch frittierte Reisbällchen mit Fleischfüllung! Mmmh, sie riechen köstlich!«

Die Serviette, in die der Reisklops gewickelt war, hatte sich an den Rändern bereits fettig-orange gefärbt. Ich schüttelte stumm den Kopf. Ich wollte nichts annehmen, um nicht danke sagen zu müssen. Ich hatte kein Verlangen mehr, zu dieser seltsamen Reisegruppe zu gehören, die ihre Spuren verwischen musste. Eine heftige Ungeduld zitterte mit einem Mal in mir. Ich schaute erneut über den Bahnsteig, um vielleicht etwas zu entdecken, was ich Brigida mitbringen konnte, aber ich sah nur einen auf den Kopf gestellten Besen mit leuchtend grünen Kunststoffborsten, der an einer Mauer lehnte.

Brigida mochte Geschenke, aber keine Familien. Kinder waren lärmende, unverschämte Zwerge und kosteten nur Geld, das hatte sie einmal laut und deutlich gesagt, als wir an einem überfüllten Spielplatz vorbeigingen. »Ist doch wahr«, hatte sie weitergeredet, »schau dir zum Beispiel Carla und Jan an, jede volle Windel ein Ereignis, und wie entspannt und abgeklärt haben die sich vorher gegeben!«

Ich schaute Lella an. »Wir sehen aus wie Vater, Mutter, Kind.«

»Das ist doch gerade das Gute.« Ihre vollen Lippen waren kaum mehr zu sehen, so sehr presste sie sie zusammen. »Sie vermuten bestimmt nicht, dass du noch dabei bist, sie werden die Autobahn nach einer Frau und einem Mädchen absuchen. Wir dagegen sitzen als Familie mit einem kleinen Sohn im Zug!« Damit zog sie eine Baseballkappe aus einer Plastiktüte, stülpte sie über Matildes Kopf, die ihr zu entwischen versuchte, und stopfte ruhig, aber bestimmt die langen schwarzen Haare darunter. Lella zog ihre Hand zurück und schnupperte.

»Irgendwas riecht hier komisch«, murmelte sie. Matilde aß unbeirrt weiter, nach jedem Bissen tupfte sie sich mit der Serviette, die sie in ihrer kleinen Hand hielt, brav den Mund ab. Mit der Kappe, dem blauen Rugby-T-Shirt, halblangen weiten Hosen und derben schwarzen Turnschuhen würde niemand sie für ein italienisches Mädchen halten, denn die waren meistens rosa gekleidet, und ihre Frisuren bestanden aus einem Überangebot niedlicher Zöpfe und Haarspangen.

Der Bahnsteig füllte sich langsam, eine kleine Glocke begann hektisch zu bimmeln, aber es dauerte noch zehn Minuten, bis endlich unser Zug einfuhr.

»Ich bin kein Familienvater«, brummte ich leise, »und werde auch so schnell keiner werden.« Nacheinander hob ich den kleinen Kinderkoffer, meinen und Lellas Koffer, mein Stativ sowie mehrere Einkaufstüten in den Waggon.

Wir fanden ein leeres Abteil, Lella steckte mir die Fahrkarten zu.

»Übernimm du das!«, sagte sie. Sie lächelte dünn und machte es sich neben Matildes Fensterplatz gemütlich. Das Mädchen hielt ihr zwei kleine Tigerfiguren unter die Augen, die wie durch ein Wunder in ihren Händen aufgetaucht waren. Lella sagte erstaunt etwas auf Italienisch, das sich ungefähr so anhörte wie: »He, wo hast du die denn her?« Ich setzte mich auf die Bank gegenüber, so weit weg wie möglich von den beiden, an die Tür. Lella schaute immer wieder aus dem Fenster und auf den Gang, während sie die beiden Tiere über die blauen Polster wandern ließ. Der Zug ruckte an, Lella stieß die Luft aus, ich beobachtete Matilde, die auch jetzt nicht aus dem Fenster guckte.

Zappelten kleine Kinder nicht fortwährend herum und wollten aus dem Fenster schauen?

Dieses nicht, dieses Kind war still und schon fast beängstigend brav.

»So, jetzt sag mal, was hast du eigentlich vor?« Meine Stimme klang aggressiv.

»Ich fahre mit dir und Matilde auf eine der äolischen Inseln, genauer gesagt nach Salina. Dort suche ich in Malfa die Eltern von der *Signorina* für dich. Wie heißt die ›Kleine Nachtmusik‹ eigentlich mit Nachnamen?«

»Zugegeben, ich finde den Klingelton auch albern. Brigida heißt Vinci mit Nachnamen, wie ›daVinci‹.«

»Wie heißt ihr Vater?«

»Ihr Vater? Äh, das wusste ich sogar mal, ich glaube Elio.«

»Elio Vinci? Toller Name.«

Toller Name, immer sagte sie *toller Name*, schon das dritte Mal. Ich stand auf und stellte mich ans Fenster. »Und was geschieht nun mit ihr?«

»Mit wem? Mit Mátti?«

Ja, mit wem denn sonst? Hatten wir noch mehr Kinder entführt, ohne dass ich es bemerkt haben sollte? Matilde hob bei ihrem unvollständigen Namen kurz den Kopf, dann flüsterte sie in der Tigersprache weiter. Lella führte ihren Tiger abwesend hinter Matildes Tiger über die blauen Wiesen.

»Wieso ist sie hier?«, drängelte ich, und wieso bist du hier, du Idiot, setzte ich in Gedanken dazu. Keine Panik, alles ist in Ordnung, beschwichtigte ich mich, Brigida wird nichts davon herausbekommen, absolut nichts. Ich könnte doch auch alleine unterwegs sein, besser, ich *bin* doch alleine unterwegs. Also fast.

Lella atmete kontrolliert ein und wieder aus und antwortete dann: »Matilde musste da weg, ach, es würde Stunden dauern, dir das alles zu erklären.«

»Auf einmal ist es zu viel? Das ist wirklich amüsant! Danke, da kann ich ja gehen!«

Lella biss auf ihren Daumenknöchel und schaute auf den Boden des Abteils. Sie schien mit sich zu ringen, was sie preisgeben sollte. Schließlich sagte sie: »Ihre Eltern sind tot. Das heißt, mein Bruder starb schon vor drei Jahren, und jetzt, vor ein paar Tagen, hat Grazia sich das Leben genommen. Ich habe meinem Bruder versprochen, mich um Matilde zu kümmern.«

»Sie hat keine Eltern mehr, das habe ich verstanden, aber offenbar haben die Menschen in ihrer Umgebung, speziell die in der Bäckerei, etwas gegen dein ›Kümmern‹.«

Lella nickte mit gesenktem Kopf, doch plötzlich hob sie ihren Blick vom Boden, und in ihren Augen konnte ich denselben entschlossenen Ausdruck sehen, mit dem sie heute Morgen vor meiner Hotelzimmertür gestanden hatte.

»Natürlich wollen sie nicht, dass ich Matilde habe, Teresa hat Matilde nie geliebt – sie wird vor Wut platzen, die falsche Schlange. Gestern Abend habe ich erfahren, dass sie alle Sachen meines Bruders aus dem Haus ...«

Sie hielt sich beide Fäuste vor die Stirn, nahm sie aber sofort wieder runter.

Wer war Teresa?, fragte ich mich. Nun, vielleicht würde ich das noch erfahren.

»In Bagheria sitzt Matilde den ganzen Tag in ihrem Zimmer vor dem Fernseher und glotzt Walt-Disney-Filme, bis ihr die Augen flimmern. Teresa, also Matildes Großmutter, redet kaum mit ihr, sie gibt nur Kommandos und steckt sie in billige Jogging-Anzüge oder kratzige Kleider aus dem Supermarkt, dabei kassiert sie eine saftige Rente, die Matilde seit Leonardos Unfall bekommt.« Lella starrte wieder auf den Fußboden des Abteils. »Es war ein Arbeitsunfall.« Nach einer Pause fuhr sie fort:

»Noch nicht einmal in den Kindergarten schickt die sie. Ich habe nie verstanden, warum. Es gibt in Bagheria sogar einen zweisprachigen Kindergarten, in dem sie Deutsch hätte lernen können. Aber natürlich will sie nicht, dass sie Deutsch lernt. Pah, niemals, sie lernt bei denen überhaupt nichts. Ein Wunder, dass sie so aufgeweckt ist, wie sie ist!«

Zärtlich schmiegte Lella sich an Matildes Rücken und küsste sie auf den Nacken. Für einen Augenblick war die Anspannung aus ihrem Körper verschwunden. Ich beugte mich unwillkürlich vor, um den Ansatz der beiden Halbkugeln besser sehen zu können, die dabei in ihrem Ausschnitt leicht nach vorne fielen. Ihre Augen erwischten meinen Blick. Schnell schaute ich wieder durch die schmutzigen Scheiben hinaus. Sie sollte mich nicht für irgendeinen aufdringlichen Idioten halten.

»Und Gaetano war immer wie ein Klumpen Hefeteig, ging auf und fiel dann doch wieder in sich zusammen«, hörte ich sie leise in Matildes Nacken murmeln.

Gaetano, das wusste ich, war der weinende *nonno* mit den großen, runden Ohren. Was für ein Durcheinander. Vor dem Fenster zogen Palmen vorbei, Felsen, dann führten die Gleise den Zug ganz nah am Wasser entlang, für ein paar Hundert Meter schlugen die Wellen friedlich und verlockend an einen Sandstrand.

Friedlich und verlockend! Brigida hätte jetzt aufgelacht: »O Gnade, Phil! Das ist ein Privatstrand, den sich ein Mafioso gekauft hat und den jetzt außer ihm niemand mehr benutzen darf.« Brigida durchschaute solche Dinge. Die Küste da draußen interessierte mich plötzlich nicht mehr, sie ließ mich an Brigida denken, alles ließ mich fatalerweise an Brigida denken. Immerzu wusste ich schon im Voraus, was sie sagen würde, vernichtende Kommentare eines Radiosenders, den man nicht abstellen konnte.

Ich drehte mich zu Lella und betrachtete sie und das lautlose Kind neben ihr. Ich hatte etwas Nettes sagen wollen, aber in mir echoten Brigidas ätzende Worte nach.

»Und du bist sicher, dass sie bei dir bleiben will?«

»Natürlich!«

»Nun, noch hält sie das wahrscheinlich alles für einen schönen Ausflug.« Ich dehnte die Worte. Ein Teil von mir legte es plötzlich darauf an, Lella tatsächlich wehzutun. Ich musste ihr nichts beweisen, ich konnte mich benehmen, wie ich wollte. »Nun, wer weiß, in ein paar Tagen will sie vielleicht wieder zurück, sie ist doch erst vier. Du reißt sie mitten aus ihrer gewohnten Umgebung – ob das nun das dunkle Wohnzimmer oder zu viele Zeichentrickfilme sind, es ist ihr Zuhause. Was machst du dann?«

Lella biss erneut auf ihren Daumenknöchel und erwiderte nichts. Nun hielt sie mich endgültig für einen unsympathischen Besserwisser, und zu Recht. Wäre ich ein bisschen einfühlsamer, hätte ich an den Ringen unter ihren Augen erkennen können, dass sie über diese Dinge vermutlich die ganze letzte Nacht nachgedacht hatte. Der Zug hielt.

»S. Agata di Militello«, las ich. »Meine Güte, dieser Zug hält wirklich überall, wir kommen ja überhaupt nicht vorwärts. Noch zwei Stunden für die paar Kilometer bis nach Milazzo. Intercity-Züge sind hier allem Anschein nach unbekannt.«

»Es gab einen, den haben wir leider um ein paar Minuten verpasst.«

»Einen.« Mein Schnauben klang gemeiner als beabsichtigt. Zögernd setzte sich der Zug wieder in Bewegung, als überlegte er schon, an welcher Stelle er das nächste Mal wieder halten könnte.

»Guckt mal, wie schön«, rief Lella, und es klang, als ob sie in diesem Moment nicht nur Matilde ablenken wollte, sondern selbst verzaubert war von dem Anblick, der sich uns bot: Dicke, vollkommen rund geschliffene Felssteine breiteten sich in allen Farbschattierungen vor uns aus. Auf dem türkisblauen Wasser ankerte in einiger Entfernung ein erhabenes altes Segelschiff aus Holz. Kitschig, hätte Brigida gesagt. »Sehr schön«, brummte ich.

Matilde öffnete umständlich die Klettverschlüsse ihrer Turnschuhe, streifte sie ab und zog dann bedächtig, erst am rechten Fuß, dann am linken, die kurzen Socken glatt. Bucht und Boot waren längst verschwunden, bevor sie ihren Bären nahm und sich auf den Sitz stellte, um besser sehen zu können. Etwas an dem Bären erinnerte mich an eine traurige Katze, deren unvollkommen ausgestopfter, beuteliger Körper in diesem Moment gegen die Scheibe gedrückt wurde. Lella stand auf und hob behutsam die Baseballkappe von Matildes Kopf. Die langen Haare des Mädchens fielen über ihren Rücken, und Lella schnupperte an der Mütze wie ein Jagdhund, der Witterung aufnimmt.

»Puuh, was riecht hier denn so ekelig? Das ist mir schon gestern in der Chiesa Madre aufgefallen. Oder kommt das vielleicht von der Kappe?« Sie hielt mir die Kappe unter die Nase.

»*Mamma era nella chiesa*«, murmelte Matilde leise. Trübselig schlenkerte der Katzen-Bär mit seinen Beinen und seinem, wie ich erst jetzt bemerkte, einzigen Arm. Lella fuhr zusammen. Sie nickte: »*Si, Mamma era nella chiesa.*«

»*Ora no.*«

»*No, non piu.*«

Der Katzen-Bär schlenkerte nicht mehr.

Lella ließ sich auf ihren Sitz fallen und blickte mich bestürzt an, ich zuckte mit den Schultern, ich hatte nur *Mamma* und *chiesa*, Kirche, verstanden.

»Da fragt sie plötzlich nach ihrer Mutter. Seit zwei Jahren hat sie nicht mehr *Mamma* gesagt, sie hat das Wort einfach nicht mehr ausgesprochen.«

»Aha.«

»Was sage ich ihr denn, wenn sie weiterfragt?«

»Tja.« Ich würde mich von ihren großen, traurigen Augen nicht noch tiefer in diese verwickelte Familiengeschichte hineinziehen lassen.

»Grazia war in einem Heim, na ja, also Heim, Anstalt. Leonardos Tod hat sie in tiefe Depressionen gestürzt. Wahrscheinlich nicht nur das, sondern auch das Zusammensein mit ihrer Mutter. Jedenfalls war es furchtbar da drin.« Nur das Rattern des Zuges füllte das Abteil. Ich überlegte, ob ich etwas sagen sollte.

»Es war immer absolut bedrückend, wenn ich sie besuchte. Die ganze Stimmung da drin, ihre Traurigkeit, das alles schnürte mir die Luft ab. Mit nichts auf dieser Welt konnte ich sie trösten oder aufmuntern.«

Ich nickte stumm. Um ihren Augen nicht begegnen zu müssen, schaute ich aus dem Fenster.

»Das da ist auch schön!«, platzte ich hervor und zeigte auf die hässliche Industrieanlage, die vor dem Zugfenster auftauchte. Öliggraue Hallen und rostige Silos, hinter denen das Meer nicht mehr auszumachen war.

Lella sah mich an, als hätte sie etwas Bitteres im Mund, was sie nicht ausspucken durfte. Täuschte ich mich, oder sahen ihre Augen ganz wässrig aus? Ich guckte weg, dann wieder zu ihr und schnell wieder weg. Zum Weinen hatte ich sie nicht bringen wollen. Was sollte ich jetzt tun? Brigida weinte nie, ich hatte sie zumindest noch nie dabei gesehen.

Lella schnaubte durch die Nase, schüttelte den Kopf und wandte sich Matilde zu. Sie öffnete den Mund, aber was immer sie auch hatte sagen wollen, war ihr offenbar entfallen.

»Riech bitte mal«, sagte sie mit gepresster Stimme und streckte erneut die Mütze zu mir herüber. Ich zuckte mit den Schultern.

»Ich rieche nichts.« Gerade wollte ich noch »Tut mir leid« hinzufügen, da schleuderte Lella die Kappe schon auf das Polster.

»*Cretino!*«, explodierte sie. »Natürlich riechst du nichts, du siehst auch nichts, fühlst auch nichts, merkst nicht, wenn jemand traurig ist. Du bist aus Stein. Hau ab, steig aus, such dein Malfa alleine, wenn dir das alles hier auf die Nerven geht!«

Jetzt liefen ihr die Tränen die Wangen runter, sie wischte sie unwillig mit dem Ärmel ab und schniefte. »Ich muss nicht nach Salina, ich kann mich überall mit ihr verstecken. Keine Angst, wir sind bald wieder weg! Entschuldige, dass wir überhaupt in dein superschickes Fotografenleben gestolpert sind und dich mit unseren unwichtigen Familienangelegenheiten belästigt haben.«

»Es ist nicht superschick, aber auch wenn es das wäre, könnte ich nichts riechen«, murmelte ich.

»Bitte?!«

»Ich habe nur die ersten fünf Jahre meines Lebens riechen können. Und das ist dreiundzwanzig Jahre her.«

»Wie, du riechst nichts? Keinen Kaffee, keine frittierten Reisbällchen, noch nicht mal deine eigenen Socken?«

Ich beobachtete, wie Lella geistesabwesend mit der Nase an ihrem Handgelenk auf und ab fuhr, wahrscheinlich ein neues Parfüm, welches das Abteil mit einem Duft sättigte, den ich nie wahrnehmen würde, so oft ich ihn auch durch meine Nasenlöcher strömen lassen würde.

Lella hielt sich die Hand vor den Mund. »Entschuldige«, hauchte sie.

»Schon gut.« Liebend gerne hätte ich in diesem Moment ihre Hand vom Mund genommen und die weiche Innenseite ihres Armes mit der Nase berührt, doch sofort sah ich Brigidas schief nach unten lächelnden Mund vor mir, den sie immer bekam, wenn sie eifersüchtig war. Ich holte tief Luft.

»Anosmie. Verlust des Geruchssinns nach einer Nasen-OP. Aber bevor du jetzt auf die Idee kommst, du könntest mir helfen: Nein, das kannst du nicht, alles ist gut. Ich komme mit meinen Problemen alleine klar. Ich möchte nicht mehr von dir wissen, was das hier alles bedeutet, und du fragst nicht mehr nach mir. Können wir uns darauf verständigen? Und in Malfa ist unsere Reise dann zu Ende. Nur kein' Stress!«

Ich hasste mich für meine Worte. »Nur kein' Stress!« – damit blockte Brigida Kunden der Agentur und Künstler der Galerie ab, die zu forsch oder zu fordernd auftraten. Brigida! Die Galerie! Ich hatte vergessen, anzurufen und sie von der Verzögerung zu unterrichten. Ein schweres Versäumnis! Die erste Regel der Agentur lautete: dem Kunden sofort melden, wenn sich etwas ändert. Und die zweite Regel der Agentur: immer melden, wo man ist, besonders im Ausland. Da ich dem Kunden nicht auf Italienisch schreiben konnte, tippte ich eine Nachricht an Brigida in mein Handy, löschte sie wieder und formulierte sie mehrmals um, bis ich endlich mit dem Text zufrieden war. Lässig, ein bisschen anzüglich, nicht zu liebevoll, aber doch mit zwei »*Amore!*« darin. Ja, so würde es gehen. Ich schaute auf. Lella war in ihrer Ecke zusammengesunken, erstaunt bemerkte ich, dass sie schlief. Ihr Gesicht war entspannt, als hätte sie ihm verboten, im Schlaf preiszugeben, dass sie etwas bedrückte.

Eine kleine Hand schob sich in mein Blickfeld und hielt mir eine Figur dicht vor die Augen. Ich grinste Matilde überrascht an.

»Also los, Tiger!«

Kapitel 14

LELLA

Das Geräusch der Motoren flaute ab und wurde leiser, und nun kam Bewegung in die Passagiere, während das Boot langsamer wurde. Ich beobachtete, wie Phil in der Reihe neben uns mit spitzen Fingern die fleckigen Gardinen etwas beiseiteschob, und wusste, er würde nichts erkennen. Die Scheiben waren, schon bevor wir losfuhren, vom Salz des Meerwassers undurchsichtig gewesen, wie ein milchiger Schleier vor den Augen, der sich nicht wegwischen ließ. Während der Überfahrt durch die aufwirbelnden Wasserwolken hatte man Phil den Zugang zum hinteren Deck verweigert. Mit sparsamen Handbewegungen hatten die rauchenden Männer in den blauen Overalls ihn wieder unter Deck gescheucht. Zu gefährlich. Wütend war er zu seinem Sitz zurückgestapft. Ich tat so, als hätte ich es nicht gesehen. Wahrscheinlich war ihm elend, die blinde Reise ins Nichts hatte seinen Magen durcheinandergebracht. Mir ging es ähnlich, und auch Matilde war ganz bleich, obwohl sie mit leichtem Kopfnicken behauptete, es ginge ihr gut.

»Was müsste man jetzt sehen, wenn man etwas sehen könnte?«, fragte er. Ich schaute ihn an, sein Mund war noch immer ein schlecht gelaunter Strich in seinem Gesicht.

»Keine Ahnung, ich war noch nie auf Salina.«

»Aber meines Wissens gehören die Liparischen Inseln doch alle zu Sizilien?«

Meines Wissens, meines Wissens! Manchmal redete er wie ein Lehrer.

»Ich kenne nicht viel von Sizilien und ganz bestimmt niemanden hier.« Damit drehte ich ihm den Rücken zu, holte mein *telefonino* hervor und tippte eine Nachricht an Susa.

Susa – kochst du oder schläfst du?

Schlafe ... wo bist du?

Mit einem Klotz am Bein gleich auf einer Insel

Geduld, die Kleine ist wahrscheinlich noch ganz verstört

Die Kleine ist mein Allerliebstes und ganz süß!

Zwei Sekunden später klingelte es, und Susa trompetete in mein Ohr: »Das ist jetzt nicht wahr! Sag mir jetzt nicht, du hast den Blitzschlag mitgenommen!«

»Doch.« Es klang so kleinlaut, wie ich mich fühlte.

»Jahrelang versuche ich erfolglos, dich zu verkuppeln, und dann schnappst du dir den Ersten, der im Flugzeug neben dir sitzt. Respekt, das ist unglaublich!«

»Ich werde ihn bald wieder los.«

»Nun hab mal kein schlechtes Gewissen. Ich bin nicht deine Mutter, deine Begleitung darfst du dir mit knapp sechsundzwanzig Jahren schon selbst aussuchen. Was ist mit ihm?«

Ich bemühte mich, leise, aber deutlich ins Telefon zu sprechen, damit Susa verstand, was ich sagte, Phil mich aber auf keinen Fall hören konnte.

»Ich könnte ihn immerzu ansehen, aber ich glaube, er ist schwierig.«

»Schwieriges brauchst du jetzt nicht. Wenn er sich blöd benimmt, schick ihn weg. Konzentrier dich auf Matilde! Wie geht es ihr? Wie verkraftet sie das alles?«

»Bis jetzt ganz gut. Sie hat noch nicht ein Mal nach ihren Großeltern gefragt, sie redet kaum, aber das kenne ich nicht anders von ihr.«

»Du wirst das hinbekommen. Und lass dich bitte nicht auf irgendwas ein, was dir und der Kleinen nicht guttun könnte. Das ist nicht der richtige Zeitpunkt für Kompromisse. Ruf mich an, wenn du etwas brauchst. Jederzeit, ehrlich!«

»Danke.« Ich schickte ihr einen schmatzenden Kuss, war aber nicht sicher, ob sie ihn noch gehört hatte.

Matilde zupfte an meinem Ärmel.

»Schau mal«, sie zeigte auf die blauen Gardinen, »das sind alles Seepferdchen!«

»Nein, wirklich? Tatsächlich!« Das dunkelblaue Gewimmel auf hellblauem Grund waren miteinander verschlungene Seepferdchen.

»Was du alles siehst, Mátti. Du bist eine richtige Entdeckerin.«

Unser Tragflügelboot wurde noch langsamer. Einer von den Männern mit den blauen Overalls öffnete die Tür und blieb lässig im Rahmen stehen. Mit exakt berechneten Vorwärts- und Rückwärtsmanövern schob sich das Boot durch den hohen Wellengang dem Landesteg entgegen. Endlich, nach einer guten Stunde, konnten wir die abgeschabten

Sitzreihen verlassen und mit den anderen Fahrgästen einen Blick durch die Türöffnung nach draußen werfen. Ich atmete erleichtert die kühle salzige Luft ein, die in das Innere des Bootes strömte, hielt mich an einer der Sitzlehnen fest und packte Matilde, die still neben mir stand, noch fester an der Hand.

Vor uns ragte das Grün der Insel im weichen Licht des Nachmittags aus dem Meer. Ich wippte auf den Zehenspitzen, um über die Köpfe der Mitreisenden hinweg mehr von der Insel zu erhaschen, konnte aber die Kuppe nicht sehen. Wir waren zu dicht dran.

Es rummste leicht – wir hatten angelegt. Während die Passagiere vor uns sich zum Aussteigen bereitmachten, musterte ich die Männer an Land, die mit jahrelang geübten Griffen die Seile festzurrten, sodass das Boot nur noch leicht auf und ab schaukelte. Ihre beleibten Körper steckten in karierten Flanellhemden. Ich sah ihre groben, sonnengegerbten Züge, sah die Zahnlücken in ihren Mündern, ihre derben Hände und ihre Augen, die in einem fort das Meer und die Knoten der Taue überwachten. Ich mochte sie.

»Freunde von dir?«, fragte Phil, der mich beobachtet haben musste. Seine Stirn warf immer noch angestrengte Falten, seine Augen blieben ernst, aber um seinen Mund zuckte es ein wenig. Etwas Warmes stieg in mir empor, wärmte Zwerchfell, Busen und alles drum herum. Der Satz hätte von Leonardo kommen können, so hatte er mich auch immer geneckt, wenn wir an einer Gruppe eigenartiger Menschen vorbeigekommen waren. Meine Lippen zogen sich wie von selbst nach oben, zu einem Lächeln, das ich ihn nicht sehen lassen wollte. Ich beugte mich hinunter und strich Matilde über die Wange.

»Halte Bandito gut fest, jetzt steigen wir aus.« Matilde umklammerte ihren Bären, der von Leonardo wegen seines fehlenden Arms »Einarmiger Bandito« getauft worden war, und blickte auf den Boden.

Schwielige Hände streckten sich uns entgegen, um uns über den schmalen, schwankenden Metallsteg auf die Anlegeplattform zu helfen. Gutmütige Blicke unter buschigen Augenbrauen trafen mich und Matilde in ihren dunklen Jungensachen. Für die Fährleute musste es aussehen, als verließe eine junge Frau mit ihrem kleinen Sohn und viel zu viel Gepäck das Boot. Ich stellte Koffer und Taschen ab, unter mir konnte ich durch die Gitter die Wellen schwappen sehen.

Die anderen Passagiere entfernten sich. Innerhalb weniger Minuten verschwanden sie am Ende der langen Mole zwischen den Häusern von Santa Marina Salina.

Phils Gesicht war bleich. »Das mache ich schon«, versicherte er, hängte sich die Fototasche quer über den Bauch, klemmte sich das schwer aussehende Stativ unter den Arm und nahm einen Koffer in jede Hand. Dann zog er ratternd über die Gitter davon.

»Komm, Schätzchen«, sagte ich auf Italienisch zu Matilde, packte Proviantkorb, Hasenkoffer und Leonardos alte Tasche und marschierte hinter ihm her.

Er guckte sich nicht mal um, es war ihm anscheinend ganz egal, ob wir ihm folgten. Ich hatte mich geirrt, Phil machte keine Witze mit mir wie Leonardo. Er war ein humorloser Ignorant, den ich bis übermorgen über die Insel schleppen durfte. Na und? Das würde ich auch noch schaffen. Im Zug hatte ich mir eine Strategie zurechtgelegt, an die ich mich ab jetzt halten wollte: Ich würde nur über das nachdenken, was für den Moment nötig und nützlich war, und ein Schritt nach dem anderen tun. Wir brauchten ein Hotel oder eine Pension und etwas zu essen. Matilde benötigte warmes Wasser zum Waschen, ein gemütliches Bett und eine dieser für Kinder so wertvollen Gutenachtgeschichten. Mehr nicht. Über den Rest würde ich mir später den Kopf zerbrechen.

Ich schaute im Gehen die tiefgrünen Berghänge hinauf, ein paar Pinien, gelbe Ginsterflecken, Büsche und Unterholz, wenige Häuser dazwischen. Überall blühte es friedlich vor sich hin, und wenn ich mich Richtung Meer drehte, konnte ich Lipari aus dem Wasser ragen sehen. Die Wellen klatschten an der Mauer des Hafenbeckens hoch, obwohl nur ein leichter, lauwarmer Wind ging. Wir waren die Letzten, die über die Mole gezockelt kamen. Schließlich holten wir Phil ein. Der stämmige Typ, der vor einem blauen Kleinbus am Ende der Mole stand, winkte mich ungeduldig herbei.

»Aber das ist ein Freund von dir«, raunte Phil mir zu. Nein, so funktionierte es nicht, er würde mich nicht noch einmal zum Lächeln bringen.

»Fahren Sie nach Malfa?«

»*Si si*, steigt schon mal ein!« Der Busfahrer verstaute unser Gepäck hinter den Klappen im Bauch des Busses, schwang sich auf seinen Fahrersitz und stellte die Musik lauter. Dann drehte er sich um, kniff Matilde, die den richtigen Moment verpasste, um sich unter seinen wurstigen Fingern rechtzeitig wegzuducken, zart in die Wange, und schon ging es los, die ansteigenden Straßen der Insel hinauf. Unterwegs, an einer Weggabelung, hielt er noch einmal, um einen alten Mann aufzunehmen.

»Adolfo! *Ti annoi?!*« Der Alte ließ offen, ob er Langeweile hatte oder nicht. Bedächtig kletterte er auf wackligen Beinchen wie eine aufgerichtete Schildkröte die zwei Stufen in den Bus hinein. Mit eingefallenen Wangen und erwartungsvollem Blick musterte er uns, die Kleinfamilie auf den vorderen Plätzen, um sich direkt dahinter niederzulassen.

»Die Alten fahren mit mir herum, wenn sie nichts zu tun haben«, meldete sich der Busfahrer. »Stimmt doch, Adolfo?«

Adolfo schnalzte vom Rücksitz nur mit der Zunge.

»Die Alten fahren gerne mit mir, und natürlich die *forestieri*, Leute von außerhalb, so wie ihr. In der Saison, Juni, Juli, August, da haben wir zu tun. Stimmt doch, Adolfo? Da kommen sie alle, wollen unser wunderschönes Salina besuchen.«

Ich blickte kurz zu Phil hinüber. Wozu sollte ich ihm das übersetzen, es ging ihm alles doch nur auf die Nerven. Lieber betrachtete ich heimlich seine Nase. Eine hübsche Nase, nicht zu groß und nicht zu klein. Männern mit zarten, kurzen Nasen fehlte etwas im Gesicht. Er konnte mit seiner hübschen Nase allerdings nichts anfangen. Wie eigenartig, ich kannte niemand sonst, der nicht riechen konnte. Frische Bettwäsche fiel mir ein, der himmlische Karamellgeruch überbackener *crema catalana* oder zum Beispiel das Parfüm, das ich auf dem Flughafen ausprobiert hatte und dessen Duft ich angenehm fruchtig an meinen Handgelenken erschnüffeln konnte. Für ihn bedeutete das nichts, unfassbar!

»Aber bevor du jetzt auf die Idee kommst, du könntest mir helfen, nein, das kannst du nicht, alles ist gut. Ich komme mit meinen Problemen alleine klar ...«, hatte er gesagt. Stimmte vielleicht sonst noch etwas nicht mit ihm? Mit seinem Körper? Der sah eigentlich ziemlich vollkommen aus. Kein Bauchansatz, schmale Hüften, lange Beine und ...

»*Conoscete la musica?*«, riss mich der gemütliche Busfahrer aus meinen Gedanken. Ich nickte, ich kannte die Musik. Bandoneon, Klavier und einige Streicher verwoben sich zu einer Melodie, die perfekt zu den Kurven passte, durch die der Busfahrer seinen Wagen lenkte. Die Töne flogen durch das geöffnete Fenster über die Blüten am Wegesrand, über Iris, über weiße Lilien, Farne und jede Menge Kakteen und begleiteten uns den Berg hinauf.

»Den Film *Il Postino* haben sie hier gedreht. Troisi hat bei uns gewohnt, bei uns in Malfa! Ist kurz danach leider gestorben, das Herz, er hatte es am Herzen.«

»Ein wunderschöner Film«, stimmte ich ihm zu. Einen Moment lang saß ich nicht mehr im Bus, sondern wieder Hand in Hand mit Claudio im Freiluftkino von Santa Flavia. Die Popcorntüte rutschte von meinem Schoß, während der *Postino* auf der Leinwand die Berge herauf und herunter radelte und Claudio mir seine Hakennase ins Ohr bohrte und hineintuschelte: »Da fahre ich mit dir hin.«

»Wir haben alle mitgemacht, stimmt doch, Adolfo?!«, rief der Busfahrer. »Adolfo war einer der Fischer, da musste er sich gar nicht anstrengen, das hat er ja immer schon gemacht. Und das Häuschen, also das Häuschen, in dem Philippe Noiret den Dichter Neruda spielt, kann man heute noch besichtigen, sogar mieten, ich kenne den Besitzer.«

»Wir würden auch gerne ein Haus mieten«, fiel ich ihm ins Wort. Wir?, dachte ich im selben Moment. Was will ›Mr. Schlechte Laune‹ neben mir überhaupt? Braucht er ein Luxushotel, möchte er etwas Einfaches, ist er der geizige Typ, der vom Preis-Leistungs-Verhältnis schwafelt und mit nichts zufrieden ist, aber alles zu teuer findet? Er wird herummaulen, ich weiß es!

Der Busfahrer hatte mich nicht gehört.

»*Il postino* hat unsere Insel berühmt gemacht!«

Ich nickte. Dass ein Großteil der Szenen in den Filmstudios von Rom und auf Procida, einer Insel vor Napoli entstanden war, interessierte den stolzen Fahrer und die restlichen Einwohner der Insel sicher nicht. Er hupte zweimal laut und scheuchte damit einen jungen Mann, der barfuß auf einem Motorroller mitten auf der Straße fuhr, an die Seite.

»Nino! Trägt fast das ganze Jahr keine Schuhe, der Kerl, von März bis November nicht.«

»*Pazzo!*«, spuckte der Alte von hinten gegen die Sitze, »*é pazzo!*« Man hörte, dass er kaum noch Zähne im Mund hatte.

»Was meint er?«, fragte Phil, der urplötzlich aus seiner Starre erwacht war. »Was heißt überhaupt dieses ›Katzo‹?«

»Äh, das Wort hat er nicht gesagt, er sagte *pazzo*«, zischte ich über den Gang. *O Dio*, noch nicht einmal *cazzo* hatte seine zielstrebige Karriere-Frau-Freundin ihm beigebracht, und dass man dieses Wort besser nicht sagte, weil es ein ziemlich heftiges Schimpfwort war.

»*Pazzo* bedeutet verrückt. Der Typ vor uns fährt ohne Schuhe.«

»Hier kennen sich alle, oder?« Seine Worte klangen verächtlich.

Ich seufzte als Antwort und drehte mich um. Folgte uns jemand? Nur der Rollerfahrer, der vor sich hin zu singen schien und dabei den Mund weit aufriss. Wir fuhren an Weinfeldern vorbei. Ein alter Mann stand zwischen den grünen Reihen und werkelte an den Reben herum; er schaute unserem Bus lange nach. Auch Phil hatte den Weinbauer entdeckt.

»Was immer er auch tut, wenn der in diesem Tempo weitermacht, wird es Tage dauern, bis er damit fertig ist.«

Ich antwortete nicht. Dann dauerte es eben. Ein Ortsschild tauchte auf, »Malfa« stand in weißer Schrift auf blauem Grund. Ich warf einen Blick zu Phil hinüber, der aber nicht aus dem Fenster, sondern auf das Display seines Handys schaute. Malfa war eine Tankstelle, war Massimos Rollerverleih, war ein paar flache, weiße Häuser und viele Kurven. Auch eine Kirche gehörte zu Malfa und hohe Palmen mit zusammengebundenen, welken Blätterbüscheln, unter denen der Bus nun stoppte. Wir hielten direkt vor einem Mann mit sanften Knopfaugen, dessen graues Haar im aufkommenden Wind wehte und der schon auf uns zu warten schien. Gemächlich lud der Fahrer das Gepäck aus und verabschiedete sich, indem er mir herzlich beide Hände schüttelte. Phil war schon ein paar Meter weggeschlendert. Er sah sich um, als ob er den ganzen Ort kaufen wollte.

»*Cercate un'alloggio?*«, fragte der ältere Mann, der sich als Giuseppe vorstellte. Ich nickte und schnappte nach Matildes Hand. Ich hatte Angst, dass sie unter den Rädern eines Kleinwagens oder Mopeds landen würde, die in hohem Tempo die abfallende Straße hinuntergefahren kamen.

Ich sah hinüber zu Phil. Seine Turnschuhe, die Jeans – alles war lässig, teuer und perfekt aufeinander abgestimmt. In diesem Moment steckte er die Hände in die Hosentaschen und rückte seine Füße eine Idee weiter auseinander, sein halblanger Mantel flatterte hoch. Ein blasierter James Dean, der sich gerade entschieden hatte, den Ort doch nicht zu kaufen, sondern erst mal abzuwarten. Ich folgte seinem

Blick. Hinter den Palmen begann der Kirchplatz, dahinter, dunkelblau und nah, war das Meer zu sehen. Jemand hatte die Steinplatten des Platzes aufgebrochen, wie riesige Schokoladenstücke durcheinandergeschüttelt und dann wieder fallen lassen. Da lagen sie nun und bildeten eine unbegehbare, mit rotem Flatterband abgesperrte Wüste aus Stein. Auch die kleine Bar gegenüber, die noch nicht mal einen Namen hatte, sah ich mit Phils Augen, und das Lebensmittelgeschäft, einsam und dunkel zwischen den runtergelassenen Jalousien der Nachbarläden. Es war Vorsaison.

Da hast du nun dein Malfa, das ist es. Hier hat deine Brigida als kleines Mädchen gespielt und im Meer gebadet. Vielleicht hat sie auch unter diesen Palmen gestanden und auf etwas gewartet, wie du jetzt. Phil setzte seine Ray-Ban-Brille auf. Er kam nicht von hier, man sah das sofort, er war viel zu cool, viel zu modisch für die Insel. Ich schaute zwei Jungs hinterher, die in weiß gesprenkelten Arbeitshosen auf ihren Motorrollern vorbeirasten. Die waren sicher aus dem Ort, bauten Ferienhäuser, flickten Netze, ernteten Kapern oder halfen dem einsamen Weinbauer auf dem Feld mit seinen Malvasia-Trauben. Phil aber war weit entfernt von allem, er stand nur da. Ein Filmstar, der ungeduldig auf den Limousinenservice wartet. Natürlich wollte er sofort diese Eltern finden. Leider war niemand in Sicht, der auch nur im Entferntesten ein Elternpaar abgeben konnte. Na, wenigstens fummelte er nicht schon wieder an seinem Mobiltelefon rum.

Ich wandte mich Giuseppe mit den Knopfaugen zu, der höflich gewartet hatte.

»*Una casa bellissima*« habe er zu vermieten. Natürlich, auch die letzte Hütte wurde in Sizilien als *bellissima* angeboten.

Aber es war mir egal, ich mochte die tiefen Faltenkränze um seine Augen. Wenn das Haus ganz schlimm sein sollte, würden wir einfach wieder gehen.

»Wir haben ein Inselhaus geteilt, jetzt haben wir zwei Appartements darin, sie heißen Manuela und Olga.« Stolz und liebevoll, als ob es sich um seine Töchter handele, wiederholte Giuseppe die Namen mehrmals.

»Das eine ist ein bisschen größer, für drei Personen – Olga, und das andere ein bisschen kleiner, zwei Personen – Manuela. Sehr gemütlich. Steht ganz alleine das Haus, gut geeignet für Kinder, viel Platz für ihn. Wie heißt du, mein Junge?« Giuseppe versuchte, Matilde über die Mütze zu fahren, doch sie versteckte sich hinter meinen Beinen.

»Wir benötigen alle beide, wir brauchen Olga und äh ...«

»Manuela.« Giuseppe strahlte, seine Augen verschwanden fast in den Fächern aus brauner Haut.

»Manuela, richtig! Können wir sie uns einfach mal anschauen? Was sollen die beiden denn am Tag kosten?« Ich sprach noch einmal aus, was er so gerne hörte: »Manuela und Olga?«

Giuseppe winkte ab. »Signora, machen Sie sich keine Sorgen. Ihr kommt von Sizilien?«

Ich nickte, das Festland lag keine fünfzig Kilometer entfernt, und trotzdem klang »Sizilien« so weit weg, ein völlig anderes Land, eine Weltreise von hier.

»Ach, Signora, noch ist keine Hochsaison. Da mache ich Ihnen einen guten Preis, für Freunde! Kommen Sie«, schon zog er mit unseren Koffern los, »es ist nur zwei Minuten von hier.«

Phil fragte nicht. Apathisch griff er nach seinem Koffer und dem Stativ und folgte unserem Grüppchen mit drei Schritten Abstand. Wir ließen die Kirche hinter uns, dann ging es scharf links die Straße hinunter. An einer besonders steilen Stelle blieb Giuseppe stehen. Er packte die Koffer fester, kletterte einige Stufen in den mit Frühlingsblumen und schiefen Kakteen bewachsenen Hang hinein und wartete, bis ich mit Matilde an der Hand hinterhergestiegen kam. Durch ein seitlich angebrachtes, schmiedeeisernes Türchen betraten wir eine lange Veranda. Matilde ließ meine Hand zögernd los, Phil stieg die letzten Schritte hoch und setzte sein Gepäck ab. Wir schauten uns um.

Dicke, ehemals weiße Steinsäulen stützten eine Pergola, die von einem Gewirr aus Weinreben bewachsen war. Junge Blätter hingen an ihren Trieben herunter auf die bunt gekachelten Bänke, die zwischen den Säulen in die Mauer eingelassen waren. Zwei ausladende Sessel aus Rattan standen zwischen den beiden blau gestrichenen Appartementtüren, davor ein Tisch mit einer schwarz-weiß gewürfelten Stoffdecke. Zwei Strohläufer lagen auf dem Steinboden und machten die Veranda zu einem behaglichen Freiluft-Wohnzimmer. Plötzlich hatte ich das Gefühl, im Urlaub zu sein. Wir mieteten ein Ferienhaus, wir waren hergekommen, um in der Sonne zu liegen, kühle *granita* zu essen und uns zu erholen.

Matilde schmiss den einarmigen Bandito hoch gegen die grünen Weinranken und sprach ihr erstes Wort auf der Insel, sie sagte: »*Bella!*«

Es war wirklich *bella*, auch Phils Augen begannen zu lachen. Er klopfte rechts und links an die vom Wetter gegerbten, abblätternden Säulen, als wären es Pferdehälse, und staunte mit offenem Mund über den Ausblick, der sich ihm bot. Noch näher als eben auf dem Kirchplatz lag das Meer vor uns. Am Horizont, über den weißen Schaumkronen der Wellen, ragten zwei Inseln aus dem Wasser, ein symmetrischer Kegel und rechts daneben ein kleiner Buckel, flacher, unregelmäßig. Ich hob den Bären auf und gab ihn Matilde zurück. Unfassbar: Phil lachte! Er sagte etwas, das wie »Ho!« klang, und zeigte dann aufs Meer.

»Wie heißen die?«

Ich fragte Giuseppe und übersetzte dann: »Links siehst du Stromboli, und östlich davon Panarea.«

»Ist das etwa Lavagestein? Echtes Lavagestein? Dann muss ich unbedingt etwas davon mit nach Deutschland nehmen.«

Die schwarzen Steine, mit denen der abfallende schmale Gartenstreifen unterhalb des Hauses ummauert war, strahlten etwas Düsteres, aber auch Tröstliches aus, als ob sie sich warm anfühlten, würde man sie berühren. Wenn er meinte, er müsse sie mit nach Hause schleppen, nur zu.

Gemeinsam gingen wir zum anderen Ende der Veranda und blickten den bewachsenen Berghang hinauf. Weiter oben war die Vegetation zwar niedriger, aber immer noch grün. Die weiche, feuchte Luft füllte unsere Lungen, der Wind war hier unter der Weinpergola kaum zu spüren.

»Wir stehen auf mehreren Vulkanen«, rief Phil. »Wusstest du das? Eigentlich sind es sechs Vulkane übereinander, die Salina in den letzten paar Millionen Jahren geformt haben.«

Ich hörte gar nicht richtig zu, drehte mich stattdessen einmal um mich selbst. Die nächsten Häuser lagen versteckt im Grün unter uns, wir waren alleine, in Sicherheit. Ringsherum gab es nur den Berg, in dessen Hang unser Haus gebaut war, das Meer und die zwei Inseln. Weder Teresa noch ihre grobschlächtigen Söhne, weder Claudio noch Mamma Maria oder Salvatore konnten ahnen, wo ich mich mit Matilde aufhielt.

Ein tonnenschwerer Stein, von dem ich gar nicht wusste, dass ich ihn mitgeschleppt hatte, löste sich. Und plötzlich lächelte ich ihn an, einfach so.

»Ja!?«

»Ja!« Phil lachte, und endlich konnte ich wieder seine regelmäßigen Marmorzähne sehen. »Steht im Reiseführer.«

Giuseppe schloss die Türen auf. Auch in den Wohnungen setzte sich die einfache Schönheit der Veranda fort. Es gab keine billigen Plastikstühle, keine Wachstuch-Tischdecken, keine hässlichen Einbauschränke. Ein grober Holztisch mit einer Bank und vier Stühlen stand in der Küche auf einem glatt gelaufenen Steinboden, die Betten waren aus geschnörkelten Eisenranken, die Nachttischchen antik, die Marmorplatten darauf gesprungen, aber blank geputzt. Wir liefen zu dritt durch die Appartements, schauten durch die Fliegengitter der kleinen Fenster, begutachteten die Duschen und Toiletten und ließen uns von Giuseppe die Heißwasserboiler und den Gasanschluss erklären. Wir beschlossen, dass ich mit Matilde ›Olga‹ beziehen sollte, Phil bekam die etwas kleinere ›Manuela‹. Giuseppe schrieb mir seine Handynummer auf ein Blatt Papier und verabschiedete sich.

Ich setzte mich in der Olga-Küche auf einen Stuhl. Du hast es geschafft, dachte ich, Matilde ist bei dir! Dabei hatte ich heute Mittag noch befürchtet, unsere Flucht wäre zu Ende, noch bevor sie begonnen hätte. Ich hatte Matilde in der Wohnung nicht finden können. Sie war nicht in ihrem Zimmer, nur der Hasenkoffer lag noch am Boden des nach Grazia duftenden Schranks und erinnerte mich an meine Unfähigkeit. Gerade als ich den Schrank wieder schließen wollte, kam Teresa in das Zimmer geschossen. Ich hielt mich an der Schranktür fest und starrte widerstrebend mitten in ihr Gesicht, das zu einem grienenden Lächeln verzogen war.

»Wir werden jetzt für Grazias Seele beten, du auch, das bist du ihr schuldig. Und dann will ich dich nie wieder hier sehen!« Ihre flache Stirn endete weit hinten auf ihrem Kopf, dort, wo endlich der Haaransatz begann. Das runde Gesicht wies kaum Falten auf, nur am Hals rollte die Haut sich in Doppelwellen. Mit schneidender Stimme, die nicht zu der lachenden Grimasse ihres Gesichts passte, fuhr sie fort: »Solltest du auf die dumme Idee kommen, dich Matilde zu nähern, könnte das deiner Gesundheit schaden. Vielleicht hat deine Mutter dann auch bald keine Tochter mehr.«

Ich konnte die Wut im ganzen Körper spüren; die gleiche eiskalte, hämmernde Wut vom Morgen war wieder da. »Du bist wahrlich nicht die Person, die mir drohen kann!«, sagte ich beherrscht, nahm Schwung und knallte die Schranktür extra laut zu. Teresa zuckte nicht einmal zusammen. »Was ist mit dem Limonenhaus?«, rief ich. »Wie kommst du dazu, alle Möbel zu verbrennen? Sie gehörten dir nicht! Sie gehörten meiner Mutter!«

Die zwei gemalten Linien, die ihre vollständig gezupften Augenbrauen ersetzen sollten, zogen sich in die endlose Wölbung ihrer Stirn. »Deine Mutter hat bekommen, was sie verdient hat, jeder von uns hat bekommen, was ihm zustand«, herrschte sie mich an. »Und jetzt raus hier!«

»Jeder von uns hat bekommen, was ihm zustand«, ahmte ich sie leise nach. Was hatte sie damit nur gemeint?

»Wo ist *nonna*, ich habe Hunger.«

Ich schaute auf. »*Nonna* ist zu Hause«, antwortete ich Matilde, »ich gebe dir etwas.« Ich versorgte Matilde in der Küche mit den letzten Cornflakes aus meinem Proviantkorb und beobachtete eine Weile, wie sie sich die trockenen Flakes in den Mund löffelte und knusprend zerkaute. Dann ging ich hinüber in unser Schlafzimmer, zog die sonnengelbe Tagesdecke des Bettes bis zum Fußende herunter und streckte mich auf dem leicht nach Essig riechenden Laken aus. Nur zwei Minuten! Im Liegen streifte ich meine hochhackigen Sandaletten ab, klack, klack, landeten sie nebeneinander auf dem kühlen Steinboden. Ich breitete die Arme aus und dachte hinter geschlossenen Augenlidern weiter darüber nach, was Teresas Bemerkung bedeuten könnte. Was hatte meine Mutter verdient? Leonardos Tod? Teresa hasste mich jedenfalls, sie würde rasen vor Ärger über unsere gelungene Flucht.

Waren wir vielleicht schon mit einem großen Farbfoto von Matilde in den Abendnachrichten? Suchten sie nach mir als mutmaßliche Entführerin? Ich sah mich in einer Bar auf den Bildschirm starren, getarnt mit schwarzer Sonnenbrille und Kopftuch. Morgen. Allerfrühestens morgen würde überhaupt was in den Zeitungen stehen, dann erst würde ich die Nachrichten verfolgen. Heute war ich einfach zu müde.

Meine Beine lagen schwer wie Bleiröhren auf dem Bett. Ich hörte den Wind an den Scheiben rütteln. Nach und nach verflüchtigten sich die Sorgen um unsere Verfolger wie Nebelfetzen aus meinem Kopf und machten den Gedanken an jemand anderen Platz. Phil.

Vielleicht war Phils ruppige, unfreundliche Art nur eine

Tarnung, das war doch manchmal bei Männern so. Vielleicht traute er sich aus irgendwelchen Gründen nicht, nett zu mir zu sein. Weil er mich eigentlich sehr gern hatte? Unsinn, seitdem wir den Zug bestiegen hatten, war er ziemlich grob und abweisend gewesen. Warum spielte alles in mir dennoch verrückt, wenn er neben mir stand? Wie eben, in den letzten fünf Minuten, als ein anderer Phil durchgebrochen war, der lachte und sogar die Säulen gestreichelt hatte. Welcher Teil meines Körpers, welche Ecke meines Unterbewusstseins diktierte mir dieses flaue, gleichzeitig elektrisierende Gefühl? Ich bohrte darin herum, bis nichts mehr davon übrig war und ich mir Phils Gesicht und sein Lächeln noch einmal frisch und von Neuem vorstellen musste, damit ich überhaupt etwas spürte. War diese Empfindung echt, oder war Phil mir einfach nur nützlich erschienen? Wiederholte ich unbewusst dieselbe Geschichte wie mit Claudio? Dessen Körper mir gefiel, dessen Reden und maßlose Neugier auf das Leben anderer Leute mich jedoch nach kurzer Zeit nervös machte, erste Zeichen, die ich verdrängt hatte, nur um weiterhin in der Nähe von Leonardo zu sein?

Der Wind ließ einen Augenblick nach. Ich konnte Matilde in der Küche nebenan leise vor sich hin summen hören. Wunderbar, sie schmatzte ein bisschen. Das Schmatzen hatte Teresa meinem kleinen Äffchen noch nicht austreiben können. Matilde würde Zeit brauchen, aber irgendwann würde sie plappern und reden wie ein ganz normales vierjähriges Mädchen. Eine warme Woge breitete sich in meinem Brustkorb aus. Etwas in mir drängte mich aufzustehen, um sie zu umarmen und zu küssen.

Gleich – einen Moment noch, ich atmete tief ein, zu meinem Erstaunen war ich innerlich ganz ruhig. Möglicherweise lag es an der Insel, überlegte ich, dieses Salina lullte uns alle mit seinem Wind, seiner Abgeschiedenheit und dem milden Klima ein. Auch Phil. Ich schnaubte, und es hörte sich fast an wie ein Lachen. Er war noch kein einziges Mal herübergekommen, um sich über Dinge zu beschweren, die im Appartement ›Manuela‹ nicht funktionierten. Ich dachte an Phils tiefe Stimme. Seit heute Mittag im Zug hatten wir kaum mehr miteinander geredet.

Ein dumpfes Poltern, die Plastikschale der Cornflakes scheppterte, dann, nach einer Pause, kurz wie ein Wimpernschlag, prallte noch etwas auf dem Küchenboden auf. Ich erstarrte. Matildes Liedchen war verstummt. Kein Schrei. Nur eine grausame Stille, in der ich den Wind an den blutroten Blütenzweigen zerren hörte, die vor meinem Fenster am Haus emporkletterten.

Ich sprang auf und rannte in die Küche. Matilde lag auf der Seite, ihre Baseballkappe war heruntergefallen, wie ein Fächer breiteten sich ihre schwarzen Haare zwischen den Flakes auf den Steinfliesen aus und verdeckten ihr Gesicht.

»Phil!«, schrie ich zur offenen Tür hinaus und warf mich auf die Knie. Erleichtert hörte ich seine Schritte im selben Moment über die Terrasse kommen. Wir beugten uns über sie. Ich strich ihr mit zitternden Fingern die Haare aus dem Gesicht.

»Sie ist bewusstlos, oder?«, fragte ich.

»Ich glaube ja«, sagte er ruhig.

»*O Dio*, die Beerdigung und die lange Reise, das war alles zu viel für sie!«

Phil schüttelte den Kopf. »Davon wird ein Kind nicht ohnmächtig und fällt von der Bank. Wir brauchen einen Arzt.«

»Leg sie da rein, in mein Schlafzimmer!« Geschickt hob Phil die leblose Matilde hoch, trug sie hinüber und setzte sich mit ihr auf mein Bett. Er richtete den schmächtigen Körper in seinen Armen ein wenig auf. »Sie hat Fieber, sie ist total heiß.«

Ich zuckte stumm mit den Schultern, doch meine Hände zitterten noch immer. Was sollten wir jetzt tun? »Untersuche mal ihren Kopf, kannst du etwas erkennen?« Immer noch sprach er mit dieser erstaunlich ruhigen Stimme. Ich tastete Matildes Stirn ab.

»Hier, seitlich an der Schläfe ist eine kleine Schwellung, da scheint sie an der Bank oder am Tisch aufgeschlagen zu sein. Sieht aber nicht schlimm aus, kein Blut jedenfalls.«

Dann begann ich, Matildes Hinterkopf auf weitere Verletzungen abzutasten. Plötzlich fühlte ich etwas und teilte ihr Haar, um besser sehen zu können.

»*Oh Dio*, was ist das denn?«

Meine Finger hatten eine eitrig nässende Stelle von der Größe und Farbe einer aufgeplatzten, faulen Kirsche zwischen den Haarwurzeln freigelegt.

»Das ist das, was so riecht. *Madonna*, wieso habe ich das nicht früher bemerkt? Es sieht scheußlich aus. Der Geruch ... Ich kann das kaum ... Entschuldige!«

Würgend rannte ich auf die Terrasse und kniete mich auf eine der gemauerten Bänke zwischen zwei Säulen. Schon in der nächsten Sekunde spürte ich, wie bittere Galle durch meine Kehle schoss und sich das bisschen, was ich in den letzten Stunden gegessen hatte, auf die Orchideen, Geranien und Lilienstauden unter mir ergoss. Geschwächt taumelte ich zurück in die Küche, um mir am steinernen Ausguss den Mund auszuspülen. Ich kannte mich mit Kindern nicht aus. Matilde starb womöglich, ihr bewusstloser kleiner Körper konnte schon in der nächsten Sekunde aufhören zu atmen. Ich würde für den Tod meiner kleinen Nichte schuldig gesprochen, weil ich mich erst mal übergeben musste und nicht das tat, was in so einem Fall zu tun ist.

Von nebenan hörte ich Phil: »Sie kommt wieder zu sich. Schnell, such die Nummer vom Vermieter, von diesem Giuseppe! Ruf ihn an und erklär ihm, dass wir sofort ins Krankenhaus müssen!«

Die Nummer. Der Vermieter. Natürlich. Ich spuckte das Wasser aus und folgte Phils Anweisungen. Giuseppe versprach, sofort mit dem Auto zu kommen.

Sechs Sprachnachrichten meldete mein Handy blinkend, nein, sogar sieben SMS. Claudio, Claudio, Claudio. Jetzt lesen?, schlug das Handy vor.

Nein! Auf keinen Fall! Was wollte er noch von mir? Machte er gemeinsame Sache mit den Brüdern und verfolgte mich? Dem traute ich alles zu. Ich warf das Handy beiseite und lief zurück in das Schlafzimmer. Ich war noch nicht bei ihnen, da beugte Matilde sich vor und erbrach sich auf die braunen und weißen Vierecke der Bodenfliesen. Phil hielt Matilde fest und stützte vorsichtig ihre Stirn. Er verzog keine Miene, auch dann nicht, als ein paar große Platscher auf seinen Edelturnschuhen landeten, er streifte sie von seinen sockenlosen Füßen und kickte sie achtlos zur Seite. Ich merkte, dass sich ein gewaltiger Tränenausbruch in mir hocharbeitete. Ich war unfähig, ich hatte ja noch nicht einmal gemerkt, dass Matilde Fieber hatte. Wegen ihrer Kopfwunde hatte ich erbrechen müssen, und jetzt würgte ich erneut. Wie hatte ich mir das bloß vorgestellt? Wie wollte ich denn ein Kind großziehen? Teresa würde uns für immer verfolgen lassen. Antonio, Isidoro und Domenico hatten ›Kontakte‹, sie würden auf der ganzen Welt nach uns suchen, wir waren nirgends sicher. Nie mehr. Irgendwann würden sie uns aufspüren, und Matilde säße wieder bei Teresa im dunklen *salotto* vor dem Fernseher und ich im Gefängnis wegen Kindesentführung. Ich war wahnsinnig und hatte zudem ernsthaft geglaubt, dass Phil, der da mit dem keuchenden Matilde-Bündel im Arm auf dem Bett saß, sich als Belohnung auch noch in mich verlieben würde.

»Schau nicht so, wir bekommen das hin«, unterbrach er jetzt mein dumpfes Brüten.

Woher nahm er die Gewissheit? Aber Phil sah wieder aus wie heute Mittag auf der Autobahn, fast glücklich und voller Tatendrang. Draußen hupte es zweimal kurz.

»Also los!«

Im Auto hielt ich Matilde in eine Decke gehüllt auf dem Schoß, ihren Kopf hatten wir mit einem sauberen Handtuch umwickelt. Phil streichelte Matildes Arm, in den ich ihren Teddy gelegt hatte, und schaute dann in ihr regungsloses Gesicht.

»Warum weint sie eigentlich nie?«, flüsterte er. Für das Flüstern und den zärtlichen Ton seiner Stimme hätte ich ihn umarmen können.

»Sie war schon immer so ... brav. Wahrscheinlich liegt es daran, dass sie bei ihrer Oma, bei dieser furchtbaren Teresa, nichts durfte. Renne nicht – du fällst! Tobe nicht – du tust dir weh! Sei nicht laut – das stört die Leute! Die hat ihr jegliches Aufmucken, Jammern und Meckern für immer abgewöhnt.«

Am Haus des Doktors bedeutete Giuseppe uns mit einer

Handbewegung, sitzen zu bleiben. Er stieg aus, rannte die steinernen Stufen hinauf, klopfte an die Haustür und verschwand sogleich dahinter.

»*Andiamo al porto!*«, rief er, als er eine halbe Minute später wieder ins Auto sprang.

»Wir müssen zurück nach Milazzo«, übersetzte ich Giuseppes Redeschwall, »aufs Festland, da gibt es ein richtig großes Krankenhaus. Der Doktor ist drüben auf Panarea, sagt seine Frau, es hat keinen Zweck, auf ihn zu warten.« Ich sprach weiter auf Italienisch mit Giuseppe. Nur ab und zu, wenn ich fühlte, dass meine Verzweiflung überhandnahm, dolmetschte ich die wichtigsten Bruchstücke für Phil, damit er sich etwas ausdenken konnte, eine Lösung, eine Beruhigung, etwas, was meine Angst abschwächen würde.

»Die Fähre. Hauptsache, das *aliscafo* geht noch, fährt noch!«, stotterte ich.

Giuseppe schüttelte zweifelnd den Kopf. »Wenn die Wellen zu hoch sind, kommen die schnellen kleinen Tragflügelboote nicht mehr durch.« Ich biss auf meinem Handrücken herum, während ich Giuseppe zuhörte.

»Die großen Fähren von *Siremar* schaffen die Wellen zwar, können aber nicht anlegen«, übersetzte ich für Phil.

Wir fuhren nach Santa Marina Salina hinein. Noch vor einer Stunde hatten die Häuser einladend im abendlichen Sonnenschein gelegen, umgeben von grünen Bäumen, blühenden Sträuchern und wuchernden Farnen. Nun wurden die Bäume vom Wind geschüttelt, die Farne bogen sich und zeigten die helle Unterseite ihrer geriffelten Blätterschweife. Kein Mensch war auf der Straße. Giuseppe warf einen Blick auf die aufgewühlte See und neigte den Kopf von einer Schulter zur anderen.

»Dann also zur *Guardia Medica*, heute fährt kein Schiff mehr«, sagte er. »Die äolischen Winde wechseln schnell und sind schlecht vorherzusagen.«

Es war von einer Minute zur anderen dunkel geworden. Ein Lichtrechteck fiel auf die Stufen, als ich die Tür der Ambulanz öffnete, Phil stieg mit Matilde im Arm eilig hinter mir her. Wir traten ein, sahen von Neonröhren beleuchtete graue Stühle. »Hallo, ist hier jemand«, rief ich, klopfte an die einzig vorhandene Tür und riss sie auf. Eine junge Frau mit braunem Zopf und dünnen Armen, die nackt aus ihrem kurzärmeligen grünen Kittel hervorschauten, schrieb gerade etwas in eine riesige Kladde, so groß wie ein Tapeten- oder Teppichmusterbuch. Unwillig blickte sie zu uns auf. Die Tasse Tee neben ihr verströmte einen süßen Pfefferminzgeruch. Seufzend schlug sie das Buch zu und klemmte dabei ein Stethoskop zwischen den stabilen braunen Seitendeckeln ein. Sie begleitete uns zu der Untersuchungsliege, die mitten im Raum auf dem grauen Linoleum stand und auf deren verknitterte Papierbahn ich mich nun setzte. Phil gab mir Matilde in die Arme und wechselte einen Blick mit mir. War dieses Wesen in dem Kittel wirklich eine Ärztin? Wenn sie von Medizin und Kindern keine Ahnung hätte, würde sie nicht so selbstbewusst schauen, beruhigte ich mich. Wahrscheinlich war sie nur müde, müde, aber kompetent.

Matilde war wach. Ich drückte sie an mich und strich über die schmalen Schultern des Kindes.

»*Suo figlio?*«

Ich schüttelte den Kopf, dies war nicht sein Sohn. Doch die Ärztin schaute nur zu Phil. Der nickte. Matilde griff an ihre Stirn, mit großer Vorsicht löste ich den Handtuchturban, ihr langes Haar fiel herab. Ich nahm Matildes Hand und sagte: »Meine Nichte ist von einer Bank gefallen.«

Die Ärztin musterte Phil, der schweigsam neben zwei blauen Krücken in der Ecke stand, ließ sich ihre Verwunderung aber nicht anmerken. Sollten die Ausländer ihre Nichten doch als Söhne bezeichnen und anziehen, wie sie wollten, meinte ich in ihrem Blick lesen zu können.

»War sie bewusstlos?«

»Ja, ein paar Minuten.«

»Hat sie sich erbrochen?«

Ich bejahte erneut. Mit schnellen Bewegungen tastete die Ärztin Matildes Kopf und Körper ab. Sie entdeckte die Schwellung an der Schläfe. Matilde zuckte zurück, aber die Finger der Ärztin spannten sich um ihre Stirn, ihre Daumen drückten gnadenlos. Der Bär fiel von der Liege, blieb auf dem Boden liegen, seinen einzigen Arm anklagend emporgereckt.

»Das ist nur eine Beule«, sagte die Frau Doktor gelangweilt. Und dafür wird mein Tee jetzt kalt, setzten ihre Augen hinzu, die den Becher sehnsüchtig streiften. Ich fand sie doch nicht kompetent. Überhaupt nicht. Phil kam aus seiner Ecke, hob den Bären auf und setzte ihn neben Matilde. Ich räusperte mich, um damit die Tränen aus meiner Stimme zu verscheuchen: »Meine Nichte hat eine Wunde am Hinterkopf, die haben wir erst gerade entdeckt, sie scheint schon älter zu sein.«

»Drehen Sie sie mal!« Die Ärztin wühlte gleichgültig in Matildes langen Haaren, bis sie die Stelle fand. Ihre Augenbrauen hoben sich.

»Ein Abszess«, murmelte sie. »Eiter, Eiter, Eiter.«

Ohne aufzuschauen, tastete sie nach etwas, dann zog

sie von irgendwoher eine Schere hervor. »Müssen wir abschneiden.«

»Bitte, geht das nicht anders?«

Die Ärztin schüttelte den Kopf und begann, dicke Strähnen von Matildes Haar abzuschneiden. Das Geräusch jagte mir kalte Schauer den Rücken herunter. Ich hielt bei jeder weiteren Strähne die Luft an und schaute im Raum umher, um nicht auf Matildes Kopf blicken zu müssen. Über uns hing eine uralte runde OP-Lampe, auf einem Regal standen zwei metallene Kästen und ein Becher mit Holzspateln. Mehr war außer den blauen Krücken an medizinischer Ausrüstung nicht zu sehen. Auch Phil hatte sich abgewandt. Seine Schultern hochgezogen, starrte er aus dem Fenster in den endlos finsteren Himmel. Wie viel denn noch?, wollte ich rufen, als der weiche Haufen der lautlos gestorbenen Haare unter der Liege immer größer wurde. Es tat dieser Ärztin offenbar nicht im geringsten leid, eine klaffende Schneise, so breit wie Matildes fein gewölbter Hinterkopf, in die dunkle Haarfülle zu scheren! Sie wird schon wissen, was sie tut, versuchte ich mir einzureden. Was ist schon ein kahl geschorener Kopf, Hauptsache, sie hilft Matilde! Endlich hörte die Ärztin auf, streifte sich Latexhandschuhe über und holte einen orangefarbenen Einmalrasierer aus einer Papierverpackung. Mit groben Strichen entfernte sie die borstigen Stoppeln um die Wunde herum.

Matilde schien mit offenen Augen zu schlafen. Wie ein Lämmchen! Sie wehrte sich nicht, sie würde sich nie wehren.

Ich werde Matilde beibringen, wie man sich verteidigt, dachte ich, sie soll jammern, »nein« sagen, schreien, soll alles tun, was kleine Kinder normalerweise so machen.

Phil drehte sich von seinem Beobachtungsposten am Fenster zu mir herum.

»Frag sie bitte, was sie jetzt vorhat!«

»*Che fa adesso?*«

»Ja, *che fa adesso?*«, wiederholte Phil, und seine Stimme klang so gewaltbereit, dass die Ärztin sogleich begann, in gestochenem Hochitalienisch zu ihm zu sprechen:

»Ich säubere und desinfiziere die Wunde, die zum Glück nicht sehr tief ist. Aber sie kommen ziemlich spät. Noch ein paar Stunden, und wir hätten es mit einer Sepsis zu tun gehabt, und dann ...« Sie tupfte eine beißend riechende, klare Flüssigkeit auf die Stelle. Matilde schien nichts davon zu merken. »Dann wäre daraus ein Wettlauf mit der Zeit geworden. Leben oder Tod, wie so oft hier in Sizilien. Schlagartig, ehe man sich's versieht, ist alles Leben oder Tod. Sie gehen jahrelang nicht zum Arzt, und kurz vorher, wenn meistens ohnehin alles zu spät ist, schleppen sie einem die Sterbenden herein, und irgendwie soll man es dann wieder in Ordnung bringen.«

Mir tat die Ärztin plötzlich leid. Mit ihren dünnen Armen und dem Turiner Akzent kam sie mir vor wie ein Vogel, der hier in der kargen Notfallstation nach und nach all seine glänzenden Federn verloren hatte.

»Sie kommen nicht aus freien Stücken zu mir, niemand geht in die Ambulanz zu der Frau Doktor aus dem Norden, vom Kontinent, sagen sie. Niemand, es sei denn im äußersten Notfall. Und natürlich die Touristen, mit ihrem Durchfall und den Seeigelstacheln in den Füßen.«

Sie sah mich ärgerlich an: »Ich habe mir Salina bestimmt nicht freiwillig ausgesucht! Verstehen Sie mich nicht falsch, es ist sehr schön hier, die Insel und die Natur. Aber es ist gleich alles so schwer, so gewichtig, Leben und Tod. Die Leute sagen nicht viel, und wenn sie etwas sagen, meinen sie etwas ganz anderes.«

»Wir haben meine Nichte erst heute ...«, *befreit*, wollte ich fast sagen, fuhr dann aber fort, »erst seit heute zu Besuch.«

»Bei wem war sie denn vorher? Das grenzt ja schon an Vernachlässigung, eigentlich sollte ich den Fall melden.«

»Könnten Sie vielleicht davon absehen?«, bat ich. »Sie war bei seinen Eltern«, ich zeigte mit dem Kopf auf Phil. »Die alten Leute sehen nicht mehr so gut. Und wir haben es ja noch rechtzeitig gemerkt.«

»Ach, sagen Sie«, jetzt beugte sie sich zu mir, und ihre Stimme wurde heiser, »ist er das wirklich? Oder verwechsele ich da jemanden, ich dachte allerdings, er wäre Engländer.«

»Das ist er auch, aber seine Mutter ist Deutsche, sie ist fast blind, die Arme.«

»Bei mir in der *ambulanza* ... das glaubt mir ja keiner!«, hauchte die Ärztin.

»Was sagt sie?«, wollte Phil wissen.

»Ach«, ich zuckte mit den Schultern, »sie hält dich für diesen coolen, englischen Schauspieler, du musst gleich mal ein Autogramm geben.« Phil nickte ernst, ich schaute ihn an, unsere Blicke trafen sich. Er lächelte kurz, und ich spürte, dass ich nicht mehr weinen würde, jedenfalls nicht in dieser dürftigen Notaufnahme.

Da begann Matilde zu schluchzen: »Mamma! Die Mamma soll da sein, meine Haare sollen auf dem Kopf bleiben. Ich will das nicht!«

Ein Loch tat sich in meiner Brust auf und wurde immer

größer. Kaum war Leonardos Tochter bei mir, hatte sie plötzlich einen kahlen Kopf und weinte, und ich, Lella, war schuld daran. Ich hatte Leonardos einziges Kind zu dieser frustrierten Ärztin gebracht. Immer wieder drückte ich Matilde an mich und streichelte ihr über die Schultern.

»Meine Mátti! Wir gehen bald, wir gehen bald in unser Haus, und dann schläfst du schön, du darfst auch in meinem Bett schlafen«, flüsterte ich ihr ins Ohr. Das Gesicht der Ärztin war rot angelaufen. Sie kramte in den Metallkästen, lief hinaus, kam wieder und gab Matilde schließlich eine Tetanusspritze. In ein Formular trug sie ihren Namen ein, das ich unterschrieb. Niemand sprach. Matilde schluchzte leise.

Seit wann surrte die Neonröhre so bedrohlich? Wie lange rüttelte der Wind am Fenster? Seit wann dampfte der Tee schon nicht mehr?

Phil fing meinen Blick ein, erst jetzt merkte ich, dass er mit nackten Füßen auf dem Linoleum stand. Er schaute mir in die Augen, »was der Katzo auf seinem Motorroller kann, kann ich auch!«, sagte er leise. Um seinen Mund zuckte es. »*Pazzo!*«, grinste ich und verschluckte ein paar Tränen, »es heißt *pazzo*, verrückt!«

»Ich habe Antibiotika aufgeschrieben, die muss sie unbedingt alle acht Stunden einnehmen.« Die Ärztin reichte Phil ein Rezept und umarmte sich selig mit ihren eigenen dünnen Ärmchen. Sie winkte sogar zum Abschied. Im Hinausgehen sah ich, dass Phil den Namen des Schauspielers in gigantischen Lettern quer über den braunen Buchdeckel geschrieben hatte.

Wieder zurück im Haus legten wir Matilde vorsichtig auf die Seite und setzten uns rechts und links von ihr ans Kopfende des breiten Bettes. Ab und zu trafen sich unsere Augen für einen Moment. Aus ihrem dicken Kopfverband ragten wie bei einer schlecht gewickelten Mumie noch ein paar kurze schwarze Haare. Ein paar Minuten später konnten wir ihre regelmäßigen, hastigen Atemzüge hören.

»Sie schläft«, sagte ich unnötigerweise. Das Kind schläft, der Boden ist geputzt, jetzt willst du bestimmt gleich gehen, fügte ich im Stillen hinzu.

Das mit dem Boden hatte Phil mit ein paar Handgriffen erledigt, als ich mich im Bad einschließen musste, um in Ruhe zu heulen. Es roch im Zimmer nach *ace*, dem Bleichmittel in der weißen Flasche, die man auf Sizilien in jedem Haushalt und anscheinend auch in abgelegenen Ferienhäuschen unter der Spüle findet.

»Giuseppe war eben noch mal da. Ich schau kurz nach, er hat uns wahrscheinlich die Medikamente vor die Tür gestellt.« Phil stand auf und ging in die Küche.

Uns! ›Uns‹ war ein wunderschönes Wort. Ich blickte ihm hinterher. Seine dunklen Jeans saßen perfekt. Ich mochte seinen Gang, nachlässig, aber irgendwie aufrecht. Ich hörte, wie er die Haustür öffnete, sie wieder schloss und draußen zu telefonieren begann. Fröhliche Stimme, angespannte Stimme, leiser werdend, und dann hörte ich gar nichts mehr. Er kam wieder herein und packte am Küchentisch etwas aus. Ich saß ganz still und hörte sein Murmeln:

»Einmal Wein, Brot, H-Milch, Kaffee, Marmelade, wahrscheinlich Käse oder so, ein Glas mit ... *kukunki*, seltsam.«

Plötzlich fing ich wahnsinnig an zu kichern und konnte nicht mehr aufhören. Ich gackerte wie ein Huhn in die Laken, bis ich fast platzte. Matilde war fast an einer Infektion gestorben, Teresa und ihre drei Söhne waren immer noch hinter uns her, doch ich lachte wie eine Verrückte über Phil, nur weil die Kapern am Stiel, die Giuseppe uns gebracht hatte, »cucuntschi« ausgesprochen wurden. Es war absurd. »Was sollen wir mit kukunki?«, murmelte er wieder. Kukunki! Das Kichern trieb mir Tränen in die Augen, bis es genauso plötzlich aufhörte, wie es gekommen war. Noch ganz außer Atem wischte ich mir die Lachtränen aus dem Gesicht. Ich war wahrscheinlich kurz davor durchzudrehen.

Erst als ich mich wieder beruhigt hatte, bemerkte ich die klamme Feuchtigkeit der Mauern und die Kälte des Bodens. Kurze, eisige Schauer jagten über meinen Rücken. Meine Füße waren frostig, doch ich wollte bei Matilde bleiben, das war ich ihr schuldig. Ich tastete unter dem Verband nach der Kinderstirn. War sie immer noch so heiß? War sie ein klein bisschen abgekühlt? Die Ärztin hatte Matilde drei verschiedene Medikamente eingeflößt, darunter auch einen Saft gegen das Fieber. Möglicherweise war die Kleine nicht mehr ganz so heiß. Ich war mir nicht sicher.

Ich hatte noch nicht einmal ein Fieberthermometer aus der Apotheke bei Giuseppe bestellt. Kinder bekamen immer mal Fieber, das war allgemein bekannt. Wie wollte ich ein Kind großziehen, wenn ich das Fieberthermometer vergaß?

Irgendetwas rumpelte in der Küche quietschend über den Boden und kam näher. Auf rostigen Mini-Rädern zog Phil einen Heizkörper vor das Fußende des Bettes, steckte den Stecker ein und bediente den Regler des Thermostats. Er hob die Hände, als erwarte er, dass das Ding explodieren würde. Als offenbar nichts explodieren wollte, verschwand er, ohne mich anzuschauen, wieder in der Küche. Geräusche drangen von nebenan, Schubladen wurden geöffnet und durchwühlt, Schränke auf- und wieder zugeklappt, das

Klirren von Gläsern. Ich streckte mich neben Matilde aus und konnte nach ein paar Minuten fühlen, wie meine Füße auftauten und die trockene Wärme sich im Zimmer ausbreitete. Ich schloss die Augen und schnupperte. Ein Geruch von Meeresluft mit einem leichten Essighauch, so hatten die Laken damals im Limonenhaus auch gerochen. Es war wirklich so, als läge ich wieder für ein paar Minuten im Malzimmerchen auf dem Bett, um mich auszuruhen. Der pfeifende Wind ersetzte den Klang der Wellen, und nebenan konnte ich Leonardo für mich kochen hören. Gerade wurde ein Korken aus einer Flasche gezogen. Ein scharfer Schmerz durchfuhr mich. Leonardo würde nie wieder in der Küche herumhantieren, den Wein entkorken und für mich kochen. Nie wieder! Selbst nach drei Jahren fiel mir noch etwas ein, was er nie wieder tun würde, und es tat immer noch weh.

Matilde stöhnte leise. Ich öffnete rasch die Augen und setzte mich auf. Ich befühlte Matildes Stirn, sie war genauso heiß wie vorher, doch das Fieber schien wenigstens nicht weiter zu steigen. Ich ringelte mich wieder wie ein Embryo zusammen und versuchte, an nichts zu denken, doch schon begann mein Gehirn erneut, mich mit quälenden Gedanken zu überfallen.

Was sollte ich tun? Was hatte ich mit Matilde vor? Wo sollten wir hin? Nach Hause?

Es klapperte leise aus der Küche. Wenn Phil nach mir rief, bevor ich bis zehn gezählt hatte, würde alles gut. Ich begann zu zählen, wurde immer langsamer, denn er rief nicht. Bei ›zehn‹ betrat Phil das Zimmer mit einem Tablett in den Händen, und ich war nicht schlauer als vorher. So ein Quatsch.

»Danke!«, flüsterte ich und richtete mich auf, als er sich auf meiner Seite des Bettes ans Fußende setzte und das Tablett zwischen uns abstellte.

Zwei Gläser Rotwein, bröckelige Käsestücke, mit hauchdünnen Butterscheiben belegtes Weißbrot und ein Schüsselchen mit *cucunci*, den Stielkapern von Salina, groß wie Haselnüsse. Sogar eine Padre-Pio-Kerze hatte er gefunden und dazugestellt. Das Gesicht des Padre flackerte, seine dunklen Augenbrauen zuckten. Wir tauschten einen Blick und betrachteten dann Matilde. Große Kreise, rot wie Klatschmohn, waren auf ihren Wangen erschienen. Sie atmete hastig durch den halb geöffneten Mund, jeder Atemzug eine Anstrengung.

»Ist sie immer noch so heiß?«, fragte Phil. Ich prüfte mit dem Handrücken ihre Temperatur.

»Ich glaube, das Fieber steigt zumindest nicht mehr.« Er nickte zuversichtlich: »All diese Medikamente, die die Ärztin ihr gegeben hat, müssen doch einfach wirken!«

Er nahm ein Stück Käse und hielt inne. »Oder?«

»Bestimmt!« Nun glaubte ich selber daran.

Phil hob sein Glas und sagte: »Was für ein Tag!«

»Ja, was für ein Tag«, wiederholte ich nur, weil mir im Moment nichts Besseres einfiel. Ich trank und biss in eine Weißbrotscheibe. Zwei harte Butterstückchen landeten auf dem Teller. Trotz meiner Sorge um Matilde dachte ich an meinen Teil unserer Verabredung, den ich so schnell wie möglich einlösen wollte. Schließlich waren wir nicht nur hier, um uns zu verstecken, sondern ich hatte versprochen, Brigidas Eltern zu finden. Und dazu musste ich von ihm noch einiges über Brigida erfahren. Wann und wie lange hatte sie auf Salina gelebt? War sie hier zur Schule gegangen? Wie alt waren ihre Eltern ungefähr? Ich nahm die Butter mit dem Streichmesser auf und legte sie zurück auf das Brot.

»Also, das mit den Eltern deiner Freundin, denk nicht, ich hätte es vergessen! Wenn es Matilde morgen besser geht ...!«

Phil winkte mit dem Glas in der Hand so heftig ab, dass der Wein beinah überschwappte. »Aber dazu *muss* es ihr erst mal besser gehen, alles andere ist bis dahin völlige Nebensache. Und wenn wir morgen tatsächlich damit anfangen sollten, dann reicht es auch, wenn wir erst morgen darüber reden, o. k.?«

Gut, dann eben erst morgen. Mir war es recht. Die Eltern interessierten mich doch gar nicht. Phil interessierte mich. Wer bist du?, drängte es mich zu fragen, erzähl mir alles! Gib mir die Erlaubnis, mich in deinem Leben einzunisten, damit ich aufhören kann, über mein eigenes nachzudenken. Ich trank mein Glas in einem Zug leer. Wir aßen. In der Küche hörte ich die Wanduhr ticken. Giuseppe hatte sie aufgezogen, bevor ich ihn davon hatte abhalten können. Das Ticken machte mich traurig. Es erinnerte mich an jede vergeudete Sekunde, die ich auf Leonardo gewartet hatte.

»Schon seltsam, hier zu sitzen.« Wie beim Mühle spielen zog Phil mit einem Stück Käse über seinen Teller, rückte dann mit dem Brot hinterher. Ich nickte, konnte aber in dem Moment nur kauen.

»Und? Wie sieht dein Leben sonst aus, wenn du nicht Kinder entführst?«

Ha! Vor Überraschung würgte ich den viel zu großen Bissen Brot hinunter. Es war andersrum! Er wollte sich bei mir einnisten!

Wie sah mein Leben aus, was konnte ich Phil antworten?

»Erzähl mir von Matilde und deinem Bruder und Grazia.«

Ausgerechnet Grazia. Ich zögerte. Wo sollte ich beginnen?

»Leonardo war mein Zwillingsbruder, als Kinder waren wir unzertrennlich. Mit dreizehn hatte er seine erste Freundin, die fand ich doof. Mit achtzehn habe ich ihn gehasst, wie man nur jemanden hassen kann, den man eigentlich liebt. Dann, mit zweiundzwanzig, nahm ich endlich wieder an seinem Leben teil. So wie früher.«

Phil zog die rechte Augenbraue hoch. Ob er wusste, dass er auf diese Weise ziemlich toll aussah?

»Ein Jahr lang lebte ich hier auf Sizilien mit ihm, sogar gegen den Willen meines Vaters. Das war mir aber egal. Ich wollte bei Leonardo sein.«

»Aha! Und nach dem Jahr?«

»Warf Leonardo mich raus.«

Phil zog auch die linke Augenbraue hoch.

»Nein, natürlich nicht wirklich, aber er legte mir nahe, mir eine eigene Wohnung zu suchen. Ich war eingeschnappt und ging zurück nach Köln.«

Das war nicht die ganze Wahrheit, aber Phil war ein Fremder. Fremden erzählt man nicht die Wahrheit, es sei denn, man ist sicher, sie nie wiederzusehen.

»Vielleicht habe ich ihn zu sehr geliebt, wer weiß? Als ich mich einigermaßen von meinem Beleidigt-Sein erholt hatte, starb Leonardo.«

Phils Glas blieb auf halbem Weg zum Mund in der Luft stehen. Ich hatte nicht vor, ihn aus seiner Starre zu erlösen.

»Und nun zu Matilde.« Ich berührte Matilde leicht an der Schläfe. »Siehst du hier, an der rechten Augenbraue, da machen die Härchen so einen Knick, den hatte sie schon am Tag ihrer Geburt.«

Phil nahm endlich das Glas wieder runter und kniff seine Augen ein wenig zusammen.

»Da lag sie so klein und leicht das erste Mal in meinen Armen und schaute mich mit diesem allwissenden Blick von Neugeborenen an. Ich habe mich sofort in sie verliebt und liebe sie heute noch genauso sehr wie an jenem Tag.« Ich stippte ein paar Brotkrümel von meinem Teller und sah aus den Augenwinkeln, wie sein Blick mein Gesicht streifte.

»Grazia?«, sagte ich zu meinem Teller. »Ich mochte Grazia nie besonders. Mehr ist zu meiner Verteidigung nicht zu sagen.« Ich räusperte mich: »So, das war eine kurze Zusammenfassung meines Lebens.« Schnell griff ich nach meinem Glas. Es war leer. Phil stand auf, holte die Flasche aus der Küche und schenkte mir nach. Was für ein aufmerksamer Mann! Ein aufmerksamer Mann mit wunderbaren Zähnen ...

Wenn ich mich jetzt einfach auf seinen Schoß setzte, würde er aufspringen, mich abschütteln? Was für eine Vorstellung! Das kam nur vom Wein. Denn wenn ich auch noch so betrunken wäre, niemals würde ich etwas Derartiges tun. Die Erziehung meines Vaters hielt mich davon ab. *L'onore e la reputazione.* Immer wieder hatte er mich als kleines Mädchen darauf hingewiesen. Ihre Ehre und ihr Ruf, das waren die Schätze einer jeden Frau!

»Aber was du in Deutschland machst, das kann ich doch fragen.«

Ich biss in mein Brot, erleichtert, dass Phil meine Gedanken nicht lesen konnte.

»Ich koche. Meine Eltern haben eine Pizzeria.«

»Also das hast du gelernt, Köchin?«, fragte er.

»Ja, so kann man es auch sagen. Nichts anderes gelernt und Köchin geblieben.«

»Dann gibt's bei dir bestimmt immer sehr gut zu essen.«

»Köche essen zu Hause selten sehr gut«, wehrte ich ab, »zu Hause schmieren die sich meistens nur ein Leberwurstbrot und essen es mit einer sauren Gurke dazu. Oder sie gehen gleich auswärts essen, um über die Kollegen lästern zu können.« Das wusste ich von Leonardo.

»Leberwurstbrot! Und das von einer Sizilianerin auf einer sizilianischen Insel. Das passt überhaupt nicht zu dir, solche Worte aus deinem Mund!«

»Ich bin keine Sizilianerin, ich bin in Deutschland geboren. Bis vor fünf Jahren kannte ich Sizilien nur von dem Foto, das bei unseren Nachbarn über dem Sofa im Wohnzimmer hing. Der Ätna über Orangenhainen, blauer Himmel, weiße Rauchfahne. Trotzdem«, fügte ich hinzu, als ich sein enttäuschtes Gesicht sah, »lassen Köchinnen sich gerne mal ein Tablett mit Käse und *cucunci* servieren, liebend gern.« Um nicht wieder dumm loszukichern, schob ich mir schnell ein Stück Parmesan in den Mund.

»Aber falls ich mal etwas kochen sollte ...« Ich hatte keine Ahnung, wie ich den Satz zu Ende bringen wollte.

»Was ich überhaupt schmecken kann, meinst du?«

»Äh, nein!« Ich spürte, wie sich die Röte in meinem Gesicht ausbreitete. In diesem Moment hatte ich überhaupt nicht mehr daran gedacht, dass er nicht riechen konnte. Keinesfalls hätte ich ihn so direkt danach gefragt.

»Nichts. Kaum etwas. Süß. Scharf. Bitter. Salzig. Sauer. Ist aber nicht schlimm.«

Süß, scharf, bitter, salzig, sauer ... Das war so aufregend wie ein starker Schnupfen. Aber sofort fing ich in Gedanken an, ein Menü für ihn zusammenzustellen. Mach ihm einen pikanten Orangen-Salat mit schwarzen Oliven, dazu eine *caponata*, süß-sauer eingelegtes Gemüse mit Auberginen und viel Sellerie, dachte ich bei mir. Oder vielleicht *pasta con le sarde*, mit salzigen Sardinen, wildem Fenchel und Pinienkernen, da schmeckt er bestimmt einiges. *Pesce spada*, Schwertfisch, vielleicht sogar im Salzmantel, und als Zwischengang dann eine erfrischende *granita* aus Zitronen für den sauren oder aus dunkelvioletten Maulbeeren für den süßen Geschmack.

Laut sagte ich: »Siziliens Küche ist alles, nur nicht mild oder lau. Sie ist süß und sauer, salzig oder pikant, sie ist fruchtig wie Kaktusfrüchte oder bitter wie eine *granita al caffè*. Und dazu das Scharfe, das die Araber zusammen mit Safran, Rosinen, Zimt und Nelken mitgebracht haben. Sizilien ist – dein Paradies.«

O Gott, was redete ich denn da? Sizilien ist dein Paradies? Hatte ich wirklich »dein Paradies« gesagt? Ich beschloss, nur noch zu schweigen. Es war zu spät, um normal miteinander zu reden.

Phil lachte. »Dennoch habe ich mich noch nicht daran gewöhnt, hier zu sein, auch wenn es das Paradies ist.« Und dann, ohne Vorwarnung: »Hast du Angst?«

Ich zuckte mit den Achseln.

»Vor denen, die uns verfolgen, vor diesen Brüdern?«, versuchte Phil es noch einmal.

Ich seufzte. »Die werden weiter nach uns suchen, so viel ist sicher. Vielleicht haben sie Matilde auch schon als entführt gemeldet, und ab morgen blickt uns ihr Foto aus allen

Zeitungen oder im Fernsehen entgegen. Aber ich glaube eigentlich nicht, dass sie die Polizei einschalten, hier hält man die Polizei eher raus aus solchen Dingen. Natürlich mache ich mir Sorgen, aber seit wir auf der Insel angekommen sind, fühle ich mich komischerweise sicher. Als ob wir uns gar nicht mehr in ihrer Welt befänden, als ob sie Matilde und mich vergessen hätten.«

Phil schaute zu Boden. »Ich, ich muss schon bald wieder zurück, übermorgen Abend, spätestens«, auf einmal stotterte er, »aber bis dahin ...«

»... aber bis dahin?«, wiederholte ich gespannt.

»Nun ja, bis dahin könnte ich bleiben und die Augen offen halten.« Ohne die Antwort abzuwarten, nahm Phil das Tablett und brachte es in die Küche.

»Danke!«, rief ich. »Bis morgen. Gute Nacht!«

Das Licht in der Küche erlosch. Ich streckte mich neben Matilde aus und wartete auf das Geräusch der Tür, die er hinter sich schließen würde. Ich hörte nichts. Die Stille kam aus der Küche über die Schwelle gekrochen. Er war noch da, das spürte ich, bewegungslos verharrte er dort nebenan in der Dunkelheit. Was tat er?

Ich blieb ganz ruhig liegen. Wenn ich mich nicht bewegte, bliebe er vielleicht die ganze Nacht dort stehen. Erstaunt bemerkte ich, dass mir dieser Gedanke gefiel.

Sein Kopf erschien am Türrahmen: »Also, ich könnte auch, aber nur wenn es dir nichts ausmacht, könnte ich auch hier schlafen.«

Ein unbekannter Mann wollte bei mir im Haus schlafen? Das ging auf keinen Fall! Mein Vater hatte mit seiner Erziehung mehr Erfolg, als er ahnte.

»Danke, aber ich glaube, mit Matilde wird es keine Probleme geben, die Ärztin hat ihr auch etwas zum Schlafen verabreicht.«

Er war so ernst, und jetzt guckte er wirklich besorgt und wunderschön. *O Dio*, wie hinreißend er war, wenn er ernst war! »Und wenn was ist, rufe ich dich.«

»Gut, aber scheue dich nicht, auch nachts um vier, wenn sich irgendwas bei ihr ändert, mein Angebot steht ...« Er blieb immer noch stehen.

»Ist noch was?«, fragte ich.

»Gestern Nacht bin ich andauernd aufgewacht. Es war laut, als ob die Stadt es nicht ertragen konnte, mich schlafen zu lassen.«

»Keine Sorge, das wird dir hier nicht passieren. Und wenn doch, dann scheue dich nicht, hinüberzukommen, okay?«

Wir lachten beide, hörten aber sofort wieder auf, als ob mehr nicht erlaubt wäre. Er ging. Ich knipste die Nachttischlampe aus.

Ohne etwas zu sehen, streifte ich Hose und Bluse ab und schob mich neben Matilde unter das Laken. Für mehr war ich einfach zu müde. Der Mond war nicht zu sehen, kein einziger Stern stand am Himmel, undurchdringliche Dunkelheit überspannte die Insel. Niemand würde uns hier finden, wir waren zu gut versteckt, versunken in einer anderen Zeit. Sorgfältig deckte ich uns beide zu und schlief sofort ein.

Kapitel 15

LELLA

Ich schnupperte. Die Tassen rochen nach Schrank und der Schrank nach muffigem Einlegepapier. Also wusch ich das Frühstücksgeschirr schnell ab, bevor ich es wieder auf den Tisch stellte.

Phil wusste nicht, wie muffige Tassen schmeckten. Ein großer Teil des Lebens rauschte unerkannt durch seine Nase und weckte nichts in ihm, keine Erinnerungen, keine Abscheu, keinen Appetit, keine Sehnsucht ...

Susannas Küche tauchte vor meinen Augen auf: die Lorbeerblätter, die neben den Rosmarinzweigen von der Decke hingen; die kleinen Tütchen oben auf dem Regal mit den echten Safranfäden, die das Risotto so schön gelb färbten. Die Pilze, die ich mit Timmi im Herbst zum Trocknen an Fäden durch den Raum gespannt hatte und die seitdem dort oben langsam einstaubten. All das gab seinen Duft ab, ganz fein nur, trotzdem würde ich die Zutaten für meine Gerichte allein mit meiner Nase finden, falls mal der Strom ausfiele.

Es klopfte.

Die Espressokanne war von innen mit verdächtigen Metallflechten überwuchert, die darin hochgekochte Flüssigkeit war schwarz wie Teer und bitter. Die aufgeschäumte

Milch war dafür so dünn, dass sie bläulich schimmerte. Wir verloren beide kein Wort darüber. Auch das zäh gewordene Weißbrot, die helle, geschmacklose Butter, die sich nicht ordentlich streichen ließ, und die entsetzlich süße, unnatürlich rote Erdbeermarmelade übergingen wir.

Ich konnte mit ihm schweigen, stellte ich fest. Je länger die Schweigsamkeit zwischen uns andauerte, desto kostbarer wurde sie mir. Ich verwarf einen Satz um den anderen, keines meiner Worte war es wert, unsere Stille damit zu durchbrechen.

Benommen von Phils Nähe, seinen Armen auf dem Tisch, den Händen neben dem Teller, seinem Kauen, dem kaum hörbaren Rascheln seiner Kleider, räumte ich das Geschirr in den steinernen Ausguss. Waren wir zwei Fremde, die sich nicht zu nahe kommen wollten? Zwei Unbekannte, die notgedrungen miteinander frühstücken mussten? Oder waren wir zwei zukünftige Liebende, die sich schweigend umkreisten und mit scheuen Blicken streiften, nur den passenden Moment suchten, um sich zu umklammern und ihre Zungen vorsichtig einander erkunden zu lassen?

Es war ein wunderschöner Tag, blauer Himmel mit Sonnenschein, kaum Wind, aber keine Rechtfertigung, die außergewöhnliche Stimmung mit Banalitäten über das Wetter zu zerstören. Ich lief hin und her, ich räumte und wischte, dann war der Moment gekommen, ich musste reden.

»Fangen wir an? Es tut mir leid, dass wir wegen Matilde jetzt ...«

»Das ist doch nicht wichtig«, unterbrach mich Phil sofort, »wir waren rechtzeitig mit ihr bei der Ärztin, und sie wird wieder gesund.«

»Falls sie sich bis morgen nicht noch einmal übergibt,

darf sie langsam wieder aufstehen.« Ich hob beide Hände. »Leider haben wir ja nur den heutigen Tag und morgen, also wäre es das Beste ...«

Er half mir und fuhr fort: »... wenn ich auf sie aufpasse, während du ...?«

»... während ich die Erkundungstour starte«, ergänzte ich.

Unwillkürlich musste ich lächeln. Ruhig saß er da und trank den fürchterlichen Milchkaffee. In der Tür zum Schlafzimmer bürstete ich meine Haare, bis sie glänzten. Aber Phil kontrollierte schon wieder sein Mobiltelefon. Ich verscheuchte das dumme Lächeln aus meinem Gesicht und griff nach meinem Handy. Diese Tätigkeit war anscheinend ansteckend. Fünf neue Textnachrichten von Claudio.

»Der schon wieder«, stöhnte ich. Ohne sie zu lesen, drückte ich die Tasten. Jetzt löschen? Fünf mal Ja. Ich warf das blöde Ding hart auf den Tisch.

Wann hatte Brigida Salina verlassen? Wie lange wohnten ihre Eltern schon auf der Insel? Ich brachte es nicht fertig, ihm die Fragen zu stellen. Ich wollte den Namen ›Brigida‹ einfach nicht aussprechen.

Phil saß an Matildes Bett und machte mit der Hand eines seiner beruhigenden Zeichen.

»Bis gleich«, flüsterte ich, griff mir das Handy vom Tisch und ging mit schnellen Schritten aus dem Haus. Der Wind der vergangenen Nacht war zu einer schwachen Brise abgeflaut, seit gestern schien sich noch mehr Grün ausgebreitet zu haben. Gelbe und hellblaue Schmetterlinge flogen durch einen Wald von Lilien und unzähligen anderen blühenden Pflanzen. Es war Frühsommer, und alles rankte und spross. Ich stieg die steile Straße hoch und zog nach einigen Schritten mein dünnes Jäckchen aus, es war viel zu warm. Ich benötigte ein Telefonbuch und ein paar Minuten auf einer Bank am Kirchplatz, alles andere würde sich finden. Zuversichtlich betrat ich kurze Zeit später die namenlose Bar und tastete mich durch angenehmes Halbdunkel vor. Auf dem Tresen lag die aktuelle Ausgabe der *La Sicilia*, und dahinter stand ein schmales Narbengesicht, bei dem ich ein Schinken-Toast mit Tomaten und Mayonnaise bestellte. Ich war nervös, und wenn ich nervös bin, muss ich deftig essen, auch wenn die Uhr an der Wand wie jetzt erst halb zehn zeigt. Schnell blätterte ich die Zeitung durch. Nichts über uns, kein »Kleines Mädchen entführt«, kein Phantombild von mir. Na also! Ein Gefühl der Gelassenheit breitete sich in mir aus. Ich dachte an Matilde, die klein und elternlos, nur mit einer klaffenden Schneise in ihren Haaren, im Bett lag, doch mein Herz blieb ruhig. Phil passte an ihrem Bett auf, Matilde würde gesund werden und für immer bei mir sein. Ich sah Phil und mich mit einem Motorroller die Straßen der Insel entlangfahren. Matilde saß zwischen uns und stellte komische Fragen, die ich lachend übersetzte und Phil nach vorne durchgab. Ich spürte die Sonne auf der Haut, sah das Gelb und Grün der Zitronenbäume und roch den Duft der Ginsterbüsche, an denen wir vorbeifuhren. Wir verschlangen Berge von *pasta*, löffelten Mandelgranita und kauften Matilde aufgeschnittene Briochebrötchen mit einem Berg Schokoladeneis darin. *La dolce vita*. Auf Salina würde ich endlich einen Hauch davon spüren können. Wir waren Touristen, wir würden uns die Schönheit der Insel einpacken lassen, sie fotografieren, wegschleppen, den schweren Malvasier in Flaschen mitnehmen und eingelegte Kapernbeeren als Souvenir einkaufen. Wir würden ein Paar werden.

»Weißt du noch, wann wir das erste Mal Kapern zusammen gegessen haben?«, würde Phil mich fragen.

»Ja, natürlich«, würde ich antworten, »das war an dem Abend, als Matilde gestürzt war. Da war sie noch ganz klein, gerade mal vier. Und du konntest das Wort *cucunci* noch nicht aussprechen.«

»Wir kannten uns gerade mal ... lass mich überlegen ... sechsunddreißig Stunden.« Er würde es auf die Stunde genau ausrechnen, natürlich würde er das ...

Ich hielt die Luft an. Leonardos Todeskalender! Ich hatte ihn heute Morgen vollkommen vergessen, das erste Mal seit wie vielen Tagen? Eintausendneunundneunzig? Eintausendeinhundert?

Mein Atem setzte wieder ein. Es war nicht wichtig. Die vergangenen sechsunddreißig Stunden fühlten sich lebendiger an als die letzten drei Jahre.

Ich seufzte und bat um ein Telefonbuch. Gewissenhaft ging ich die Spalten durch. Drei Gemeinden gab es auf Salina: Malfa, Leni und Santa Marina Salina, jeder Ort füllte nur drei bis vier Spalten. Keine Vincis, kein einziger Eintrag, auch keine daVincis, aber mit denen hatte ich auch nicht ernsthaft gerechnet. Die Insel war Vinci-frei. Zumindest von Telefonanschlüssen diesen Namens.

»Wen suchen Sie denn?« Der hagere junge Mann mit den markanten Spuren einer vergangenen Akne im Gesicht verteilte die Mayonnaise für meinen Toast fingerdick auf den rosa Schinkenscheiben. »Sehr erfreut übrigens, ich heiße Angelo.«

»*Piacere*, Lella!« Ich umklammerte das Telefonbuch, um ihm nicht die Hand reichen zu müssen. »Angelo, nicht so viel Mayonnaise bitte! Kann ich Ihnen eine persönliche Frage stellen?« Angelo streckte sich ein bisschen mehr gegen die Decke, von der noch die Osterdekoration, kleine Papphasen, herunterbaumelte. »Sicher!«

»Können wir uns duzen?«

»Sicher«, wiederholte er, das Streichmesser hing voller Erwartung in der Luft.

»Wie alt bist du?« Falls Angelo ungefähr so alt war wie Phil, war er auch ungefähr so alt wie Brigida, plus minus zwei Jahre. Dann würden sie sich kennen.

»Achtundzwanzig«, antwortete Angelo, offenkundig enttäuscht über die unkomplizierte Frage. Er schmierte die Mayonnaise von der Mitte bis zum Rand der Schinkenfläche und vom Rand wieder bis zur Mitte.

»Kennst du viele Frauen auf der Insel, Angelo?«

»Ouuh!« Seine angepickten Wangen verzogen sich durch ein unschönes Grinsen. »Mimmino, hör mal, sie fragt, ob ich viele Frauen kenne«, rief er. »Kenne ich viele Frauen, hä?!«

Angelo, du Angeber, warum konntest du unsere kleine vertrauliche Situation nicht einfach schweigend genießen? Schade. Ich drehte mich zu Mimmino um, der in diesem Moment durch die Tür kam und wirklich, wie sein Name andeutete, die Miniaturausgabe eines Mannes war. Mimminos Grinsaugen wanderten beifällig nickend an meinem Körper auf und ab, und ich musste mich zwingen, nicht die Arme vor der Brust zu verschränken. Doch dann kam er unverzüglich zum geschäftlichen Teil.

»Kennen wir, kennen wir alle. Wie heißt sie? Wie alt? Welches Dorf?«, nuschelte er im Dialekt.

»Ihr Vater heißt Elio. Nachname Vinci. Sie selbst heißt Brigida, circa siebenundzwanzig, keine Ahnung, in welcher Gemeinde ihre Eltern heute wohnen.«

Mimmino pfiff durch die Zähne und warf mir einen Blick zu, den ich nicht deuten konnte.

»Nie gehört.« Er lief hinaus. Auch Angelo tat plötzlich sehr beschäftigt. Als ich ihn anschaute, hob er die Hände und sagte schulterzuckend: »Ich kenne eigentlich niemanden hier.«

Ich nahm den Teller mit meinem Toast von ihm entgegen, schlenderte zu einem Tisch in der Ecke und setzte mich. Wie dumm von mir! Ich schüttelte den Kopf über mich selbst, während ich endlich in meinen Toast biss. Beim nächsten Mal würde ich den Vater aus dem Spiel lassen. Es war ein sehr guter Toast, zwei Brot-Dreiecke, schön fest und mit drei braunen, vom Toasteisen aufgegrillten Streifen. Susas Sandwich-Grill in ihrer Küche in Köln fiel mir ein. Ich wischte mir den Mund mit einer Serviette ab und tippte eine Nachricht an sie in mein Handy.

Wenn du heute Abend im Internet bist, musst du etwas für mich nachgucken

Sekunden später kam ihre Antwort zurück:

Du fehlst mir! Trinke gerade am Herd meinen ersten Kaffee

Ich tippte:

Nur, wenn du Zeit hast

Ich wartete, doch es kam keine weitere Antwort von ihr. Sicher hatte sie viel zu tun. Ich wollte schon aufgeben, da kam ihre nächste Nachricht.

Für dich immer!

Gib bei Google bitte mal einen gewissen Elio Vinci ein

Sonst noch was? Was macht der Blitzschlag?

Ich wollte darauf nicht eingehen, also schrieb ich nur:

Vermisse dich! Und melde mich bald.

In diesem Moment sah ich den weißen Haarschopf von Giuseppe an der Tür vorbeigehen. Ich ließ meinen Toast liegen und lief hinaus. Er wusste bestimmt einiges über die Insel und ihre Bewohner, und ich konnte mich auch gleich noch für das liebevolle Essenspaket und die Medikamente von gestern Abend bedanken. Vielleicht würde es mir sogar gelingen, die Medikamente zu bezahlen, doch wenn ich nicht unbedingt seine Ehre verletzen wollte, sollte ich dasselbe auf keinen Fall bei den Lebensmitteln versuchen.
»*Buongiorno*, Giuseppe!« Mein Gruß geriet ein wenig zu laut, denn er schreckte zusammen, kam dann aber auf mich zu.

Kapitel 16

PHIL

»Fangen wir an?«, hatte Lella am Morgen nach unserem angenehm schweigsamen Frühstück gefragt. Sie machte dabei eine drollige Verbeugung vor dem Fenster über der Spüle, um den Berghang hochschauen zu können und ein Stück vom Himmel zu erhaschen.

»Vergessen wir es doch«, hätte ich am liebsten gerufen, »lassen wir alles so, rühren wir nicht daran. Setzen wir uns raus in die Sonne, stellen das Objektiv unserer Augen auf ›unendlich‹, auf die liegende Acht, schauen entspannt auf den Horizont des Wassers und denken an gar nichts.« Stattdessen murmelte ich »Gut« und beobachtete, wie Lella ihre dünne, auberginenfarbene Strickjacke über dem schwarzen Trägertop zurechtzupfte. Entweder sie hatte nichts anderes zum Anziehen dabei, oder sie trug immer elegante Sachen. Sie bewegte sich in ihrer schwarzen feinen Tuchhose mit den weiten Beinen so zwanglos wie in einer Jeans.

»Ich habe Matilde einen Kamillentee gemacht, da lagen noch ein paar Beutel im Schrank. Ich glaube allerdings kaum, dass sie ihn trinken wird. Eben war sie wach, wollte aber nichts essen, jetzt schläft sie wieder. In einer halben Stunde bin ich wieder da, ich beeile mich. Ich hoffe, sie wacht nicht auf«, ratterte Lella in einem Atemzug hinunter. Dann endlich holte sie Luft und setzte ein leises »Sie kennt dich ja kaum« hinzu, bevor sie das Zimmer verließ. Die Tür fiel ins Schloss.

Ich saß am Fußende von Matildes Bett und studierte ihr Gesicht. Die Form ihrer Stirn, die Augenbrauenbögen mit dem Knick am Ende des rechten, die kleine Nase, die blassen, etwas rissigen Lippen. Der Verband war zu einem Turban verrutscht, eine Haarsträhne stand wie eine Feder heraus. Matilde sah aus wie ein kleiner, schlafender Inder.

Ich könnte sie fotografieren, dachte ich. Doch vorher müsste ich Lella fragen, vielleicht hätte sie etwas dagegen.

Hätte Lella wirklich etwas dagegen? Brigida schon. So viel wusste ich. »Also, mir fehlt da irgendwas«, würde sie sagen. Immer fehlte ihr irgendwas, wenn sie Fotoarbeiten für ihre Galerie begutachtete. Ein Wunder, dass sie überhaupt etwas fand, was sich auszustellen lohnte. Das meiste auf dieser Welt war nicht außergewöhnlich und nicht spannend genug für Brigida, und Matildes Gesicht war ganz sicher nicht hinreichend interessant.

Ich wollte nicht über Brigida nachdenken, ich wollte einfach nur dasitzen. Die Stille füllte meine Ohren, erst angenehm, doch dann beschlich mich ein seltsames Gefühl: Santinella Bellone, genannt Lella, suchte in diesem Moment für mich die Vergangenheit von Brigida Vinci. Sie tat es, damit ich Brigida mit meinen Heiratsplänen überraschen konnte.

Heiraten, das klang so abgeschmackt, dass es Brigida gerade deshalb gefallen könnte. Sie tat gerne Sachen, die keinem ihrer abgedrehten Freunde einfallen würden, warum nicht auch heiraten? Ich war mir nicht sicher – sicher war bei Brigida nie etwas. Ich stand auf, ging zum Fenster und guckte in das Gewirr von Blättern, Knospen und hohen Gräsern.

Lella. Wo war sie jetzt wohl?

Ich sah ihren Körper vor mir, biegsam und ›anmutig‹, ein treffenderes als dieses antiquierte Wort fiel mir für sie nicht ein. Wie eine Tänzerin, die soeben die Bühne betritt, ging sie eine Straße entlang. Ihre Haut war so glatt, ich hatte mich beim Frühstücken beherrschen müssen, meine Augen nicht dauernd auf ihren Wangen und ihrem Hals ruhen zu lassen.

Ich setzte mich ans Fußende des Bettes. Die wenigen Sätze, mit denen Lella gestern ihr Leben beschrieben hatte, beschäftigten mein Hirn. Sie hatte ihren Bruder sehr geliebt, kein Wunder, Zwillinge hatten angeblich einen ganz besonderen Draht zueinander, das war bekannt. Warum hatte der Bruder sie vor die Tür gesetzt? Vielleicht hatte sie einen Freund mitgebracht, und der Bruder hatte etwas dagegen gehabt, dass der Freund mit ihr ins Bett ging? Bestimmt, das war doch in sizilianischen Familien so. Eifersucht wallte in mir hoch. Ich hätte auch etwas dagegen gehabt, ich durfte nicht darüber nachdenken. Lella sollte keine Männer haben, niemand sollte mit ihr ... Wie naiv von mir! Natürlich war sie keine Jungfrau mehr, sie war immerhin schon sechsundzwanzig. Selbst mit den allerstrengsten sizilianischen Eltern und Brüdern würde sie in diesem Alter einige körperliche Kontakte ... Körperliche Kontakte? Ich wollte sie ausziehen, sie am ganzen Körper küssen, mit ihr schlafen ...

Ich schaute auf und merkte, dass Matilde schon die ganze Zeit mein Gesicht beobachtete, mit einem Blick, als wäre ich *stupido!* Dumm, ich war dumm, *stupido*. *Stupido*, das Wort gefiel mir.

»Hallo! *Ciao!*«

Wie weiter? Was sagte man auf Italienisch zu einem Kind, das gerade aufwachte und einen wie ein trauriger Maharadscha anschaute?

»*Come stai?*« Wie geht es dir?, das passte. Ich zeigte an meinen Kopf und rieb ihn, als ob er wehtäte. Ohne das Gesicht zu verziehen, schloss Matilde ihre Augen, an ihrem Atem merkte ich, dass sie Sekunden später tatsächlich wieder eingeschlafen war. Das war auch eine Antwort.

Ich saß regungslos, vielleicht eine halbe Stunde, vielleicht auch länger. Das Zimmer beruhigte mich. An den weißen Wänden hing kein einziges Bild, auch der dunkle Kleiderschrank störte meine Gedanken nicht. Der Stuhl und die Nachttischchen hatten dieselbe Farbe wie die sechs rotbraunen Deckenbalken, die dunkelgelbe Tagesdecke war ordentlich über die Hälfte des Bettes gezogen. Alles war angenehm einfach.

Ich stand leise auf, ging auf die Veranda und stellte mich in die warme, salzige Luft. Hier war ich also, mit beiden Füßen auf Salina! Alles, auch das Vulkangestein und die Schreie der Möwe dort oben am Himmel, gehörte zu Brigidas Heimat! Doch in mir rührte sich nichts. Ich konnte mir Brigida als kleines Mädchen nicht vorstellen, ich hatte sogar Mühe, mich an ihr derzeitiges Gesicht zu erinnern. Ich suchte den Horizont ab. In welcher Richtung lag Düsseldorf? Ich hatte keine Orientierung, wusste nicht, wo Norden war, und auf einmal fühlte ich mich müde. Ich benötigte Ferien, ganz dringend. Ferien von der Angst, nicht amüsant genug zu sein, nicht dramatisch genug, nicht einzigartig ... Wie anstrengend mein Leben mit ihr war!

Wer war diese Frau in Deutschland?, fragte ich mich. Was glaubte ich denn, in ihrem Elternhaus, im Gesicht ihrer

Mutter und dem ihres Vaters zu finden? Sie würden ihr in einer bestimmten Art und Weise ähnlich sehen und gleichzeitig gar nichts mit ihr zu tun haben. Ich würde nicht verstehen, was sie sagten, geschweige denn, wer die Frau war, die ich heiraten wollte.

Ich ging in die Küche und kontrollierte mein Handy. Keine weiteren Nachrichten, außer der von heute Morgen, von 7.50 Uhr, in der stand, sie habe gleich eine wichtige Besprechung mit Classner und melde sich später. Das war einige Stunden her. Sie nahm an, dass ich durch Palermo lief und mir barocke Kirchen oder Normannenpaläste anschaute. Wenn ich das Handy jetzt ausschalten würde, wäre ich verschwunden. Mein Daumen kreiste über dem Aus-Knopf. Ich sah mich nackt in der blaugrünen See absinken, hinunter, immer tiefer durch das salzige Wasser bis zum Fuße der sechs Vulkane. Ich könnte abtauchen, für immer. Ich könnte sie ganz rücksichtslos verlassen. Brigida würde es zunächst nicht glauben, dann würde sie mich hassen. Sie würde ihren Hass recht schnell perfektionieren und mit aller Macht versuchen, meine beruflichen Kontakte zunichtezumachen. Zwischendurch würde sie sich von einem eigensinnigen Werbegenie trösten lassen. Trösten? Wer nicht trauert, muss auch nicht getröstet werden. Ablenken, ein Kreativer würde sie ablenken; Brigida liebte Kreative, und dieser Paul Taylor, der die Agentur neben der neuen Galerie führte, war einer von ihnen. Ihre flatternden Augenlider hatten es mir verraten, vor zwei Wochen, als sie den Mietvertrag unterschrieb.

Ich ließ das Handy an. Zur Strafe klingelte es sofort. Hoffentlich wachte Matilde nicht gerade jetzt auf und rief nach irgendwas. Wie sollte ich Brigida eine dünne Kleinmädchenstimme im Hintergrund erklären?

»Haus der Demut, Schwester Else«, raunte ich in den Hörer. Solche Sprüche hatte sie gern, das wusste ich. Aber Brigida hatte an diesem Morgen keinen Spaß an meiner Schwester Else.

»Nein, mit Signor Pappalardo habe ich noch nicht gesprochen«, stammelte ich, »er wollte ... okay, okay, ich rufe ihn an ... ja gleich ... ja sicher, mache ich sofort.«

Mit dem aufgeschlagenen Reiseführer in der Hand trat ich einen Schritt nach draußen unter das Dach aus rankendem Wein.

»Ich stehe hier nämlich gerade auf dem Monte Pellegrino«, rief ich lauter als beabsichtigt. Ich spürte eine Bewegung, und dann sah ich sie, sofort brach ich ab. Lella verzog keine Miene, sie zeigte stumm über den Abhang, raus auf die blaue See. Hier, beschreibe es ihr, sagte ihre Hand. Monte Pellegrino, sechshundertsechs Meter hoch, Pilgerweg, die Grotte der heiligen Rosalia, Palermo im goldenen Sonnenschein unter dir, in der wie eine Muschel geformten Ebene, die *Conca d'oro*, alles da, bitte schön! Rede davon, ich werde schweigen! Lella presste den Mund für wenige Sekunden zusammen, dann entspannten sich ihre Lippen wieder. Wir sahen uns in die Augen. Du Weichei!, sagten die ihren. Nur weil du nicht riechen kannst, musst du dich nicht wie ein unterwürfiger Hund benehmen.

Sie ging ins Haus, schloss leise die Tür hinter sich, und ich, der unterwürfige Hund, blieb mit Brigida allein, das erste Mal froh darüber, dass sie mich mit Horror-Nachrichten aus ihrem Arbeitsalltag versorgte und ich nichts außer »Nein! Na so was, wirklich?« erwidern musste. Ich schaute auf die geschlossene Tür und wäre am liebsten mit dem Kopf dagegen gelaufen. Und noch einmal. Und immer wieder.

Kapitel 17

PHIL

»Guten Tag, entschuldigen Sie die Störung, ich bin der Verlobte ...«, sagte ich auf Italienisch, bevor ich mich unterbrach. »Aber Brigida und ich sind doch gar nicht verlobt!«

»Doch, das musst du schon so sagen.«

Lella bestand darauf, ohne Verlobung keine Informationen.

»Gut, ich bin also der Verlobte von Brigida Vinci.« Ich schaute auf meinen Zettel und las den italienischen Text ab: »Sie hat hier jeden Sommer mit ihrem Vater, ihrer Mutter und der Schwester dieses Haus bewohnt, vor fünfzehn Jahren ungefähr.«

Moment mal. »Bist du sicher, dass es wirklich nur im Sommer war?«, unterbrach ich meine Sprachübungen erneut.

»Ja doch! Ich habe ziemlich bohren müssen, bis Giuseppe sich an die Familie Vinci erinnern konnte. Ruhige Leute von Sizilien, hat er gesagt. Haben hier angeblich jedes Jahr Urlaub gemacht. Das einzig Auffällige an ihnen war offenbar ihr Jaguar, dunkelgrün. Der hat den stärkeren Eindruck bei ihm hinterlassen. Damals waren fremde Autos auf der Insel noch einigermaßen selten, die Fährschiffe konnten nur drei bis vier Autos transportieren, ein Kran hob die Wagen an Deck.

Im Hafen von Rinella, im Süden der Insel, stand das Gegenstück, mit dem die Wagen wieder hinuntergehoben wurden. Bei der Entladung des Jaguars sah der ganze Ort zu!«

»Also war meine Brigida eine Sensation?«

»Nee, an Brigida konnte Giuseppe sich erst nach längerem Nachdenken entsinnen. Ich musste ihn geradezu zwingen, damit ihm einfiel, wer zu der Jaguar-Familie gehörte. Er sprach von zwei kleinen Mädchen, dazu noch eine zurückhaltende Frau, die wohl ihre Mutter war.«

»Vielleicht waren es doch nicht die richtigen Vincis, von einer Schwester hat Brigida nämlich nie erzählt.«

»Aber sie hat eine«, antwortete Lella trocken, so überzeugt war sie, auf der richtigen Spur zu sein.

Eine halbe Stunde später stand ich vor dem Haus, am anderen Ende von Malfa. Doch nun drängte mich kaum mehr etwas, die Veranda von der Seite zu betreten und an die blaue Eingangstür zu klopfen, deren Farbe offenbar auch noch für einen Holztisch gereicht hatte, der an der rostroten Mauer des Hauses lehnte.

Der Mann von Giuseppes Cousine hatte dieses Haus mehrere Jahre in den Sommermonaten an Brigidas Familie vermietet.

Lella hatte mit den Schultern gezuckt: »Mehr als die Vermieter kann ich dir leider nicht bieten.« Dann zuckte sie wieder mit den Schultern, als ob sie sagen wollte: »Die Suche ist damit wohl zu Ende.«

Euphorisch hatte ich »Ich werde sie umgehend besuchen!« gerufen, was ich nun bereute.

Haben Sie eventuell ein Foto von den Kindern Ihrer Gäste? Darf ich sehen, wo sie geschlafen haben? Wissen Sie, wo die Familie heute wohnt?

Lella hatte ihren Mund, so weit es ihr möglich war, nach rechts verzogen, die Sätze dann aber für mich stillschweigend aufgeschrieben.

Ich stand lange unter dem Baum, der die Front des Hauses fast ganz verdeckte, bevor ich die Stufen zur Veranda hochstieg. Pergola, Bank, bunte Kacheln, es sah genau so aus wie bei uns. Auch der Ausblick von hier war der gleiche, auf dieselben Inseln, deren Namen ich stets im Reiseführer nachschlagen musste, weil sie mir dauernd entfielen. Irgendwas mit »cudi«?

Ein paar Minuten verharrte ich so, die Tür blieb geschlossen. Keine meiner Fragen schienen mir jetzt noch vernünftig, ich fühlte mich wie ein Eindringling. Was für einen Anspruch konnte ich erheben, durch das Haus zu gehen, um zu sehen, in welchem Zimmer und in welchem Bett Brigida geschlafen hatte? War es denn ausschlaggebend, wo sie ihre Kindheit verbracht hatte?

Ich dachte an die Frageliste in meiner Hosentasche. Allein schon der Gedanke, sie hervorzuholen, wäre lächerlich. Geräuschlos schlich ich von der Veranda, befreit, aber gleichzeitig auch enttäuscht von mir. Ich schaffte es nicht einmal, die Vermieter von Brigidas Eltern kennenzulernen.

Vergeblich versuchte ich, den vertrockneten Beeren unter dem Baum auszuweichen, die den grauen Betonboden während unzähliger Sommer mit ihren dunklen Flecken verziert hatten. Und mit einem Mal erinnerte ich mich! Es *musste* das richtige Haus sein: Von diesem Baum hatte Brigida mir erzählt. Wie sie in ihm geklettert war und wie gruselig die Beeren ihre Zähne verfärbt hatten. Das waren die berühmten Maulbeeren, die in Deutschland nicht zu bekommen waren!

Mit einem Mal wurde ich ganz aufgeregt. Der Anblick eines Baums erhöhte doch tatsächlich meine Pulsfrequenz. Ich lachte innerlich bei dieser Vorstellung, und nun wusste ich wieder, warum ich hier war. Vor mir hing ein großer Ast herunter, schon zog ich an ihm, bog ihn und hielt ihn kurz darauf in den Händen. Ich schaute mich um, nichts rührte sich, die Tür blieb geschlossen. Zufrieden schulterte ich den Ast und marschierte die abfallenden Straßen hinab durch Malfa, während die Sonne mir auf die Schultern schien und die hellgrünen Blätter im Takt an meinem Ohr raschelten. An einem Obstkarren kaufte ich vier Orangen und, weil sie so anders aussahen als in Deutschland, auch vier enorm dicke Zitronen. Eine Knoblauchknolle und eine große Papiertüte voller Tomaten nahm ich auch noch mit, zwei Auberginen wegen der lila Farbe und makellose Erdbeeren, die *troppo dolce* schmecken sollten. Der Verkäufer küsste sich die tabakbraunen, verhornten Fingerspitzen, während er das sagte.

Fast wäre ich an einem kleinen Supermarkt vorbeigegangen. Ich lehnte den Ast wie einen Besen an die Hauswand und trat ein. Der Verkaufsraum war dunkel, die Regale mit unausgepackten Kisten verstellt. Ganz hinten entdeckte ich einen schwach erleuchteten Verkaufstresen voller Käselaibe und steuerte darauf zu. Ich ließ mir von dem Mann hinter der Theke die Namen nennen und von jeder Sorte, deren Namen kräftig genug klang, eine große Ecke geben. *Pecorino, Provolone, Cacciocavallo.* Katscho-kavallo! Und *Scamorza*, eine bräunliche Kugel mit einem runden Kopf als Auswuchs, die eine Schnur um den Hals trug. *Scamorza* klang äußerst scharf und würzig in meinen Ohren, den wollte ich unbedingt probieren. Ich zeigte auf eine monströse Mortadella-Wurst, ließ mir zehn hauchdünne Scheiben mit einer surrenden Kreissäge davon abschneiden, dazu zwei Lagen rohen Schinken. Mit einer Tüte voller Päckchen trat ich wieder aus der Tür.

Auf der Schwelle drehte ich noch einmal um. Eine Flasche Rotwein, zwei Päckchen Spaghetti, ein langes Weißbrot und ein Überraschungsei für Matilde, nein, drei Eier, eins für jeden für uns, kamen noch dazu. Und Tee! Matilde brauchte womöglich kein Schokoladenei, sondern gesunde Getränke. Wenn ich früher krank war, hatte meine Mutter mir immer Pfefferminztee gemacht. Ich lief die dunklen Gänge noch einmal ab, fand aber nur eine einzelne Packung in den Regalen, auf der »*tè star*« stand. Ich legte den »*tè star*« zu den anderen Sachen auf das Brett an der Kasse.

»*Bella Salina?!*«, fragte mich der Mann, als er zum zweiten Mal kassierte.

»*Bellissima!*«, antwortete ich ihm und freute mich, dass ich dabei kaum hatte überlegen müssen.

Lella hatte es sich auf dem Rattansessel im gefleckten Schatten der Weinranken bequem gemacht und hielt eines ihrer dicken Bücher in den Händen. Den Titel konnte ich nicht erkennen, aber ganz sicher etwas Italienisches. Die Hosenbeine ihrer schwarzen Hose waren ein kleines Stück hochgezogen, die Sonne erhaschte nur ihre schmalen Fesseln und die gepflegten Füße, mit den farblos lackierten Zehennägeln. Auf dem Boden neben ihr stand ein leeres Glas. Ihre Brüste waren unter dem leichten Oberteil gut zu erkennen, sie trug keinen BH, und wenn doch, dann ... Ich hatte keine Zeit mehr, weiter darüber nachzudenken, denn ich hatte schon zu lange gestarrt.

»Ich habe gar nicht erst angeklopft«, rief ich, als Lella

aufschaute, dann fiel mir Matilde ein, und ich senkte meine Stimme. »Was soll ich bei diesen Vermietern? Bei denen hat Brigida doch nur in der Ferienzeit gewohnt. Ich fand es unhöflich zu stören. Wahrscheinlich habe ich es auch falsch verstanden. Vielleicht hat Brigida einfach nur vergessen, alles zu erzählen.«

Lella verzog ihren Mund wieder zu der seitlichen Schnute, wie immer, wenn sie verbergen wollte, dass ihr etwas nicht gefiel.

»Schöner Ast«, sagte sie leise.

Schnell griff ich nach meinen Tüten und fragte: »Wie geht es Matilde? Ich habe neuen Tee gekauft. Wer weiß, wie lange die Beutel in der Küche schon im Schrank lagen.«

»Giuseppe hat den Arzt hergebracht, den Richtigen ... Er sagt, wir haben Glück gehabt. Sie hätte sterben können! Matilde soll das Antibiotikum sieben Tage lang nehmen. Wir müssen ihr genug zu trinken geben und sie möglichst viel schlafen lassen. Er hat mir sogar ein Fieberthermometer gebracht.«

Ich nickte. »Gut, dass ein anderer Arzt gekommen ist.«

Das hörte sich dumm an, doch ich riskierte es, ihr in die Augen zu blicken und konnte darin ablesen, dass sie meinen unbeholfenen Satz richtig verstanden hatte. Wir schauten uns an, und nach ein paar wundervoll langen Sekunden sagte sie: »Es war fürchterlich, wie die da mit der Schere hantiert hat. Danke, dass du dabei warst!«

»Ach ...« Um ihrem Blick zu entkommen, ging ich rasch in Lellas Küche und packte aus, aber sie folgte mir.

»Du hast Orangen mitgebracht! Tomaten und Auberginen!« Sie freute sich so sehr, dass ich nur noch verlegen in die braunen Papiertüten hineinbrummen konnte.

»Erdbeeren«, flüsterte sie begeistert. »Die sehen wunderbar aus ... Sogar an Brot hast du gedacht.«

»Das ist doch normal.«

Als ich ihr das Überraschungsei gab, wurde sie ein bisschen rot.

»Für mich?!«

»Nur damit du dich nicht an dem von Matilde vergreifst.«

Sie strahlte. »Guck, die sind hier anders als in Deutschland.«

Wir trennten die Plastikhälften der Eier sofort am Tisch. Auf der einen Hälfte klebte ein Spatel, mit dem man die weiche Nougatmasse auslöffeln konnte. In der anderen klapperte die Überraschung unter einer Folie.

»Entsetzlich, nichts außer süß, oder?«, fragte ich.

Sie schüttelte lachend den Kopf. »Köstlich!«

»Nach was schmeckt es denn noch?«

»Tja ...«

»Nur zu, ich kann das vertragen.«

»Nach Nuss und Kakao und Schokolade und ein bisschen wie die Nutellabrote, die Signora Baldini, unsere Nachbarin, früher manchmal für uns geschmiert hat, mit viel Butter drunter.«

So viel Geschmack in diesem braunen Klecks? Ich schloss die Augen und bildete mir ein, ich kostete gerade Lellas nachbarschaftliche Nutellabrote.

»Was ist bei dir drin?«

Sie tauschte ihren violetten Dinosaurier mit meinem rollenden Grammophon, auf dessen Schallplatte ein blinder Maulwurf surfte. Ich hätte alles getauscht, nur um etwas in den Fingern zu haben, das ihr gehörte. Ihr Mobiltelefon gab ein melodisches »Pling-dinge-ding!« von sich. Sie schaute kurz drauf.

»Der schon wieder!«

»Ist das etwa immer derselbe Verehrer? Er scheint dich nicht wirklich zu beglücken, jedes Mal bekommst du ein ganz angespanntes Gesicht ...« Ich lachte, aber die Eifersucht belegte meine Stimme, als ob ich heiser wäre. Ich sollte einfach den Mund halten und rausgehen, beschloss ich und wandte mich zur Tür.

»Das ist kein Verehrer! Als es ausnahmsweise mal um mein Leben ging, wollte er nichts davon wissen. Leonardo auch nicht. Er hat mich kurz darauf rausgeschmissen.« Ihre Fassungslosigkeit darüber war bis in den hintersten Winkel der Küche zu hören.

»Aber egal.« Sie winkte ab. »Ich hab's schon fast vergessen, nicht so wichtig.«

Ich brauchte sie nicht anzusehen, um zu wissen, dass es immer noch sehr wichtig für sie war. Sie klaubte zwei Erdbeeren aus der Tüte, schaute kurz zu Matilde ins Zimmer hinein und kehrte auf die Veranda in ihren Sessel zurück.

»Die muss man erst waschen«, rief ich hinter ihr her. Ich hielt die Früchte unter den Wasserhahn der Spüle, häufte sie in einer gelb glasierten Schüssel zu einer Pyramide und stellte sie neben Lella auf den Boden. Dann setzte ich mich in den zweiten Sessel, der einige Meter entfernt neben der Tür zu meinem Appartement stand. Er war erstaunlich bequem. Ich streckte die Beine aus. Wir schwiegen. Sie las nicht, sondern schaute auf das Meer.

Schließlich fragte sie: »Und wozu der Ast?«

Ach ja, der Ast. »Dieser Ast stammt von dem Maulbeerbaum, der vor Brigidas Haus gestanden hat. Das heißt, der

Baum steht da natürlich immer noch. Ich will ihn ihr schicken.«

»Warum?«, fragte sie.

»Warum, warum? Weil es sie freuen wird, ein Stück von *ihrem* Baum zu bekommen! Auf den sie geklettert ist, in dem sie sich versteckt und kiloweise Maulbeeren gegessen hat.«

»Wie willst du das machen?«

»Na, ich werde ihn irgendwie verpacken, das bekomme ich schon hin. Es ist mir ganz gleich, was es kostet.« Lella nickte und sagte nichts.

Wir verbrachten den Nachmittag auf der Terrasse. Zunächst lasen wir beide, aber dann ertappte ich mich immer öfter dabei, dass ich meinen Reiseführer sinken ließ, um einfach nur aufs Meer zu schauen und Lella beim Lesen und Erdbeeressen zuzuhören. Sie las schnell, die Seiten raschelten immer wieder. Ab und zu angelte sie nach einer Erdbeere und ließ den grünen Blättchenkranz in das Glas neben sich fallen. Wir kochten Tee für Matilde, den sie aber, wie Lella vorausgesagt hatte, nicht trinken wollte.

Später röstete Lella einige Knoblauchzehen und einen Zweig Rosmarin aus dem Garten in Öl und schwenkte die Spaghetti darin. Wir rieben reichlich Parmesan darüber und aßen aus schüsselartigen Tellern direkt in unseren Liegestühlen. Die Sonne ging früh unter, gegen acht Uhr war es auf einmal pechschwarze Nacht. Während Lella die Teller in die Küche brachte, rückte ich meinen Rattansessel schnell näher an ihren heran. Sie schaltete von innen das Terrassenlicht an, sagte aber nichts zu meiner Annäherung, die das Licht der milchigen Glaskugel über der Tür unbarmherzig offenbarte. Wortlos kehrte sie sogleich in die Küche zurück, um die Lampe wieder zu löschen und Kerzen zu holen. Wir tranken die halbe Flasche Rotwein vom vergangenen Abend und eine Hälfte der Flasche, die ich mitgebracht hatte. Alle halbe Stunde ging Lella hinein, ich folgte ihr, verharrte am Türrahmen und sah zu, wie sie Matilde das Thermometer unter den Arm klemmte und ihre Stirn befühlte. Erleichtert kehrten wir danach in unsere Stühle zurück. 38,6 C°, das war Fieber, aber kein hohes mehr.

»Rosen«, sagte Lella mit einem Mal leise, als ob sie zu niemandem sonst sprechen würde. »Einfach nur weiße Rosen. Darüber würde ich mich freuen.«

Ich tat, als hätte ich die Anspielung auf meinen Maulbeeren-Ast nicht gehört, und stieg in den dunklen Garten hinab. Nach drei Gläsern Wein hatte ich das dringende Verlangen, die schwarzen Lavasteine in den Händen zu halten. Die Steine waren porös und schwerer, als sie aussahen. Am Himmel waren die ersten Sterne zu sehen, scharf und klar, viel näher als in Deutschland. Hinter dem Haus wartete massig und unsichtbar der Berghang, den ich morgen besteigen würde. Eine wohlige Müdigkeit sackte von den Schultern in meine Beine und durchzog meinen ganzen Körper. Ich war müde von allem: vom Essen, vom Schauen, von der feuchten, salzigen Luft. Vielleicht würde ich den Berg auch nicht besteigen, ich war hier niemandem Rechenschaft schuldig.

Lella hatte die Kerzen gelöscht, oder möglicherweise hatte sie auch ein Windstoß ausgeblasen. Ich tastete mich die Stufen zur Veranda hoch, konnte Lellas Gesicht aber nicht sehen. Ihre Stimme kam aus dem Liegestuhl, losgelöst, als ob sie nicht zu ihr gehörte:

»Im Flugzeug dachte ich, du wärst mein Bruder, ganz kurz

nur. Aber für diese Sekunde wollte ich mir einbilden, er sei wieder da. Obwohl ich nur deine Hände sehen konnte und die Fototasche natürlich.«

Ich befühlte meine Hände, ich mochte sie, sie waren schon immer groß gewesen.

»Sag mir«, ihre Stimme wurde lauter, »wann ist man glücklich? Bist du glücklich?« Sie erwartete offenbar keine Antwort. »Leonardo war immer glücklich. Er kam überall auf der Welt zurecht. Grazia nie. Seitdem Matilde bei mir ist, muss ich ständig an Grazia denken, an ihre Entscheidung, die sie irgendwann ganz allein für sich in der Anstalt getroffen hat. Ihre Verzweiflung muss so unglaublich groß gewesen sein, sie starb lieber freiwillig, als ... als hier unten bei uns zu sein, bei ihrem Kind! *Dio*, bedeutete das denn wirklich so wenig für sie?«

Weinte sie?

»Sie hat sich umgebracht«, flüsterte sie, »sie hat ihr Leben einfach weggeschmissen. Was soll ich Matilde denn eines Tages sagen?«

Jetzt weinte sie. Ich stand ganz still und wartete auf ihre nächsten Worte.

Lella putzte sich die Nase. »Ich werde mich mein Leben lang dafür schämen, aber ich konnte nichts mit ihr anfangen. Ich glaube, ich war wirklich rücksichtslos damals. Ich war ja andauernd bei ihnen. Dann gackerte ich mit Leonardo herum, wir setzten unsere Kinder-Kampfspiele von früher fort, redeten Deutsch und zogen uns mit den alten Sprüchen auf, mit denen sie nichts anfangen konnte. Es ging mir nur um mein eigenes Glück, aber bitte mit meinem Bruder neben mir!« Sie stieß einen kleinen, verächtlichen Lacher aus. »Ich hing dauernd an seinem Hals, umarmte ihn ... Stell dir das mal vor, du liebst ... also, das wäre so, als ob deine Schwester dauernd hier herumsäße ... also ...«, sie errötete, »natürlich nicht bei uns. Also am Hals von der, die du liebst, hinge ... nee, anders herum, der Bruder deiner Freundin ... *Dio*, du weißt schon, wie ich das meine.«

Natürlich wusste ich, wie sie das meinte, trotzdem hatte ich Mühe, nicht zu grinsen.

»Wie konnte ich nur so egoistisch sein? Nie waren die beiden wirklich allein. Das fällt mir drei Jahre später erst auf. Das hat vielleicht etwas mit diesem Haus hier zu tun.«

Sie putzte sich noch einmal geräuschvoll die Nase, während ich mich in meinen Liegestuhl setzte, ohne ihre Gestalt aus den Augen zu lassen. Weich leuchtete ihr helles Gesicht jetzt in der Dunkelheit.

»Ich war so besitzergreifend. Ich versuchte in Leonardos Augen abzulesen, was er in ihr sah, wenn er sie anschaute. Ich war irgendwie eifersüchtig. Ich stellte mir vor, was sie miteinander machten, also im Bett oder so ...«

Ihre Verlegenheit gefiel mir. Brigida benutzte gerne derbe Worte. Sie schlug mir mit Freude »ficken«, »Schwanz« und »Möse« wie nasse Wischlappen um die Ohren.

Bitte, benenn' die Dinge auch weiterhin nicht beim Namen, bat ich Lella wortlos.

»Nicht, dass es mir gelungen wäre. Ich kann mir komischerweise niemanden wirklich dabei vorstellen.« Ich nickte, das ging mir ganz genauso. Obwohl, ich mit ihr? Da funktionierte es recht gut.

»Ich hoffte sogar, sie möge niemals schwanger von ihm werden, so ein Biest war ich!«

Ich stellte mir Lella schwanger vor, von mir natürlich, von wem denn sonst.

»Aber ich hatte umsonst gehofft. Pünktlich, zehn Monate nach der Hochzeit, wurde Matilde geboren. Die Geburt zog sich über Stunden hin. Wir warteten draußen. Grazia hatte Leonardo nicht dabeihaben wollen. Er hatte solche Angst um sie! Er zitterte und schwitzte, sodass ich schließlich anfing, für sie zu beten, um es abzukürzen, um ihn nicht leiden sehen zu müssen. Aber alles war in Ordnung, es hatte einfach nur lange gedauert.« Sie zuckte mit den Schultern und fuhr gleich darauf fort: »Dann, als Grazia nach vielen Stunden endlich ihr Baby im Arm hielt, war sie noch nicht mal glücklich. Ich sehe sie an diesem Nachmittag noch vor mir: Ihre Familie ist an ihrem Bett im Krankenhaus versammelt, um gute Wünsche zu überbringen. Sie ignorieren Leonardo und mich, so gut es geht, sie reden mit kaum gedämpfter Stimme über Palermos Straßenverkehr und zanken über die Zusammensetzung des Essens, das sie ihr von zu Hause mitgebracht haben. Überall liegen rosa überzogene Zuckermandeln in Körbchen herum, und dann wird noch eine alte Tante hereingeführt, die das Kind unbedingt nackt sehen und ihm ein weiteres Glückshemdchen anziehen will, obwohl es schon eines trägt.«

»Glückshemdchen?«, unterbrach ich Lella.

»Ein Glückshemdchen sieht aus wie eine kleine Schürze ohne Knöpfe. Es ist aus Seide, wird hinten mit einer Schleife geschlossen und muss dem Kind als Erstes im Leben angezogen werden. Und zwar direkt auf die nackte Haut, damit es, genau wie die Zuckermandeln, *fortuna*, Glück, bringen kann. Der Tante gelang es dann aber noch, der kleinen Matilde in einem unbeobachteten Augenblick ein Heiligenbildchen ans Hemdchen zu stecken, als Schutz gegen alles Böse. Mit einer enormen Nadel, keiner Sicherheitsnadel.

Ganz nah am Herzen. Was für ein Geschrei, als sie es entdeckten!«

Lella drehte ihr Weinglas in den Händen. »Grazia kam mit ihrem Baby nach Hause. Dort waren wir endlich alleine, niemand von ihrer Familie, nur Leonardo und ich. Aber sie guckte Matilde kaum an, sondern fing ständig an zu weinen. Sie weinte über alles: weil sie keine bequeme Position beim Stillen finden konnte, weil keine Makkaroni, sondern nur *tagliatelle* im Haus waren, und weil sie von Paprika plötzlich Blähungen bekam. Sie weinte beim Anblick ihrer Malsachen, das konnte ich ja noch verstehen – ihre Bilder waren fürchterlich –, aber auch ohne Grund. Sie konnte einfach nicht verhindern, dass ihre Tränen immer wieder auf Matildes Gesicht herabtropften. Oder aber sie lag stumm und kraftlos, wie eine ausgepresste Zitronenhälfte, im Bett.«

Lella hielt mir ihr leeres Glas hin. Viel zu laut plätscherte der Wein ins Glas, sie trank zwei große Schlucke.

»Matilde wuchs schnell und bekam dicke Arme und Beinchen. Ich habe Grazia ständig das Kind abgenommen, habe ihr bei allem geholfen. Das dachte ich zumindest.« Sie zuckte mit den Schultern.

»Lella?«

»Ja?«

»Ich finde, du machst das sehr gut mit Matilde. Sie vertraut dir. Kinder merken, ob man sie liebt, auch wenn man ihnen das nicht dauernd sagt.«

Sie räumte die Gläser und Flaschen zusammen und schaute mich nicht an, als sie sagte: »Ich glaube, ich habe zu viel getrunken, lass uns schlafen gehen!«

»Als ich heute vor dem Haus der Vermieter stand, weißt du, warum ich da nicht hineingegangen bin?«

Sie blickte hoch. »Du wolltest nicht stören.«

»Nein, ich wusste nicht mehr, wozu. Ich kenne diese Frau überhaupt nicht, habe ich gedacht.« Die Wahrheit hörte sich plötzlich so leicht und natürlich an.

Wir gingen schlafen, jeder hinter seiner Tür.

Ich löschte das Licht, zog Laken und Wolldecke bis unters Kinn und starrte in die Dunkelheit. Eine wohltuende Ruhe erfüllte mich.

Brigidas Eltern lebten nicht auf der Insel? Und wenn schon, ich würde woanders nach ihnen suchen. Morgen, übermorgen, irgendwann. Die Villa, mein Auftrag und Signor Pappalardo stellten auch kein Problem dar. Ich konnte morgen Abend in aller Ruhe den letzten Zug zurück nach Palermo nehmen. Erleichtert über die Auszeit, die das für den morgigen Tag bedeutete, schlief ich ein. Ich schlief so tief und fest wie lange nicht mehr, bis mich das Klingeln meines Handys weckte. Es war stockdunkel, und es dauerte einen Moment, bis ich wusste, wo ich war.

»*Buona sera!*« Signor Pappalardo entschuldigte sich, dass es schon so spät sei, aber »*it is sucesso una cosa, somebody steal de german his auto-mobil, in Puglia. Dey steal direkteli under his seat away.*«

Sein Englisch war bizarr, dennoch verstand ich, dass dem deutschen Villenbesitzer in Apulien sein Auto abhandengekommen war.

»*My friend*«, sagte er, dann wechselte er wieder ins Italienische. Ich konzentrierte mich auf seine Worte, irgendetwas mit der Villa, *aspettare, aspettare*, warten, und ob ich Zeit hätte?

Si, natürlich hatte ich Zeit.

»*Bene! I call you.*« Schon hatte er aufgelegt.

Bene, ein paar Tage länger auf Salina! Brigida würde anfangen, mich zu vermissen, und morgen könnte ich vielleicht einen Motorroller leihen. *Bene*. Ich schaltete das Telefon und meine Gedanken an Brigida aus und war sofort wieder eingeschlafen.

Kapitel 18

LELLA

Am nächsten Morgen saß ich vor meiner halb leeren Kaffeetasse und hielt mir einen kleinen, nervösen Vortrag: »*Allora*, wir haben Auberginen, Tomaten und Pecorino. Basilikum wächst neben dem Rosmarin unten im Garten, habe ich gesehen, das ergibt die allerbeste *pasta alla norma*.« Es wirkte nicht. Ich stieß die Luft in einem großen Schwall aus. »Vielleicht bin ich schon als Kindesentführerin in allen Nachrichten. Eigentlich sollte ich sofort losrennen und in die Zeitung schauen. Ich müsste fernsehen, alle Programme durch und so weiter. Doch ich stehe hier und tue so, als ob ich mir Gedanken um das Abendessen mache. Unglaublich!«

»Ich kann dir nur den Roller anbieten«, sagte Phil ruhig und knotete den Bindfaden noch fester.

»Aber ich kann doch Matilde nicht alleine lassen.« Meine Stimme schnappte über, und Phil guckte erstaunt auf.

»Tut mir leid«, entschuldigte ich mich. »Ich bin wie gelähmt und zugleich ganz hibbelig. Ich habe das Gefühl, ich muss diesmal unbedingt alles richtig machen, um Matilde hier heil herauszubekommen. Und gleichzeitig fühle ich mich machtlos. Immer, wenn ich bisher versucht habe, alles richtig zu machen, ging es total schief.«

»Dann fahre *ich* eben«, sagte Phil leichthin. Er hatte einen Brocken Lavagestein zu einem handlichen Paket verpackt und begutachtete nun den bereits etwas welken Ast des Maulbeerbaums. Vermutlich plante er, ihn per Express-Zustellung hinterherzuschicken.

»Ich werde alle italienischen Zeitungen, die zu bekommen sind, mitbringen und stelle mich in eine Bar mit Fernseher. Falls Matilde in den Nachrichten ist, bekomme ich das schon mit. Ich wollte ohnehin noch mal zu dem Laden, wo es das Packpapier gibt, und zur Post muss ich auch.«

Ich hörte nebenan Türen zuklappen, kurz darauf das Gittertörchen der Terrasse und dann den Roller, der sich knatternd entfernte. Die Stunden vergingen.

»Was soll ich dir malen«, fragte ich Matilde, »was wünschst du dir?«

»Hübsche Sachen, nur für Mädchen«, sagte sie leise.

Also malte ich Pferde, Prinzessinnen, Balletttänzerinnen mit starren Tutus und Märchenschlösser. Wir ließen Bandito über die Decke stolpern und verbanden ihm seinen Bärenkopf. Ich gab ihr pünktlich den Antibiotikasaft mit Bananengeschmack und las ihr vor. Zwischendurch schlief sie immer mal wieder ein, dann wusch ich ihre völlig durchgeschwitzte Unterwäsche und ihre Nachthemden aus, hängte sie in den warmen Wind auf die Leine und bereitete summend das Abendessen vor. Ich schnitt die Auberginen in dicke Scheiben, bestreute sie mit reichlich Salz und ließ sie Wasser ziehen, um ihnen die Bitterkeit zu nehmen. Minutenlang stand ich dann wieder an Matildes Bett und schaute ihrem kleinen Körper beim Schlafen zu.

Irgendwann ertönte draußen das Geknatter des Rollers, Phil kam zurück.

»Nichts!«, rief er mir schon von unten aus dem Garten entgegen. Ich atmete tief durch, immer noch keine Suchmeldungen nach Matilde! Phil brachte Obst, frisches Brot und hellgrüne Fenchelknollen mit, legte mir dann die drei Tageszeitungen auf den Tisch und blätterte sie vor mir zum Beweis durch. »*La Sicilia, Giornale di Sicilia, Salina Oggi.* Wirklich nichts. Und auch kein Bericht in den Fernsehnachrichten.« Wir nickten uns schweigend zu.

An diesem Abend saßen wir auf der Veranda, aßen *pasta alla norma* mit frischem Basilikum und tranken eine Flasche Pinot Grigio dazu. Phil schwärmte von Rinella, einem kleinen Ort auf der anderen Seite der Insel, und der süß-sauren *caponata*, die er dort in einer Trattoria gegessen hatte.

»Ist es in Ordnung, wenn ich mir für morgen etwas zu essen wünsche?«

»Natürlich.«

»Kannst du diese *caponata* zubereiten?«

»Ich denke doch.«

»Ich helfe dir auch, das ist nämlich endlich mal etwas, was ich schmecken kann. Ich würde gerne lernen, wie man das hinbekommt.«

Danach lehnten wir uns in unseren Rattansesseln zurück und schauten zwischen den Säulen hindurch auf das diesige Meer. Wir nippten an unseren Weingläsern, hörten den Grillen und dem Wind zu und schwiegen miteinander. Irgendetwas in meinem Inneren schien ganz langsam aufzuatmen. Nun suchte ich nicht einmal mehr nach Sätzen, die es wert waren, unser Schweigen zu brechen. Ich genoss die stehen gebliebene Zeit und fühlte, dass es Phil genauso ging.

Der folgende Tag verging ähnlich wie der zweite, die Stunden krochen dahin, doch für mich hätten sie ruhig noch langsamer vergehen können. Phil holte morgens Brot, wir frühstückten in meiner Küche, dann fuhr er mit dem Roller auf Erkundungsfahrt. Ich spielte mit Matilde, las ihr vor und rieb sie von oben bis unten mit einem warmen Waschlappen vorsichtig ab. Ab und zu versuchte ich, sie zum Essen zu bewegen, oder lag neben ihr, hielt ihre Hand und las.

Nach Phils Rückkehr erzählte er mir von seinen Entdeckungen. »Ich bin heute nach Pollara gefahren. Das Dorf liegt in einer Senke, im Reiseführer steht, es sei ein in sich zusammengefallener Vulkan. Zum Strand geht es eine bewachsene Schlucht hinunter. Da gab es Risse im Boden, sogar ziemlich tiefe, als ob die Erde dort bald auseinanderbrechen wird. Der Abstieg ist steil, einmal bin ich fast abgerutscht. Der Strand ist mit einem Gitter abgesperrt, hinter dem es auch noch mal recht tief hinuntergeht, aber von unten hat man einen atemberaubenden Blick, die Felsen hinauf. Das Wasser ist eiskalt, doch dafür gibt es noch keine Feuerquallen, wie manchmal im Sommer, hat mir ein Engländer erzählt. Danach fuhr ich weiter bis nach Lingua, dort kann man noch die alten Becken der Salzgewinnung sehen. Es gibt einen alten Typ, der führt ein kleines Museum, er hat ein unglaublich faszinierendes Gesicht. Und direkt um die Ecke, bei Alfredo und seinen Söhnen, gibt es die beste *granita* der Insel.«

»Wer sagt das? Alfredo und seine Söhne?«

»Nein, dort hängen Unmengen von Zeitungsausschnitten, auch auf Deutsch, die habe ich mir durchgelesen.«

Mit neugierigem Blick probierte er von meiner *caponata*,

um sich dann mit zufriedenem Grinsen eine große Portion auf seinen Teller zu häufen.

Am Nachmittag nahm Phil wieder seine Fototasche und meinen Einkaufszettel für das Abendessen und brach erneut auf, gegen sieben kehrte er zurück. Ich gab Olivenöl in eine Auflaufform, legte Thunfischscheiben hinein und bestrich sie mit einer Paste aus Tomatenwürfeln, gehackten Oliven und Kapern, Semmelbrösel, Salz und Pfeffer. Dann gab ich noch ein bisschen Öl darüber und ließ den Fisch im Backofen garen.

Tief vergrub sich Phil in seinem Lehnstuhl. Er aß langsam, und einmal bemerkte ich beim Rübergucken, dass seine Augen geschlossen waren. Er flüsterte: »Beschreib mir bitte, was du schmeckst.«

Ach du liebe Zeit, wie beschrieb man einem, der nichts roch und gerade mal die vier Geschmäcker auseinanderhalten konnte, wie etwas schmeckt? Nach Fisch. Wie einfallslos. Irgendwie salzig? Nichts schmeckt ausschließlich salzig.

»Es schmeckt nach den grünbraunen Algen, die sich im Winter am Strand um die Füße schlingen, und auch wie das fruchtige Grün der Oliven und das bittere Grün der Kapern. Es schmeckt nach dunklem Meeresrauschen und fischig wie der Wind in den Häfen und ... und irgendwie schmeckt man auch die Tomaten, aber dafür fallen mir jetzt keine anderen Worte ein.«

»Ja«, sagte er, »die Tomaten machen mich auch immer sprachlos.«

Kurze Zeit später standen wir am Küchentisch und wischten abwechselnd die Auflaufform mit dicken Weißbrotstücken aus.

»Ich habe noch nie etwas so Fantastisches probiert«, sagte Phil. »Können wir das Morgen noch mal essen? Ich liebe nämlich Wiederholungen.«

Der vierte Tag. Wieder die Morgensonne und der Geruch des Kaffees in meiner Küche. Wieder Phil, der an meine Tür klopfte und nach dem Frühstück erneut für ein paar Stunden verschwand, jedoch zuverlässig um die Mittagszeit zurückkehrte und wiederum höchst zufrieden seine *caponata* aß. Er war wirklich ganz versessen auf die süß-sauer eingelegten Zwiebeln, den Staudensellerie, die Auberginen, Oliven und Tomaten.

Sogar Matilde aß drei Gabeln Spaghetti ohne alles und schlief danach zwei Stunden, in denen ich neben ihr auf dem Bett lag und meinen Roman von Margaret Mazzantini beendete. Ich wollte mir gerade den nächsten Roman vornehmen, als ich Mammas kleine Bibel zwischen den anderen Büchern in der Tasche entdeckte. Vorsichtig nahm ich sie heraus. Der Buchrücken hatte sich fast völlig gelöst, ein Stück grobmaschiges Gewebe hing herab. Ich sah mir die Stelle genauer an, vielleicht gelang es mir, alles wieder zusammenzukleben. Der vordere Buchdeckel schien dicker als der hintere zu sein, auch er war ein wenig aufgetrennt. Meine Finger schoben sich zwischen den schwarzen Schutzumschlag und die Pappe. Gleich würde er noch mehr einreißen, und ich hätte es geschafft, die Bibel meiner Mutter weiter zu zerstören. Plötzlich lösten sich Pappe und Umschlag voneinander, der Einband sprang auf und vor mir lag, geschützt im doppelten Boden der Bibelhülle, ein zusammengefalteter Bogen Papier. Ich klappte den Deckel zu und wieder auf, man sah die Verbindungsstelle kaum, ich hatte ein Geheimfach entdeckt! Eilig faltete ich den Bogen auseinander. Er war dicht beschrieben, die Buchstaben waren mit blauer Tinte auf das Papier gemalt, satte Striche, und das M von ›Maria‹ trug einen verspielten Schnörkel:

Maria, amore della mia vita, luce dei miei occhi ... senso di ogni mio gesto ... anima mia ...

Mamma!, dachte ich, oder hatte ich es etwa laut gesagt? Ich hielt einen Brief an meine Mutter in den Händen! Einen echten Liebesbrief, der Anfang war zumindest sehr verheißungsvoll. Schnell schaute ich, von wem er unterschrieben war. *Tuo Finú.* Ich begann noch einmal von vorn:

Maria, Liebe meines Lebens, Licht meiner Augen, Sinn all meines Tuns, meine Seele! Ich bin gerade aus einem Albtraum erwacht. Ich habe geträumt, dass wir zusammen waren, aber plötzlich war da eine schwarze Wolke und hat Dich ganz umhüllt. Ich habe Dich nicht mehr gesehen. Ich hatte schreckliche Angst, dass ich Dich verloren haben könnte. Warum träume ich so etwas? Jetzt bin ich wach, und meine Gedanken drehen sich wieder und wieder. Um wen? Um Dich natürlich. Seitdem ich Dich kenne, gibt es keinen Moment mehr, in dem mein Denken nicht um die Frau meines Lebens kreist, die einzige, die ich mir jemals wünschte und begehrte – und die bist Du. Was für ein Glück, Dich getroffen zu haben. Mein Leben wäre kein wahrhaftiges ohne Dich. Danke, dass Du geboren bist, danke, dass Du mich in Dein Herz gelassen hast, danke für jeden Blick von Dir, unter dem meine Seele erbebt, danke für jedes Lächeln von Dir, das mich in den Himmel fliegen lässt, danke für Deine Liebe, meine »kleine« große Liebe!

Eine Gänsehaut rieselte leise über meine Arme, und ich spürte, wie die Tränen meine Augen zu überschwemmen drohten. Jetzt nur nicht blinzeln:

Heute, als Du nach Hause musstest und Du Dich aus meinen Armen löstest, um zu Deiner Tante zu laufen, da hatte ich die Gewissheit, dass ich nicht mehr ohne Dich leben kann und will!
Als Du Dich dann umgedreht hast und zu mir zurückgelaufen kamst, um mir einen Kuss mit der Wärme Deiner Lippen zu schenken, in diesem Moment habe ich entschieden, dass wir Mann und Frau werden. Aber wie lange, wie lange müssen wir denn noch warten? Was macht es schon, dass Du noch nicht siebzehn bist? Ich werde mit meinen Eltern sprechen, und dann kommen wir alle zusammen zu Deiner Tante, und ich werde ihr meine Liebe zu Dir gestehen. Ich schwöre, dass ich Dich für immer lieben werde. Ich schwöre, dass ich für immer Dein sein werde! Dein Finú.

Dein Finú! Er betete sie an, dieser Finú, mit Worten der Beschwörung, der Liebe und des Verlangens. Meine Mutter war noch nicht einmal siebzehn gewesen! Ich las Finús Zeilen wieder und wieder. Aber Zia Pina hatte doch von ihm gewusst, obwohl Maria und er die Beziehung geheim halten wollten. Ich stand vom Bett auf, um Zia Pinas Seiten noch einmal zu lesen, da erwachte Matilde. Sie wollte das Buch von den drei Schweinchen vorgelesen bekommen, das Phil heute Mittag aus Santa Marina Salina mitgebracht hatte. »Noch mal!«, forderte sie nach dem letzten Wort. Also begann ich von vorne. Und wieder pustete der Wolf. Insgesamt sechs Mal. Hin und wieder fiel mein Blick auf den Brief. Also wirklich, Mamma, dachte ich. Nicht zu fassen, dass du dich heimlich mit einem Jungen getroffen hast! Und Papa weiß garantiert nichts davon. Irgendwie freute mich das.

Am Abend saßen wir wieder auf der Terrasse, wieder gab es Thunfisch. Nur unsere Gabeln klapperten. »Ich bin ein

Weichei«, sagte Phil plötzlich. »Dir kann ich es ja sagen.« Ich schaute ihn gespannt an. »Ich war heute in Santa Marina Salina am Hafen. Da stand einer dieser kleinen blauen Wagen, einer von denen mit drei Rädern, wie heißen die noch mal?« »*Ape!*«, half ich ihm aus. »Genau, *ape*, ein Fischer hatte seinen Fang darauf ausgebreitet. Seeigel und Garnelen und auch diese Kraken mit den langen Armen, von denen man immer Stücke im Meeresfrüchtesalat findet. Ich wollte uns eine zum Abendessen mitbringen und zeigte auf die Größte, die auf der Ladefläche in einem Wassereimer lag. Der Typ nimmt also eine blaue Plastiktüte, packt das Tier und stopft es da hinein. Doch das Ding wehrte sich! Die langen Tentakel wollten nicht in der Tüte bleiben, das Wesen drehte und wand sich plötzlich mit einer unglaublichen Kraft.« Phil gestikulierte mit beiden Armen. »Es bohrte seinen langen Kopf nach oben und spähte wie ein Außerirdischer hervor.« Jetzt hielt er seinen Kopf komisch schief und schielte. Ich kicherte los. »Es machte sich breit und war schon halb wieder aus der Tüte raus, bevor ich mein Geld hervorziehen konnte. Der Fischer stieß die wehrhafte Krake wieder hinein und knotete an den Henkeln herum – vergebens, das Tier beulte, ringelte und wand sich; immer wieder erschien einer seiner pockigen Saugnapfarme und meldete: Ich lebe noch, ich habe Kraft, ich will hier raus.« Phils abgewinkelter Arm schwang hin und her und bat mit hohem Stimmchen um Hilfe. Ich rutschte vor Lachen fast von meinem Rattansessel. »Auf keinen Fall wollte ich dieses fremde Wesen essen, aber ich wollte die kämpfende Tüte auch nicht dem Fischer überlassen.«

»Was hast du getan?«

»Ich habe bezahlt.«

»Und wo ist die Tüte?«

»Ich sagte doch, ich bin ein Weichei.«

»Bist du? Wie weich denn?«

»Ich habe den Polpo zurück ins Hafenbecken geschmissen. Ohne Tüte.« Er lächelte mich zerknirscht an. Ich wischte mir die Lachtränen aus den Augen. Danke für jedes Lächeln von dir, das mich in den Himmel fliegen lässt, dachte ich seltsam beglückt. Wir tranken Wein, die Dunkelheit sank auf uns herab, und das Meer rauschte wie in aller Ewigkeit.

Der nächste Tag schlich heran. Eine Sekunde nach dem Erwachen stellte ich zufrieden fest, dass ich auch heute nicht vorhatte nachzurechnen, wie viele Tage seit Leonardos Tod vergangen waren. Es war unser fünfter Tag auf Salina, das genügte mir.

Nach dem Frühstück fragte Phil mich, ob ich eigentlich Roller fahren könnte.

»Natürlich, auf Sizilien bin ich immer mit dem Roller gefahren.«

»Dann mach doch einen Ausflug! Fahr ein bisschen rum. Es hört sich abgeschmackt an, aber es ist herrlich, sehr inspirierend, du wirst sehen.«

Inspirierend? Wofür? Und konnte ich Matilde wirklich alleine lassen? Aber warum eigentlich nicht? Sie war bereits in ihren Vormittagsschlaf versunken, der meistens an die zwei Stunden dauerte. Nachdem wir unsere Handynummern ausgetauscht und eingespeichert hatten, »nur für alle Fälle«, wie Phil betonte, nahm ich ihm zögernd den Schlüssel aus der Hand. Unter seinen wachsamen Augen startete ich den Roller, ließ die Kupplung kommen und gab Gas. Ich konnte es noch!

Langsam und beglückt tuckerte ich durch Malfa und entschied mich an der nächsten größeren Kreuzung für Pollara. Im Schatten der steilen Bergwände, die wie ein aufgeschnittener Termitenbau aus festgebackenem Sand aussahen, gondelte ich die Serpentinen hinunter, die bleichen, zerlöcherten Schichten begleiteten mich durch die Kurven.

Ich folgte dem Pfeil mit den drei aufgemalten Wellen, der zum Strand führte. Das Meer lag tief unter mir. Ich hangelte mich den Abhang hinunter und sah, dass das Wasser tatsächlich so glasklar und die überhängenden Felsen so gigantisch waren, wie Phil behauptet hatte. Vor dem Absperrgitter hatte die *Comune* ein Schild aufgestellt, das besagte, es würde keine Verantwortung für Personenschäden übernommen. Das Gitter war seitlich aufgebogen. Es wäre ein Leichtes gewesen, mich durch die Lücke zu zwängen, um zum Strand zu gelangen. Doch das war undenkbar. Was würde geschehen, wenn ausgerechnet *ich* von einem herabfallenden Felsbrocken begraben wurde? Besorgt zog ich mein *telefonino* aus der Tasche und rief Phil an.

»Bei uns ist alles prima, wir schauen ein Buch an. Ich geb dir mal Matilde.«

Es raschelte und ein schüchternes »*Ciao*« erklang an meinem Ohr. Ich versicherte Matilde, dass ich ganz bald wieder da wäre, und stellte ihr ein paar Fragen, die sie nickend beantwortete, ich hörte zumindest nichts.

»Phil spricht alles mit den Händen«, sagte sie auf einmal. »Und er hat keinen Goldring wie *nonno*, er hat überhaupt keinen Ring.« Sie küsste mich durchs Telefon, und ich legte auf.

Ich kletterte die Schlucht hoch, wo der Roller wie ein braver Esel auf mich wartete. Weil der Name mir so gut gefiel, folgte ich den blauen Schildern bis nach Rinella. Dort aß ich in einer Bar ein *panino*, saß eine Weile am Hafen und entdeckte am Kai sogar den alten, rostigen Kran, mit dem der Jaguar von Brigidas Vater vor Jahren von der Fähre gehoben worden sein musste. Ich bummelte auf den ansteigenden Straßen durch den Ort. Hier und da fielen mir frisch gestrichene Mauern und andere Renovierungsarbeiten an den Häusern auf. Rinella machte sich langsam startklar für die Sommertouristen. Aus dem geöffneten Fenster einer Restaurantküche kam das Ritsch-ritsch-ritsch eines Messers, das über einen Wetzstahl gezogen wurde, vor zurück, vor zurück. Neben der offenen Tür stand eine Menü-Tafel. Ein junges Mädchen kam heraus, wischte die Tafel ab und schrieb gemächlich mit quietschender Kreide: »*Oggi:* –« Sie überlegte, setzte an, zögerte, legte die Kreide hin und ging hinein. »Heute: –?« Ich wartete, aber sie kam nicht wieder. Ich schlenderte weiter, setzte mich vor eine Bar in die Sonne und wählte erneut Phils Nummer.

»Sie hat ein paar Nudeln gegessen, und jetzt schläft sie wieder. Mach dir keine Sorgen!«, beruhigte er mich.

Als ich das nächste Mal auf meine Uhr schaute, war es bereits ein Uhr mittags. Ich machte mich sofort auf den Rückweg. Fast drei Stunden war Matilde jetzt schon mit Phil alleine, ich musste zu ihr, schließlich war ich für sie verantwortlich! Beim Blättern in einer Zeitschrift und bei einem Cappuccino hatte ich das Kind tatsächlich einen Moment vergessen.

Die Straßen waren steil, der Roller kam mir langsamer als auf der Hinfahrt vor, und auch der Wind hatte sich verändert. Mit grimmigen Stößen, aggressiv, wie am Tage unserer Ankunft, wehte er mir Sand unter die Sonnenbrille, in die Augen und sogar zwischen die Zähne. Es dauerte, bis ich die Vespa auf dem schmalen, ebenen Stück unterhalb des Gartens abstellen und die Stufen zur Terrasse hinauflaufen konnte. Erleichtert nahm ich den Helm ab, schüttelte mein Haar aus und machte mich mit leicht schwindeligen Schritten auf den Weg durch die Küche ins Schlafzimmer. »Heute: Dein Leben« dachte ich und sah es mit Kreide auf der Tafel angeschrieben. Das ist es, so wird es ab jetzt sein, du wirst Matilde versorgen müssen, wirst immer nach ihr schauen müssen, so wird es sich anfühlen, jeden Tag ...

Matilde lag im Bett, den verbundenen Kopf mit drei Kissen hochgelegt, und lächelte mir entgegen.

»Lella!«

Ich spürte, wie sich mein Herz mit einem warmen Stoß zusammenzog ... Und genau das will ich, Leonardo! Mein Bruder antwortete mir nicht, doch ich sah sein zustimmendes Grinsen vor mir. Ich gab Matilde einen Kuss, schnüffelte wie ein Dackel an ihr und tastete dabei, ganz die erfahrene Krankenschwester, nach der Stirn meiner Patientin. Der süßliche Krankengeruch haftete nur noch ganz schwach an ihr, und sie hatte kein Fieber mehr. Seit gestern schlief sie nicht mehr ganz so viel.

»Wo ist Phil?«, fragte ich Matilde.

»Phil hat für mich gespielt. Mit Bandito und den schwarzen Monstern.«

»Mit den Monstern?«

Erst jetzt bemerkte ich, dass das schnörkelige Bettgestell am Fußende von einer Decke verhüllt war und zwei schwarze Herrensocken darüber hingen. Ich musste grinsen. Er hatte für Matilde Kaspertheater gespielt.

»Aber das waren lustige Monster, und Phil kommt gleich wieder. Ich soll hier sitzen bleiben, und ich bewege mich auch gar nicht, siehst du!« Sie kniff die Augen zusammen und machte sich ganz starr. Ich lachte.

»Du darfst dich bewegen, nur nicht aus dem Bett steigen, ja? Bin gleich wieder da.« Schnell ging ich auf die Veranda, seine Tür war nur angelehnt.

»Hallo?!« Ich klopfte, stieß fröhlich die Tür auf und schaute mich um. Phil war nicht zu sehen. Das Fenster zum Hang war größer als in unserem Appartement, die Kacheln über der Spüle nicht so hübsch wie drüben. Alles war unberührt. Er hatte sich anscheinend noch nicht einmal einen Kaffee gemacht. Wir kochten und aßen immer bei uns. Auf dem Küchentisch stand ein aufgeklappter Laptop, Fotos wechselten sich auf dem Bildschirm alle zwei Sekunden ab. Ich ging näher.

»Mach mal Sliede-Scho, Mammi!«, bat Timmi manchmal, dann stellte Susa spanische Gitarrenmusik an ihrem Computer ein, und die Urlaubsfotos der vergangenen Jahre erschienen und verschwanden wieder. Dies war eine andere Slideshow. Eine besondere.

Verschwommene Inseln im blauen Dunst des Meeres, Hausfassaden, Säulen, immer wieder Säulen, ein alter Stuhl am Straßenrand, und alles in warmen, wunderbaren Farben. Manche Bilder scharf, manche absichtlich verwackelt. Ich konnte meine Augen nicht davon lösen. Hatte er das alles hier auf Salina fotografiert? Waren es überhaupt seine Fotos? Bestimmt, welcher Fotograf würde andere Bilder als die eigenen auf seinem Computer speichern? Dann erst sah ich, was säuberlich ausgebreitet neben dem Laptop lag. Papierabzüge in Schwarzweiß, mit weißem Rand. Ein Blick darauf, ich erschrak. Im Bad rauschte Wasser, ich drehte mich um und lief hinaus. Bei Matilde angekommen, riss ich die Kaspertheater-Decke herunter und krallte meine Hände um die gebogenen Eisenstangen des Fußendes, bis ich registrierte, dass die Kleine mich erschrocken anstarrte. Ich rannte vor ihrem Blick in die Küche, schaute in den Kühlschrank, knallte ihn zu und landete wieder bei Matilde.

»Er wollte mir einen Joghurt bringen. Joghurt kann er schon sehr gut sagen.«

Ja, da stand er auch schon in der Tür. Er hatte tatsächlich einen geöffneten Becher Erdbeerjoghurt dabei. Von *Dolero* – der gute, teure.

»Warst du eben drüben bei mir?!«

Ich guckte ihn nicht an. Er drückte mir den Joghurt so heftig in die Hand, dass etwas überschwappte, griff nach dem Rollerschlüssel, der auf dem Tisch lag, und verschwand. Die Tür nebenan schlug zu, Stille. Nur ein einsamer Klecks Erdbeerjoghurt blieb auf dem Boden zurück.

Ich legte mich neben Matilde aufs Bett und wartete, bis ich meinen Herzschlag wieder in der Brust und nicht mehr im Hals fühlte.

Er hatte sie nackt fotografiert. Warum nicht? Das durfte er, sie war ja seine Freundin, bald sogar seine Frau. Warum war ich nicht sofort wieder aus seiner Küche hinausgegangen? Selber schuld, nun hatte ich ihren breiten Mund vor mir, ihre triumphierenden Katzenaugen, Ausschnitte von ihrem Hintern. Von der Seite, von oben. Auch ihren Busen. *Dio*, zweimal so groß wie meiner. Und dann das Bild vor dem Kühlschrank. Nackt, mit nasser Haut, aufgestellten Brustwarzen und einer Flasche Sahne oder so was in der Hand, schaut sie selbstbewusst und doch unbeteiligt in seine Linse. Sie strahlte etwas Raubtierhaftes, Elegantes, Geringschätziges aus.

Jetzt erinnerte ich mich an die Lupe, die neben den Abzügen gelegen hatte. So ein eckiges Profi-Ding mit Beleuchtung. Er war so verliebt in sie, er hatte sich jede einzelne ihrer Hautporen angeschaut.

Nebenan hörte ich wieder die Tür. Ich setzte mich hastig auf. Doch wenig später röhrte der Motorroller auf und fuhr an unserem Haus vorbei. Die Geräuschfahne wehte immer weiter den Berg hinauf, beschrieb große Bögen, bis sie erstarb.

Schluss! Ich zwang mich aufzustehen. Es war an der Zeit, vernünftige Pläne zu entwerfen und Ideen zu sammeln, statt über Brigidas Brüste nachzudenken.

Papiere Matilde?, schrieb ich als ersten Punkt auf ein Blatt von Matildes Malblock.

Italien verlassen – wie?

Amt?

Job?

Wohnen? Susa?

Geld?

Kindergarten?

Sprache?

Das waren keine Ideen, das war eine Anhäufung von Schwierigkeiten. Ich knüllte das Blatt zusammen und schmiss es in den Müll.

Den Rest des Nachmittags verbrachte ich damit, Matilde zu duschen, vorsichtig, damit ihr Kopf nicht nass wurde, und ihr das Haar zu schneiden. Ich war keine Meisterin, aber einen geraden Pony, eine gerade Kante bekam ich hin. Ich ließ meine Haarschneideschere, die zufällig in meinem

Kosmetikbeutel mit auf die Reise gegangen war, nachdenklich auf und zu schnappen. Wo war er jetzt, telefonierten sie miteinander? Dachte er oft an sie? Und was dachte er über mich?

Seufzend nahm ich Matilde den leichten Gazeverband ab. Die Wunde war in den letzten Tagen immer mehr eingetrocknet, von stoppeliger Kopfhaut umgeben, welkte sie schorfig-violett dahin. Matilde und ich beschlossen, die restlichen Haare auf Schulterlänge zu kürzen.

»Die neuen Haare werden wachsen, lang und immer länger und ganz schnell wieder so lang wie die restlichen Haare. Und wenn dann alles ganz verheilt ist, können wir die Haare von den Seiten auch darüberkämmen. Fühl mal, man wird es gar nicht merken«, sagte ich, während ich die abgeschnittenen Strähnen schnell mit dem Fuß unter das Bett schob.

Mit aufgerissenen Augen betastete Matilde ihren Hinterkopf. Ich hielt die Luft an.

»Du kannst die Haare ruhig wegschmeißen, die brauche ich ja nicht mehr. Und jetzt will ich malen!« Erleichtert atmete ich aus und reichte ihr die Buntstifte. Ich kehrte die Haare zusammen und warf sie in den Mülleimer.

»Der König trägt seine Krone nicht, sie liegt da unten auf dem Boden. Der König heißt Phil und hat sich wehgetan am Kopf. Der Arme«, murmelte sie. Die Krone lag wie ein hinuntergefallener Heiligenschein in der rechten Ecke des Bildes. Ich lachte Matilde zu, doch mir war flau im Magen.

Wie ein hysterisches Huhn war ich aus Phils Appartement gerannt. Durch meine dumme Eifersucht hatte ich die Tage unseres stillen Übereinkommens abrupt unterbrochen. Ich musste raus, den Himmel sehen, beim Anblick des Meeres meine Gedanken ordnen und beruhigen.

»Ich gehe mal kurz nach draußen«, sagte ich zu Matilde.
»Wann ist ›mal kurz‹ vorbei?«
»Mal kurz ist vorbei, bevor du dich fragst: ›Wo ist denn eigentlich die Lella?‹«

Sie nickte und malte sich selbst mit wallend dunklem Haar neben König Phil.

Ich trat hinaus an die Bank mit den hübschen Fliesen. Der Wind wehte immer noch stark, aber der weite Blick auf das Wasser mit seinen Wellen und Schaumkronen verfehlte seine Wirkung nicht. Es gelang mir, die Gedanken an Phil beiseitezuschieben. Ein Schritt nach dem anderen, mehr nicht, keine Aufregung. Matilde war bei mir, wir waren sicher, sie erholte sich. Alles Weitere würde sich ergeben.

Ich drehte mich um und wollte gerade wieder hineingehen, da bemerkte ich einen Zettel an Phils Tür. Ich ging näher. Nie wieder würde ich sein Appartement betreten! »Noch mehr Fotos, wenn du willst …«, stand darauf. Sollte ich? Ich drückte die Klinke hinunter, die Tür war nicht abgeschlossen. Wie ein Einbrecher trat ich ein und schaute mich um.

Der Laptop war aus, die Fotos von Brigida waren verschwunden. Zwischen verkabelten Ladegeräten und schwarzen Filmdosen entdeckte ich ein Blatt Papier. Darauf lagen zwei Fotos, unter denen in Druckbuchstaben stand:

»Ich habe alle alten Fotos weggeschmissen, doch diese beiden haben sich versteckt.«

Das erste zeigte Phil. Er trug einen Mittelscheitel, die Haare hingen ihm wie zwei geschwungene Dekogardinen in die Stirn und endeten in einem langen Zopf. Sein Gesicht wirkte dadurch irgendwie verwischt und schläfrig. Er war plötzlich einer dieser Männer, die sich den ganzen Tag mit Physik oder Maschinenbau beschäftigen. Auf der Straße wäre ich glatt an ihm vorbeigelaufen.

Das zweite Foto war ein verknicktes Passfoto. »Siebzehn« hatte er darunter auf das Blatt geschrieben und einen Pfeil dazu gemalt. Ich nahm es in die Hand.

»Phil«, flüsterte ich, »das bist doch nicht du!«

Seine Nase war zu einer Kleine-Jungen-Nase geschrumpft, das ganze Gesicht rund und hübsch, fast wie das eines Mädchens. Und doch waren Form der Augen und das Blau ihrer Iris unverwechselbar. Ich drehte das Bild in meinen Fingern. Wie jetzt, siebzehn? Sollte er zu diesem Zeitpunkt wirklich schon so alt gewesen sein? Unmöglich, er sah aus wie zehn. Volle Wangen, eine glatte Stirn, keine Spur eines Bartflaums zu sehen. Er wirkte traurig. Ich entdeckte seinen Reisepass auf dem Tisch und schlug ihn auf. Stumpf, ohne Lichtpunkte in seinen Augen, traf mich sein Blick von einem dieser neuen Fotos, auf denen man nicht mehr lachen darf und die Konturen so verschwimmen, dass jeder wie ein Verbrecher darauf aussieht.

Philip Eric Domin. Geboren in Warendorf. Lag das nicht irgendwo bei Münster? Am ersten Dezember dieses Jahres würde er neunundzwanzig, er war Schütze, wie ich. Nichts erinnerte heute mehr an den pummeligen Jungen mit den altklugen, melancholischen Augen. Ich legte alles wieder an seinen Platz und schlich über die Terrasse zurück.

»Wo ist denn eigentlich die Lella?«, hörte ich Matilde im Haus rufen.

Kapitel 19

PHIL

Der Wind hatte die Richtung gewechselt, er kam vom Meer und wehte heftig unter unsere Pergola. Wir aßen daher nicht in unseren Rattansesseln, mit den Tellern auf den Knien, sondern in der Küche am Tisch. Matilde lag nebenan quer über dem Bett und schlief. Aus Angst, sie zu wecken, hatte ich nur die Buntstifte unter ihrem Körper hervorgezogen und sie zugedeckt.

Vor uns stand eine große Schüssel *agrodolce*, das waren viele Zwiebeln und Auberginen, mit Zucker und Essig so raffiniert süß und sauer abgeschmeckt, dass es mir die Mundschleimhaut zusammenzog. Ich würde diese Speise sofort zu meinem neuen Lieblingsessen erklären, wenn Lella mich bloß fragte, aber sie fragte nicht, sondern räumte schweigend die Teller ab. Dann stellte sie die Pasta auf den Tisch: dicke Spaghetti mit Fischstücken. Ich konnte geröstete Pinienkerne erkennen, Korinthen und undefinierbares Grün. Ich aß, doch meine Aufmerksamkeit galt nicht den Nudeln auf meinem Teller. Nach zwei Gläsern Rotwein wollte ich unbedingt mit ihr reden. Vorher versuchte ich, Lellas Augen mit meinem Blick aufzufangen, doch sie wich mir aus.

»Du hast die Fotos gesehen?«

Lella schaute stumm auf ihre Gabel, dabei entstand in ihrem Gesicht eine feine Regung, die außer mir kein anderer Mensch bemerkt hätte. Sie war also drüben in meinem Appartement gewesen.

»Ich bin ein echtes Landei. Unser Haus war eingeschlossen von endlosen Rübenfeldern. Ich hatte den weitesten Schulweg und zu fast jeder Jahreszeit die schlammigsten Schuhe«, eröffnete ich. »Auf dem Passfoto war ich siebzehn und wusste nicht, was mit mir los war. In meiner Klasse hatten wir drei Philips. Den großen Philip, den kleinen Philip und den winzigkleinen Philip. Das war ich, ja genau.« Ich lachte. Lella guckte mir ganz ruhig in die Augen, sie lachte nicht mit.

»Verspätete Pubertät, *pubertas tardis*. Das ist gar nicht so selten. Mit meiner Anosmie hat das aber nichts zu tun.«

Lella sah von ihrem Teller hoch, Messer und Gabel verharrten abwartend in der Luft.

Wer hatte ihr eigentlich diese feinen Tischmanieren beigebracht? Ich liebte es, wie sie das Besteck handhabte. Selbst im Liegestuhl benutzte sie immer Messer und Gabel.

»Von meinem fehlenden Geruchssinn habe ich dir ja schon erzählt.« Lella nickte. »Im Alter von fünf Jahren wurde ich operiert, wegen Nasenpolypen. Seitdem kann ich hervorragend durch die Nase atmen, aber den Geruchssinn haben sie mir aus Versehen mit wegoperiert. Bei uns fuhr der Traktor oft mit dem Gülleanhänger über die Rübenfelder, und die Kinder in der Schule behaupteten, ich würde nach Jauche riechen. Ich fragte meine Mutter, ob das stimme, aber sie sagte nur: ›Lass dich nicht ärgern!‹ Ich lernte *Das große Buch der Witze* auswendig und wurde vom winzig kleinen Philip zum Witze-Philip. Auf dem Gymnasium in der

Stadt kam ich mit meinen Schlagfertigkeiten und Gags bei den anderen recht gut an. Irgendwann merkte ich allerdings, dass die anderen Jungen mir über den Kopf wuchsen. Sie bekamen Pickel und Haare auf der Oberlippe. Wenn meine Mutter nicht Kostüme absteckte oder an ihrer Nähmaschine saß, lag sie nach der Arbeit auf dem Sofa und schlief. Sie war in einem Atelier als Schneiderin angestellt, nähte aber abends auch noch für ihre eigenen Kunden. Oft hatte sie späte Anproben, jedenfalls war sie dauernd müde. Nie wagte ich es, sie zu wecken, um sie nach meinem fehlenden Bartwuchs zu befragen.«

Lellas Gesicht blieb ernst. Ihre Augen waren verengt, konzentriert auf die meinen gerichtet. Wann wurde das dickliche Wesen auf dem Passfoto zu dem Mann, den ich hier vor mir sehe?, fragte sie sich wahrscheinlich.

»Irgendwann müsse es doch auch bei mir so weit sein, redete ich mir zu, doch ich wuchs nur ein paar Zentimeter, bis ich ungefähr eins fünfzig maß. Immer noch hoffte ich auf Haare am Körper, meinen Stimmbruch und ...« Sollte ich es aussprechen? Nein, sie stellte es sich wahrscheinlich sowieso schon in den prächtigsten Farben vor. »Nun, mein Körper reagierte einfach nicht. Meine Mitschüler machten blöde Bemerkungen über mich, den witzigen Zwerg, aber meine Mutter schien das nicht zu beunruhigen«, erzählte ich weiter. »Ich war vierzehn und wurde mit einem ausgezeichneten Zeugnis in die neunte Klasse versetzt. Niemand hätte es geahnt, aber mittlerweile hasste ich die Schule, und meinen Witzen ging langsam die Luft aus. Sport war natürlich am schlimmsten. Unser Sportlehrer Herr Hassler, ›der Stier‹, nannten ihn alle, hatte einen Hygienetick. Er kontrollierte das Duschen nach der Stunde persönlich und grinste über meine Badehose. Ein echter Pädagoge, der Typ.«

Lella schüttelte den Kopf, sie ließ mich auch jetzt nicht aus den Augen.

»Später lieh ich mir Bücher von Sartre und Camus aus der Bibliothek und jede Menge andere Philosophen. Doch auch sie konnten das Rätsel, das mir mein Körper aufgab, nicht lösen. Und ich kannte keinen Menschen auf dieser Welt, dem ich diese Blamage hätte anvertrauen wollen.« Lella nickte langsam.

»Ich wurde sechzehn, selbst die letzten Langeweiler aus meiner Klasse verabredeten sich inzwischen für den Nachmittag mit Mädchen. Ich war nur das unterhaltsame Klassenmaskottchen, von mir wollten die Mädchen nur zum Lachen gebracht werden und die Hausaufgaben abschreiben. Also ging ich alleine ins Kino und sah mir alle Filme an, die ab sechzehn freigegeben waren. Jedes Mal ließ sich die Kassiererin meinen Ausweis zeigen. Was habe ich diese Frau gehasst!«

Ich lachte und freute mich, als Lella diesmal ein bisschen mitlachte.

»Ich wechselte das Kino, wurde älter und las Gedichte. Ich konnte fast alle Gedichte von Jacques Prevert auswendig.«

Lella schaute mich nicht an. »Was war mit deinem Vater?«

»Er ist vor meiner Geburt an einer Blutkrankheit gestorben. Es stehen eine Menge Fotos von ihm bei uns herum, aber meine Mutter hat nie viel über ihn geredet.«

»Haben sich deine Eltern geliebt?«, fragte sie leise.

»Ich vermute, sie haben sich sehr geliebt. Ich habe Briefe der beiden gefunden.«

Lella schaute unvermittelt auf: »Briefe?«

»Ja, einen ganzen Schuhkarton voll. Wenn meine Mutter zwischen mir und ihm hätte wählen können, hätte sie ihn genommen, da bin ich relativ sicher. Auf meinen Vater, Prost!« Ich hob mein Glas. Lella hob das ihre. Wir tranken.

»Mit siebzehn war ich der glattgesichtige, bartlose Alleinunterhalter, den du auf dem Foto gesehen hast«, fuhr ich fort. »Den meisten Lehrern war ich wegen meiner hohen Stimme und meiner ... Besserwisserei, na ja, ich nannte das damals Schlagfertigkeit, unsympathisch. Nur widerstrebend gaben sie mir gute Noten.«

»Und wie hast du dann herausgefunden, was es war?«

»Das ist eine recht banale Geschichte. Ein Arzt hätte die ganze Sache viel früher aufdecken können, doch bis auf den uralten Dr. Strömer, der war Zahnarzt, konsultierten wir keine Ärzte. Meine Mutter hielt nichts von ihnen. Die hatten ihren geliebten Mann nicht retten können und mir das Riechen genommen. Sie gab mir lieber homöopathische Tropfen. Vielleicht hätte mir ein großer Bruder geholfen. Ich glaube, ich war damals ziemlich einsam.«

»Leonardo und ich hatten wenigstens einander und die Nachbarskinder«, sagte Lella leise. »Angela und Luigi, zwei Kinder aus dem italienischen Laden um die Ecke. Ihre Mutter, also die Signora Baldini, sagte unserer Mutter immer, was sie tun sollte.«

»Signora Baldini, die gute Frau mit den Nutellabroten!«

»Du merkst dir aber auch alles«, flüsterte Lella.

»Nicht alles. Aber warum mischte sich diese Frau in euer Leben ein?«

Lella schnaubte durch die Nase und schüttelte den Kopf. »Das war eigentlich ganz gut so. Meine Mutter wusste ja nie, was wir Kinder brauchten: Multivitaminsaft, Kostüme zu Karneval und eine Schultüte zum Schulanfang, das waren alles Dinge, die sie aus Sizilien nicht kannte. Signora Baldini war meine Rettung, denn sie verstand sofort, wenn ich von runden Käseschachteln und einem Holzstab sprach. Dinge, die ich brauchte, um zu St. Martin eine Laterne zu basteln. Wir gingen ziemlich oft rüber zu den Baldinis. Irgendwann zogen sie dann aber weg.«

Ich schaute ihr so gerne beim Reden zu. Schnell bohrte ich den Korkenzieher in den Korken der letzten Flasche Wein.

»Aber ich hatte nicht vor, von mir zu reden, erzähl weiter«, bat Lella.

»Wenn ich aufhören soll, musst du es sagen.« Dabei wollte ich nicht aufhören. Ich hatte das Gefühl, meine Geschichte war hinter ihren dunklen Augen gut aufgehoben.

»Bei der Bundeswehr fiel das erste Mal dieser Begriff, *pubertas tardis*. Die haben mich ganz schnell ausgemustert. Nicht dass ich unbedingt zu diesem Verein gewollt hätte, doch die Blicke waren verdammt demütigend. Nach dem Abitur begann ich eine Lehre als Fotograf in einem Geschäft bei uns in der Kleinstadt, zu was Größerem fehlte mir der Mut. Ich weiß nicht, ob das überhaupt für einen Außenstehenden zu begreifen ist. Alles begann und endete mit meinem Körper. In Filmen und Büchern beschäftigten sich die Protagonisten mit unzähligen Problemen und zeigten ihre ganze Gefühlspalette her, aber niemand musste sich mit dem auseinandersetzen, was mich bewegte. Ich arbeitete stundenlang in der Dunkelkammer, froh, dass die Welt mich nicht sah.« Ich grinste kurz, ich wollte auf keinen Fall Mitleid heischend erscheinen. »Und eines Tages, kurz nach meinem neunzehnten Geburtstag, war es dann so weit. Ich stellte erste Anzeichen fest, mein Körper veränderte sich.«

Lellas Augen leuchteten auf, ihre Augenbrauen schnellten in die Höhe, und ihre rosa Lippen zogen sich herrlich breit. Andächtig sagte sie: »Und alles ging los, und du wurdest zu dem langhaarigen Typ auf dem anderen Foto.«

Ich hob mein Glas und prostete Lella zu.

»Ja, dann ging es endlich los! Ich fühlte mich so toll mit meinen langen Haaren und sah doch einfach nur verboten aus.« Sie durfte lachen, grinsen, meinetwegen auch über mich. Ich hätte gerne mit beiden Armen über den Tisch gegriffen, ihr Gesicht in die Hand genommen und ihren Mund geküsst.

Vielleicht ahnte sie meine Gedanken, denn plötzlich fragte sie: »Weiß Brigida von dieser Zeit?«

»Nein.«

»Warum nicht?«, bohrte sie.

»Einfach nein.«

»Aber sie weiß, dass du nicht riechen kannst.«

»Nein.«

»Aha.« Sie schloss dabei die Augen, und dann lächelte sie. Ich hatte mich vertan, sie konnte mit diesem Mund gar nicht grinsen.

»Sie weiß auch nicht von der Freundin, die ich dann sieben Jahre lang hatte.«

»Das verstehe ich. Sizilianerinnen sind viel eifersüchtiger als Deutsche!«

»Auch. Aber in diesem Fall ist dies nicht der Grund. Inga war lieb, sie mochte mich trotz meiner Idiotenfrisur, und ich hatte ja auch eine Menge nachzuholen.«

Lella kicherte. Ich wünschte, sie würde nie damit aufhören.

»Inga war ... Nein, sie war nur zu langweilig, um sie vor Brigida zu erwähnen. Ich habe bei ihrem Vater im Fotoladen gearbeitet, und wir wohnten im Haus ihrer Eltern. Also, das war wie verheiratet zu sein. Sie deckte schon immer abends die Teller für den nächsten Morgen, und ihre Mutter machte uns die Wäsche. Ich war ihr dankbar, aber auch erleichtert, als sie sich nach sieben Jahren endlich von mir getrennt hat und ich nach Düsseldorf gehen konnte. Und jetzt du!«, verlangte ich.

Lella schüttelte den Kopf.

»Du hast es versprochen! Später mehr, hast du gesagt«, beharrte ich, »jetzt ist später.«

»Hatte ich das versprochen?!« Sie gab ein kurzes Stöhnen von sich, fing aber nach einem Schluck Wein an zu erzählen.

»Also, wo fange ich an? Ich war damals von meinem Bruder zu seiner Hochzeit auf Sizilien eingeladen worden und ... also, ich blieb jedenfalls gleich da. Leonardo und Grazia wohnten im Limonenhaus, das meine Mutter von ihrer Tante geerbt hat.«

»Warum heißt es Limonenhaus?«

»Die Tante meiner Mutter machte den Limoncello selber. Im Haus standen die Tontöpfe, in denen sie die Schalen der Zitronen ziehen ließ. Erst in Alkohol, dann kam eine Zuckerlösung hinzu. Es riecht noch heute danach. Vor dem Haus stand immer ein Hocker mit einer Limoncelloflasche darauf, das Zeichen für den Verkauf. Die Leute brachten ihr die Zitronen aus ihren Gärten und kauften bei ihr den Likör.«

Lella strich sich die Haare aus dem Gesicht.

»Alle im Ort kennen das Limonenhaus. Es steht direkt am Wasser, eigentlich schon mittendrin, man hört andauernd dieses Gluckern und Schlagen der Wellen, wie auf einem Boot. Ich hatte ein kleines Zimmer in dem Haus, war also ständig in Leonardos Nähe und verliebte mich sofort in seinen Freund, den ich mir genau so einfallsreich, gut gelaunt und zuverlässig zurechtfantasiert hatte wie meinen Bruder.« Lella verzog ihren herrlichen Mund. »Das hört sich so schnulzig an, aber in den ersten Wochen war ich glücklich wie nie zuvor in meinem Leben. Alle meine Wünsche waren plötzlich wahr geworden.« Sie lachte kurz auf. »Der Freund arbeitete in der Kanzlei seines Vaters, einer der ältesten Rechtsanwälte und Notare in Bagheria mit lauter einflussreichen Klienten. Wir sahen uns jeden Tag. Er kannte die ganze Stadt und hatte immer etwas Lustiges über die Leute zu erzählen. Es hätte mich stutzig machen sollen, dass er sich in dieser glatt rasierten Welt voller Unterschriften und Geld so erstaunlich gut zurechtfand.« Sie zuckte mit den Schultern. »Er kam jeden Nachmittag zu mir, immer im frischen Hemd, von seiner Mutter gebügelt. ›Als Sohn des Chefs kann ich es mir erlauben, für zwei, drei Stunden aus der Kanzlei zu verschwinden‹, prahlte er.«

»Und was habt ihr dann gemacht?« Es reizte mich. Ich wollte es zwar nicht wissen, wollte es aber dennoch von ihr hören.

Lella schaute hinaus in die Nacht. Sie sah mich nicht an. »Ganz bestimmt keine Nacktfotos.«

»Hör mal, das mit diesen Fotos von Brigida tut mir leid, dazu erzähle ich dir später noch was, ja?!«

Sie winkte ab, aber sie lächelte jetzt und schaute wenigstens wieder kurz in meine Augen. »Ich wollte unbedingt schwanger werden, das stellte ich mir großartig vor. Meine Schwägerin Grazia kaufte bereits Babywäsche, besuchte ihren Computerkurs oder saß irgendwo und ließ die Ölkreide glücklich verträumt über ihrem leeren Skizzenblock schweben. Ich beneidete sie, ich wollte auch so ein Leben! Im Nachhinein kommt es mir vor, als wäre ich ein ganzes Jahr nur in dem Haus geblieben, aber das stimmt natürlich nicht. Ich saß stundenlang im Hafen, draußen bei den Segelbooten, und lauschte dieser Musik, die der Wind mit der Takelage macht. Kennst du das Geräusch?«

»Ich glaube, ja.«

»Na ja, nicht so wichtig. Ich saß da eben manchmal rum oder ging auf den Markt einkaufen. Ich kochte für alle, putzte und stellte die Möbel um. Eines Tages, das muss schon im November gewesen sein, befreite ich die Scheibe eines Fensters von einer zentimeterdicken weißen Farbschicht, was die Küche gleich viel heller werden ließ. Als Leonardo mich für diese Idee lobte, freute ich mich so, dass ich rot wurde und ihn fest an mich drückte. Über seine Schulter sah ich, dass Grazia das Zimmer verließ, daran erinnere ich mich komischerweise noch. Leonardo sagte: ›Du hast ein Auge für solche Dinge, und du kochst hervorragend! Marta lässt fragen, ob du bei ihr anfangen möchtest. Du könntest ihr beim Kochen helfen, und wie sie die Tische im Saal gestellt hat, das stimmt irgendwie noch nicht.‹

›Gebe ich zu viel Geld aus?‹, fragte ich ihn ängstlich.

›Nein, du verschleuderst gerade nur die paar Hundert Euro, die dir Mamma von ihrem Erbe angewiesen hat … Geh doch zu Marta arbeiten, da kommst du mal raus hier, und es wird dir Spaß machen!‹ Aber ich wollte nicht raus, ich hätte ewig im Limonenhaus herumwirtschaften können. Dennoch fügte ich mich Leonardos Wunsch und kochte bei Marta, wenn sie eine große Gesellschaft angenommen hatte und die Arbeit nicht mehr alleine schaffte. Ich stellte die Tische um und ließ zwei Wände des hohen Saals in einem kräftigen Rot streichen. Dreimal mussten die Maler mit der Farbe drübergehen, aber nachher sah es wirklich toll aus!« Ihre Augen bekamen für einen kurzen Moment einen schwärmerischen Ausdruck, den ich gerne mit der Kamera festgehalten hätte. Dann erzählte sie weiter:

»Anfang Mai wurde Mátti geboren. Weißt du, was für Töne so ein Neugeborenes hervorbringen kann? Durchdringend bis ins Mark, man muss sich einfach um das kleine Ding kümmern, wenn es so schreit. Ich war nicht nur von der Lautstärke beeindruckt, sondern auch davon, wie das winzige Persönchen unser Leben im Haus von nun an beherrschte. Ich sagte Marta immer öfter ab, wiegte Matilde stundenlang auf dem Arm, bis sie ganz mit mir verwachsen war. Ich ging mit der Kleinen spazieren, damit Grazia schlafen konnte, und bereitete die Taufe vor. Meine Eltern kamen nicht, dafür bestimmte Leonardo seinen Freund und mich als Taufpaten. Als dieser einwendete, wir seien ja nicht mal verheiratet, hätte mich der lahme Ton in seiner Stimme alarmieren sollen. Aber ich war bereits damit beschäftigt, die Tafel mit den Torten und den Karaffen voller Minzewasser in Martas Zitronengarten vor meinem inneren Auge zu arrangieren. Ich war so blind!« Sie fuhr sich durch die Haare, bündelte sie zu einem lockeren Pferdeschwanz, ließ sie wieder fallen.

»Auch Leonardo fand es zunächst wunderbar: ›Ihr werdet zusammenbleiben, euch eine Wohnung suchen, und wenn ihr irgendwann heiraten wollt, warum nicht!?‹ Er plinkerte mir mit einem Auge zu, weil er wusste, dass ich plinkern blöd finde. Auf den Fotos der Taufe sieht man mich strahlender als jede Braut.« Jetzt seufzte sie richtig. »O Mann, wenn ich nur daran denke ... Im September wurde Matilde vier Monate alt, und ich war immer noch nicht schwanger. Leonardos Freund ließ sich kaum noch bei uns blicken, schob Arbeit vor, und langsam konnte ich seine schleichende Flucht vor mir nicht mehr leugnen. Ich wanderte mit Matilde auf dem Arm immer unruhiger durch die Wohnküche, verwünschte ihn und fragte mich, was ich falsch gemacht hatte.«

Lella schaute an die Decke. »Ich wollte unbedingt mit ihm leben, eine Familie gründen.« Ihre Stimme wackelte, wurde dann aber wieder fester. »Also bin ich zu ihm in die Kanzlei gegangen und habe ihm so eine Art Heiratsantrag gemacht, ich blöde Kuh.«

»Hatte er auch einen Namen, dieser Mensch, mit dem du leben wolltest?«

»*Stronzo*.«

»Toller Name.«

»*Testa-di-cazzo*-Claudio.«

Schön. Das war also der, der dauernd Nachrichten auf ihr Handy schickte.

»Ich glaube, ich habe ihn gesehen«, murmelte ich.

»Wo?«

»Vor der Kirche, der Typ, der hinter uns hergerannt kam, war er das? Mit dem vielen Gel in den Haaren?«

Sie schüttelte erstaunt den Kopf. Ich konnte nicht deuten, ob sie mich für mein Erinnerungsvermögen bewunderte oder verachtete.

»Und wie hat dieser Stronzo-die-Katzo-Claudio nun reagiert?«

»Er hat sich prüfend über das Kinn gestrichen, wie in einer Rasierschaum-Werbung, und mich nicht angesehen. Sein Telefon klingelte, und er ist auch noch drangegangen, hat dann ein Gespräch geführt, mit irgendwem, über die Formel Eins, ach was weiß ich! Ich hatte ihm eine Sekunde zuvor ein Leben mit mir angeboten, und in seiner Stimme war keine Veränderung zu hören, noch nicht mal Nervosität, Fassungslosigkeit oder unterdrückter Ärger. Null Gefühl. Es sind solche Nebensächlichkeiten, die einem das Herz brechen.«

Ich nickte.

»Aber der Wagen ...«, Lella imitierte eine übergeschnappte Männerstimme, »... glaub bloß nicht, dass ich den Wagen verkaufe!« Sie schaute mich wütend an und spreizte die Hände: »Das war das Erste, was er nach dem Auflegen des Hörers zu mir sagte. Seinen heiligen Alfa Romeo, klapprig, auf Pump gekauft, auf dessen Beifahrersitz ich immer einen nassen Hintern bekam, denn durch das Verdeck kam der Regen, an den dachte er zuerst! Ich wandte mich von ihm ab, um zu gehen, aber schon in der Tür zu diesem Abstellkämmerchen neben der Toilette, in das ihn sein Vater verbannt hatte, spürte ich, wie der Turm meiner zurechtgelogenen Liebe zusammenbrach. Also drehte ich mich wieder zu ihm und erklärte, er müsse keine Angst haben, er werde seinen Alfa Romeo nicht verkaufen müssen.« Lella trank ihr Glas in einem Zug aus und hielt es mir sogleich wieder hin.

»Ich weinte einen Tag lang, bis mein Kopfkissen nasser war als die Wände.«

»Aber der ›Testa-die-sowieso‹ hätte dich doch geheiratet, oder?«, fragte ich.

»Wenn ich schwanger geworden wäre, hätte er das sofort getan, natürlich, er war ja ein sizilianischer Mann. Aber ich war nun mal nicht schwanger, und freiwillig hatte er keine Lust dazu. Es war sein Blick, der genau das widerspiegelte und der meine Liebe zu ihm tötete. Liebe!« Sie schnaubte verächtlich. »Sagen wir, das, was ich kurzfristig dafür gehalten hatte.«

»Aber hättest du nicht einfach bei deinem Bruder bleiben können, auch ohne Claudio?«

Sie schüttelte den Kopf. »Am nächsten Abend wollte ich mit Leonardo darüber reden, und da kam es zu dem großen Streit. ›Helfen, helfen!‹, hatte mein Bruder gestöhnt, sich an den Kopf gegriffen und mich angeguckt wie eine Fremde, die sich unbegreiflicherweise in sein Haus geschlichen hat. ›Siehst du nicht, dass Grazia unglücklich ist? Dass du ihr gar keine Chance gibst, ihr Kind kennenzulernen? Du störst uns, merkst du das denn nicht?!‹

Lella stand auf und räumte die Teller in die Spüle. Sie räusperte sich und sprach mit dem Rücken zu mir weiter. »Ich war am Ende, ich war so verletzt wie noch nie. Solche Anschuldigungen, von meinem Zwillingsbruder, von Leonardo!« Ihr gerader Rücken krümmte sich, als sie durch das Fenster über der Spüle hinausblickte und weitersprach. »Ich packte noch in derselben Nacht. Am nächsten Morgen konnte ich mich Zia Pinas riesigem Bett schon nicht mehr nähern. Sie lagerten immer wie die Heilige Familie darauf, Maria und Josef, dazwischen Matilde mit ihrem unwiderstehlichen Babygeruch ... Sie waren sich selbst genug, da war kein Platz für mich, ich hatte es nur nicht gemerkt. Der Gedanke war furchtbar, und so flog ich ohne Abschied zurück nach Köln. Mein Vater nahm mich mit offenen Armen wieder auf. Er hatte mir verziehen, sobald er mich sah.«

»Was hat er dir denn verzeihen müssen?«

Sie drehte sich endlich wieder zu mir um. »Na, dass ich über ein Jahr auf Sizilien geblieben bin, gegen seinen Willen. Hatte ich das nicht erwähnt?«

»Nein, hattest du nicht«, erwiderte ich. »Also alle, die nach Sizilien gingen, wurden bei euch enterbt, erst dein Bruder, dann du. Ist das richtig?«

»Ja.«

»Warum eigentlich?!«

»Ich weiß es nicht.« Sie zuckte mit den Schultern. »Seitdem arbeitete ich wieder bei uns im Restaurant. Tja. Mehr gibt es nicht zu erzählen.«

Ich stand von meinem Stuhl auf, blieb aber am Tisch stehen. »Hat sich denn keiner von den beiden bei dir gemeldet?«

Lella lehnte sich mit verschränkten Armen an die Spüle. »Nach Monaten kamen Briefe von Claudio, die klangen wie die Standard-Entschuldigungsbriefe aus einem dieser Bücher. Er sei jung und unreif gewesen, er würde mich noch mehr lieben als früher, und ob wir es nicht noch einmal miteinander versuchen sollten. Ich habe nie geantwortet.« Sie fuhr sich erneut durch die Haare, streichelte ihren Nacken. »Mit Leonardo habe ich nach ein paar Wochen ab und zu telefoniert, aber es war nicht mehr so wie früher.« Lella stockte. »Ein Jahr später habe ich ihn wiedergesehen, im Krankenhaus, seine Haut zu achtzig Prozent verbrannt, er sprach zu mir, er hat sogar noch Witze für uns gemacht ...«

Ich schwieg, und da kam Lella auf mich zu, legte ganz

leicht ihre Arme um meinen Hals und blieb, den Kopf an meine Brust gelehnt, so stehen.

»Das ist jetzt schon vier Jahre her«, murmelte sie, »und noch nie habe ich jemandem das alles erzählt.« Ich drückte sie ganz leicht. In der Scheibe des Küchenfensters spiegelte sich die flackernde Kerzenflamme. Draußen war es stockfinster, nur der Wind war wie am ersten Abend zu hören. Ich versenkte meine Nase in ihrem Haar und hätte gern gewusst, wie es in diesem Moment duftete. Das hat jetzt nichts mit mir zu tun, dachte ich, nichts mit meiner Person. Sie ist eine Frau, sie hat mir etwas sehr Persönliches anvertraut, und ich habe ihr keine Ratschläge gegeben, sondern nur zugehört. Ich habe einfach nur das Richtige getan und gesagt, nämlich nichts.

Es war ein fremdes, herrliches Gefühl, und einen Moment lang war ich glücklich.

Kapitel 20

LELLA

Am nächsten Morgen tat mein Kopf scheußlich weh. Bruchstückartige Satzgebilde zogen durch mein Gehirn. Hatte ich zu viel von mir verraten? Hatte ich ihn dazu gedrängt, mir von seiner späten Entwicklung zu erzählen? Warum hatte ich bloß so viel Wein getrunken?

In diesem Moment kam Phil mit einer braunen Papiertüte in der Hand in die Küche. Wortlos griff er in die Tüte und legte mir ein Hörnchen auf meinen Teller. Wahrscheinlich eins mit *crema*. Meine Lieblingsfüllung.

»Bitte erinnere mich daran, heute Abend auf Wein zu verzichten«, bat ich ihn und presste mit den Händen meine Stirn, um das, was dahinter pochte, zu besänftigen. »Mátti, iss schön die Cornflakes, ja?«

Nach vier Tagen im Bett saß Matilde das erste Mal mit uns am Frühstückstisch. Sie nahm den Löffel und nickte ernsthaft. »Aber vielleicht werden die Cornflakes traurig, wenn ich sie runterschlucke.«

»Die Cornflakes werden nicht traurig, die finden das toll. Alle aus der Schachtel wollen da hinunter, in deinen kleinen Bauch.«

Phil setzte sich und ließ Zucker auf die Schaumhaube seines Milchkaffees rieseln. Seine Schweigsamkeit ließ mich den Kopf ein wenig einziehen. Dabei atmete meine Nase den wunderbaren Duft seiner Haut ein, der seit der Umarmung der vergangenen Nacht auf meinen Schultern, meinem Hals haftete und den ich heute Morgen nicht hatte abduschen wollen. Noch nicht. Er spielte mit seinem *cornetto* auf dem Teller herum und warf mir einen kurzen Blick zu, verlegen lächelnd. Ich atmete auf, und es fiel mir schwer, nicht albern vor mich hin zu grinsen, während wir diskutierten, ob es vernünftig wäre, Matilde zu einem Ausflug auf dem Roller mitzunehmen.

Mátti besah sich jeden trockenen Cornflake einzeln, bevor sie ihn in die Milch fallen ließ, mit dem Löffel wieder herausfischte und dann endlich herunterschluckte.

»Der Motor hat zweihundert Kubik, die Berge würden wir damit ohne Weiteres bewältigen«, meinte Phil.

»Und die Sitzbank ist lang genug«, sagte ich. »Wenn sie zwischen uns sitzt und ich sie festhalte, kann sie eigentlich gar nicht herunterfallen.«

»*Però!*«, rief Phil triumphierend. Er hatte das kleine Wörtchen vor zwei Tagen aufgeschnappt und benutzte es nun, wo er konnte. »*Però*, wir sind uns beide einig, dass es verboten und viel zu gefährlich ist, nicht wahr?«

»Genau.«

»Schade, ich habe uns auf meinen Fahrten immer zusammen auf diesem Roller gesehen.«

»Ich uns auch«, gab ich zu, »bei mir haben wir auch noch gesungen.«

»Wir können ja im Bus singen«, sagte Phil leise. Ich hob erstaunt den Blick und sah, wie es um seinen Mund zuckte. »War ein Scherz«, rief er, »ich singe schrecklich!«

Später brachte er seinen Computer herüber und zeigte mir die Fotos, die er in den letzten Tagen gemacht hatte. Zwei gebeugte Männer, versunken ins Schachspiel, zwei Jungen auf einem Roller von hinten, eine unscharfe Aufnahme von einem an ein Auto gebundenes Pferd. Szenen der Insel, auf der Straße eingefangen und doch mit einem Blick für das Ausgefallene. Eins gefiel mir besonders: das Gesicht einer alten Frau. Sie schaute direkt in sein Objektiv, unerschütterlich, würdevoll. Ein trockenes, schmerzliches Lächeln, tiefe Falten.

»Wie hast du sie dazu gebracht?«

Er grinste glücklich. »Einfach gefragt.«

»In ihrem Blick liegt ihre ganze Lebensgeschichte. Aber man möchte lieber nicht alles davon wissen.«

»Ich habe noch einige von ihr gemacht, mit der anderen Kamera, analog, also mit richtigen Filmen. Es könnte sein, dass die noch besser geworden sind.«

Es wurde Nachmittag, bis wir den blauen Bus bestiegen, in dem an diesem Tag ein anderer Fahrer hinter dem Steuer saß und wortlos unsere Münzen in Empfang nahm. Wir sangen nicht, dafür machte Matilde Phil auf alles aufmerksam, was sie sah.

»*Guarda*, Phil!«, sagte sie, »*una macchina! Guarda una capra! Guarda là, i fiori* ...«

Während ich meinen Kopf an die Sitzlehne sinken ließ und die Augen schloss, wiederholte er »Auto« und »Ziege«, »Blumen« und was sonst noch an unserem Bus vorbeikam. Matilde ahmte ihn nach und kicherte entzückt. Dann entdeckte sie etwas Neues, und so ging es bis runter nach Santa Marina Salina und weiter nach Lingua, wo wir wieder aus dem Bus kletterten. Wir schlenderten an den alten Salzbecken vorbei bis zu Alfredos Bar. Dort entschieden wir uns für drei *granita*, ein mit Puderzucker bestäubtes süßes Brötchen, eine Flasche Wasser und zweimal Espresso. Matilde trug endlich das rote Sommerkleid, das ich ihr vor einem Jahr geschickt hatte. Sie baumelte aufgeregt mit den Beinen und beäugte misstrauisch Alfredos großen Hund, der neben ihr auf einem Stuhl lag, die Pfoten ins Leere hängen ließ und ab und zu seine blaue Zunge zeigte.

»Der Hund ist bestimmt traurig, weil er so eine blaue Zunge hat.« Nachdem ich ihr versichert hatte, dass der Hund weder traurig noch krank war, noch etwas Böses gemacht hatte, wollte sie ihn streicheln.

Kelchförmige Gläser wurden auf Untertassen serviert, dunkelviolett leuchtete darin die *granita* aus Maulbeeren, weiß schimmerte die aus Mandeln, sonnengelb die der Feigenkaktee. Das süße Brötchen sah aus wie eine weibliche Brust. Nach einem Seitenblick zu mir griff Matilde danach. Ich nickte, erst dann hieb sie ihre Zähne hinein. Mit einem Bart aus Puderzucker, der an ihrem Mund und ihrer Nase hing, tauchte sie wieder daraus auf. Wir schauten sie an und lachten alle drei los. Dann löffelten wir unsere halbgefrorenen *granite*. Phil fotografierte uns und den Hund, und als er für Matilde Faxen mit seinem Löffel machte, glaubte ich einen Moment lang, den kleinen dicken Jungen inmitten der Rübenfelder in seinen Augen zu entdecken. Ich sah ihn mit seinem Witzbuch einsam vor dem Sofa stehen, auf dem seine schlafende Mutter lag, die ein selbst geschneidertes Kostüm und grob gestrickte Socken aus Schafswolle an den Füßen trug.

Ich hatte wenigstens Leonardo, dachte ich und wischte Matildes Mund sanft mit einer Serviette ab. Stimmt doch,

Leonardo?, versuchte ich zögernd eine Konversation zu beginnen. Seit wir auf Salina waren, hatte ich kaum mehr mit meinem Bruder geredet. Er gab mir keine Antwort, doch es war ein ruhiges, freundliches Nicht-Antworten. Er war noch da, das wusste ich, aber er schaute von weiter oben zu. Ich lehnte mich zurück. Wir brauchten die Wörter nicht mehr.

Phil goss mir ein weiteres Glas Wasser ein, wir stießen feierlich mit Matilde an. Dann fragte er, ob sie sich auf die Mauer neben die Laterne setzen wolle, damit er auch dort ein Foto von ihr machen könne. Ich übersetzte ihr die Frage, und schon lief sie davon, ohne noch einmal zurückzuschauen. Ich verspannte mich, was Phil sofort bemerkte. »Von hier aus sehen wir sie doch«, sagte er.

Natürlich hatte er recht. Rot leuchtete Matildes Tuch, das ich ihr um den Kopf geschlungen hatte, zu uns herüber.

Phil nahm den leeren *Granita*-Kelch in die Hand. »Schade, dass es in Deutschland keine Maulbeergranita gibt!«

»Was ist eigentlich aus dem Ast geworden? Hat Brigida ihn bekommen?« Meine Scheu vor dem Namen war über Nacht verschwunden.

»Ich weiß nicht.«

»Hast du nicht mehr mit ihr telefoniert?«

»Nein.« Er starrte auf seine Kamera, während er murmelte: »Ich lasse sie manchmal gern im Ungewissen.«

»Warum?«

»Das macht die Sache spannender.«

Ob er bemerkt hatte, dass er nach jedem Satz seufzte?

»Nichtsdestoweniger denke ich daran, an einem der nächsten Tage wieder zurückzukehren. Der Auftrag scheint nicht mehr zu bestehen. Signor Pappalardo und der mysteriöse deutsche Villenbesitzer sind plötzlich nicht mehr zu erreichen. Vielleicht gibt es diese Villa überhaupt nicht.«

»Was sagt Brigida? Musst du ihr nicht in der Agentur helfen?«, fragte ich.

Er grinste, wurde aber gleich wieder ernst. »Ihr helfen? Nein! Das macht sie alles übers Internet. Sie ist der Boss, und keiner von den anderen Fotografen braucht zu wissen, dass wir …« Er hielt inne, als meine Augen die seinen trafen. Er schüttelte den Kopf, bekam das Wort »zusammen« nicht über die Lippen, »… dass wir …«, er konnte den Satz nicht beenden. »Ich wohne ja vorwiegend bei ihr, gehe nur noch ab und zu in meine Wohngemeinschaft, um die Post durchzuschauen. Sie findet es unprofessionell. Keiner soll behaupten können, sie würde mir die Aufträge zuschieben, nur weil wir zusammen sind. Was sie natürlich macht. Ich sage ihr nur nicht, dass ich das mittlerweile auch alleine schaffen würde. Heiermann hat in seinem Studio eigentlich immer etwas für mich.«

»Wie habt ihr euch kennengelernt?«

»Bitte?« Er schaute auf.

»Brigida und du.«

»Ähh, in einer Umkleidekabine. Wieso möchtest du das jetzt gerade wissen?«

Weil ich eine dumme Kuh bin, die den Nachmittag zerstört, stöhnte ich lautlos. »Pure Neugier!«

»Wenn du es unbedingt hören möchtest, in einem großen Modehaus in Düsseldorf. Ich hatte vor, wie jedes Jahr im Frühling eine schwarze Hose zu kaufen. Ich trug nur Schwarz damals. Warum ich mich ausgezogen hatte, weiß ich nicht mehr. Jedenfalls saß ich aus einem mir nicht mehr bekannten Grund mit nacktem Oberkörper in eben jener Umkleidekabine auf einem Lederhocker und hatte eine Hasselblad auf den Knien.« Er hob seine Kamera hoch. »Eine Kamera wie diese. Ich sollte sie in der nächsten Stunde an einen unserer besten Kunden ausliefern. Ich prüfte sie schnell noch einmal durch, löste dabei den Blitz aus, und in diesem Augenblick zog jemand den Vorhang beiseite. Sie trug eine grasgrün gefärbte Kaninchenfelljacke und eine Handtasche über der Schulter, war also ganz sicher keine der Verkäuferinnen. Ausgerechnet an jenem Morgen hatte ich mir aus einer Laune heraus meine langen Haare abgeschnitten und gleich alles mit der Haarschneidemaschine auf eine Länge abrasiert, damit es wenigstens gleichmäßig aussah. Meinen Dreitagebart hatte ich stehen lassen, und so bot ich einen etwas verwegenen Anblick.« Er drehte seinen Löffel auf der Untertasse hin und her.

»Und dann?«

»Erstaunlicherweise brachte ich folgenden Satz hervor: ›Ich fotografiere heimlich Frauenfüße‹ und zeigte ihr mit den Augen, sie solle den Vorhang schließen. Sie gehorchte, ich löste den Blitz aus, so als fotografiere ich ihre hohen Schuhe, die unter dem Vorhang zu sehen waren.«

»Und das fand sie toll?«

»Anscheinend. Und als ich dann auch noch den König der angeblich pervers stinkenden Käsesorten aus ihrem Kühlschrank ohne einen Ton verzehrte ...«

Ich nickte. Den Rest wollte ich mir nicht vorstellen. Ich hatte unseren Ausflug nach allen Regeln der Kunst zerstört. Warum hatte ich bloß mit Brigida angefangen?

Ich stand auf, um zu bezahlen, doch Phil kam mir zuvor. Wir liefen schweigend auf der bescheidenen Promenade bis zu den großen Wellenbrechern aus Beton, Matilde balancierte auf der Mauer, und dann fuhren wir mit dem Minibus zurück nach Santa Marina Salina. Als ob ihm durch die Kennenlern-Geschichte bewusst geworden wäre, wie lange er schon mit uns unterwegs war, sagte Phil plötzlich: »Ich fahre morgen.« Er studierte die Abfahrtszeiten der Tragflügelboote, die an einem alten Holzbrett angeschlagen waren, zog Geld aus dem Automaten und ließ sich in einem kleinen Reisebüro die Züge aufschreiben, die ab Milazzo in Richtung Palermo fuhren. In mir schnürte sich etwas zusammen. Ich versuchte, das Gefühl zu vertreiben, indem ich Matilde an die Hand nahm und alle drei Minuten ihre Stirn befühlte. Doch immer wieder hallte mir sein »Ich fahre morgen« in den Ohren.

Morgen! Morgen schon!

Ohne zu reden, bummelten wir an den Geschäften entlang. Bunte Keramik, Wein und Kapern, ich glotzte in die Schaufenster und sah doch nicht wirklich hin. Plötzlich stand Giuseppe vor uns, der Vermieter unserer Appartements. »Na, alles wieder in Ordnung?« Er beugte sich zu Matilde, die nach meiner Hand griff, aber sich nicht hinter meinen Beinen versteckte.

»Ja, es geht ihr wieder richtig gut.«

Phil lächelte verbindlich und hörte den Höflichkeiten zu, die wir austauschten: dass das Wetter ganz prächtig sei, Salina wunderschön um diese Jahreszeit und die Wohnungen tadellos. Ich erwähnte Phils Abreise mit keinem Wort, vielleicht überlegte er es sich ja noch. Wir gaben uns die Hand und gingen in verschiedene Richtungen weiter.

»Ach, und falls es Sie noch interessiert«, rief Giuseppe hinter uns her und winkte, »ich habe meine Schwester gefragt. Die Familie mit dem Jaguar und den beiden Töchtern kam aus einem kleinen Städtchen drüben auf Sizilien. In der Nähe von Corleone. Pozzo, sie kamen aus Pozzo!«

Wir nahmen den letzten Bus nach Malfa. Die Kurven wiegten uns sanft hin und her. Matilde schlief ein. Phil trug sie die Straße hinunter, ihr Kopf lag auf seiner Schulter. Ich ging hinter den beiden und betrachtete sie. Ich sah Phils kräftigen Rücken, das schlafende Kindergesicht, ich spürte die feste, abschüssige Straße unter meinen Füßen und eine wohlbekannte Traurigkeit in mir aufsteigen.

Wir legten Matilde ins Bett und trafen uns auf der Veranda, standen unschlüssig vor den vertrauten, durchgesessenen Liegestühlen, der von Phil rechts von der Tür, meiner links. Ich setzte mich auf die steinerne Bank, Phil folgte mir. Wir waren eingerahmt von den Säulen, während das Meer irgendwo im Dunklen hinter uns rauschte. Kein Sternenhimmel, und außer den Grillen gab es nichts, was uns ablenken konnte. Auf einmal nahm er meine Hand und hielt sie fest.

Er wird nie mehr meine Hand halten, fuhr mir durch den Kopf, er wird zurückfahren. Ab morgen bin ich mit Matilde allein. Ich spürte, dass die Brüder und Teresa näher an mich heranrückten. Wir tauchten langsam aus der Versenkung auf, stiegen wieder hoch in ihre Welt. Ich sah ihn an und fragte: »Am ersten Abend wolltest du wissen, ob ich Angst vor den drei Brüdern habe, erinnerst du dich noch?«

»Natürlich.«

»Und weißt du auch noch, dass ich geantwortet habe, dass ich mich auf der Insel merkwürdigerweise sicher fühle? Als ob wir uns gar nicht mehr in deren Welt befänden, als ob sie Matilde und mich vergessen hätten?«

»Ja, das weiß ich auch noch.« Während er dies sagte, ließ er leider meine Hand los.

»Heute Nachmittag, als du nach Zug- und Fährverbindungen geschaut hast, ist mir das erste Mal klar geworden, dass ich mit Matilde ab morgen alleine hier sein werde. Und plötzlich frage ich mich, worüber ich in den letzten drei, vier Tagen überhaupt nachgedacht habe. Und ich kenne auch die Antwort: Über nichts habe ich nachgedacht. Ich war völlig sorgenfrei, habe keine Sekunde ernsthaft überlegt, wo ich mit Matilde eigentlich bleiben soll, wie ich ohne ihre Papiere nach Deutschland gelangen kann, wo ich arbeiten könnte, wie das alles laufen soll. Und das ist nur deine Schuld.« Die Schwierigkeiten, die ich ihm gerade beschrieben hatte, brachen wie ein kalter Hagelschauer über mich herein. Leise fuhr ich fort: »Und ich wollte dir danken dafür.«

Er rutschte auf der Bank herum und murmelte etwas, das sich anhörte wie »Nicht der Rede wert« oder so.

Ein paar Minuten redete keiner von uns beiden, wir lauschten dem Rauschen des Meeres und ich spürte, wie sein Bein sich ganz leicht an meines anlehnte. Dann räusperte Phil sich: »Die Fotos von Brigida, die da neulich bei mir auf dem Tisch lagen, also ... die habe ich mir nur angeschaut, weil ich nicht mehr wusste, ob ich diese Frau überhaupt noch liebe.« Er machte eine Pause, in der ich die Luft anhielt. Wie albern! Als ob man durch Luftanhalten eine Antwort, einen Satz, den der andere als nächstes aussprechen wird, noch irgendwie ändern könnte.

»Und jetzt, seitdem ich weiß, wo ihre Eltern wohnen, habe ich erst recht keine Ahnung mehr.« Er nahm wieder meine Hand und streichelte mit dem Daumen meinen

Handrücken. »Du willst vielleicht wissen, warum ich überhaupt nach Pozzo möchte?«

Ich zuckte mit den Schultern. Ich wusste im Moment gar nichts mehr, als wäre ich gerade von einem wohlig warmen Tauchgang an die eiskalte Oberfläche gelangt.

»Ich möchte ihre Eltern nur kurz treffen.« Es klang entschuldigend. »Eltern sind ja etwas sehr Privates, man verheimlicht sie gerne mal, oder?« Er lachte freudlos. »Es ist ein Test. Ich stelle mich vor, und ganz sicher weiß ich dann mehr über Brigida. Ich kann Sizilien nicht verlassen, ohne das ausprobiert zu haben. Albern, oder? Aber dann ...« Er drückte meine Hand und ließ sie los.

Aber dann sagst du mir trotzdem auf Nimmerwiedersehen, antwortete ich unhörbar, und alles, was zwischen uns war, wird dir spätestens beim Einchecken am Flughafen entfallen sein. Erstaunt wirst du zu Hause die Fotos von Matilde und mir anschauen, heimlich, da du sie Brigida natürlich nicht zeigen kannst. Du wirst dich dabei fragen, was für eigenartige Tage das waren, die du mit uns auf dieser abgeschiedenen Insel verbracht hast. Du wirst die Fotos wegpacken und mich vergessen. Mein Bild wird verblassen, es wird nichts zurückbleiben, an das es sich zu denken lohnt. Auf einmal konnte ich den Gedanken nicht ertragen. Er sollte sich an mehr erinnern als an süß-saure *caponata*, die unberechenbaren äolischen Winde und *cucunci*, Kapern am Stiel. Ich wollte von meinen Eltern sprechen, wollte ihn nicht gehen lassen, ohne dass er von meiner Mutter wusste, dem fröhlichen Mädchen, das Zia Pina in ihrem Brief beschrieb und das so gar nichts mit meiner verschlossenen Mamma Maria gemein hatte. Er sollte von meiner Kindheit wissen, den schweigenden Geburtstagen, den stummen Mittagessen, bei denen sie nie mit meinem Vater am Tisch saß. Ich wollte Phil den Brief übersetzen, den dieser Finú meiner Mutter geschrieben und den sie so sorgsam versteckt hatte. Ich sprang auf, »Bin gleich wieder da!«, und ging hinein, um die Bibel vom Nachttisch neben meinem Bett zu holen. Matilde schlief fest, ich zog die Decke noch ein Stück weiter über ihre Schultern. Im Küchenschrank kramte ich nach dem Windlicht, das ich erst heute Morgen entdeckt hatte, zündete die Kerze darin an und brachte es hinaus zu Phil.

»Hier!« Ich zog den Brief hervor. »Da drin hat er gesteckt, das ist eine Art Geheimfach.« Aufmerksam hielt Phil die Bibel näher an das Kerzenlicht und untersuchte den aufklappbaren Buchdeckel.

»Er ist von einem gewissen Finú an meine Mutter. Ich wusste nicht, dass sie vor meinem Vater schon jemand anderen hatte.«

»Wie heißt dein Vater?«

»Salvatore.«

»Vielleicht ist er doch von deinem Vater, und sie hat ihn nur so genannt?«

Ich schüttelte den Kopf: »Niemals! Das hier ist einfach – anders. Solche Worte würde er nie benutzen ... du kennst meinen Vater nicht!«

Ich übersetzte ihm den Brief: »Siehst du, dieser Satz zum Beispiel, ›*Grazie per avermi accolto nel tuo cuore*‹, diese Wendung – ›Danke, dass du mich in deinem Herzen willkommen geheißen hast, oder empfangen hast‹, das kann man kaum übersetzen, so schön ist das. Unmöglich für meinen Vater.«

»Das hört sich sehr verliebt an!«

»Sehr.« Ich nickte, und wir sahen uns an. Die Flamme der Kerze spiegelte sich in seinen dunklen Pupillen.

»Wie lange mag das her sein?«

»Ich weiß nicht, meine Mutter hat mit siebzehn geheiratet. Das muss also davor gewesen sein, warte mal, sie ist am 2. Juli 1948 geboren. Also ist dieser Brief vielleicht aus dem Jahre '64 oder '63. Sie war noch nicht siebzehn, schreibt er ja.«

»Dann hat sie euch aber spät bekommen.«

Er war ein Detektiv. Er merkte sich alles, rechnete und zog seine Schlüsse, ein gut aussehender Detektiv mit einem ernsten Lächeln.

»Erst fünfzehn Jahre nach der Heirat kamen Leonardo und ich zur Welt. Vielleicht haben diese fünfzehn Jahre, in denen alle sie für unfruchtbar hielten, sie so still werden lassen.«

Ich wusste, er würde nicht darüber lachen, deswegen fuhr ich fort:

»Manchmal hatte sie das ›traurige Tier‹ zu Besuch. Als Kind habe ich mir darunter einen ausgewachsenen schwarzen Panther vorgestellt, den sie auf dem Rücken mit sich herumschleppen musste, der seine Krallen in ihren Hals bohrte, sobald sie wieder ein wenig munterer werden wollte. So angesprungen, konnte sie nur im Bett bleiben und schweigend Löcher in die Luft starren, das erschien mir logisch. Papa stand unten in der Pizzeria, also brachten Leonardo und ich Brühe mit *pastina*, winzigen Stern- oder Buchstabennudeln zu ihr und kochten Kamillentee für sie. Irgendwann war das ›traurige Tier‹ dann verschwunden, und sie konnte wieder aufstehen und uns morgens die Schulbrote machen.« Ich strich über den Umschlag der Bibel, die Phil immer noch in der Hand hielt.

»Es fühlt sich seltsam an, aber sie ist plötzlich eine ganz andere Frau für mich. Als ob sie, als ob da ...«

»Erzähl weiter!«

»Ach, das ist nur so ein komisches Gefühl. Vielleicht auch nur Einbildung. Ich war nach Grazias Trauerfeier in dem Haus meiner Mutter, dem Limonenhaus. Es war leer, da stand nur noch dieser halbe Tisch.«

»Halbe Tisch«, wiederholte er, seiner Stimme war keine Verwunderung anzumerken.

»Ja. Es gab da diesen halben Tisch, ein sizilianischer Tisch, ein *mezzo tondo*, halbes Rund, heißt das genau übersetzt. Als ich bei Leonardo und Grazia wohnte, benutzten wir ihn als Esstisch. Eigentlich bestehen diese Tische aus zwei Hälften, aber weil die Häuser damals oft klein waren, war es praktisch, dass man die Hälften auch einzeln an die Wand schieben konnte. Wo die dazugehörige Hälfte für dieses Exemplar allerdings geblieben war, wusste niemand. Teresa und ihre Söhne haben das Limonenhaus leer geräumt und alles verbrannt. Nur der Tisch stand da, einsam und vergessen, immer noch auf seine Zwillingshälfte wartend.«

Warum das jetzt, fragten seine Augen. Warum erzählt sie mir bloß diese Geschichte? Ich wusste es selbst nicht genau. »Und daran muss ich plötzlich immer denken. Warum hat Teresa ausgerechnet diese Tischhälfte verschont? Das macht doch keinen Sinn.«

Ein zartes »Pling-dinge-ding« kam aus der Küche auf die Terrasse geschwebt, eine weitere Nachricht von Claudio. Es musste Claudio sein, denn Susas Nachrichten machten *plopp*, als ob ein Korken aus der Flasche gezogen wird, und sonst schrieb mir niemand.

»Lella!«, sagte Phil, und in seiner Stimme klang diese sanfte Bestimmtheit mit, die ich an ihm so mochte.

»Lella!«, er drückte meine Hand, »das mit dem Tisch macht wirklich keinen Sinn, und der Brief ist eine rührende Erinnerung deiner Mutter aus einer anderen Zeit, aber was schreibt dieser Claudio, dieser Testa-di-Cazzo, dir da eigentlich immer? Hast du eine einzige seiner Nachrichten gelesen? Ich denke ...«

Entnervt unterbrach ich ihn: »Claudio liebt es zu reden, er quatscht und quatscht, und so sind auch seine Nachrichten. Ich habe dir gestern ja schon erzählt, wie viele Briefe er mir nach Köln geschrieben hat. Alle wurden von mir zerrissen und nie beantwortet. Das hätte ihm früher einfallen sollen. Klar habe ich seine SMS gelöscht, ich muss nicht erst lesen, was da steht. Er textet umständlich geschriebenes Zeug daher, über das Sonnenlicht in meinen Haaren damals auf dem Fischmarkt und ...«

»Männer handeln aufgrund niederer Triebe oder höherer Ambitionen, manchmal auch aus purer Angst, das lässt sie viele unverständliche, übertriebene Dinge tun, glaube mir, ich weiß, wovon ich spreche!«

Ich nickte. Unverständliche, übertriebene Dinge für Brigida tun, da war er ein Meister drin.

»Aber kein Mann schickt fortgesetzt so viele SMS, nur weil ihm Jahre später noch etwas leidtut. Wäre es nicht möglich, dass er versucht, dich wegen etwas anderem zu erreichen?«

Wegen etwas anderem erreichen? Vielleicht hatte Claudio mir wirklich etwas Wichtiges zu sagen! Ein Panikschauer lief mir über den Rücken. Ich sprang auf und lief in die Küche, um das Handy aus dem Dunklen zu holen. Ich hatte es vermasselt, ich hatte alles falsch gemacht. Der Briefumschlag und eine große Zwei blinkten abwechselnd auf dem Display. Zwei neue Nachrichten. Ungelesen. Ungeöffnet. Ich hatte alle seine Nachrichten gelöscht, manchmal bis zu zehn an einem Tag. Wie ein Schwarm Heuschrecken, der den Himmel verdunkelt, zog die Angst durch meinen Kopf.

»Lies!«, sagte Phil neben mir.

»Cara Lella« – *o Dio*, wie förmlich – »ich schreibe dir so lange, bis du dich überwindest und mich erhörst.« Na also, mein Herzschlag beruhigte sich zwei Schläge lang. Ich hatte recht, die alte Liebesschwafelei. Doch dann zuckten meine Augen über das Wort Leonardo hinweg, und ich beeilte mich, den Sinn der Nachricht zu erfassen: »Bei meinem Vater in der Kanzlei liegen Schriftstücke, unterzeichnet von Leonardo und Grazia, ihre Tochter betreffend. Sie haben verfügt, dass Matilde ...« Er hatte mal wieder zu viele Worte benutzt, die erste Nachricht war zu Ende. Mit flatterigen Fingern öffnete ich die zweite. »... im Falle ihres Todes bei dir aufwächst. Ruf mich an. Jederzeit. Claudio.«

Ich weinte vor Freude, Tränen stürzten aus meinen Augen, und ich lachte und schlug mit den flachen Händen leicht an Phils Brust, denn wir standen auf einmal eng beieinander. Er hielt mich fest, umarmte mich, ich zog seinen Hals herunter zu mir und küsste ihn wie ein Kind auf die Stirn, knallende, kleine Küsse, dreimal, viermal. Ich stieß einen lauten Jubelschrei hinauf in die Weinranken aus, machte mich los, breitete die Arme aus und vollführte ein paar hopsende Tanzschritte zwischen den Säulen.

»Das ist doch nicht wahr«, rief ich in die Nacht und ballte die Fäuste. »*Dio*, er schreibt und schreibt, und ich lösche alles, tue so, als ob ich seine Anrufe nicht höre. Ich muss ihn sofort zurückrufen!« Wieder lagen wir uns in den Armen, und ich schüttelte den Kopf wegen meiner Dummheit. Ich sah zu Phil auf. »Kannst du das glauben?!«

»Ich glaube dir alles, Lady Madonna«, flüsterte er, und plötzlich war es nicht mehr die erste Freude, die mir die Erlaubnis gab, so nah an ihn gepresst zu stehen. Ich spürte mit einem Mal seine Erektion in der Hose, seine harte Brust an meinen Brüsten, seine Hände, die sanft meinen Nacken umschlossen, sehr sanft, seine Daumen, die locker auf meinem Kehlkopf lagen. Ich bog den Kopf zurück und suchte seine Augen, sog gierig den Duft seiner Haut ein und hörte meinen Atem. Atmete ich immer so laut, auch wenn ich alleine war? Er erlöste mich, sein Mund berührte meine Lippen, einen langen Moment blieben wir so, verharrten in dieser nachgiebigen Stellung. Wer von uns würde weiter gehen? Noch könnten wir uns voneinander lösen, und es wäre nichts, fast nichts passiert. Wir öffneten wie auf eine geheime Aufforderung die Lippen und beschlossen gleichzeitig, etwas passieren zu lassen.

Wir küssten uns. Lange und immer wieder. Und dann saß ich endlich auf seinem Schoß und tat das mit ihm, was ich mir schon am ersten Abend ausgemalt hatte. Ich packte ihn an den Schultern, fuhr an seinen Schlüsselbeinen entlang, wollte ihn festhalten, seine Kraft spüren. Ich fuhr, auf einmal mutig geworden, unter seinen Pullover, sein T-Shirt, strich kräftig über die stramme Haut am Rücken, kniff ihn sanft in seine Taille, bis er kurz auflachte und flüsterte: »Was tust du?«

»Ich gucke nur kurz was nach.« Ich schaute ihm von ganz nah ins Gesicht, in seine Augen, bis ich es begriffen hatte:

Es war wirklich Phil, in den ich verliebt war, nicht in eine Idee oder ein trügerisches Bild, sondern direkt in seine Person.

»Und?«

»Ja, du bist es.«

Irgendwann zog ich ihm seinen Pullover aus, dann streifte er mir meine Jacke und nach kurzem Zögern auch die Bluse ab. Die Nachtluft war kühl. Er gab vor, mich wärmen zu wollen, und küsste mir nur noch mehr Schauder auf die Haut. Eng umschlungen – er hinter mir, seine Hand auf meiner rechten Brust – lagen wir später, ohne uns zu bewegen, neben Matilde auf dem breiten Bett. Ab und zu nickte ich ein und träumte, dass ich genau so mit ihm lag. Wenn ich dann erwachte, lehnte ich mich an ihn, spürte seinen schweren Arm, glücklich, immer noch in meinem Traum zu sein. Bis zum nächsten Morgen.

Wir packten, wir bezahlten und verabschiedeten uns von Giuseppe, der mir ein Glas mit eingelegten Kapern in die Hand drückte und dabei sagte: »Hat mich gefreut, hat mich gefreut. Sie werden eines Tages zurückkommen!«

Ich nickte und brachte es noch nicht einmal fertig, diesen einfachen Gedanken zu Ende zu bringen. Ich konnte an gar nichts denken. Immer wieder landeten meine Vorstellungen bei Phils Händen und bei seinem Mund, und dann musste ich beides schnell anschauen. Wir sprachen nicht über die vergangene Nacht, sondern stolperten glücklich und verlegen über die Mole in das Tragflügelboot hinein. Ich befürchtete und hoffte zugleich, alle könnten mir ansehen, dass in der Nacht zuvor etwas Besonderes zwischen uns geschehen war.

Eine Nachricht von Susa ploppte auf mein Handy:

Guten Morgen! Seid ihr noch auf der Insel?

Susa – es gibt eine Verfügung von Leonardo: ich darf Matilde haben!

Das ist ja super! Habe mir schon Sorgen um euch gemacht!

Und das haben wir gefeiert

Richtig so, du solltest viel mehr feiern!

Ich habe ein schlechtes Gewissen, er hat doch eine Freundin …

Dann lass ihn das schlechte Gewissen haben! War es denn endlich mal gut?

Noch nicht ganz endlich, aber sehr gut

Kapitel 21

PHIL

»Vinci, Vinci, ich kann doch hier nicht einfach aussteigen und nach Elio Vinci fragen«, murmelte Lella. Ihre Haut, ihr Gesicht, die Augen, alles leuchtete von innen. Trotz des wenigen Schlafs war sie wunderschön an diesem Nachmittag. Sie tat, als merke sie meinen Blick nicht, sondern schaute nach den Weihnachts-Lichterketten, die über der Einfahrtsstraße nach Pozzo vergessen in der Luft hingen.

Wir waren auf der Autobahn recht schnell bis nach Bagheria gekommen und dort ins Landesinnere abgebogen, hatten Weizenfelder durchquert und steinige Hügel auf endlosen Landstraßen, die immer schmaler wurden, hinter uns gelassen.

»Das sieht zwar aus wie eine Abkürzung, ist aber wirklich der einzige Weg«, sagte Lella und zuckte entschuldigend mit den Schultern. Ich streichelte ihre Hand, die leicht und schüchtern auf meinem Oberschenkel lag. Das Auto, das ich in Milazzo gemietet hatte, war deutsch, groß und neu. Ich hatte auf einen Kindersitz bestanden und auch darauf, meine Kreditkarte zu verwenden. Wir fuhren an Orten vorbei, deren Namen so kompliziert waren, dass ich es nicht schaffte, sie im Vorbeifahren zu lesen, geschweige denn richtig auszusprechen. Ich hatte keine Ahnung mehr, wo wir uns befanden. Nach mehreren scharfen Kurven kam es mir vor, als hätten wir die Himmelsrichtung gewechselt, statt nach Süden fuhren wir jetzt nach Nordwesten. In einem See, eher einer tiefen Pfütze, lag ein Pferd im Schlamm, die Zähne gebleckt, verendet mit einem letzten, klagenden Schrei. Mein Gott, wie lange lag es dort schon? Ich hielt die Luft an, bis wir vorbei waren. Dann erst bemerkte ich Lellas aufgerissene Augen und ihre Mundwinkel, die sie wie ein Clown hinuntergezogen hatte. Vom Rücksitz war nichts zu hören. Wir sahen uns an und hatten offenbar beide denselben Gedanken: Was für ein Glück! Matilde hatte das Pferd nicht gesehen.

Schon von Weitem konnte man das graue Häusergewirr der Stadt erkennen. Pozzo lag auf einem dieser Hügel, von denen es hier so viele gab, und schaute aus unzähligen, halb zusammengekniffenen Fenster-Augen abweisend auf uns herab. Auch der Gürtel aus Wohnblöcken an den Hängen der Stadt hatte nichts Einladendes an sich. Wir fuhren öde, verlassene Straßen entlang, immer den Schildern nach: »*Centro storico*«. Auf einem abschüssigen Platz im Zentrum hielten wir an. Eine Bar, ein Brunnen, ein Wettlokal, alles geschlossen. Das Zentrum von Pozzo war verwaist, selbst der Brunnen war stillgelegt. Langsam fuhr ich weiter. Mit den Augen schoss ich Momentaufnahmen von den wenigen Menschen, die sich zeigten. Ein alter Mann saß neben drei hellblauen Eimern auf einem Hocker an der Hauswand. Eine alte Frau ging an ihm vorbei, ihre Waden ragten unter ihrem dunklen Rock wie verbogene Holzscheite hervor. Hinter einem grobmaschigen Vorhang entdeckte ich ein Totenkopfgesicht. Dünn, wie das Leder einer Trommel, spannte sich die Haut über die vorstehenden Wangenknochen. Seine weit aufgerissenen Augen trafen sich im Vorbeifahren für den Bruchteil einer Sekunde mit den meinen. Das Weiß der Augäpfel leuchtete auf, und der uralte, hellwache Blick brannte sich auf meiner Netzhaut ein. Unmöglich, ihn zu vergessen. Ganz sicher würde ich zurückkommen, um noch mehr dieser ernsten, faszinierenden Menschen zu fotografieren. Ich wusste jetzt, nach was ich mit meiner Kamera in ihren Gesichtern suchte, und neuerdings auch, dass ich es finden konnte!

Ich schaute kurz zu Matilde auf die Rückbank. Sie hielt ihre Trinkflasche in der einen Hand und Bandito mit der anderen. Neugierig guckte sie aus dem Fenster. Lella fing meinen Blick auf und drückte mein Bein.

So wie in den letzten Tagen konnte es nicht weitergehen, sagte ich mir, aber im selben Moment hoffte ich, dass es genau das tun würde. Es schien unmöglich, wieder ohne die beiden zu sein. Doch irgendwann würde ich Brigida wieder gegenüberstehen. Was, wenn mir versehentlich ihre Namen herausrutschten? Lella. Matilde, Mátti. Ich sah Brigidas Augen eng vor Eifersucht werden. Sie würde mich ausfragen, bis ich mich in meinen eigenen Sätzen verfangen hätte. Ich nahm mir vor, auf dem Rückflug Konzentrationsübungen zu machen.

Vielleicht blieb nicht mal mehr ein ganzer Tag, den ich mit Lella und Matilde verbringen konnte. Ich hatte mich noch nicht entschieden. Doch wovon wollte ich es eigentlich abhängig machen? Heute Abend, um einundzwanzig Uhr, flog eine Maschine nach Köln, sie war noch nicht ausgebucht. Aber morgen auch eine nach Frankfurt. Und übermorgen wieder eine nach Köln. Wenn bis dahin nicht die

Fluglotsen streiken sollten. Lella hatte mir die Schlagzeilen übersetzt. Das ganze Land war bereit, sich in einen seiner langwierigen Streiks zu werfen und sich komplett lahmzulegen. Ich schüttelte ungläubig den Kopf. Das Leben auf Sizilien kam mir immer noch wie ein rätselhaftes Schauspiel vor, aber mit Lella als Souffleuse war es auch unwiderstehlich.

»Vinci! Vinci! Das wäre so, als wenn du in Deutschland herumfahren und auf der Straße nach irgendeinem Meier, Müller oder Schmidt fragen würdest.« Lella schnaubte widerwillig durch die Nase.

»Vinci, Vinci«, sang Matilde von ihrem Sitz auf der Rückbank.

Wir guckten uns an und lachten, bis Lella sagte: »Nein, das mache ich ganz bestimmt nicht.«

»Dann frage *ich* eben. Wie sagt man das? Wie heißt das auf Italienisch?«

»Das tust du ja doch nicht.« Lella kreuzte die Arme vor ihren herrlichen Brüsten, die ich seit heute Nacht näher kannte.

»Bitte!«

»Das bringt doch nichts«, insistierte sie. Doch dann gab sie nach und sprach mir den Satz langsam vor.

Ich ließ das Fenster runter. »Den Nächsten frage ich. Den da.« Ich bremste vor dem Mann, der an einem Pfeiler lehnte. Er trug eine blaue Uniform, eine weiße Kapitänsmütze und eine ebenso weiße Kindergarten-Umhängetasche, hatte rötliche Stoppeln im Gesicht und Ringe unter den Augen – ein müder Verkehrspolizist.

»*Scusi, cerchiamo la casa del Signor Vinci, Elio Vinci*«, rief ich.

Der Rotbart kam näher, schnalzte mit der Zunge, schüttelte den Kopf und fragte seinerseits etwas.

»Was wir von dem wollen, fragt er dich«, stöhnte Lella. »Siehst du! Wir wissen nicht, wo er wohnt, wollen aber trotzdem was von ihm, das macht uns schon verdächtig. Fahr weiter! *Grazie!*« Das letzte Wort galt dem schläfrigen Aushilfspolizisten.

Ich ließ das Fenster wieder hochfahren. »Gibt es auf Sizilien noch Telefonzellen?«

»Warum denn jetzt Telefonzellen?« Lellas Stimme zitterte nervös, und obwohl ich nicht hinschaute, wusste ich, dass ihre vollen Lippen ungehalten zu einer Seite ruckten.

»Weil wir vielleicht in ein Telefonbuch gucken sollten.«

»Heute hat jeder ein Handy. Telefonbücher gibt es nur in einer Bar, und die sind scheinbar alle geschlossen. Ach, ich mag diese Stadt nicht!« Sie zog die Schultern hoch, als ob ihr kalt wäre.

»Ich bin's!«, sagte sie plötzlich, und bevor ich verstand, mit wem sie redete, sprach sie weiter: »Aha, du sitzt gerade davor. Wo ist Timmi? ... Das macht überhaupt nichts, dass du nicht dazu gekommen bist. Hast du denn jetzt Zeit nachzuschauen? Danke. Genau, am besten erst mal da ...«

Langsam fuhr ich weiter durch die engen Gassen und hörte zu, wie Lella buchstabierte.

»Also«, sagte sie nach einem kurzen Moment zu mir, »bei der Auslandsauskunft im Internet gibt es in Pozzo achtzehn Einträge unter ›Vinci‹. Das ist ja ...«

»... überhaupt nicht viel für so ein kleines Kaff«, beendete ich leise den Satz.

Lella lächelte kurz und sprach dann wieder in ihr Handy: »Und findest du auch einen Elio?« Sie wartete. Sie sah dabei hinreißend aus. Ich dachte an die vergangene Nacht und war einen Moment lang stolz. Vielleicht war ich es, der sie so glücklich aussehen ließ?

»Kein Elio? So ein Pech. Dafür drei Calogeros, zwei Vincenzos und vier Giovannis? Aha. Noch mehr? Na prima. Wie Brigidas Schwester heißt, weißt du nicht, oder?« Ihre dunklen Augen blitzten mich an, der letzte Satz ging also vermutlich an mich.

»Äh, du weißt, dass ich bisher keine Ahnung von der Existenz dieser Schwester hatte«, stotterte ich. »Brigida behauptete immer, sie sei ein Einzelkind.«

»Susa, einen Augenblick bitte, ich muss das mal eben hier besprechen. Was? Er heißt Phil. Philip Domin. Nein! Also«, fuhr sie, wieder zu mir gewandt, fort, »wir können die achtzehn Vincis unmöglich alle abklappern.« Lella schaute auf die Uhr. »Ich treffe mich zwar erst heute Abend um sieben mit Claudio in der Kanzlei, aber alle – das schaffen wir nicht. Nehmen wir an, die Schwester hat nicht geheiratet, dann steht sie unter dem Namen ihres Vaters darin, der dummerweise nicht eingetragen ist. Nehmen wir an, die Schwester *hat* geheiratet, dann trägt sie vermutlich immer noch ihren Namen und dazu den ihres Mannes, und wenn wir Glück haben, finden wir sie so.«

Sie sprach wieder in ihr Handy: »Susa, such bitte mal nach einem Doppelnamen ohne Bindestrich. Vinci und noch irgendwas und dann ein weiblicher Vorname. – Vinci Zito? Ja, zum Beispiel. Maria Concetta? Aha. Mal überlegen, nennt man die eine Tochter Maria Concetta, wenn die andere Brigida heißt? Nein, das ist zu altmodisch. Gibt's noch einen weiblichen Vornamen? Jessica? ... Jessica und Brigida, das passt. Coniglio Vinci. Perfekt, das könnte sie sein. Jessica, das ›Kaninchen‹ Vinci. Via Dante 20. Danke, Susa, ich erzähl dir alles später. ... Ja, Matilde geht es wieder gut. ... Nein, das geht dich nichts an, du taktlose Frau! ... Nein, auch morgen nicht. *Ciao*, einen dicken Kuss!«

Warum waren wir überhaupt nach Pozzo gefahren? Nur damit ich mich von Lella und Matilde nicht an irgendeinem Bahnsteig trennen musste? Irgendwann würde dieser Moment trotzdem kommen. Und wenn wir nun gleich die Eltern von Brigida finden würden, was dann? Sollte ich Lella mit Matilde einmal um den Block schicken oder sie als Dolmetscherin meinen Heiratsantrag übersetzen lassen? Undenkbar! Stopp!, wollte ich rufen, vergessen wir es, ich habe mich vertan. Was interessieren mich die Eltern, ich will diese Frau gar nicht heiraten.

»Also dann«, sagte ich stattdessen, erstaunt über das Ausmaß meiner Entschlusslosigkeit. Wir fragten uns zu der Via Dante durch. Die Straße lag in einem Neubaugebiet. »Zu verkaufen«-Zettel klebten an den Mauern der Häuser, *vendesi*, in Gelb, Hellblau, Rosa. Babyfarben. Vor der Nummer 20 hielten wir.

»Wollen wir nicht vorher anrufen?«

»Nein. Besser, wenn sie uns gleich sieht. Vielleicht ist sie es auch gar nicht«, sagte Lella und schaute an der Fassade des dreistöckigen Hauses hoch. Die Fensterrollläden der unteren Wohnungen waren alle heruntergelassen, verbarrikadierte Vierecke, da drinnen musste es stockdunkel sein.

»Matilde, ich bin gleich wieder da, ach ...« Lella brach ihren Satz ab. Ich drehte mich zur Rückbank. Matildes Kopf hing ein wenig nach rechts, die Augen waren ihr zugefallen, der Mund war zu einem »o« geöffnet, wie ein singender Weihnachtsengel aus Porzellan. Lella ließ die Autotür behutsam zufallen und klingelte am Eingang des Gitterzaunes, dessen spitze Enden sich wie Zinken einer Gabel nach außen bogen.

Ich sah sie in die Sprechanlage reden, dann ein wenig zurücktreten. Sie winkte mir zu. Ich stieg aus, und nun starrten wir gemeinsam zu den Balkonen hoch, auf deren obersten kurze Zeit später eine Frau erschien. Meine Magengrube hob und senkte sich gleich wieder. Sie hatte buschiges Haar, einen gewaltigen Vorbau und einen breiten Mund: Dort oben stand ganz eindeutig eine schmucklose Hausfrauen-Ausführung von Brigida.

»*Si?*«

Selbst aus der Entfernung konnte ich das Misstrauen sehen, das sich wie ein bösartiger Holzwurm neben ihre Mundwinkel gegraben hatte. Auch ihre Stimmbänder waren davon durchbohrt. Von Fremden wie uns konnte nichts Gutes kommen.

Mit einer Hand schirmte Lella ihre Augen gegen den weißlich grauen Himmel ab, mit der anderen zeigte sie auf mich und sprach in unverständlichen Sätzen mit vielen gedehnten Lauten, die ich noch nie von ihr gehört hatte. Während ich freundlich nach oben grinste, schnappte ich zweimal »Brigida« und einmal ein genuscheltes *fidanzato* auf. Mein Nacken schmerzte. Für Jessica musste ich mir keinen Namen ausdenken, ihrer war so banal, er reichte völlig aus. Sie warf zweimal ein schrilles *No!* über die Balkonbrüstung hinaus, was sie mit weiten Bewegungen unterstrich. Sie hatte ganz eindeutig kein Verlangen, mit uns zu sprechen. Ich grinste dennoch weiterhin zu dem gealterten Brigida-Gesicht hinauf. Sie bewegte sich bereits in Richtung Tür, da rief Lella einen Satz hinauf, der den kräftigen Fleischberg dort oben zögern ließ. Mit einer mir sehr bekannten Geste strich sie sich glättend über ihr Haar, doch im nächsten Augenblick war sie in der Wohnung verschwunden.

»Äußerst sympathisch«, sagte ich und wandte mich ab.

»Warte!«, erwiderte Lella. Ihre Augen streiften das Autofenster mit der schlafenden Matilde dahinter, fixierten dann die Haustür, die sich eine Minute später öffnete. Nun bekam ich Gelegenheit, die borstigen Eigenheiten von Brigidas Schwester von Nahem zu studieren, denn der Gitterkäfig öffnete sich für uns.

Jessica flüsterte, sie raunte, sie drückte sich gegen den Türpfosten, nur einmal wurde sie laut und wischte sich danach über die Augen. Ab und zu huschten ihre Augen neugierig über mich, dann und wann sagte sie anklagend »Papa« und »la Mamma«, manchmal bekreuzigte sie sich.

»*Grazie, grazie mille, e ...*« Lella entschuldigte sich vermutlich vielmals für die Störung, was Jessica dazu veranlasste, den Kopf nach hinten zu werfen und die Haustür zu schließen.

Lella holte tief Luft. »Also, du willst bestimmt wissen, was ...«, begann sie, redete aber nicht weiter. Wir schauten uns in die Augen, so lange, bis ich mir völlig sicher war, dass ich nichts wissen wollte, nichts fragen würde. Es war völlig egal, was Brigidas Schwester zu berichten hatte. Ich wollte Brigidas Eltern nicht sehen, ich wollte Lella küssen und nie mehr an Brigida denken.

Lella war es, die ihre Augen schließlich losriss. Sie blickte um sich, doch kein Mensch war zu sehen, oben im dritten Stock wurden nun auch ratternd die Rollläden hinuntergelassen. Der Bürgersteig war neu gepflastert und leer, nur die Wäsche flatterte auf dem Balkon im ersten Stock und gab auf diese Art ein Lebenszeichen von sich. Lella schaute durch die Scheiben des Autos zu Matilde hinein und lächelte: »Sie schläft immer noch.« Ich nickte. »Möchtest du hinfahren?«, fragte sie. Ihre Stimme bat um ein »Nein« von mir.

Jetzt müsste ich alles klarstellen, jetzt sofort! Los, tu es! Bist du wahnsinnig? In mir schrie alles durcheinander. Was sollte ich denn klarstellen? Lella, ich will mit dir leben, ich verlasse Brigida – sollte ich das vielleicht sagen? Was für eine Schnapsidee. Verlässt man eine Frau, die man eben noch heiraten wollte, wegen einer, die man erst vier Tage kennt? Außerdem: Wollte Lella mich denn überhaupt? Letzte Nacht hatte es zwar so ausgesehen, doch wie konnte ich mir sicher sein, was diese letzte Nacht jetzt, am helllichten Tage für sie noch zählte? Sie war doch gerade mit ganz anderen Sorgen beschäftigt. Sie hatte Matilde, das durfte ich schließlich nicht außer Acht lassen. Sie war für ein Kind verantwortlich, das sie versorgen musste. Ich wollte Lella und bekam das Kind gleich dazu, das Kind, das mich nicht verstand. Es würde nicht einfach, kein Spaziergang, hätte Brigida gesagt. Brigida! Wie sollte ich ihr das alles beibringen? Konnte es sein, dass ich zwar nicht mehr mit Brigida leben wollte, aber Angst hatte, den entscheidenden, alles beendenden Satz auszusprechen? Blieb ich etwa nur wegen meiner erbärmlichen Feigheit mit ihr zusammen? Ich schüttelte den Kopf, ein zu erschütternder Gedanke, um ihm weiter nachzugehen, lieber setzte ich mich schweigend ans Steuer, wartete, bis auch Lella eingestiegen war, und fuhr dann los.

»Hier geradeaus«, sagte Lella, »da vorne an der Bushaltestelle dann rechts.« Wir bogen auf einen Parkplatz ein, fuhren bis an sein Ende und erreichten eine schmale, von hochgewachsenen Zypressen gesäumte Straße. Als ich verstand, warum es hier auf einmal keine Häuser mehr gab, standen wir schon vor dem Tor.

»Es tut mir leid, ich hätte es dir auch gleich sagen können: Ihre Eltern sind im letzten Jahr gestorben, bei einem Autounfall.«

Ich griff mit der rechten Hand nach ihren Händen, landete aber im Leeren neben ihrem Bein und legte die Hand schnell wieder auf das Lenkrad. Ich hatte zwei Tote gesucht, war ihnen quer über die Insel gefolgt, bis zu diesem Friedhof. Ich hörte Brigidas Lachen in meinem Kopf. Ich würde ihr nichts davon erzählen, niemals. Das Lachen wurde lauter.

»Sie hat geschimpft und geflucht über Brigida, als sie da unten im Hauseingang stand, du hast es ja gehört. ›*Tutto il paese* ...‹, die ganze Gemeinde wäre da gewesen, nur die jüngere Tochter nicht.« Lella imitierte die raue Stimme von Brigidas Schwester perfekt: »›Nie hat der Papa die Mamma im Auto mitgenommen.‹ Sie war ganz aufgeregt, als ob es gestern passiert sei. Und eines Tages tat er es dann doch, weil die Busfahrer streikten. Diese Jessica erschien mir ziemlich durcheinander, aber stolz auf ihren Vater. ›Papa hat die große Villa gekauft, er hat mir die Wohnung und den Smart geschenkt, er hat immer alles für uns gemacht!‹« Lella schüttelte den Kopf und hob die Hände: »Auf dem Rückweg von dem einmaligen Ausflug sind die Eltern dann zusammen mit dem Pkw verunglückt.«

»Das hat sie dir alles zwischen Tür und Angel erzählt?«

»Ja.« Ihre Schultern zuckten, als sagten sie, du wolltest ja, dass ich mit ihr spreche.

Lella stieß die Luft aus und drehte sich nach hinten, wo sich etwas im Kindersitz bewegte. »*Buongiorno, amore! Hai dormito un po'?*« Dann drehte sie sich wieder zu mir und sagte: »Matilde ist wach, lass uns ein paar Schritte gehen.«

An der Friedhofsmauer war ein Blumenstand aufgebaut, er war leer. Hinter den Eisenstangen des großen Tors schlurften zwei alte Frauen in schwarzer Kleidung vorbei.

»Was hast du ihr gesagt?«

»Wann?«

»Na, wegen irgendeines Satzes von dir ist sie doch überhaupt nur heruntergestiegen von ihrem Balkon.«

»Ich habe gesagt, dass du ein bekannter Schauspieler bist, aber nicht erkannt werden möchtest.«

»Du bist unmöglich!«

»Ich hab's für dich gemacht!« Sie sah eine Sekunde lang aus, als ob sie loskichern wollte, tat es aber doch nicht. »Komm, Matilde, wir machen einen Spaziergang!«

Wir irrten im Zickzack in der Steinwüste umher. Entlang an Mauern, Grabsteinen, Kreuzen und Madonnenfiguren, alles in einem von der Sonne ausgebleichten Grau. Wir wanderten an den ovalen Fotos der Verstorbenen vorbei, die an den Steinflächen klebten, an ausgebrannten Grablichtern und Blumen, die diesen Ort mit ihren viel zu bunten Blüten sprenkelten. Kein Fleckchen Erde war zu sehen, außer in den wenigen Tontöpfen, die auf den Steinwegen neben den Gräbern standen und auf denen die vertrockneten Pflanzen im böigen Wind wehten.

»Dort hinten vielleicht.« Lella zeigte auf eine Wand, die mit Namen, Daten und Blumen übersät war. Fünf Reihen hoch türmten sich die Marmortafeln, und über allem spannte sich ein gleichgültiger Himmel, der in diesem Moment von lichtem Grau ins Betonfarbene wechselte. Matilde trippelte hinter uns zwischen den Grabsteinen umher. Ernst zeigte sie ihrem Bären Bandito die verschiedenen Blumen. Bei genauerem Hinsehen erkannte ich, dass fast alle Blüten künstlich waren.

»Nein, ich glaube nicht, dass sie hier in einer Wand liegen. Sie werden etwas anderes haben, ein *monumento*«, murmelte Lella vor sich hin und schaute sich suchend um.

An einer Grabstelle in der Wand fehlte die Marmorplatte. Jemand hatte mit schwarzem Filzstift »DiSalvo, Franco, 14. April« auf den rauen Zement geschrieben und ein Passbild daneben befestigt. Mit ungläubigen Augen stierte Franco auf mich herunter, als verstünde er nicht ganz, wie es dazu gekommen war, dass er dort oben, mit Tesafilm festgeklebt, sein eigenes Grab schmückte. Hatte es bei ihm nicht mehr für eine Marmorabdeckung gereicht? Giuseppe Sardi von nebenan hatte mehr Glück gehabt. Auch er war erst vor einem Monat gestorben, doch er durfte von einer in Plastik eingeschweißten Farbkopie auf uns Besucher herabschauen. Die Fototapete, vor der man ihn verewigt hatte, war scheußlich, er selbst beleibt und kahlköpfig, sein Lächeln brutal. Möglicherweise hatte er durch die Bedrohung seiner Mitmenschen ein herrliches, ausgefülltes Dasein hinter sich. Vielleicht täuschte ich mich aber und er war ein lieber Kerl gewesen, dem seine Enkel mit der Farbkopie noch eine letzte Freude machen wollten. Meine Gedanken kreisten: Ich mochte diese verworrene Welt nicht, diesen komplizierten Film, in dem die Guten von den Bösen nicht auf einen Blick zu unterscheiden waren. Plötzlich wusste ich nicht mehr, warum ich mir die Gräber unbekannter Menschen ansah, und es tat mir leid, Lella überhaupt an diesen Ort gebracht zu haben.

»Lella!«, rief ich, doch meine Stimme blieb zwischen den Mauern hängen. Sie hörte mich nicht. Matilde sprang neben ihr auf und ab, während sie an den Grabstätten entlangwanderten. Als ich sie gemeinsam hinter einer Ecke verschwinden sah, durchfuhr mich ein Schreck. Überzeugt, sie für immer verloren zu haben, sprintete ich los, um sie einzuholen. Ich musste es ihr endlich sagen! Obwohl die Halle, in der ich wieder zum Stehen kam, an den Stirnseiten offen war, trug die Luft etwas Feuchtes, Dumpfes in sich. Wonach es wohl roch? Ich wünschte, Lella würde es mir mit ihren Worten beschreiben. Erst seitdem ich sie kannte, fehlten mir das Riechen und die Düfte und Gerüche meiner frühen Kindheit.

Wie Schubladen in einem großen Wandschrank reihten sich die Gedenktafeln an- und übereinander. Leitern aus Stahl mit Rollen an den Füßen konnte man daran entlangschieben, um auch in den obersten Reihen kleine Vasen mit Blumen oder Kerzen vor den Schriftzug der Toten zu stellen. Der Wind hatte in einer Ecke Sand und vertrocknete Blätter zusammengetragen. Ich las »Giuseppe«, »Giuseppa«, »Domenico« und »Rosina« und ihre Geburts- und Todestage. Vor einigen Namen standen elektrische Grablichter in Form gläserner weißer Flammen, deren Kabelstränge unter den Marmorsimsen entlangliefen. Da sah ich ihn plötzlich. In nach rechts kippender Schreibschrift stand der Name »Vinci« auf einer Doppelschublade. Eine Hälfte des Grabes gehörte Enzo, die andere Livia. Beide verstorben am 18. April.

»Ich glaube, ich habe sie«, rief ich Lella zu und winkte ihr, »alle beide!« Lella wurde von Matilde gerade am Ärmel gezogen, die andere Hand hatte die Kleine zur Hälfte im Mund. Lella kam auf mich zu. »Hier?«, fragte sie, warf einen kurzen Blick auf die Grabinschriften und zog den Mund zu einer seitlichen Schnute, wie immer, wenn sie an einer Sache zweifelte.

»Er hieß Elio, nicht Enzo. Gestorben am 18. April ...«, sie schob die Vase mit den gelben Plastiknelken beiseite, »... 1998?« Sie schüttelte den Kopf. »Das ist viel zu lange her. Die Tochter hat etwas von letztem Jahr gesagt.«

Ich nickte und kniff die Augen zusammen. Es war eigentlich egal, ob sie hier lagen oder nicht. Entscheidend war doch, dass Brigida mir nicht gesagt hatte, dass ihre Eltern gestorben waren. Sie war nicht nach Sizilien geflogen, um ihre Eltern zu begraben, oder besser gesagt, sie in ihren Särgen hinter eine dieser Marmorplatten zu schieben und ihnen damit die letzte Ehre zu erweisen.

Matilde presste die Beine unter ihrem neuen Jeansrock zusammen und zupfte Lella am Ärmel. »*Si, andiamo subito!*« Lella streichelte über das rote Tuch auf Matildes Kopf, natürlich ohne die Stelle mit der Wunde zu berühren. Ihre blassrosa Lippen waren wieder glatt und wundervoll geschwungen.

»Nein, das sind sie nicht, schau doch, hier liegen sie überall, die Vincis.«

Und dann sah ich es auch: Dort ein Salvatore, hier ein Giovanni, daneben wieder mal ein Giuseppe, von denen gab es hier wirklich verschwenderisch viele. 1958 bis 1978, gerade mal zwanzig Jahre war er geworden. In den oberen Reihen häuften sie sich, überall Vincis.

»Nur ihre Eltern sind nicht dabei. Ich bin mir ziemlich sicher, die haben auch hier eine Villa, kein Apartment in einem Hochhaus.« Lella ging an den Grabwänden entlang, ohne sich nach mir umzusehen. »Sie sind nebenan, in einem Mausoleum. ›Elio‹ und ›Carmela‹, genau wie Jessica es beschrieben hat. Komm, ich zeig es dir!« Ich folgte ihr, vorbei an Brigidas Großtanten, entfernten Onkeln und sonstigen Verwandten, und ließ mich bis zu dem Mausoleum führen. »Famiglia Vinci« stand in Stein gemeißelt über der Tür. Ich schaute durch die kunstvoll geschmiedeten Gitterstäbe in die Gruft. Roter Marmor, goldene Buchstaben, alles prächtig und teuer. Da lagen sie also, im Tode vereint, und alles nur, weil Carmela den Bus verpasst und Elio sie ausnahmsweise im Auto mitgenommen hatte. Womit das Leben mal wieder bewiesen hätte, dass es hauptsächlich aus dummen Zufällen bestand.

Ich sah schweigend auf das gemeinsame Todesdatum der beiden. Der erste Dezember war zufällig mein Geburtstag. Brigida und ich waren damals seit einem halben Jahr zusammen. Wir trugen in der Morgendämmerung unseren ersten richtigen Streit auf der Straße aus, weil man mir ihr Geschenk, einen alten, ledernen Saxofonkoffer, an der Garderobe des Clubs geklaut hatte. Kampf, Feuerpause und anschließend Versöhnung im Bett. Wir schliefen bis Nachmittags, und dann lud ich sie ins Café Krämer um die Ecke ein, Torte essen. Brigida liebte deutsche Cafés. Je mehr alte Damen mit Hüten sich dort tummelten, umso besser, und sie liebte Torte. An diesem Nachmittag aß sie sogar zwei Stücke Schwarzwälder Kirsch, daran erinnerte ich mich. Unmöglich, dass sie vom Tod ihrer Eltern gewusst haben sollte!

Wie auf Kommando leierte mein Telefon die Melodie der Kleinen Nachtmusik herunter. Ich hasste Mozart inzwischen, obwohl es nicht seine Schuld war, dass sich das Stück jedes Mal wie ein Stilett in meine Eingeweide bohrte. Fieberhaft begann ich zu überlegen: Wo war ich, an welchem unverfänglichen Ort konnte ich mich gerade aufhalten, ohne dass sie Verdacht schöpfte? Ich beschloss, geheimnisvoll zu schweigen, anstatt sie sofort mit dem Tod ihrer Eltern zu überfallen. Die Melodie dudelte weiter vor sich hin, fahrig tastete ich nach dem Reiseführer in meiner Fototasche.

Lella ging ein paar Schritte beiseite. »Matilde!«, hörte ich sie rufen, »*ce ne andiamo a fare la pippì?*« Deswegen war die Kleine also so herumgetrippelt, sie musste zur Toilette. Ich ließ den Reiseführer stecken und versuchte, ganz ruhig zu atmen. Meine Begrüßung sollte unbefangen und ganz frisch klingen. Ruhig wollte ich abwarten, was Brigida zu sagen hätte.

»Moinmoin!« Manchmal lachte sie, wenn ich den nordischen Seemann für sie machte.

»Haha«, raunzte sie zurück. Sie war schlecht gelaunt. Ich hatte vergessen, sie ›amore‹ zu nennen. Nun hätte ich so schnell wie möglich für gute Stimmung sorgen müssen, doch was um Himmels willen konnte ich ihr sagen? In mir war nichts für sie, nicht einmal ein echter, aufrichtiger Gedanke aus den letzten Tagen, den ich auf die Schnelle hervorholen konnte. Der Lavastein und der Ast des Maulbeerbaums waren sicher noch nicht angekommen. Hoffentlich würde beides sie niemals erreichen! Ich vermisste sie nicht, und es interessierte mich auch nicht, was in der Galerie geschah. Sollte ich etwa anzügliche Anspielungen auf meinen Penis loslassen, den sie auf Partys heimlich im Vorübergehen festhielt und knetete? Doch dem Kapuziner war nicht im Geringsten danach, sich an Erinnerungen hochzuziehen.

Die Zeit lief. Jede Sekunde, die ich schwieg, wurde von ihr registriert. Was mir jetzt noch einfallen mochte – es war falsch. Meine ganze Welt war falsch. Ich mochte Düsseldorf nicht, meinen Job nicht und mein Zimmer in der Wohngemeinschaft mit Florian deprimierte mich derart, dass ich nur noch selten eine Nacht darin verbracht hatte, seitdem ich Brigida kannte. Die kahl gehaltenen Räume ihrer Wohnung hatte ich anfangs bewundert, dabei waren sie nur leer und ungemütlich. Brigidas magere Musiker-Freunde, die ausschließlich über ihre Musik redeten, hatte ich verachtet und gleichzeitig um ihre ehrliche Begeisterung beneidet. Bei mir gab es nur eine künstliche, auf Brigida zugeschnittene Begeisterung. Ich rettete mich von einem Tag zum nächsten, immer besorgt, bei ihr nicht aufzufliegen und herauszufliegen. Meine ganze Welt war unecht und lächerlich. Höchste Zeit, sie in die Luft zu jagen. Jetzt!

»Deine Schwester sieht dir ähnlich.«

Sie brauchte drei Sekunden. »Jessi?«

»Sie war wirklich nett.« Ich sagte absichtlich ›nett‹, denn Brigida hasste dieses Wort.

»Zum Kotzen ›nett‹! Was machst du bei Jessi?«

»Nichts. Sie hat mich zum Friedhof geschickt. Brigida, warum hast du mir nicht gesagt, dass deine Eltern bei einem Unfall gestorben sind?« Ich betrachtete die weiße Nelke, die jemand an das Tor des Nachbar-Mausoleums gesteckt hatte, eine einzelne Blume, ein schlichter Gruß. Ihr Kopf hing herunter. Die Nelke machte mich trauriger als alle Gräber des Friedhofs zusammen. Vielleicht hatte da jemand einen anderen Menschen wirklich geliebt.

»Du spionierst mir hinterher? Na, großartig! Wenn du wüsstest, wie egal mir das ist.«

Ich wusste, wie ihr Gesicht in diesem Moment aussah: Ihre schwarz umrandeten Augen waren leicht zusammengezogen, sie hatte sich wieder voll im Griff, wartete ab, grinsend, bereit, den nächsten, hinterhältigen Satz abzuschießen. »Du stehst also auf dem Friedhof von diesem Scheißkaff und sagst mir, dass meine Eltern tot sind. Hast du sonst noch irgendwelche sinnlosen Informationen für mich?«

Sinnlos. Genau das richtige Stichwort. Mit dem nächsten Satz würde ich alles beenden, ohne Lügen, ohne Entschuldigungen.

»Ich werde hier bleiben. Auf jeden Fall werde ich nicht so schnell wieder nach Düsseldorf kommen, ich weiß noch nicht genau.«

Sie schnappte sofort zurück: »Du hast jemanden kennengelernt! Wer ist sie?!«

»Hör mal.« Ich war ein feiger Hund, ich wusste es ja. »Es hat nichts mit dir zu tun. Ich brauche eine Pause ...«

»Jetzt hörst *du* mal! Und zwar *mir* zu! Von wegen Pause – ich bin schwanger – du wirst Vater!«

Ohne es zu wollen, zog ich einen Kreis in den Staub, leicht torkelnd, nach vorne gebeugt, wie ein Kreisel kurz vor dem Umfallen, das Handy immer noch am Ohr. Meine Kehle war trocken. »Du bist schwanger?« Erst jetzt wurde mir bewusst, dass ich mein Inneres vor Brigida immer sorgfältig eingepackt und geschützt hatte, wie ein Boxer seine Geschlechtsteile. Doch mit dieser Nachricht hatte sie mich genau dort getroffen.

Ich schnappte nach Luft: »Aber das ist ja ...«

»Wenn du jetzt sagst, ›Das ist ja wundervoll!‹, kotze ich!«

»Das ist ja wundervoll!« Sie liebte es, wenn man sich ihren Anweisungen widersetzte, ein Paradoxon. Die ganze Frau war ein Widerspruch in sich.

»Ich dachte, es interessiert dich vielleicht, auch wenn du dich tagelang nicht meldest, und außerdem ...«

Ich hielt das Handy zwischen die Gitterstäbe der Grabstätte. Ihre Stimme erzeugte ein beachtliches Echo, das von den Wänden der Totengruft abprallte. Mein Kopf war leer, nur ein alberner Gedanke kreiste darin: Nun wissen auch ihre Eltern von der Schwangerschaft. Erschrocken merkte ich, dass ich grinste. Ich hielt das Handy wieder an mein Ohr. Hatte sie mir eine Frage gestellt? Ich konnte nicht antworten. Ich bin schwanger – du wirst Vater – ich bin schwanger – du wirst Vater. Wie würde es sich anfühlen, wenn eine Frau diesen Satz eines Tages zu mir sagen sollte, hatte ich früher manchmal überlegt. In meiner Vorstellung war nur Platz für Liebe, Kniefall und Stolz gewesen. Die Wirklichkeit war etwas ganz anderes. Ich liebte sie nicht mehr und hatte dennoch ein Kind mit ihr gezeugt. Ich sah einen Zellklumpen, der sich in Sekundenschnelle teilte, Arme und Beine stülpten sich hervor, ein kleiner Molch, ein Gummibärchen. Meine Tochter. Mein Sohn. Ich war nicht in der Lage, mich von diesem heranwachsenden Wesen zu trennen, schon jetzt nicht mehr, obwohl ich noch nicht einmal ein Ultraschallfoto von ihm gesehen hatte. Niemals würde ich es Brigida überlassen können. Instinktiv hatte sie das Schlimmste herausgefunden, was sie mir antun konnte.

»Ich rufe dich zurück«, stotterte ich und drückte auf den roten Hörer.

Kapitel 22

LELLA

Als ich mit Matilde an der Hand zurückkam, hatte sich Phil einige Meter von der Grabstätte der Familie Vinci entfernt. Ich konnte seinen Rücken sehen und seine dunkelblonden Haare, die gerade lang genug waren, um vom Wind ein wenig durchgestrubbelt zu werden. Da stand er. Er würde nicht zu Brigida zurückkehren, niemals. Er gehörte zu meinem neuen Leben, auf das ich in den letzten Jahren in der Küche des *Salvatore* und nachts vor dem Fernseher gewartet hatte, ohne es zu wissen. Meine Beine knickten vor Aufregung fast ein, und mir wurde ganz feierlich zumute. Ich war frei, frei für Matilde, frei für ihn, und mit einem Mal schwanden die zweifelnden Gefühle, und alles fühlte sich wieder richtig an, wie in den Tagen auf Salina. Mir war es gelungen, das unbeschwerte Inselgefühl zusammen mit dem Glas Kapern, dem Wein und dem wilden Fenchel einzupacken und auf diesen Friedhof zu verpflanzen. Phil und ich würden nebeneinander aufwachen, ganz oft miteinander schlafen, wir würden uns lieben, immer über alles reden und Matilde zum Lachen bringen ...

Er drehte sich um, bemerkte mich aber nicht, obwohl uns nur fünf Meter trennten. Plötzlich lachte er auf und ging ein paar Schritte hin und her. Dann blieb er stehen, um knapp vor seinen Schuhen auf den Boden zu starren, die Hände in den Hosentaschen. Schon einmal hatte er so gestanden, ich versuchte mich zu erinnern, wo das gewesen war. Matilde schaukelte meine Hand vor und zurück, Bandito klemmte wie immer unter ihrem Arm. In der anderen Hand hielt sie einen Keks, den letzten, den ich in meiner Handtasche gefunden hatte, und summte eine Melodie, die aus drei verschiedenen Tönen bestand. Und nun fiel es mir wieder ein: Salina. Am ersten Tag, kaum auf der Insel angekommen, hatte er genauso weit von mir entfernt Löcher in die Luft gestarrt. Er entdeckte uns.

Ich wartete. Männer verraten am ehesten, was ihnen durch den Kopf geht, wenn sie nicht ausgefragt werden, hatte Susa mal behauptet. Hoffentlich traf das auch auf ihn zu.

Matildes warme Hand glitt aus meiner, sie setzte sich mit ihrem Bären auf die Steinkante eines Grabes, wo sie sich den Keks teilten. Bei Teresa hätte sie das sicher nicht gedurft – gerade deshalb ließ ich sie sitzen. Phil stürmte mit großen Schritten davon. Meine Lippen waren verschlossen, meine Beine wie einzementiert. Ich sah mich dort wie eine Skulptur auf dem Weg stehen, ein kleines Schild davor: »Frau auf Friedhof, abwartend.«

Da kam er auch schon zurück, stürzte auf mich zu und umklammerte mich so fest, dass ich kaum mehr Luft bekam. Warm spürte ich seinen Atem an meinem Hals, als er sagte: »Brigida ist schwanger.«

»Brigida ist schwanger«, wiederholte ich, wie in einer der Übungen auf meinen alten französischen Sprachkassetten. Monique ist schwanger, Giselle ist schwanger, Brigida ist schwanger. Dann erst, mit sekundenlanger Verspätung brach der Sinn der Worte über mich herein. Ich sah Brigida am Flughafen stehen, mit einem über Nacht gewachsenen Babybauch und dem Gesichtsausdruck einer satten Katze.

O Dio, was für ein berechnendes Biest, dachte ich, damit hat sie ihn, damit hat sie ihn ganz und gar. Ein süßes Baby mit blauen Phil-Augen. Eins, zwei, drei, ganz viele Kinder wird sie von ihm bekommen! Ich schaute von unten auf seinen Mund und vermied seine Augen, um keine Tränen der Ergriffenheit darin entdecken zu müssen. Phil ließ mich los.

»Tja, was soll ich sagen.« Er lachte kurz, wie über einen mäßigen Witz, und zog die Luft scharf durch die Nase ein. Er freute sich gar nicht, irgendetwas stimmte nicht.

»Lass uns gehen«, sagte er leise und blieb unverändert stehen.

Ich sah Matilde auf dünnen Beinen mit Bandito zwischen den Grabsteinen davonhopsen und spürte eine vertraute Zärtlichkeit in mir aufsteigen. So stark und fast schon schmerzhaft, wie am ersten Tag, als ich sie im Krankenhaus in den Armen hielt, winzigklein, gerade mal 47 Zentimeter groß, und mich nicht rühren konnte. Damals hatte ich vor Ergriffenheit geweint. Matilde gehört zu dir – Phil nicht, dachte ich, fang jetzt bloß nicht an zu heulen, ich warne dich! Wir umarmten uns wortlos, er presste seinen Kopf an meinen Hals, und ich wurde ganz ruhig. War ich deswegen von Claudio nicht schwanger geworden? Hatte ich deswegen kein Kind von ihm bekommen, und war ich nach Leonardos Tod so lange alleine gewesen, nur weil ich mich in Phil verlieben sollte, um mit ihm hier in dieser Minute zu stehen, bevor wir uns endgültig trennten? Das Leben war unerträglich in seinen Zufällen, banal, ohne erkennbaren Sinn hinter dem ganzen Theater. Ich griff nach dem weichen Stoff seines Mantels, zog ihn an mich, spürte ihn an der Stirn und unter meinen Händen. Noch war er bei mir. Diese Sekunden gehörten immer noch uns, bevor alles auseinanderbrach. Wir drückten unsere Wangen und Schläfen ganz fest aneinander, blieben bewegungslos, ganz still, ein letztes Mal. Nur unser Atem war zu hören. Und der Wind. Und ein Auto, das irgendwo außerhalb der Friedhofsmauer entlangfuhr.

Etwas fehlte. Ihre Schritte fehlten. Das Summen und die kleinen, schnellen Schritte, das Schlenkern, das Fallenlassen, das Klickern der hervorstehenden Perlenaugen bei jedem Aufschlag, das Aufheben von Bandito.

»Matilde?«, flüsterte ich, plötzlich heiser, erschreckt bis in die Knochen. Wir lösten unsere Gesichter, stoben auseinander, riefen und suchten. Wir liefen bis zum Eingang des Friedhofs, immer lauter rufend. Ich spürte, wie die Angst in meinem Hals klopfte, wie sie in meiner Stimme über die Grabsteine hallte. War Matilde einfach nur weitergelaufen und hatte sich verirrt? Hatte sie einer dieser Kinderschänder weggelockt, von denen man in der Zeitung immer las? Mir war eiskalt. Meine Beine waren kraftlos vor Schreck und rannten trotzdem weiter.

»*Dio santo*«, betete ich, »alles andere ist mir egal. Ich verzichte hundertmal auf Phil, auf alles, nimm mir, was du willst, nur gib mir Matilde wieder! Lass sie dort sitzen, da um die Ecke, hier hinter dieser Wand. Bitte!«

Aber sie war nirgends, vor der ersten Gräberwand nicht, nicht hinter der zweiten, dritten Wand und dennoch musste sie irgendwo sein!

»Matilde!?« Als ich die Tür der Toilette mit einem heftigen Ruck aufstieß, konnte ich Phils Rufen wie ein Echo hinten bei den Hallen hören: »Matilde!?«

»*Dio*«, betete ich wieder, »lass sie einfach nur Verstecken mit uns spielen!« Doch die Toilette war leer. Es gab überhaupt keine Möglichkeit, sich hier zwischen unverputzten Wänden und der einzigen Kloschüssel zu verstecken.

»Lella! Ich hab sie!!«

Nie in meinem Leben bin ich schneller aus einer Toilette gelaufen. Da waren sie, Hand in Hand kamen sie mir entgegen. Ich fiel auf die Knie und drückte Matilde an mich.

»Warum weinst du?«

»Ich dachte, du wärst verloren gegangen!«

»War ich aber gar nicht!«

Ich konnte nur nicken.

»Ich bleibe doch jetzt immer bei dir. Das will ich nämlich.«

Ich wollte ihr mit meinen Tränen keine Angst einjagen, deswegen stand ich auf und sagte mit fester Stimme: »Natürlich bleibst du jetzt für immer bei mir! Und ich wette, du weißt nicht mehr, wo unser Auto steht.«

Matilde fasste meine Hand und führte mich den Weg hinunter zum Parkplatz. Ich übersah Phils versteinertes Lächeln. Wir stiegen ins Auto. Während ich Matilde anschnallte, merkte ich, dass meine Hände immer noch leicht zitterten.

»Matilde«, begann ich, »wenn du wirklich mal verloren gehst, dann bleib stehen, wo du gerade bist. Verstehst du? Ich komme dahin, wo du stehst, und hole dich ab. Immer! Okay?« Sie nickte und sah mich mit leuchtenden Augen an, als hätte ich ihr gerade ein lustiges Spiel vorgeschlagen.

Ich stieg auf der Beifahrerseite ein und schnallte mich an.

Phil fuhr schweigend los, nach ein paar Metern hielt er an und stellte den Motor aus.

»Ich bin völlig durcheinander. Ich werde heute Nacht nach Hause fliegen. Nach Hause ...« Er atmete laut aus, als ob einem Reifen die Luft entweicht. »Ich bin ein, entschuldige bitte, Riesenidiot, dass ich dich jetzt mit Matilde alleine lasse«, sagte er, »aber natürlich fahre ich euch nach Bagheria. Also, wenn du willst.«

»Ja, ich will«, antwortete ich ihm. Er startete den Wagen erneut, erst Minuten später, als wir den Berg hinunterrollten und Pozzo hinter uns lag, merkte ich, dass diese Antwort immer noch feierlich zwischen uns stand. Aber sie war falsch, sie gehörte an einen anderen Ort. Wir gehörten an einen anderen Ort.

Wir? Das Zusammenleben unserer kleinen Pseudofamilie hatte nie eine Zukunft gehabt, eine Wahnvorstellung meines Kopfes, nichts anderes. Ich trommelte mit dem Absatz auf die Matte, die im Fußraum lag, und schaute unbemerkt hinüber zu Phil. Er flog heute Nacht nach Hause. Schon jetzt war er unerreichbar, weit weg von mir, nicht mehr in der sizilianischen Welt. Er sollte mich und Matilde nur noch schnell in die Kanzlei fahren. Ich wollte ihn nicht mehr anschauen müssen, wollte seinen Geruch nicht mehr in der Nase haben. Bald würde ich Claudios Eierkopf und den undurchsichtig grinsenden Acquabollente senior wiedersehen. Das war schon mehr, als ich ertragen konnte. Nur die Aussicht auf offizielle Papiere für Matilde konnten die Tränen in mir zurückhalten. In einem Dorf hielt Phil vor einem kleinen Supermarkt an, um Wasser zu kaufen. Er brachte eine Rolle Schokoladenkekse für Matilde mit. Sie bedankte sich artig bei ihm, und wir fuhren weiter, nur das Knistern und Rascheln von der Rückbank untermalte unser großes Schweigen. Nach einer Weile drehte ich mich zu Matilde um. Sie hatte die Kekse akkurat, einen neben dem anderen auf ihren Beinen und den Armstützen des Kindersitzes angeordnet.

»*Guarda!*«, sie hob einen der Kekse hoch, »der Prinz hier lacht, und der da auch, aber nicht so lustig und diese beiden gucken traurig.«

Erstaunt nahm ich die runden Taler genauer in Augenschein. Es stimmte, die Prinzen hatten alle einen unterschiedlichen Gesichtsausdruck, je nachdem, wie die eingestanzten Löcher der Keksoberfläche ihnen die Münder verzogen.

»Wir essen die Traurigen auf«, schlug ich vor.

Matilde strahlte und verteilte eine Runde traurige Schokoprinzen an uns alle.

Es dämmerte, als wir Bagheria erreichten. Schon von Weitem leuchtete die Villa Cattolica uns goldgelb entgegen, denn Scheinwerfer setzten ihre barocken Formen und die Palme, die hoch über die Gartenmauern ragte, in Szene.

Ein Nachmittag aus jenem längst vergangenen Sommer, als unser gemeinsames Leben schon fast zu Ende war, fiel mir ein. Leonardo, Grazia, Claudio und ich. Zu viert waren wir in die Ausstellung von Guttuso, dem berühmten Sohn Bagherias, gegangen. Nachdem wir seine Gemälde in den lichten, weitläufigen Räumen der Villa gesehen hatten, besuchten wir das bläulich schimmernde Marmorstück, das hinter der Villa liegt und in dem sein Leichnam bestattet ist. Leonardo versprühte gute Laune, er war überall, machte Fotos von uns und schwärmte von den eben gesehenen Bildern. »Da malt der Herr Guttuso ein Leben lang fantastische Bilder ...« Leonardo hatte Grazia in den Arm genommen. »Wie, dir gefallen sie nicht? ... Zu bunt? Ich fand sie super, die meisten jedenfalls, und am Ende liegt er dann tot in diesem Stein. Wer ist denn auf so eine irre Idee gekommen?« Er lachte, drückte Grazia an sich und küsste sie mehrmals auf die Schläfe, während sie uns mit leiser Stimme erklärte, dass Herr Guttuso sein Grabmal aus blauem, spanischem Marmor exakt so geplant hätte. Blau, wie die Farbe des Meeres.

»Mich erinnert das Teil jedenfalls an eine Riesenseife.« Leonardo hatte grinsend darauf bestanden.

Mein Pulsschlag verlangsamte sich. Wir quälten uns inmitten der anderen Autos Stoßstange an Stoßstange dicht an den Mauern der Villa vorbei. *Danilo, du bist tot!*, hatte jemand darauf gesprüht.

Ich schaute auf die Uhr. Noch eine halbe Stunde, bis ich Claudio in der Notarskanzlei treffen konnte, noch eine halbe Stunde, und ich würde Leonardos eigenwillige Unterschrift auf dem Papier vor mir sehen. Bis zur Bahnschranke am Ende des Corso Butera kaute ich auf meinem Handrücken herum, eine hässliche Angewohnheit, aber um Phil zu gefallen, würde ich sie mir nicht mehr abgewöhnen müssen. Die Schranke war geschlossen. Ich wies Phil an, sich durch das rasch anwachsende Autoknäuel zu hupen und weiter geradeaus zu fahren. Wir schlugen einen großen Bogen um Bagheria herum, vorbei an der dubiosen Strahlenklinik, in der die Mafia angeblich ihr Geld wusch, und weiter, bis rechts und links von der Straße die Zitronengärten auftauchten. Hier war noch zu ahnen, wie Bagheria früher einmal ausgesehen haben mochte. Heute Morgen hätte ich Phil vielleicht etwas über die palermitanischen Fürsten und deren Sommervillen erzählt, die sie sich im 19. Jahrhundert aus gelbem Tuffstein bauen ließen. Ich hätte ihm die glattwandigen Steinbrüche rechts und links der Straße gezeigt, die nach dem Abbau der Steine zurückgeblieben waren. Rechtecke in drei Meter Tiefe, groß wie mehrere Fußballfelder nebeneinander, gefüllt mit dem Grün der Zitronenbäume, die man dort unten angepflanzt hatte. Am Tage konnte man noch die eine oder andere Mauer sehen, die die ausgedehnten Gärten der Fürsten damals einfassten. Hölzerne Kisten, in denen die geernteten Zitronen gesammelt werden, stapelten sich davor. Doch jetzt war mir nicht danach, er war mit seinen Gedanken eh weit weg bei Brigida und dem Kind in ihrem Bauch.

Ich riss meine Augen weit auf. Vielleicht verdunsteten die Tränen ja irgendwie. Mit einer Handbewegung leitete ich Phil nach links, wir fuhren durch Santa Flavia, und ehe ich es recht bedachte, waren wir in Porticello hinter dem Sportplatz angekommen und standen auf dem leeren Platz, von dem aus man das einzeln stehende Limonenhaus gut sehen konnte. Schwarz hob es sich gegen den langsam verlöschenden Himmel ab, ein aufrecht hingestellter Schuhkarton, mit leicht abgeschrägtem Dach und einer Antenne, die schief in das Dunkel der Wolken ragte.

»Warum hältst du?«, fragte ich Phil.

»Ich dachte, du hättest gesagt, ich solle halten.«

»Nein.«

Er sah mich von der Seite an, als ob er widersprechen wollte, fuhr aber an. In Bagheria ließ ich ihn in der schmalen Via Cavour vor der Kanzlei stoppen. Er rieb sich mit der Handfläche ein paar Mal über die Stirn. »Lella, ich weiß gar nichts mehr.«

»Es ist schon in Ordnung für mich. Wirklich.«

Er schaute mich zweifelnd an. »Ich kann das schlecht erklären, Lella, ich habe mir da wohl etwas eingeredet ... und jetzt, wo ich mit dir ... das war so offen und ehrlich, meine ich ...«, stöhnte Phil und brach mitten im Satz ab.

Ich schaute ihn nicht an, sondern sprach nach vorne durch die Windschutzscheibe, während ich sagte: »Ich gebe dir einen Tipp: Offen und ehrlich ist manchmal wunderbar, aber in diesem Fall nicht. Erzähl ihr nichts! Es war eine ... Ausnahmesituation, oder? Nennt man das nicht so? Du hast dir etwas eingeredet? Ich mir auch.« Ich schaffte es, sogar zu lachen. »Vergessen wir's einfach.« Wie locker die Worte aus meinem Mund geflossen kamen, obwohl ich mich gleichzeitig übergeben wollte.

»Komm, Mátti!« Ich sprang aus dem Auto und öffnete die hintere Tür. Als ich Matildes Sachen auf dem Rücksitz zusammensuchte, heulte ich nicht, auch nicht, als Phil beide Koffer, den Korb und Leonardos alte Fototasche neben das Auto stellte und mich kurz umarmte.

»Lass es dir gut gehen, Lady Madonna«, flüsterte er.

Lady Madonna? Den Namen hatte er mir auch auf Salina nachts ins Ohr geflüstert. Ich fragte auch jetzt nicht nach dem Grund. »Du dir auch«, konnte ich nur noch antworten, dann stieg er ein und fuhr davon.

Das konnte nicht sein, das war ein ganz schlechter Film, ein denkbar mieses Ende für unsere Geschichte. Im Kino wäre ich jetzt hinausgegangen. Ich versuchte den Schmerz beiseitezuschieben. Denn niemand konnte den schlechten Film noch stoppen, und die Stufen der Kanzlei, auf denen ich zusammenbrechen wollte, verschwammen vor lauter Tränen. Er war wirklich weg! Nicht daran denken. Ich nahm Matilde an die Hand, drückte mein Kinn gegen die Brust, zog die Nase hoch, nahm dann die Schultern nach hinten und tastete nach der Klingel.

Niemand öffnete. Ich klingelte noch einmal. Matildes Hand lag warm und klebrig in der meinen. Zu viele Schokoladenprinzen.

Da tippte mir von hinten jemand auf die Schulter. Aha, die alte Spaßnummer von Claudio. Ich drehte mich nicht um. Ich hasse es, wenn sich jemand an mich anschleicht. Matildes Hand rutschte weg, zu spät griff ich zu, und im selben Moment drückten zwei Fäuste mit gewaltiger Kraft in meine Nieren und stießen meinen Körper gegen die Tür. Jemand zischte auf Sizilianisch: »Mach jetzt kein Geschrei, du Hure! Sonst müssen wir dir wehtun, und wir wollen die Kleine doch nicht erschrecken, wir wollen sie nur zu ihrer Familie bringen, wo sie hingehört.« Ganz leise sprach er. Wir sahen aus wie zwei Menschen, die vor einer Tür warteten, im Vorbeigehen würde niemand merken, was hier vor sich ging. Ich hörte mich vor Schmerz aufkeuchen, hörte Schritte, Autos, einen laufenden Motor und keinen Ton von Matilde.

Plötzlich sah ich alles ganz scharf, wie unter einer Riesenlupe. Claudio verabredete sich mit mir, gab Grazias Brüdern einen Tipp und machte zwei Minuten zu spät die Tür auf. Es passte absolut zusammen. Ich hatte einen Fehler gemacht, das Unglück hatte mich wieder eingeholt. Ich nickte langsam, während ich angstvoll auf die Tür dicht vor meinen Augen starrte. Meine Gedanken sprangen gehetzt umher. Was tun? Nach der Polizei rufen? Mich losreißen und auf die Straße laufen? Jemanden um Hilfe bitten? Ich sah mich am Arm eines Passanten hängen, er machte sich los und ging weiter. Es war lebensgefährlich, sich einzumischen. Niemand würde mir helfen.

Ich betrachtete die Szene mit Matildes Augen. Sie kannte die drei, es waren die freundlichen, wortkargen Onkels, die in Teresas Wohnung ein und aus gingen. Sie werden Matilde nichts antun, schoss mir durch den Kopf, das ist die gute Nachricht, sie werden sie wenigstens gut behandeln. Ich biss die Zähne zusammen, Matilde durfte keine Angst bekommen.

»Ich möchte ihr den Koffer mitgeben«, sagte ich zu dem, der hinter mir stand. Statt der Fäuste gebrauchte er jetzt nur noch zwei Finger, um mich gegen die Tür zu drücken, was umso mehr schmerzte. »Sie soll denken, dass alles in Ordnung ist, bitte«, flüsterte ich.

»Dein Koffer interessiert uns nicht«, sagte er, und ich spürte, wie sehr er die Macht über mich genoss.

»Bleib so stehen, bis wir weg sind!« Er ließ von mir ab. Das Auto fuhr an, Türen klappten, ich drehte mich nicht um. Ich schaffte es kaum, mit meinem Finger auf der Klingel zu landen, so sehr zitterte er. Die Töne hallten schwach nach im Haus, dann wieder Stille. Ich wollte schreien, weinen, auf der Straße dem Auto hinterherrennen, aber meine Beine knickten ein, und ich kam auf der obersten Stufe zum Sitzen. Das Zittern wollte nicht aufhören, mein Kopf senkte sich, bis meine Haare nach vorne fielen und den Stein des Bodens berührten.

»Rette mich! Phil, komm zurück und rette mich! Phil!!«, schrie ich stumm, bis mir die Tränen aus den Augen stürzten.

Vergeblich. Er war gegangen, um Vater zu werden. Ich hatte es wohl immer noch nicht kapiert, und nun rief ich auf dieser Treppe nach ihm. Ich hörte Schritte und wie jemand sagte: »*No, no*, ich muss nach Hause zum Essen, ich ruf dich wieder an.« Die Schritte entfernten sich.

Ich schluchzte und zog mit beiden Händen an meinen Haaren, dicht an der Kopfhaut, fest, bis der Schmerz kam, zog noch stärker, mehr Schmerz. Matilde war weg, sie hatten sie mir weggenommen, und Phil würde mich nicht retten, ausgeschlossen.

Ich riss an meinen Haaren, bis es beinahe unerträglich war. Es machte mich wach. Ich musste wach sein, musste nachdenken.

Da klingelte mein Handy. Ich las seinen Namen. »Dass du es wagst!!«, fauchte ich wütend und ließ es weiter klingeln. Ein kurzes Déjà-vu flackerte durch meinen Kopf. Das hatte ich doch alles schon einmal erlebt. Ich schnäuzte mir die Nase in einem Taschentuch und ging dran.

»Lella«, auch er weinte, »es tut mir leid!«

»Claudio, sie ist weg! Sie haben Matilde! Haben sie dich ... bist du verletzt?«

»Sie haben mich bedroht, Lella, es tut mir so leid!«

»Hättest du mich nicht irgendwie warnen können?«

Er weinte wirklich. »Sie haben gesagt, sie würden ... sie würden meiner Mutter ...«

»Ich verstehe. Bitte weine du jetzt nicht auch noch. Es ist sowieso zu spät.«

Er erwiderte nichts, ich hörte ihn nur durch den Mund atmen.

»Können wir uns bei dir zu Hause treffen?«

»Nein, auf keinen Fall bei mir zu Hause.«

»Claudio! Die haben mich überfallen, ich bin völlig fertig und stehe hier vor der Kanzlei.« Ich wurde immer lauter. »Ich will wenigstens wissen, dass die das nicht machen dürfen. Ich will sofort die Papiere sehen!«

»Okay, okay, schon gut! Mein Vater weiß nichts von den

Drohungen, bitte halte ihn da raus! Nimm den Türklopfer, den hört er manchmal.«

Ich drückte die Aus-Taste, zog mich an der goldenen Faust des Türklopfers hoch und ließ sie zweimal gegen das Holz schlagen. Wenig später öffnete mir der alte Acquabollente persönlich. Er sah aus wie früher, vielleicht ein bisschen kleiner: edles Sakko, teures Hemd, wache, prüfende Augen in einem verknitterten Gesicht.

»*Che successo?*«, entfuhr es ihm bei meinem Anblick. Er gab mir seine zarte Altmännerhand. Was passiert war? Um nicht wieder zu weinen, konzentrierte ich mich auf seine Glatze, auf der sich das Licht der Lampen spiegelte, die im Eingangsbereich an den Wänden hingen. Wortlos hinkte er vor mir her, sein normaler und sein Klumpschuh wie immer blank poliert. »Etwas zu trinken?«

Ich hatte nicht mehr die Kraft, höflich abzulehnen, sondern sank auf das abgenutzte Polster eines Stuhls in seinem Büro. Von irgendwoher holte er ein Tablett und goss ein.

»Ich weiß, wer Sie sind. Was ist Ihnen zugestoßen?« Der Ton seiner Stimme war besorgt und zuckersüß, wie ein Pate in einem dieser Mafiafilme, doch etwas an ihm ließ mich Vertrauen schöpfen. »Trinken Sie!«

Ich nahm das Glas und trank, ohne zu zögern. Warm rieselte die zimtfarbene Flüssigkeit meine Speiseröhre hinunter, nach einem weiteren Schluck war ich imstande, von Matildes Entführung zu berichten.

Der alte Acquabollente hörte zu, goss dabei auch ein Glas für sich ein, ließ es aber auf dem Tisch stehen und schwankte quer durch das weite Zimmer hinter seinen Schreibtisch, der wie der Rest der wenigen Möbel verloren auf dem gefliesten Fußboden stand.

»Und das Mädchen ist bei den Großeltern aufgewachsen?«, fragte er.

»Ja, sie lebt seit drei Jahren bei ihnen, seitdem mein Bruder tot ist«, antwortete ich.

»Also, erst wird es von Ihnen entführt und dann wiederum von seinen Großeltern. Eine der beiden Parteien hat sich strafbar gemacht ... und wenn man an das Wohl des Kindes denkt, alle beide. Eine äußerst diffizile Geschichte.«

»Wie meinen Sie das?«

»Eh, wir werden sehen, was sich jetzt noch machen lässt.«

Die Minuten vergingen. Signor Acquabollente blätterte bedächtig in den Papieren vor sich auf dem Schreibtisch, und meine Hände wurden langsam ruhiger.

»*Allora*«, sagte er endlich, »ich habe hier anscheinend nicht die richtigen Papiere. Die müssen drüben bei meinem Sohn sein, er hat sich in den letzten Tagen intensiv damit beschäftigt.« Er schaute auf: »Sind Sie eigentlich in Deutschland verheiratet, Signorina Bellone?«

»Nein.« Er wiegte den Kopf hin und her, als ob ihm meine Antwort sehr leidtäte.

Vor ein paar Stunden hatte ich »Ja, ich will« zu Phil gesagt. Heute Abend flog er nach Hause und sank, wie es sich gehörte, vor Brigida auf die Knie. Vorbei.

Der alte Notar faltete die Hände und musterte mich schweigend. Ich senkte den Blick auf die fein ziselierte Glaskaraffe und den Marsalla di Florio darin. Wahrscheinlich kostete das, was hier vor mir auf dem Tischchen stand, genauso viel wie das gesamte Mobiliar. Der Marsalla war fünfzehn Jahre alt und wurde nur nach besonderen Vertragsabschlüssen gereicht, das hatte Claudio mal erwähnt. Claudio, den sie gezwungen hatten, mich zu verraten! Ob sie ihn zusammengeschlagen hatten? Das sähe ihm ähnlich, sich nicht mit schwarzblau-verschwollenen Augen zu zeigen, sondern stattdessen seinen Vater vorzuschicken.

Ich schaute zu ihm herüber: »Ich brauche einen guten Anwalt, Signor Acquabollente!«

»Sie brauchen gewichtige Fürsprecher, mutige, besonnene Freunde, das ist es, was Sie hier in Bagheria brauchen. Sie haben schon einmal hier gelebt? Mein Sohn hat da so etwas angedeutet. Er sagte, er würde alles tun, um Ihnen zu helfen. Alles, auch gewichtige Schritte. Familiäre Schritte.«

Ich nickte und murmelte: »Natürlich.« Ich kannte die sizilianische Art, um die Dinge herumzureden, ich wusste sofort, worauf Claudio hinauswollte. »Danke, ich bin mir der Ehre bewusst. Sagen Sie Ihrem Sohn, ich werde darüber nachdenken.«

Ich stand auf, wollte raus aus diesem Zimmer mit den abgewetzten Stühlchen, dem spartanischen Schreibtisch und den unbedeutenden Bildern an der Wand.

»Wir Notare geben uns bescheiden und genügsam«, hatte Claudio die karge Einrichtung erklärt. »Wir weisen nicht extra auf das Geld hin, das wir mit unseren hoch bezahlten Unterschriften verdienen.« In seiner Welt und der seines Vaters war alles käuflich, aber nichts etwas wert. Nicht das unbeschwerte Aufwachsen eines Kindes, nicht der Wunsch zweier Verstorbener, und meine Bitte, Matilde bei mir aufnehmen zu dürfen, natürlich auch nicht. Ihre Welt war kalt und gefühllos wie der Fußboden dieser grauenvollen Kanzlei. Ich dankte für das Getränk und lief mit einem unhöflich hingeworfenen »*Buona sera!*« hinaus.

Als ich eine Stunde später in Signora Pollinis Pension auf dem Bett lag, schrieb ich eine SMS an Susa:

Sie haben Matilde gestohlen.

Ich hatte die Nachricht kaum abgeschickt, da klingelte es. Anruf Susa.

Aus meinem Hals kam ein schluchzender Ton. Alles war umsonst gewesen! Da lag ich wieder, weinend, wie vor ein paar Tagen, zurück auf Los, ohne Matilde.

»Meine kleine Itakerin, was ist passiert?«

Ich konnte nicht sprechen, nicht atmen, nicht weiterleben.

»Sag einfach mmmh, ich verstehe dann schon. Waren das die drei Steineklopfer, diese Maurer-Brüder? Haben die sie geholt?«

»Mmmmh.«

»Haben sie dich verletzt, ist Matilde etwas passiert?«

»Mh mh.« Das bedeutete Nein.

»Ist Phil bei dir?«

»Mh mh.« Ich ächzte vor Anstrengung, die Tränen zurückzudrängen, tief in meiner Kehle brannte es, wenn ich nicht sofort einatmete, würde ich ersticken.

»Warum nicht? Wo ist er? Haben sie ihn totgeschossen?«

Bei dieser absonderlichen Vorstellung musste ich unwillkürlich auflachen, und plötzlich hatte ich wieder Luft. Es klang wie ein Husten. »Nein. Seine Freundin ist schwanger, er hat von der ganzen Sache nichts mitbekommen. Er ist heute Abend nach Deutschland geflogen.«

»Ach du Sch… Schitte. Wieso schwängert der die?«

Diese Frage konnte ich nicht beantworten.

»Klar, da muss er hin, da rennt er los ... Soll ich kommen?«

»Nein!« Ich lächelte in mein Handy und wischte mir mit dem Ärmel die Nässe vom Gesicht. »Lieb von dir. Aber du musst dich doch um Timmi kümmern. Außerdem sollst du nicht deinen Job verlieren.«

»Und ich würde da oben im Flugzeug in Schweiß und Panik ausbrechen. Aber sei's drum, für dich fliege ich überall hin!«

»Ich weiß, ich kenn' dich.«

»Du musst sie suchen, du musst alles tun, um sie wiederzubekommen. Ich weiß, dass du das schaffst. Ich schicke dir sämtliche guten Schwingungen, die ich habe.«

»Ja.«

Weil ich schon wieder weinte, legte ich auf. Ich sehnte mich danach, Matilde zu duschen, ihr Haar vorsichtig zu bürsten, ein sauberes Nachthemd aus dem Koffer zu nehmen und ihren dünnen Körper damit einzuhüllen. Etwas knirschte zwischen meinen Zähnen, als ich mir Teresa dabei vorstellte. Wo, in welchem Bett lag Matilde jetzt? War sie in ihrem Kinderzimmer?

»Phil hat für mich gespielt! Mit Bandito und den schwarzen Monstern!«, hörte ich ihre helle Kinderstimme in meinen Ohren. Bandito – gut, dass der wenigstens bei ihr war.

Ich verhandelte mit mir, ein paar Erinnerungen könnte ich ruhig zulassen: Salina, das Haus, das Bett mit der dunkelgelben Tagesdecke, die Säulenterrasse, das war o. k. Die Orangen, Zitronen, der wilde Fenchel, alles noch erlaubt. Unsere abendlichen Essen in den Liegestühlen, eher gefährlich ... und da war auch schon Phil mit seinen klaren blauen

Augen, den langen Beinen und schönen Füßen. Was hatte er für ein Glück, selbst seine Füße waren gelungen. Ich spürte die Kraft seiner Hände, mit denen er mich vergangene Nacht gehalten hatte, die Weichheit seines gründlich rasierten Gesichts vom heutigen Nachmittag auf dem Friedhof ... Nein, das nicht, ich hasste ihn und seine Brigida! Schluss damit! Schluss mit den Gedanken an ihn, für immer! Von Erinnerungen und lächerlichen Hoffnungen hatte ich mein ganzes Leben gezehrt und war nie satt geworden.

Morgen würde ich Claudio ausfragen. Wenn es die Möglichkeit gäbe, Matilde wiederzubekommen, würde ich allem zustimmen, selbst einer Heirat. Ich schaute auf mein Handy, 21.35 Uhr. Keine Nachricht. Aber warum sollte mir auch jetzt noch jemand eine Nachricht schicken? Warum sollte mir überhaupt jemand irgendwann wieder eine Nachricht schicken? Dennoch brachte ich es nicht fertig, das Handy auszuschalten. Vielleicht wollte mich doch jemand erreichen, redete ich mir ein. Claudios Vater vielleicht, Teresa, meine Mutter, die Polizei. Ich ließ das Handy an und hielt so den jämmerlichen kleinen Hoffnungsfunken, der tief in mir vor sich hin glomm und Phil hieß, am Leben. Dabei wollte ich den Funken am liebsten vergessen, einbetonieren, vergraben.

Ich benahm mich immer noch lächerlich und hatte doch inzwischen alles verloren – Matilde, Phil, selbst Leonardos Stimme. Leonardo? Keine Antwort. Er war tot und würde nie mehr zu mir sprechen.

Kapitel 23

PHIL

Auf der Autobahn gab ich Gas, hielt das Lenkrad mit durchgestreckten Armen, raste konzentriert, trat das Gaspedal noch weiter durch, fuhr äußerst links, haarscharf an der Leitplanke vorbei. Am liebsten hätte ich diese miesen sizilianischen Kerle, die nicht zur Seite fahren wollten, aus dem Auto gezerrt und ihnen meine Faust zwischen die Zähne gerammt. Doch mein Ärger war künstlich heraufbeschworen, um mich von den Fragen abzulenken, die wie Säure in mir hochstiegen. War es wirklich Zufall, dass Brigida mich in dem Moment, als ich sie verlassen wollte, mit ihrer Schwangerschaft überraschte? War es überhaupt mein Kind?

Ich stellte mir alles vor, was wir miteinander getan hatten. Sie konnte ziemlich unersättlich sein. Hatte ich ihr vielleicht nicht genug geboten? War ich überhaupt gut im Bett? War da noch ein anderer im Spiel? Sofort ging ich alle Künstler der Galerie durch, von denen manche untertänig bei ihr im Büro herumscharwenzelten. Alle Fotografen, denen sie über ihre Internetagentur Jobs verschaffte, die sie aber auch persönlich kannte. Hatte sie es etwa mit einem von denen getrieben? »Es miteinander treiben«, schon der Ausdruck verursachte mir Brechreiz. Sollte ich einen Vaterschaftstest machen lassen? Heimlich? Ich sah mich mit spitzen Fingern einen nassen Schnuller eintüten, und dann überwältigte mich der Gedanke wieder: ein Kind! Ich würde ein Kind haben! Unfassbar. Ich liebte es schon jetzt. Und was hatte Brigida gesagt: Du wirst Vater. Du. Na also, damit war ganz klar ich gemeint.

Ich spielte noch ein paar Kilometer James Bond, bis mir Lella einfiel und ihre waghalsig-schlechte Art, Auto zu fahren. Ich sah ihr Lächeln, das auf Salina immer öfter in ihrem Gesicht aufgeflammt war, sah ihre weichen Haare und ihre vollendet runden Brüste vor mir, und erst als ich Autos hinter mir hupen hörte, bemerkte ich, dass ich nunmehr mit sechzig Stundenkilometern auf der linken Spur entlangschlich.

Rechts von mir tauchte das Denkmal für Giovanni Falcone auf, den die Mafia vor einigen Jahren an dieser Stelle mit einer ferngesteuerten Sprengladung getötet hatte. Die Steinsäulen kannte ich von einem Foto aus meinem Reiseführer. Sie waren in der Dunkelheit kaum zu erkennen, doch der Platz vor der Felswand, von dem aus die Bombe damals gezündet worden war, war angestrahlt: ein weißer Betonklotz, auf den jemand »Mafia NO!« gesprüht hatte. Ich schaute im Vorbeifahren lange zu dem leuchtenden Viereck hoch und wäre fast erneut in die Leitplanke gekracht.

Meine Gedanken kehrten zu *ihr* zurück. Lella! Auf Salina hatte ich ihr meine Geschichte erzählt. Es kam mir vor, als wäre es erst wenige Stunden her. Ohne Ironie und zierendes Beiwerk, die schlichte Wahrheit hatte ich bei ihr in Verwahrung geben können. Sie hörte zu, nahm alles auf wie ein gut zu hütendes Geheimnis und fällte kein vorschnelles Urteil. Als kostbarer Gegenwert lag auch Lellas Traurigkeit in meinen Erinnerungen.

Doch nun sollte ich Lellas Innerstes lieber schnell vergessen. Ich wurde Vater, folglich musste ich mich jetzt um anderes kümmern. Sollte ich Brigida vorschlagen, mit mir zusammenzuziehen? Würde sie mich irgendwann rausschmeißen, mich das Kind je nach Tageslaune sehen oder nicht sehen lassen? »Wie hast du dir das gedacht, Brigida?«, würde ich sie fragen, »dein Kind, unser Kind, mein Kind?« Vage Aussagen wollte ich auf keinen Fall akzeptieren, es war an der Zeit, den wahren Phil vor Brigida auftreten zu lassen! Der Abflugterminal des Flughafens war von tausend Lampen erleuchtet und hob sich wie ein gläserner Lichtkasten vor den pechschwarzen Felsen und dem dunklen Himmel ab. Von einem Streik war hier draußen noch nichts zu bemerken, alles sah recht normal aus. Ich parkte den Wagen bei der Autovermietung und stieg aus.

Wir landeten pünktlich. Doch der Zug vom Flughafen Köln-Bonn nach Düsseldorf ging erst in einer halben Stunde, um 23.05 Uhr. In mir zitterte es vor Ungeduld, ich wollte Lella anrufen und traute mich doch nicht. Was konnte ich ihr denn schon sagen? Jedes Wort von ihr wäre eine Wunde, die wieder zu bluten anfing, sobald man sie berührte. Ich schaute zu dem dunklen Glasdach über den Gleisen hoch und beschloss, nicht anzurufen. Es würde mir schon reichen, wenn ich sie nur atmen hören könnte, dachte ich im nächsten Moment, ein letztes Mal, auch wenn es wehtun würde. Schon wählte ich die Nummer, die unter jenem Decknamen gespeichert war, unter dem sie in meinem Telefonbuch stand: Leonardo Palermo. Sollte Brigida diese Nummer je bei mir entdecken, wäre sie die eines Kollegen, den ich in Palermo getroffen hatte. Ich stellte mir Lellas Stimme, ihre Haare, ihren blassen schönen Mund am Handy vor und kickte bei jedem Klingeln mit dem Fuß gegen meinen Koffer.

»*Pronto?*« Sie war es!

»Hallo?«, quiekte es aus mir heraus. Schweigen auf der anderen Seite. Wieso sprach sie nicht? Ich musste mich räuspern und begann noch einmal: »Entschuldige, es ist viel zu spät.« Es klang nur wenig besser. »Hier ist Phil!«

»Phil.«

Diese Kraftlosigkeit in ihrer Stimme! Ich machte gerade alles nur noch schlimmer für sie, was war ich doch für ein Idiot! »Wie geht es euch? Wo seid ihr gerade?«, rief ich. »Mátti schläft sicher schon, oder?« Ich hörte sie mehrfach einatmen. Oder war das ein trockenes Schluchzen?

»Sie ist weg!« Raue Laute, wie von einem verwundeten Tier. In dürftigen Worten erzählte sie mir, dass Matilde entführt worden war.

»Was?«, fragte ich zwischendurch, »wie! Wo stand Matilde, und wo warst du?« Ich begriff das alles nicht. »Direkt vor der Tür? Da, wo ich euch abgesetzt habe?« Weil mir nichts anderes einfiel, lief ich auf dem Bahnsteig hin und her, den freien Arm in die Seite gestützt, und rief eins ums andere Mal: »Diese drei Schweine!« Es klang ungefähr so machtlos, wie ich mich fühlte. »Lella, warum hast du mich nicht gleich angerufen?«, murmelte ich.

»Du bist ja wohl gerade mit anderen Dingen beschäftigt ...«

»Ja.« Ich musste mich erneut räuspern. »Hat sie wenigstens El Bandito dabei?«

»Ja, hat sie.« Nach einer Pause fragte sie: »Phil?« Sie war so weit weg!

»Ja?«

»Vielleicht gibt es keine andere Möglichkeit, vielleicht muss ich Claudio heiraten.«

»Was? Wieso das denn?«

»Weil Claudio der Einzige ist, der mir helfen kann. Ich muss ihn eventuell heiraten, um Matilde zu bekommen.«

»Heiraten nur so oder heiraten mit allem?« Niemals konnte ich zulassen, dass sie diesen Depp heiratete. Er war ein Depp, er musste einer sein.

»Was soll ich denn sonst tun?! So wie es aussieht, habe ich hier keine Chance als unverheiratete Frau«, rief sie am anderen Ende der Leitung.

»Und wenn du diesen Claudio heiratest, der dich in die Falle hat laufen lassen, hast du eine Chance?«

»Ja.«

Ich war fassungslos über so viel sizilianische Logik. »Warum?«

»Claudios Vater hat angedeutet, es würde helfen.«

»Claudio, ich höre immer nur Claudio.« Ich musste verhindern, dass sie ihn heiratete, aber ich konnte hier nicht weg. Verdammte Brigida, verdammte Schwangerschaft, verdammte ...!

»Du begreifst das nicht, auf Sizilien gelten andere Regeln. Ich muss froh sein, dass Claudio so gute Beziehungen hat und mir diese Heirat überhaupt anbietet.«

»Wenn er so gute Beziehungen hat, warum konnten ihn diese drei debilen Bodyguards dann erpressen? Warum musste er erst dich verraten und Matilde an sie ausliefern?«

»Ich werde um Matilde kämpfen, auf welche Art auch immer!«

»Gut«, sagte ich, fluchte aber innerlich: Mist. Mist. Mist. »Ich fahre jetzt nach Düsseldorf und melde mich wieder bei dir. Ich weiß noch nicht, wann. Aber wenn du irgendwie Hilfe von Deutschland aus brauchen solltest ...«

»Nein, ich glaube nicht.« Es klickte, sie hatte aufgelegt.

Ich hatte ihr noch so viel sagen wollen. Ich liebe dich! Ich vermisse dich! Ich denke die ganze Zeit an deine unübertrefflichen Brüste und sehe deinen Mund vor mir.

Wollte mich jemand für diese Gedanken bestrafen? Ein höheres Wesen vielleicht? Oder Brigida? Auf der Anzeigetafel für meinen Zug standen jedenfalls plötzlich zwanzig Minuten Verspätung.

Die Düsseldorfer Luft schien sich schwerer einatmen zu lassen als die sizilianische. Ich musste klingeln, denn ich hatte keinen Schlüssel für Brigidas Wohnung. Ich hatte auch keine Zahnbürste bei ihr, geschweige denn eine Schublade für meine Sachen. Zu spießig, zu piefig, einfach undenkbar. Ich ließ in ihrer Wohnung nie etwas zurück. Solange ich alles mitnahm, war jeder Besuch wie ein neuer Anfang, es gab weder Gewöhnung noch Routine.

Der Summer ließ die Tür aufschnappen. Dritter Stock, die Wohnungstür war angelehnt. Ich hörte sie, sie war am Telefon, wahrscheinlich erzählte sie die Neuigkeit herum. Ich stellte Koffer, Stativ und Fototasche im Flur ab und folgte der Stimme. Sie saß in dem überdimensionalen Ohrensessel, der das leere Wohnzimmer mit einem Hauch von Gemütlichkeit ausstattete, trank Wodka und telefonierte. Wodka? In den nächsten neun Monaten würde Brigida ihr Mineralwasser wahrscheinlich nur noch aus Wodkaflaschen zu sich nehmen, die ungläubigen Blicke der Leute wären ihr das lästige Umfüllen wert.

»Wir sehen uns dann später!« Das galt dem Telefon. »Meine Gnade, das ging jetzt aber schnell.« Das galt mir. Brigida erhob sich mit einem zufriedenen Lachen im Gesicht. War ihr Busen durch die Schwangerschaft schon größer geworden? Er nahm in ihrem Glitzer-Ausgeh-Oberteil ein geradezu bedrohliches Ausmaß an.

»Wie geht es dir?«, murmelte ich und beugte mich zu ihr herunter. Sie verpasste mir einen flüchtigen Kuss auf den Mund und lief ohne Antwort aus dem Zimmer. Ihre hohen Absätze hallten auf dem Parkett, die Tür zum Bad knallte. Ob sie sich übergeben musste? Ich ging zum Sessel und beschnüffelte die Flasche, eine Geste, die ich mir für Brigida angewöhnt hatte. Aber natürlich roch ich nichts. Ich goss etwas in das von ihr gerade geleerte Glas und probierte. Kein Geschmack, aber ein Brennen auf der Zunge und hinten im Hals. Einen Moment später erreichte der Schluck meinen nüchternen Magen und wärmte ihn. Alkohol, keine Frage.

Sie kam zurück und sah mich mit dem Glas in der Hand. »Na dann: *Salute!* Ich war gespannt, wie lange du brauchen würdest. Von meinem Anruf an hat es genau acht Stunden gedauert.«

Ich war erstaunt, dass ich noch immer nichts für sie empfand, obwohl sie so dicht vor mir stand. »Und jetzt?«

»Jetzt gehen wir tanzen! Ich habe Lust zu tanzen.«

»Ich meinte eigentlich, wie geht es jetzt weiter?«

»Acht Stunden ... Ich glaube, du hast dich beeilt. Mit Einchecken und allem, Fliegen, dann noch mit der Bahn von Köln nach Düsseldorf, ja, ich glaube, das ist eine gute Zeit.«

»Wie lange weißt du es schon?«

Sie fummelte mit einer Zigarette herum. Seit wann rauchte sie?

»Ich hatte so ein komisches Gefühl«, sie nahm die Zigarette wieder aus dem Mund, »du hast dich nicht gemeldet, und nächste Woche ist doch die Eröffnungs-Vernissage. Das hattest du wohl ganz vergessen! Ich habe dich vermisst, ehrlich, und die Räume sind einfach geil geworden. Die Sachen von Classner kommen supergut rüber. Aber es gibt niemanden, der mir das Licht neu einrichtet. Das Licht müssen wir unbedingt ändern, und Bruno ist ausgerechnet jetzt nicht da.«

»Aha, dazu brauchst du mich.«

Ohne zu antworten, zündete sie sich die Zigarette an.

»Du solltest keinen Wodka trinken und auch nicht ausgerechnet jetzt mit dem Rauchen anfangen.«

Sie blies den Rauch spielerisch in die Luft: »Und du solltest nicht anfangen, langweilig zu werden.«

»Aber du bist schwanger!«

»Ach, Phil, nur kein' Stress, entspann dich mal!«

Ich steckte meine Hände in die Taschen meines Mantels, ertastete etwas Rundes und zog es hervor. Der Schokoprinz lag in meiner Hand und schaute mich mit trauriger Miene an. Ich musste an das große und das kleine Mädchen denken, die ich vor wenigen Stunden vor einer Notarskanzlei zurückgelassen hatte. Diese elenden Schweine hatten Matilde mitleidslos aus Lellas Händen gerissen. In mir wuchs wieder dieser unbändige Drang, sie alle drei nacheinander zusammenzuschlagen.

»Sorry, wenn die Entspannung etwas auf sich warten lässt, aber ich war noch nie in so einer außergewöhnlichen Situation.«

»O mein Gott, Phil!« Sie warf den Kopf nach hinten und riss lachend den Mund auf: »Ich auch nicht, und ich werde mich auch in Zukunft nie in so einer Situation befinden«

»Heißt das, du bist nicht schwanger?«

Sie klappte ihren Kiefer samt Lachen zusammen und mimte jetzt die Verspielte: »Nein.«

Sofort war mir klar, dass sie diesmal die Wahrheit sagte. Es war an ihrem Ton zu erkennen, an ihrem Blick und der Weise, wie sie auf die Zigarette in ihrem Mund hinunterlächelte.

»Brigida.« Ich bemühte mich um einen lockeren Ton. Es durfte keinen Zweifel geben, ich musste zu hundert Prozent sicher sein. Ein letztes Mal wurde ich zum einzigartigen Phil, der sein derbstes Grinsen zur Schau stellte: »*Amore*, gib es zu und bekenne, dass du deine Figur nicht ruinierst, dass du uns kein Babygeschrei und keine Windeln bescherst.«

Sie kicherte: »Nein, keine Sorge. Ich wollte bloß sehen, wie schnell du da bist.«

Ich lachte nicht zurück, sondern starrte mitten in ihr Gesicht. Ich spürte, wie die Reste meiner Verliebtheit und Bewunderung, meiner Hörigkeit, meiner eingebildeten Liebe zu Brigida in langen, sauberen Streifen von mir abfielen. »Da bin ich wirklich froh. Kein Mann sollte das Pech haben, eine Frau wie dich zu schwängern. Vom Glück der Kinder, denen du als Mutter erspart bleibst, möchte ich gar nicht reden.« Damit drehte ich mich um, griff im Flur nach meinem Gepäck und verließ die Wohnung.

Unten auf der Straße angekommen, durchsuchte ich meine Manteltaschen. Ich musste Lella anrufen! So schnell wie möglich. Doch die Taschen waren bis auf den krümeligen Schokoprinz leer, denn das Handy ... So ein Mist! Meine ewige Besorgnis um die Elektro-Strahlung hatte mich dazu gebracht, das Handy auf Brigidas Sessellehne zu legen, als ich den Wodka probierte. Und darum lag es nun dort und befand sich nicht in meiner Manteltasche. Verdammt, verdammt, verdammt!

Noch einmal bei Brigida klingeln? Bloß nicht! Aber etwas anderes blieb mir nicht übrig. Lellas Nummer war in diesem Handy eingespeichert. Unter Leonardo, Palermo. 0163, 0164? Nicht einmal ihre Vorwahl konnte ich auswendig. Ich merkte mir eben nichts, was irgendwo geschrieben stand. Ich ging zur Haustür und klingelte. Keine Reaktion. Noch einmal presste ich meinen Finger auf den Knopf neben dem Namen ›Vinci‹. Sie machte nicht auf. Ich klingelte Sturm, ich musste dieses Handy haben. Es war meine Verbindung zu Lella, Brigidas Meinung dazu interessierte mich nicht. Ich trat zurück und schaute die Hauswand hoch. Ihre Etage war erleuchtet. Da, ihre Silhouette. Jetzt öffnete sie eines der Fenster, und etwas Eckiges, Schwarzes flog durch die Luft. Mit einem hässlichen Laut zerschellte mein Handy auf dem Bürgersteig, Plastikteile schleuderten hoch und schnellten in den Rinnstein, unter geparkte Autos, ja sogar bis weit auf die Fahrbahn. Danke, Brigida, rief ich lautlos und bückte mich, um die Teile einzusammeln. Auch mit dieser Aktion würde sie es nicht schaffen, meine Zukunft zunichtezumachen. Ich brauchte nur die Karte, die kleine weiße Chipkarte. Morgen könnte ich mir ein neues Handy kaufen.

Aber die Karte war weg.

Ich suchte bestimmt eine Stunde lang, lieh mir im Kiosk an der Ecke eine Taschenlampe und setzte meine Suche fort. Die Karte blieb verschwunden. Sie musste in den Gully gefallen sein, der sich als klaffende Lücke im Rinnstein auftat. Das Gitter saß fest, wie zugeschweißt, selbst die Kraft meiner Wut auf Brigida reichte nicht, es aufzustemmen. Auf den Knien stierte ich durch die Eisenstäbe hinab. In den letzten Tagen hatte es scheinbar heftig geregnet, der Abfluss war verstopft, auf der Oberfläche des Wassers spiegelte sich das Licht der Straßenlaterne. Ich stocherte mit einem Stock in dem schwarzen Moder. Aussichtslos. Brigida hatte mein Leben mit Lella im Dreck versenkt.

Kapitel 24

LELLA

Ich war zusammengezuckt, doch dann war alles in mir ganz weich und wehrlos geworden, als sein Name gestern Nacht auf dem Display erschien. Es ist fast elf Uhr nachts, schoss mir durch den Kopf, und er ruft mich an! Er wird zurückkommen! Der nächste glückselige Stoß durchfuhr mich. Denk nicht mal dran, drohte mein Hirn. Du hast ihn gerade mit größter Anstrengung aus deinen Gedanken verbannt. Nur mit Mühe brachte ich ein »*Pronto?*« heraus.

Er hatte nicht glauben können, was ich ihm erzählte. Die Zärtlichkeit und die Empörung, die in seinen Sätzen lagen, hatten mich die Zähne zusammenbeißen lassen.

»Lella, warum hast du mich nicht gleich angerufen?«, oder: »Hat sie wenigstens Bandito dabei?« Ähnlich wie Claudio erspürte Phil das Ungesagte, Verborgene, doch in einem Punkt unterschieden sich die beiden ganz außerordentlich voneinander: Phil war feinfühlig, wohltuend zurückhaltend und, wenn nötig, voller Tatendrang.

Auch jetzt, nach einer schlaflosen Nacht, begann wieder dieses verdammte Zerren in meinem Brustkorb, sobald ich nur an seine Stimme dachte. *Maledetto*, es war zum Verrücktwerden, ich war immer noch in ihn verliebt! Ich musste das sofort abstellen. Wenn ich nur wüsste, wie. Ich schaute aus dem Fenster, dachte an seinen weichen Haarschopf, durch den ich mit meinen Fingern gefahren war, und wünschte, er wäre bei mir. Seit unserer gemeinsamen Nacht wusste ich, wie Glück sich für mich anfühlte. Es waren seine Küsse, seine Umarmungen und die Blicke aus seinen ernsten Edelstein-Augen. Es war Salina, waren Máttis Fragen am Frühstückstisch, ihr helles Kichern, unsere Busfahrt, die Lilien am Straßenrand. All das hatte ungefähr in Höhe meines Zwerchfells ein warmes, vibrierendes Knäuel gebildet. Doch nun befand sich dort nur noch ein schwarzer Hohlraum. Als mir in den Sinn kam, wie grob ich unser Gespräch beendet hatte, wurde mir ganz flau. Darum nur noch dieser Versuch. Einmal, ein einziges Mal würde ich es noch probieren, und dann nie wieder. Du solltest das nicht tun, warnte ich mich und wählte seine Nummer.

Eine freundliche Frauenstimme teilte mir mit, dass der von mir gewählte Teilnehmer zurzeit nicht erreichbar wäre. Sie schien beim Sprechen zu grinsen. Ich drückte die Taste mit dem roten Hörer und warf das *telefonino* aufs Bett. Warum war sein Handy jetzt aus? In diesem Moment kam mit melodischem »Pling-dinge-ding« eine Kurznachricht an. Das konnte kein Zufall sein! Ich sprang zum Bett und verachtete mich sogleich für mein hoffnungsvolles Lächeln.

Es war nur Claudio, der schrieb:

Sorge dich nicht, wir werden das gemeinsam durchstehen. Baci, Claudio.

Kaum hatte ich die Nachricht gelesen, erlosch das Display. Schon wieder war der Akku leer. Verzweifelt versuchte ich, den maroden Stecker in die richtige Position zu biegen.

Endlose, verfummelte Minuten, bis die rote Ladelampe aufleuchtete. Ich ließ das Handy an seinem Ladekabel stecken und lief aus der Pension.

Porticello war schon wach. Die alten Männer saßen bereits am Hafen auf ihrer Mauer, beäugt von den vielen Katzen um sie herum. In frischem Weiß und hellem Lila streckten die Bäume ihre Blüten in die Luft. Es war warm, ein leichter Wind blies mir die Haare aus dem Gesicht. Um zehn war ich in der Notars-Kanzlei mit Claudio verabredet. Meine Schritte eilten über den Asphalt. In der Werft hämmerten zwei Männer an einem Boot herum, die Schläge kamen abwechselnd und rhythmisch, klonk-klonk, klonk-klonk. Sie bauten ein *muciare*, ein Schiff für den Thunfischfang. Die Hölzer waren zusammengefügt wie der Brustkorb eines prächtigen, biegsamen Fischgerippes, das nur darauf wartete, zum Leben erweckt zu werden. Die Thunfischboote aus Plastik lagen währenddessen sterbend im Hafen. Das sollte einer verstehen. Klonk-klonk, klonk-klonk. Im Rhythmus schlugen meine Absätze den Takt. Ich schnaubte wütend, als ich an Claudios Nachricht dachte. Sorge dich nicht! Pah.

Bei Phil hatte ich meine Sorgen wirklich vergessen können, vier Tage lang! Phil. Phil. Immer wieder Phil. Es wurde Zeit, ihn aus meinem Hirn zu löschen, denn meine Träumereien waren Schwachsinn. Phil würde Brigida heiraten. Basta. Und wenn dem auch nicht so wäre: Allein mit Phil, ohne Matilde, könnte ich niemals glücklich sein. Mit Claudios Hilfe jedoch hatte ich eine Chance, Matilde wiederzusehen. Wenn ich also Claudio heiraten musste, damit Matilde bei mir leben durfte, dann würde ich es tun! Es war Frühsommer, alles blühte, eine Jahreszeit wie geschaffen zum Heiraten. Die kraftvollen Hammerschläge der Bootsbauer waren immer noch aus der Ferne zu hören. Ich ging schneller, ich durfte nicht länger zögern! Alles, was ich tat, tat ich für Matilde, nur für Matilde.

Mein Mund war ausgetrocknet. Ich blieb stehen. Weiße Wolkenfetzen zogen über den sommerlichen Himmel. Sizilien wartete sicher wieder mit einem Hinterhalt auf mich. Ich lief weiter, es hatte keinen Sinn, stehen zu bleiben. Meine Fehler würden mich früher oder später sowieso einholen.

Kapitel 25

PHIL

Ich konnte mich nicht erinnern, wann ich zuletzt derart schlechten Kaffee aus einem Pappbecher getrunken hatte. Auf Sizilien bestimmt nicht. Und wann war ich das letzte Mal so überstürzt auf eine Reise gegangen? Der Anblick der Menschen, die tote Insekten von ihren Frontscheiben kratzten, und das Dröhnen der Autobahn verstärkten meine Kopfschmerzen und die graue Müdigkeit hinter meinen Augen. Es war zum Verzweifeln. Die Rückreise zu Brigida hatte mich nur wenige Stunden gekostet, doch zurück zu Lella wollte man mich nicht lassen! Noch in der gestrigen Nacht hatte ich versucht, einen Flug zu buchen, nur um festzustellen, dass am nächsten Tag keine Maschine in Palermo, Mailand oder irgendwo in Italien landen würde. Der Fluglotsenstreik war nun doch ausgerufen worden, und auch die Bahnangestellten zeigten sich solidarisch und kündigten ebenfalls Einschränkungen in der Zugabfertigung an. Das Land stand kurz vor einem Generalstreik.

Es war bereits zwei Stunden nach Mitternacht, als ich entschied, mit dem Auto zu fahren. Ich hatte eine Flasche von Florians Bier aus dem Kühlschrank genommen, frische Hemden, T-Shirts und Hosen zusammengesucht und mir währenddessen von Google Maps die Entfernung von Düsseldorf-Erkrath, Am Buddenbach 4, bis nach Bagheria, Sizilien, ausrechnen lassen. 2333,4 Kilometer, eine Menge für meinen angejahrten Franzosen. Ein metallicgrüner Kombi mit hydropneumatischer Federung, ein Auto mit Raum und Klasse. Sie hatte die gut gepolsterte Rückbank immer »das Sofa« genannt ... Sie. Ich schnippte den Gedanken an Brigida beiläufig wie eine tote Wespe vom Tisch. Der Wagen war alt, aber zuverlässig, nur lange Fahrten nahm er mir übel. Er würde die Strecke den Stiefel hinunter bis nach Sizilien niemals schaffen. Doch von Genua aus konnte man abends um zweiundzwanzig Uhr mit der Fähre nach Palermo übersetzen. 1008,2 Kilometer bis nach Genua. Wenn ich ihm Zeit ließ, würde er es packen, der alte Citroën. Ich buchte einen Platz auf der Fähre für mich und den Wagen und machte mich frühmorgens auf den Weg.

Zehn Stunden später stand ich nun an einer Tankstelle kurz vor Genua und überlegte, wer schuld daran war, dass mich noch immer über tausend Kilometer von Lella trennten. Brigidas Lüge und natürlich die verdammten Fluglotsen!

Infolge der verlorenen Chipkarte konnte ich Lella nicht einmal mitteilen, dass ich auf dem Weg zu ihr war, konnte ihr Brigidas »Irrtum« nicht erklären. Oder meinen Irrtum, überhaupt zu gehen. Meine Liebe zu ihr. Ich war zum Schweigen verurteilt.

Ich schnaubte durch die Nase, wie ich auch in den vergangenen zehn Stunden Autofahrt geschnaubt hatte, während ich über Brigida und meine Beziehung zu ihr nachdachte. Erst jetzt wurde mir klar, in welcher Falle ich gesessen hatte. Der anfänglich süße Geschmack meiner Verliebtheit hatte sich ganz rasch gewandelt. Der aufregend salzige Beigeschmack des Sex, den wir miteinander teilten, war sehr schnell sauer geworden. Sauer verdient, so sagte man doch. Meine Liebe zu ihr hatte verschiedene Zonen durchlaufen, wie bei einer Zunge, von vorne nach hinten, bis nur noch Bitterkeit zu schmecken war. Ich trauerte ihr nicht eine Sekunde nach.

Wenn doch alle meine Handlungen so schlüssig, einfach und geradlinig wären, wie diese Frau zu verlassen!

Kapitel 26

LELLA

Meine Absätze klapperten durch Santa Flavia. Leonardos alte Fototasche schlug mir im Takt gegen die Hüfte. Da war auch schon das Kino, der Bahnübergang, dann tauchten die ersten Hochhäuser und die orangegelben Mauern des Stadions auf. Sie waren mit schwarzen und roten Buchstaben beschmiert, Abkürzungen, von denen die Sprayer vermutlich selbst nicht mehr wussten, was sie bedeuten sollten. Ich wanderte an einem zusammengebrochenen Bretterzaun entlang, dahinter breitete sich ein von kniehohem Unkraut bewachsenes Baugrundstück aus, auf dem sich Tausende von gelben Blüten im Wind wiegten. Sie würden die Luft im Spätsommer mit ihren wattigen Fallschirmen sättigen, es sei denn, jemand käme auf die Idee, schon vorher mit dem Bauen zu beginnen. Aber das war utopisch. Natürlich würde das Grundstück in drei Monaten genauso unverändert brachliegen.

Was ich in drei Monaten tun würde, wenn Matilde bis dahin nicht wieder bei mir wäre, daran mochte ich gar nicht denken.

Eine sehr kleine, sehr runde Frau führte mich in Claudios Büro.

Aha, ein eigenes Büro, Claudio. Ich bin begeistert. Du hast das Aktenkabuff also hinter dir gelassen.

Da sprang er hinter der Tür hervor, öffnete die Arme und machte Anstalten, mich nach drei Jahren und ein paar zerquetschten Tagen zu küssen.

»Claudio!« Ich wich vor seinen Lippen zurück und streckte ihm schnell meine Hand hin. Mit Bedauern stellte ich fest, dass Teresas Söhne ihm keines seiner zurückgegelten Haare gekrümmt hatten. »Wie kam das alles? Wie sind sie auf dich gekommen? Haben sie dich bedroht? Hast du sie angezeigt?«

Er hob die Schultern und ruderte mit den Armen durch die Luft, dann schnappte er meine Rechte und schüttelte sie lange.

»Ich habe drei Tage durchgehalten, aber dann hatten sie mich an den ... Entschuldigung, du weißt schon. Ach, lassen wir das. Die arme Kleine! Und du! Wie geht es dir damit?« Er klang wirklich besorgt.

Ich sog die Luft zwischen den Zähnen ein. Der goldene Klopfer an der Tür hatte die Erinnerung an Matildes klebrige, kleine Hand geweckt. Ich wollte keinesfalls in Tränen ausbrechen.

»Ich kann es noch gar nicht fassen ...«, setzte ich an, als er mich auch schon unterbrach:

»Warum hast du auf meine SMS nicht reagiert? Nie reagierst du, auf meine Briefe damals hast du auch nie geantwortet.«

»Bitte, lass uns das Thema wechseln.«

»Du hörst es ja nicht gerne, aber ich habe nie aufgehört, dich zu lieben.«

»Diese Briefe kamen Monate zu spät, Claudio.«

»Nur vier Monate! Ich brauchte Zeit, das habe ich dir auch geschrieben.«

Ich hasste seine weinerliche Stimme. Meine Augen wanderten im Zimmer umher. An der Wand hing eine gerahmte Urkunde, die war neu. Er folgte meinem Blick.

»Ach ja, die *laurea*, das war nicht ohne.«

Lass gut sein, Claudio, dachte ich. Wir beide wissen, dass du niemals durch Können, Fleiß oder den Besuch einer Universität zum Doktor geworden bist. Dein Vater hatte für deinen Abschluss gezahlt. Und da bist du in guter Gesellschaft. Außer dir lassen sich in Sizilien auch noch unzählige andere Menschen ohne Widerspruch *dottore* rufen.

»Hier«, begann er jetzt zu erklären, »ich habe alles vorbereitet. Da haben wir die Sorgerechtsvereinbarung aus den Testamentspapieren, übrigens noch nicht von dir unterschrieben und hier ...« Er schaute auf. »Also eins muss ich dir leider sagen, es sieht schlecht für dich aus. Einer unverheirateten jungen Frau mit Wohnsitz in Deutschland, der wird kein Amtsvormund in Sizilien ein Kind anvertrauen, und wenn es hundertmal in irgendwelchen Nachlasspapieren bestimmt worden ist. Lella, verstehst du, ohne eine ordentliche Heirat, natürlich gute Kontakte inklusive ...«, er lachte und sah beinah gut aus, »... ist dieses Papier da völlig wertlos.« Er hob das Blatt und ließ es fallen, worauf es wie ferngesteuert auf einen der Aktenstapel zurücksegelte.

»Völlig wertlos«, wiederholte er und schnaufte dabei durch die Nase. »Das nützt der kleinen Matilde überhaupt nichts.«

»Ich möchte sie sehen«, murmelte ich und streckte die Hand nach Leonardos Unterschrift aus, die er vor mehr als drei Jahren gemeinsam mit Grazia unter das Dokument gesetzt hatte. Hier vor diesem Schreibtisch hatte Leonardo gesessen, hatte an die Zukunft seiner kleinen Tochter gedacht und damit auch an mich.

»Wäre es nicht doch besser, die Entführung anzuzeigen? Immerhin haben die leiblichen Eltern offiziell bestimmt, dass Matilde, also ihre Tochter, bei mir bleiben soll! Und so schnell geht eine Heirat doch gar nicht, oder?«

»Das geht ganz schnell, Liebes, mit mir ganz schnell.« Er lachte.

Maledetto, plötzlich schien er keine Spur mehr bedroht oder eingeschüchtert, sondern bestens gelaunt.

»Also. Ich erkläre es dir.« Sein Ton bekam etwas Großväterliches. »Solltest du die Entführung anzeigen und gegen die Familie LaMacchia klagen, vergeht einfach zu viel Zeit. Es kann Monate dauern, bis eine Entscheidung bei Gericht gefällt wird.« Irgendetwas klingelte in seiner Hose.

»Und?«, fragte er und nestelte dabei an dem Sprechgerät herum, das sich wie eine silberne Kakerlake an sein Ohr klammerte. »Denkst du manchmal nicht doch an früher?« Er schaffte es, gleichzeitig über meine Hand zu streichen und »Jetzt nicht!« in sein Headset zu knurren. »Ich werde mir vielleicht doch die Nase richten lassen, was meinst du?!«

Das war nicht sein Ernst, oder? Nein, stöhnte ich unhörbar, ich ertrage ihn nicht, ich halte seine Nähe nicht aus. Nach der »ordentlichen Heirat« hätte ich ihn jeden Tag um mich. Wie sollte ich das aushalten?

Er zeigte auf sein Handy und erklärte: »Entschuldige, dass wir unterbrochen wurden. Das hier ist meine neueste Errungenschaft. Guck, ich kann meine Mails abrufen, natürlich auch selber welche schreiben und gleichzeitig Musik hören oder ...« Claudio drückte ein paar Knöpfe. »... die Börsenkurse abrufen. Fabelhaft, nicht?!«

»Seit wann interessieren dich Börsenkurse?«

»Ich bin da so ein bisschen dran, Aktien, Immobilien und so. Da geht immer was. Was ist eigentlich mit deiner Immobilie, willst du die verkaufen? Soll ich mich mal umhören? Man könnte das Limonenhaus an irgendeinen verrückten Deutschen veräußern. An einen Deutschen oder an die Engländer, die kaufen ja auch alles. Absolut alles kaufen die, jeden Schrotthaufen.«

»Wieso verkaufen, es gehört ja gar nicht mir, sondern meiner Mutter.« Wie kam er jetzt überhaupt auf das Haus? »Claudio«, brachte ich hervor, »ich sehe immerzu Matildes verstörtes Gesichtchen vor mir. Sie wird traurig sein und nicht verstehen, warum ich plötzlich nicht mehr da bin. Wir müssen herausfinden, wo sie ist, wo sie mit ihr hingefahren sein könnten. Wir sollten losgehen, die Wohnung beobachten. Wir müssen irgendetwas tun!« Mein Ton hatte etwas Bettelndes.

»Schritt für Schritt, Lella! Du musst mir das da erst mal unterschreiben, wir müssen heiraten, und wir brauchen Geld.«

»Warum Geld, wenn wir noch nicht einmal nachgeschaut haben, ob Matilde nicht doch bei Teresa in ihrem Kinderzimmer sitzt?«

»Nachgeschaut haben, nachgeschaut haben, als ob das so einfach wäre! Verlass dich auf mich, vertrau mir doch einmal! Einmal nur! Du ahnst nicht, wie kompliziert das hier ist. Selbstverständlich brauchen wir Geld. Vielleicht können wir sie bestechen, bei Geld werden die meisten schwach. Um heiraten zu können, brauchen wir auch deine Geburtsurkunde, aber die können wir nachreichen. Ich fädele das alles gerade ein. Mein Vater ist mit dem Vater des Jugendamtleiters zur Schule gegangen, deswegen konnte ich heute Morgen auch sofort die Akten einsehen. Grazias Mutter, Teresa LaMacchia, immerhin eine geborene LoConte, wusstest du das?, hat schon vor zwei Jahren das vorläufige Sorgerecht bekommen, weil Grazia in der Anstalt war. Du entschuldigst mich, ich muss jetzt gleich wieder los, muss einen weiteren Menschen treffen, der für uns sehr einflussreich sein könnte. Wirklich sehr einflussreich!«

Ich schüttelte stumm den Kopf.

»Ach, Lella, warum denn nun wieder so starrsinnig?« Claudio schaute mich an wie ein gutmütiger Lehrer, dem es leidtut, seine Schülerin zur Ordnung rufen zu müssen. Er kam mir mit seinem Gesicht ganz nah.

»Ohne deine Hilfe geht es nicht! Ein Papier vom Gericht wird außerdem auch gar keinen Einfluss auf Teresa haben.« Aus seinem Mund kam ein Geruch, der mich an alten Tütenparmesan erinnerte. »Sie werden Matilde trotzdem nicht herausgeben«, fuhr er fort. »Ich werde mein Möglichstes tun, aber ich habe schon von Fällen gehört, in denen das Kind jahrelang, *jahrelang*, sage ich, von der Familie versteckt gehalten wurde! Du wirst Matildes kleines Gesicht vielleicht niemals wiedersehen, wenn wir uns jetzt Zeit lassen.«

Ich schwieg lange. Claudio hielt dagegen. »Also«, sagte ich dann in die Stille, »wo soll ich unterschreiben?«

Ratlos stand ich wenig später auf der Straße vor der Kanzlei. Wohin nun? Sollte ich mir auf den Fluren vor irgendwelchen Amtszimmern vor Nervosität den Handrücken zerbeißen? Gerade hatte ich Claudio eine Vollmacht unterschrieben.

Wenn tatsächlich etwas zu erreichen war, schaffte er das auch ohne mich. Ich glaubte allemal nicht an einen schnellen Erfolg. Wie sollte das gehen? Etwas in mir lachte verächtlich auf. An einem Tag? In einer Woche? Auf Sizilien? Niemals! Da mussten Bemerkungen zufällig fallen gelassen, vertrauliche Informationen eingeholt, alte Verpflichtungen ausgegraben werden. Wer schuldete dem Notar noch einen Gefallen, wer hatte eine Cousine, die beim Jugendamt beschäftigt war? Das alles brauchte Geduld und Zeit. Claudio war eine harmlose Plaudertasche und gleichzeitig ein Angeber, der sich gerne mit den Verdiensten anderer schmückte. So groß, wie er vorgab, war der Einfluss seines Vaters sicher nicht.

Langsam ging ich los, doch ich fühlte mich auf einmal so schwach, dass ich sogar schon leicht taumelte. Ich musste etwas essen! Auf der Suche nach einer Bar lief ich hungrig durch die Gassen – doch auf einmal verlangsamte sich mein Schritt ganz von selbst. Ich hatte etwas gesehen und wusste, während ich weiterlief, schon nicht mehr, was mich hatte stocken lassen. Ich blieb stehen. Kehrte um. Da – an der Hauswand: »*Tappezzeria Bellone*«. Die verwitterte Schrift zog sich über die ganze Breite der Fassade. Eine Polsterei, genau wie Leonardo mir erzählt hatte. Sonderbar, den eigenen Namen so groß geschrieben zu sehen. Doch die Wäscherei, die hier laut Leonardo eingezogen war, gab es nicht mehr. In den Schaufenstern lagen Holzleisten, gold, silbern, gewunden und verschnörkelt. Ein Rahmenmacher. Behutsam drückte ich die Klinke hinunter und trat ein, über mir bimmelte ein Glockenspiel. In der Werkstatt roch es nach Holz, Leim und Papier, Leisten, Kisten mit Kanthölzern, ein staubiger Spiegel lehnte an einer Wand.

»Es ist noch nicht fertig, Sie können es nicht abholen. Es ist auch gerade niemand da«, sagte eine Stimme. Ich drehte mich um. Der alte Mann saß in der Ecke, er war ganz steif und altersfleckig, wie die Leinwand eines vergessenen Gemäldes.

»*Buongiorno*«, sagte ich überrascht. »Ich wollte nicht stören und auch nichts abholen.«

Er hatte mich vielleicht gar nicht gehört, sein Gesichtsausdruck blieb neutral. Ich schaute mich um. Unter einer Kreissäge lag ein Haufen Sägespäne. Der Kalender an der Wand zeigte immer noch Padre Pio, das Bild vom Januar. »Die Polsterei ›Bellone‹ ist wohl schon lange nicht mehr in diesen Räumen ...«

Er unterbrach mich: »Bellone! Ah!«

Gespannt ging ich einen Schritt näher. An was würde er sich erinnern? Was konnte er mir über die Familie meines Vaters erzählen?

»Bellone! Ah!«, wiederholte er, die Worte abfällig hervorspuckend. Und dann sagte er nichts mehr. Starrte einfach auf seine hageren Beine, die wie zwei in schwarzen Stoff eingeschlagene Leisten nebeneinander auf der Stuhlfläche lagen. Nach einer Minute hielt ich es nicht mehr aus: »Sie kannten die Bellones wahrscheinlich.« Schweigen. Ich startete einen letzten Versuch, einen mickrigen Testballon:

»Darum wissen Sie auch, warum es die Polsterei nicht mehr gibt!«

»Wer will das wissen?«, setzte er mit einem Male an, seine Stimme heiser. »Wer sind Sie?«

»Ich bin ...« Irgendetwas hielt mich zurück, dem Alten zu erzählen, dass ich zu der Familie der Bellones gehörte. »Ich kenne den Sohn, Salvatore.«

»Salvatore! Totó! Ah!«

Abfälliges Schnauben. Pause. Ich lächelte ihn an.

Die wässrigen Augen des Alten fixierten mich und wurden lebhafter, er beugte sich vor. »Was für ein Tag ist heute?«

»Dienstag.«

»Dienstag?« Er seufzte und lehnte sich zurück. »Kann mir nicht mehr alles merken.« Er betrachtete wieder seine Beine. »Sie waren aber schon mal da, an Sie kann ich mich noch erinnern!« Plötzlich war seine Stimme nicht mehr heiser. »Doch, doch, Sie waren früher schon mal da!« Er zeigte mit dem Finger auf mich. Ich nickte eilfertig und schämte mich dafür.

»An damals kann ich mich nämlich gut erinnern. Als die in der *Bar Centrale* den ersten Fernseher aufstellten, das ist, als ob es gestern gewesen wäre. Kurz danach hat der Totó die Polsterei verspielt. Hat sich ja immer alles genommen, der Totó. Hat seine Eltern verspielt, verkauft.«

»Der Salvatore Bellone!« Ich musste mich anstrengen, kein Fragezeichen an meinen Satz zu hängen.

»Ja, der Totó! Na ja, der hat es doch auf seine Art gemacht, was der wollte, hat er bekommen. Die Karten. Immer die Karten, überall war er dabei. Doch dann hatte er kein Glück. Wollte erst nicht zahlen, aber Spielschulden sind Ehrenschulden.«

Das konnte nicht sein, mein Vater spielte doch nicht! Noch nicht mal *tresette* hat er mit uns zu Weihnachten spielen wollen, als wir klein waren.

»Es gab eine Schlägerei, dabei hat er dem anderen das Auge zerschlagen. Ist dann nach Deutschland abgehauen, der Kerl!«

Der. Der Kerl. Totó. Mein Vater.

»Ja, ja, der hat seine Eltern auf dem Gewissen. Hat sie ruiniert. Ein Sohn soll seine Eltern ehren, soll sie unterstützen, nicht zu armen Leuten machen.« Er rieb mit der Hand unablässig über seine Stelzenbeine. »Der konnte sich hier nicht mehr sehen lassen. Die Eltern verkauft, sein ganzes Erbe und den Brautschatz der Schwester dazu ... und vorher die Sache mit dem Mädchen!«

Es reichte mir, mehr wollte ich wirklich nicht wissen.

»Und wer sind Sie noch mal?« Sein Blick verweilte unsicher auf mir.

»Nicht wichtig, entschuldigen Sie die Störung! Auf Wiedersehen!«

Er nickte und schwieg.

Vorsichtig zog ich die bimmelnde Ladentür hinter mir zu. Draußen atmete ich ein paar Züge der staubfreien Luft ein und versuchte mich zu beruhigen. Das war ja furchtbar. Mein Vater? Ein Spieler, der jemanden schwer verletzt hatte? Der nach Deutschland geflohen war? Der seine Eltern verarmt zurückgelassen hatte?

Tief in Gedanken und immer noch hungrig ging ich die Gassen entlang. War er deswegen nie nach Sizilien zurückgekehrt? Seine Schwester in Bologna war jedenfalls nicht gut auf ihn zu sprechen, uns hatte sie jeden Sommer nett aufgenommen, ihn aber spüren lassen, dass er in ihrem Haus nicht willkommen war. Kein Wunder, wenn er wirklich ihre Mitgift verspielt haben sollte ...

Kapitel 27

LELLA

Zurück in der Pension ließ ich mich an Signora Pollinis enormen Vorbau drücken.

»Auch einen Teller *lumache?*«, fragte sie und zog mich hinter den Perlenvorhang in ihre Küche. »Köstlich, die *lumache!*« Ich lehnte dankend ab, nahm aber eine aufgewärmte Portion *pasta alla norma* an, über die ich gemahlene Peperoncini streute. Ich brauchte das scharfe Brennen in meinem Mund, um nicht noch nervöser zu werden. Signora Pollini setzte ihrem Ehemann eine Schüssel voller Schnecken vor. Während er die Nachrichten im Fernsehen verfolgte, wühlte er blind mit den Fingern in den kleinen Gehäusen, nahm sie Stück für Stück, piekste mit einem Zahnstocher in ihnen herum und zog die grauen Schneckenlappen heraus, um sie schmatzend, ohne ein einziges Mal hinzuschauen, mit den Lippen abzustreifen. Die Luft in der Küche war von feinen Fetttröpfchen geschwängert, denn die Signora buk gerade Artischockenböden in Olivenöl aus. Ich konzentrierte mich auf meine *pasta*.

Nach der kräftigen Mahlzeit ging ich auf mein Zimmer und duschte heiß und lange. »Pling-dinge-ding« meldete sich das Handy. Mit dem um die Taille gewickelten Handtuch ging ich zum Nachttisch, wo es scheinheilig an seinem Kabel hing und vorgab, den Akku zu laden. Die Nachricht lautete:

Ciao, fidanzata! Frag mich nicht wie, aber man hat mir über eine dritte Person ausrichten lassen, dass es Matilde gut gehen soll. Sie rede von einem Boot, mit dem sie gefahren sei. Ich sitze bereits beim Amt für Familienangelegenheiten und mache ordentlich Druck. Bald kommt alles wieder zusammen, was damals so unglücklich auseinanderbrach. Ich sehne mich nach dir und der Kleinen.
Kiss – Claudio

Matilde ging es gut! Erleichtert stöhnte ich auf. Sie erzählte von dem schnellen Tragflügelboot, die Nachricht musste echt sein.

Doch Claudios weitere Worte machten mich umso wütender: *Fidanzata*, Kiss. Er behandelte mich schon als seine Verlobte! Ich wollte mich am liebsten übergeben, als ich mir seine vor Gel triefenden, angeklatschten Haare und den eigens für mich einstudierten, besorgten Blick vorstellte. Nichts wäre damals, als ich noch seine Verlobte hatte sein wollen, so unglücklich auseinandergebrochen, wenn er nicht so unglücklich den Schwanz eingezogen hätte ...
»Ich sehne mich nach dir und der Kleinen!«
Ich hätte schreien können. Er hatte Matilde das letzte Mal gesehen, als sie drei Monate alt war.
»Nein«, sagte ich und rubbelte mir voller Wut den Rücken trocken, »nein, nein, nein«, bei jedem Handtuchstrich. Ein bitterer Geschmack breitete sich in meinem Mund aus. Ich war dazu verurteilt, auf Claudio, auf irgendwelche Rich-

ter, auf das Standesamt, das Jugendamt und auf die Abteilung ›Sorgerecht/Adoptionen‹ zu warten.

Ich schlüpfte ins Bett und zog mir das Betttuch über das Gesicht. Ausruhen, ein, zwei Stündchen ausruhen, dann würde ich weiter gegen sizilianische Wände anrennen. Doch ich fand keinen Schlaf, immer wieder sah ich das Gesicht des Alten aus dem Rahmenladen vor mir und hörte sein abfälliges »Ah! Bellone!« in meinen Ohren. Mein Vater war aus seiner Heimatstadt gewissermaßen hinausgeworfen worden, er war gewalttätig und hatte sich verantwortungslos benommen. Mit einmal erschien mir sein lautes Lachen, das so häufig unser Haus erfüllt hatte, brutal. Seine gönnerhafte Art, sein lockerer Umgang mit Geld, seine ausladenden Gesten? Alles Angeberei. Fing er nicht mit allen Nachbarn Streit an? Und war es vor ein paar Jahren nicht mal zu einer Klage wegen Körperverletzung gegen ihn gekommen, von dem Pizzabäcker mit dem Ziegenbärtchen aus Padua? Wie hatte der noch mal geheißen?

Bellone, ah!, sagte die Stimme des Alten. Ich war eine Bellone ... Die Gedanken ließen mich nicht in Ruhe. Um mich abzulenken, holte ich die kleine Bibel zu mir ins Bett, klappte das Geheimfach auf und las den Brief an Mamma noch einmal. Die Worte hatten ihre Kraft nicht verloren, sie waren tröstlich, doch wie beim ersten Lesen kamen mir die Tränen. Schnell wischte ich sie mit dem Betttuch ab. Wie sentimental, ein uralter Liebesbrief brachte mich zum Weinen! Ich zog die Knie an und machte mich ganz klein. Ein Schluchzen rüttelte mich von innen durch. Und nun weinte ich wirklich. Ich weinte um Finú und meine Mutter und die Liebe, die die beiden miteinander erlebt hatten. Ich weinte um Matilde, die man mir weggenommen hatte und die mir kein Amt auf Sizilien wiedergeben würde. Ich weinte um mich, um Phil. Unsere Zeit war vorbei, wir würden uns nie wiedersehen. Ich würde auch nie wieder aufstehen können, so weinte ich.

Plötzlich hörte ich auf, ich schniefte noch ein paar Mal, und dann hörte ich mich mit seltsam rauer Stimme kurz auflachen. Vor dem Spiegel im Bad putzte ich mir energisch die rote Nase und betrachtete meine fleckigen Wangen. Ich warf mir eine Handvoll kaltes Wasser ins Gesicht. Dieser Ausbruch hatte richtig gutgetan! Gestärkt setzte ich mich wieder auf das Bett und ließ meine Augen durch das Zimmer schweifen. Zia Pinas Seiten waren auf den Boden vor den Nachttisch gerutscht. Ich hob sie auf und ging langsam mit ihnen zum Fenster.

Die Mittagssonne traf das brüchige Papier, Stockflecken hatten sich darüber ausgebreitet, braune Tupfen, wie das bleiche Fell eines Leoparden.

Meine Augen überflogen Zia Pinas Eintrag vom 16. März:

Maria singt und pfeift immerzu, sie läuft herein und heraus und macht mich ganz irr. Wenn sie nicht singt oder summt, träumt sie lächelnd vor sich hin – sie steht mit dem Lappen in der Hand am Fenster, und wenn ich sie nicht ermahnen würde, würden wir nie fertig mit dem Putzen ... und so weiter.

Der 17. März:
Bis eben war Maria so glücklich, gestern hat sie endlich den Mut gehabt, mir von ihrem heimlichen Schatz zu erzählen. Ich habe ihr nicht gesagt, dass ich es schon lange weiß! ... und so weiter.

Der 19. März:
Konnte gestern nicht schreiben, denn ich ahnte es. Habe sie draußen gesucht, die Leute auf dem Platz gefragt, wo schon die Buden für das Fest aufgebaut wurden. Ich saß bis nachts draußen vor der Tür, in eine Decke gewickelt, es war kalt.

Danach waren die Einträge unleserlich. Warum hatte Zia Pina bloß mit Bleistift schreiben müssen? Kein Wunder, dass davon nichts mehr zu erkennen war. Ich drehte das Blatt, das Licht brach sich auf der fleckigen, vergilbten Oberfläche. Doch! Da stand etwas. Und dort auch. Auf einmal tauchten aus den unleserlichen Bleistiftspuren Worte auf. Ich suchte nach einem Kugelschreiber und notierte alles, was ich entziffern konnte, auf Matildes Malblock:

… abholen, aber sie kam zu spät –
… er kannte meinen Namen,
Ihre Tochter ist in guten Händen …
… glaube nicht an eine fuitina d'amuri

Ich sah durch die Scheibe des Fensters nach oben in den gleißend hellen Mittagshimmel. *Fuitina d'amuri.* Allein diese Worte hatte Zia Pina im Dialekt geschrieben. *D'amuri* war klar, irgendwas mit Liebe, aber die Bedeutung von *fuitina* kannte ich nicht, mein Sizilianisch war alles andere als perfekt. Glück der Liebe? Nein. Macht der Liebe? Die langen *I*s bohrten sich in meinen Bauch, als ich das Wort noch einmal vor mich hin wisperte, um seine Bedeutung zu ergründen: »*Fuiitiiina*«. Ich studierte das zweite Blatt. Auch hier die schwachen Rückstände von Wörtern, sogar von ganzen Sätzen. Ich machte mich daran, sie aufzuschreiben:

20. März
Sie sind gekommen ...
... ihrem Hals kann ich die blauen und roten Abdrücke sehen
... sinnlos, weil es zu spät ist. Sie würden ihn nur einsperren mit seinem fehlenden Finger

Auf dem oberen Teil der dritten Seite konnte ich nur enttäuschend wenige Wörter aus den Fragmenten entschlüsseln:

... meine Mariuccia wird nicht auf das Lyzeum ...

Doch das letzte Drittel war eine echte Fundgrube:

... hat den B. heute Morgen vor der Sechs-Uhr-Messe geheiratet. In einem schwarzen Kleid von mir, sie wollte um alles in der Welt kein neues kaufen. Sie spricht nicht, jede Hoffnung ist aus ihren Augen verschwunden. Ich bete für Maria. Vielleicht helfen die Kinder, die kommen werden. Vielleicht auch nicht, das weiß nur Gott. −

Die Kinder, die kommen werden. Eines davon war ich. Und ich hatte ihr nicht geholfen, so viel war sicher.

Was war mit Mamma Maria passiert? Also noch mal in Ruhe eins nach dem anderen: Am 16. März springt die junge Maria noch verliebt durch Zia Pinas Haus und vergisst vor Glück, die Fenster zu putzen. Am 17. erzählt sie ihrer Tante von ihrem Verlobten, dem fleißigen Finú, der sich dann am selben Tag noch den Finger abreißt. Am 18.März, einen Tag vor dem Fest St. Giuseppe, kann die Zia nichts schreiben, weil sie vergeblich vor dem Haus wartet. Auf wen? Auf Maria! Die ist nicht abgeholt worden, eine Person oder sie selbst ist zu spät gekommen, und dann sagt jemand der Tante, ihre Tochter sei in guten Händen ... aber irgendwer, sie selbst vielleicht, glaubt nicht an eine *fuitina d'amuri*. Was immer das auch heißen mochte. War es Maria, die die Abdrücke am Hals hatte? Und wer hatte das getan? Finú? Niemals. Und wenn doch? Wollte man ihn deswegen einsperren? Meine Mutter ging nicht auf das Lyzeum, sondern heiratete den B., den Bellone, meinen Vater, aber warum um alles in der Welt in einem schwarzen Kleid, und so früh morgens? *Fuitina* ... Ich musste unbedingt wissen, was dieses Wort bedeutete. Ich warf mir ein paar Sachen über und rannte die Stufen hinunter. Signora Pollini hatte mich schon kommen hören, sie zog mich durch den Vorhang in ihre Küche, drückte mich auf einen Stuhl und goss mir einen Espresso ein. Der Fernseher lief. Sie lächelte über beide Hamsterbacken, während sie mir einen Löffel Zucker in die Tasse rührte.

Bevor sie mich in ein Gespräch verwickeln konnte, fragte ich sie nach dem Wort, von dem ich bis vor ein paar Minuten noch nie gehört hatte.

»*Fuitina d'amuri*? Wie kommst du denn jetzt darauf?«, antwortete Signora Pollini gedehnt. Auf einmal duzte sie mich. Ich zuckte mit den Schultern.

»Nein, mein Mädchen, so etwas gibt es schon lange nicht mehr!«

»Aber was ist das überhaupt?«

Meine Wirtin seufzte: »*Allora*, die *fuitina d'amuri*. Die gemeinsame Flucht aus Liebe.« Sie seufzte schon wieder. »Wenn zwei junge Leute heiraten wollten und die Eltern ihre *benedizione* nicht gaben, brannte das Paar durch, blieb eine Nacht weg, und niemand konnte mehr etwas gegen die Verbindung tun. Allerdings durften sie dann auch nicht mehr groß feiern, wie es sich gehörte, und die Braut trug kein weißes Kleid, denn sie war ja nicht mehr unschuldig vor Gott.«

Ich nickte, Mamma Maria hatte in Schwarz geheiratet.

»Manchmal wurde das junge Paar auch von den Eltern zu einer *fuitina* überredet, um die Kosten des Festes zu sparen. So eine Hochzeit ist ja teuer.«

»*Fuitina d'amuri* ...«, murmelte ich vor mich hin. »Aber irgendwer glaubte nicht an eine *fuitina d'amuri*.«

»Was?« Meine Wirtin rührte in ihrem Espresso, der längst ausgetrunken war. Sie wich meinem Blick aus, sie wusste, was mit meiner Mutter geschehen war. Und sie wusste auch, dass ich es wusste. Sie direkt danach zu fragen war aber gefährlich, sie würde vermutlich alles abblocken.

Im Fernseher sah man jetzt eine Madonnenfigur, an deren Gesicht eine bräunliche Flüssigkeit hinuntergelaufen war und jetzt wie getrocknete Colaspuren auf ihrem hölzernen Teint klebte. »Sie weinen! In ganz Italien weinen die Madonnen! Schon die dritte, und jetzt auch bei uns, im Süden, in Noto!« Signora Pollini starrte auf den Bildschirm, wo sich eine Traube schwarz gekleideter Frauen vor einem Kirchenportal drängte. »Sie wollen uns etwas sagen, die Madonnen. Die Menschen sind schlecht, das wollen sie uns sagen!«

Ich wartete. »Es war keine *fuitina d'amuri*«, wiederholte ich, »es war also etwas anderes.«

Ohne den Blick vom Bildschirm zu nehmen, fing Signora Pollini an zu reden: »Das kam schon vor, da wollte einer ein Mädchen haben, also raubte er es sich. Der Mann selbst tauchte gar nicht auf, die Freunde von dem, der sie haben wollte, halfen. Ein Sack über den Kopf und ab auf den Esel oder den Karren, später ins Auto. Die hatten keine Chance.«

»Einfach so, am helllichten Tage?« Jetzt schaute sie mich endlich wieder an.

»Ein schon entwickeltes Mädchen«, sie zeigte vage an ihrem drallen Körper hinab, »durfte eben nicht alleine unterwegs sein. Es gehörte sich nicht und war außerdem gefährlich. Immer musste jemand mit, der Bruder oder die große Schwester samt ihrem Verlobten oder die Mutter, am besten der Vater.«

»Und wenn gerade kein Bruder oder Vater zur Hand war?«

»*Ehh ...!*« Patsch! Sie hatte mit der Hand auf den Tisch geschlagen, als ob sie eine Fliege töten wollte. Ich zuckte zusammen.

»Aber das Mädchen wollte ihn doch gar nicht heiraten! Und danach erst recht nicht.«

Signora Pollini schüttelte den Kopf. »Natürlich wollte keines von den armen Mädchen diesen Kerl, der ihr das angetan hatte, heiraten, aber die Ehre war nun mal dahin. Auch wenn sie nur die Nacht außer Haus verbracht hatten und sonst vielleicht nichts passiert war. Na ja«, fügte sie schnell hinzu, »meistens *war* ja etwas passiert. Manchmal wurde sie dort auch mehrere Tage festgehalten, in einer einsamen Hütte, oder einem Schuppen, irgendwo auf dem Land. Und dann kamen sie zusammen zurück. Das Mädchen war berührt, *toccata*. Und das war eine Schande! Die Mütter schickten ihre Töchter in seine Familie, hin zu seiner Mutter, um durch eine Heirat wenigstens ein bisschen der Familienehre zu retten. Wer hätte sie sonst auch noch genommen? Keiner wollte sie mehr.«

»Aber die Frauen, die anderen Frauen, die wussten doch, dass die Mädchen nichts dafür konnten.«

»Ja, ja, schon. Aber es ging doch auch um die Ehre des Mädchens! Das Mädchen bekam eine Ohrfeige, der Mann auch, vielleicht auch zwei, vom Vater des Mädchens, und dann wurde ihnen das Bett gemacht.«

»Welches Bett?«

»Das Ehebett der Eltern. Sie waren Mann und Frau, *basta*. Da konnte keiner mehr dran rütteln. Das Mädchen hätte sonst immer diesen Ruf behalten.«

»Welchen Ruf?«

»Na, den einer Hure«, erwiderte Signora Pollini prompt.

Ich krümmte mich zusammen, allein vom Zuhören hatte ich Bauchschmerzen bekommen. Etwas von der falschen Moral hing auch nach über vierzig Jahren noch zwischen den Wänden dieser Küche, wie der fettige Dunst der frittierten Artischockenböden von heute Mittag. Meiner Mutter war die »Schande« passiert, und doch erwähnte Signora Pollini sie mit keinem Wort. »Mein Vater hat damals die junge Allegra Maria vergewaltigt. Salvatore Bellone!«

Sie schaute mich an und sagte bekümmert: »*Ogni nato é destinato.*« Wieder der Spruch vom Schicksal, dem man nicht entkommen kann.

»Sagen Sie doch einfach ›Ja, so war es!‹, verdammt noch mal.« Ich stand so schnell auf, dass der Küchenstuhl beinah umfiel, und rannte aus der Küche.

In dieser Nacht atmete ich die stickige Luft der muffigen Dunkelheit ein, als man ihr einen Sack über den Kopf stülpte und in das Auto zerrte. Ich sah meinen Vater Salvatore mit hämischem Grinsen über ihr, er knickte ihren Körper in alle Positionen und hämmerte sein dickes Glied in sie. Ich spürte die Lumpen, auf denen meine Mutter danach ohne Stimme, mit schmerzenden, fast ausgerenkten Schenkeln, gelegen haben muss. Hatte sie sich gewehrt? Er musste sie gewürgt haben. Hatte sie nach Finú gerufen? Lautlos schluchzend, die Arme kraftlos um mich geschlungen, lag ich unter der Decke meines Pensionsbettes wach. Plötzlich fühlte ich mich unerträglich schmutzig. Ich duschte heiß und lange, und als ich mich in zwei Handtücher gehüllt auf das Bett legte, fühlte ich mich ein wenig besser. Vielleicht ging meine Fantasie mit mir durch, vielleicht war alles ganz anders abgelaufen. Aber im nächsten Moment erkannte ich, dass mein Hoffen sinnlos war. Mein Vater, den ich liebevoll »*Paparino*« genannt hatte, war ein Vergewaltiger! Er, der mich mit seinen Sprüchen belehrt hatte. Ihre Ehre und ihr Ruf, das sind die Schätze einer jeden Frau! Er war ein widerlicher, brutaler Heuchler! Jedes Erlebnis meiner Kindheit bekam jetzt eine völlig andere Bedeutung.

Meine Mutter war gefangen in dem hässlichen Kasten mit der Klinkerfassade, den Butzenscheiben und dem goldenen Restaurantschild über der Tür. *Da Salvatore.* Der Name ihres Peinigers. Ich wollte Mamma Maria anrufen und in den Hörer flüstern, dass es mir leidtäte und dass ich erst jetzt alles begreifen könnte.

»Ich verstehe, warum du nie mit ihm an einem Tisch gegessen hast«, wollte ich ihr sagen, »ich weiß jetzt, warum das ›traurige Tier‹ dich manchmal anspringt und dich tagelang zu Boden drückt! Kannst du mir meine Ruppigkeit, meine Ungeduld und meine Dummheit verzeihen?«

Sie war brutal vergewaltigt worden, und danach? Danach war es weitergegangen, über Wochen und Monate lang, immer wieder. Er konnte mit ihr machen, was er wollte, denn sie hatte ihn geheiratet, in Schwarz, morgens um sechs, vor der Messe, wie eine Sünderin, die einen Fehltritt begangen hatte. Ich konnte nicht schlafen. Ich zog dicke Socken und meinen langen, weichen Pullover an, der mir wie ein Kleid fast bis zu den Knien reicht, setzte mich ans Fenster und starrte in die Dunkelheit. Warum hatte mein Vater das getan? Wie hatte Mamma Maria das alles nur ausgehalten? Und wer war dieser Finú?

Kapitel 28

PHIL

Endlich, mit zwei Stunden Verspätung, legte die Fähre von Grandi Navi Veloce ab. Auch die Ankunft morgen Abend in Palermo verschob sich um zwei Stunden, erst gegen 23 Uhr würde ich in Bagheria eintreffen. Wo sollte ich sie dann noch finden? Wo sollte ich überhaupt suchen?

Ich stand an der Reling und schaute auf Genuas Hafen, bis die Lichter zu einem glitzernden Saum am Rande des Himmels geworden waren. Ab jetzt hatte ich zweiundzwanzig Stunden totzuschlagen. Systematisch erkundete ich das Schiff. Auf dem oberen Deck, neben dem gigantischen Schornstein, führten die Menschen ihre Hunde aus, bevor die Tiere zurück in die Zwinger mussten. Die Hunde bellten verwirrt, der vibrierende Schiffsboden unter ihren Pfoten missfiel ihnen offenbar. Ich marschierte weiter. Zwei Kinos, drei Speisesäle, drei Bars und viele kleine Läden, vollgestopft mit Sachen, die man nur aus Langeweile kauft. Pärchen mit ineinander verschlungenen Händen zogen wie ich ihre Bahnen. Paare mit Kindern hatten ihre Hände nicht mehr frei füreinander, Mamma schob den Buggy mit dem Kleinen, Papa trug das größere Kind auf dem Arm. Ich beneidete sie ausnahmslos. In der Bar auf dem zweiten Deck trank ich in den nächsten zwei Stunden vier Flaschen eines dünnen italienischen Bieres und hörte Gesprächen zu, ohne ein Wort zu verstehen. Dann suchte ich meinen Sitz zum Schlafen. Es war die Nummer 277 auf Deck B. Wir stampften Sizilien entgegen.

Kapitel 29

LELLA

Nur ganz früh, bevor die Vögel wach wurden, war in meinem Zimmer das gleichmäßige Motorbrummen der Fischerkähne zu hören. Also muss es vor fünf sein, du hast keine vier Stunden geschlafen, und Matilde ist weg, dachte ich, noch bevor ich die Augen öffnete. Auch die Erinnerung an das, was ich gestern erfahren hatte, war sofort wieder da und bohrte mit vertrauter Heftigkeit in meinen Eingeweiden herum. Ich wollte meinen Vater nie wieder sehen. Doch darüber würde ich später noch nachdenken können, jetzt musste ich mich auf Matilde konzentrieren. Und auf das Geld, das auf meinem Konto immer weniger wurde. Das Zimmer hier bei Signora Pollini musste bezahlt werden. Wovon sollte ich leben? Dieses Mal konnte ich mich nicht einfach nach Deutschland davonmachen und mich hinter dem Pizzaofen verstecken. Ich wollte nie mehr ins *Da Salvatore* zurück, ich hatte kein Zuhause mehr. Ich drehte mich von einer Seite auf die andere. Die Stunden vergingen. Ich versuchte, nicht an Claudio zu denken. Ich versuchte, nicht an Phil zu denken. Einen Moment lang wusste ich nicht, wen ich mehr hasste. Den einen, weil er mich zu einer berechnenden Lügnerin machte, den anderen, weil er meine Gefühle immer noch so heftig durcheinanderbrachte. Heute war der Tag, an dem sich alles entscheiden würde, hatte Claudio gestern, nachdem ich unterschrieben hatte, gesagt. Und dass ich ihm vertrauen solle, obwohl er auf meine Fragen nicht antworten konnte. »Noch nicht, Lella, noch nicht.«

Der Morgenhimmel vor dem Fenster war klar und von einem ausgedünnten Blau, die Vögel zwitscherten nun aufgedreht. Um zehn erwartete Claudio mich vor der *Comune* am Corso Umberto. Wir würden zusammen hineingehen, und beim Hinausgehen wäre ich durch eine kleine Unterschrift Matilde ein großes Stück näher gekommen. Verheiratet in Bagheria. Vor vier Jahren hatte ich mir nichts sehnsüchtiger gewünscht, jetzt war es ein eigennütziger Schritt im Kampf um Matilde, von dem ich nicht wusste, wie er ausgehen würde.

Wir brauchten Geld. Richtig viel Geld. Meine Aufgabe war es, Mamma Maria um Erlaubnis zu bitten, das Limonenhaus zu verkaufen. Bevor ich gestern die Kanzlei verließ, hatte Claudio mit einem potenziellen Käufer am Telefon geredet und mir dabei bedeutungsvolle Blicke zugeworfen. Nur mit genügend Geld könnten wir Teresa mundtot machen, aber erst als verheiratetes Paar würde ich Matilde auch wirklich behalten können. Matilde und ich. Ein herrlicher Satz. Mátti für immer bei mir zu haben das war das Einzige, worauf es ankam. Die schrecklichen Dinge, Zia Pinas Worte und Signora Pollinis Erzählungen, die mir immer wieder in den Kopf kamen, musste ich zurückdrängen.

Schließlich hielt ich es im Bett nicht mehr aus. Schwerfällig stand ich auf, wusch mir wie betäubt das Gesicht und zog mich an. Mein Nacken schmerzte.

Ich begann durch das Zimmer zu wandern. Drei Schritte hin, drei Schritte zurück. Im Spiegel kam meine schwarze Silhouette auf mich zu, ich drehte mir den Rücken zu, ging weg und kam mir wieder entgegen. Der Zeiger meines Reiseweckers rückte immer weiter vor. Halb neun ... Ich blieb vor dem Spiegel stehen, griff nach der Bürste und zog sie durch meine Haare. Die Haare meiner Mutter, genauso dunkel und glatt. Eine neue Nachricht, meldete mein Handy.

Warte auf mich, ich hole dich in einer Stunde ab. Bacione, Claudio

Ich ließ die Haarbürste wie einen Baseballschläger in meine Hand klatschen und spürte, wie die Wut in mir nach einem Weg ins Freie suchte. Warten, um abgeholt zu werden! Ich wollte weder warten noch abgeholt werden, und einen großen Kuss von Claudio wollte ich auch nicht.

Mit den Schuhen in der Hand ging ich leise die Treppe hinunter, an einem Zusammentreffen mit Signora Pollini war ich heute Morgen nicht besonders interessiert. Aber ich hatte Glück, sie war nicht zu sehen. Ihrem Mann schärfte ich ein, einem gewissen Claudio Acquabollente auszurichten, dass ich schon zur *Comune* gegangen wäre. Ich lief die abschüssigen Straßen hinab, ich rannte fast, bis ich das Limonenhaus und das unendliche Wasser dahinter sehen konnte. Es war an diesem Morgen silbrig-blau, von vielen kleinen Wellen aufgekräuselt, so wie Kinder das Meer malen. Zwei Möwen flogen auf die schiefe Antenne des Häuschens zu, wurden vom Dach verdeckt und schossen in einem spitzen Winkel wieder in den Himmel. Ich beobachtete zwei Fischerkähne, die in Richtung Hafen tuckerten und die spiegelglatte Wasserfläche v-förmig zerteilten, während ein anderer Fischer gerade hinausfuhr. Jeder von ihnen war vermutlich fest davon überzeugt, den richtigen Zeitpunkt gewählt zu haben.

Am Hafen betrat ich die Bar und bestellte einen Cappuccino und ein Hörnchen. Der heiße, schaumige Kaffee löste die restlichen Nebelschleier der Nacht in mir auf. Nachdem ich gezahlt hatte, suchte ich mir draußen am Hafen eine Bank und tippte eine Nummer in mein Handy.

Mein Vater musste jetzt auf dem Großmarkt sein. Wenn der Akku durchhielt, würde ich ungestört mit Mamma Maria reden können.

Ein dünnes »*Sì?*«.

»Mamma?«

»Lella! Wo bist du? Geht es dir gut?«

»Wo ist ...«, ich konnte ihn einfach nicht mehr Papa nennen. »... er?«

»Nicht da.«

Zum zweiten Mal an diesem Morgen hatte ich Glück. »Es geht mir gut, ich bin in Porticello.« Eine kleine *Ape* ratterte an mir vorbei. »*Fragolefruttebellefresche!*« schallte aus einem Megafon, das der Besitzer auf dem Dach der Fahrerkabine befestigt hatte. »*Fragolefruttebellefresche!*« Mit den Augen folgte ich dem Turm der aufeinandergestapelten Holzsteigen, bis die rote Erdbeerfuhre schwankend um die Ecke bog. Jetzt musste ich überlegen. War es besser, sie zu überrumpeln oder langsam an die Sache heranzuführen?

»Mamma? Ich habe erfahren, was damals passiert ist.« Die Überrumpelung.

Sie sagte lange nichts. Dann kam ihre Antwort: »Da weiß doch niemand mehr davon.«

»Ich habe Tagebuchseiten von Zia Pina gefunden, Mamma, sie hat es aufgeschrieben.«

»Die Zia Pina, Gott habe sie selig. Ich wollte nicht, dass ihr es wisst ...« Sie sprach nicht weiter.

»Es ist gut, ich verstehe dich, ich verstehe endlich alles.«

Sie gab keinen Laut von sich, das kannte ich schon: Wenn Mamma Maria mit starken Gefühlen konfrontiert wurde, machte sie dicht und war für die nächsten Tage nicht ansprechbar. Doch inzwischen begriff ich, warum. Ihr Schweigen war ihr selbst gewählter Schutz, ihre einzige Gegenwehr gegen das Unrecht, das mein Vater ihr angetan hatte.

Trotzdem konnte ich nicht umhin, sie über das Haus auszufragen, ich musste sie mit einem Trick zum Reden bringen.

»Ich war in Zia Pinas Haus. Es ist leer geräumt, doch es riecht immer noch nach Zitronen darin. Von der ganzen Einrichtung steht nur noch der halbe Tisch da.«

»Der Tisch war nicht von der Zia, den hat mir jemand geschenkt.«

Ich setzte alles auf eine Karte. »Was ist aus ihm geworden, aus ... deinem Finú, Mamma?«

Verängstigtes Schnaufen am anderen Ende der Leitung. Doch dann lachte sie plötzlich auf und sagte ruhig: »Finú hat ihn gebaut, den Tisch. Die eine Hälfte war ein Teil seines Verlobungsgeschenks. Er hat etwas darunter eingebrannt.«

»*Fragolefruttebellefresche!*« Der Wagen kehrte mit seiner schaukelnden Erdbeerlast zurück.

»Du bist am Hafen, nicht wahr?«

»Ja, Mamma.«

Fieberhaft suchte ich in meinem Kopf nach den richtigen Worten. Wie konnte ich ihr das, was in den letzten Tagen passiert war, erklären?

»Mamma, also, das ist jetzt vielleicht alles ein bisschen

kompliziert, aber Grazia ist gestorben, bis gestern war Matilde bei mir, dann hat Teresa sie entführt ... und jetzt brauche ich Geld.«

»Finú hat den Tisch für mich gebaut, obwohl er ja nicht Schreiner war. Das durfte nur der Älteste, sein Bruder Gianni werden ...« Ihre Stimme klang mit einem Male stark, fast übermütig, so hatte ich sie noch nie sprechen hören. »Aber Finú wollte ja auch gar nicht Schreiner werden, er war ja längst im Geschäft seines Onkels.«

»Ich muss dich etwas wegen dem Limonenhaus fragen.«

»Das Häuschen, ach ja, das alte *Casa dei Limoni*... Leonardo hat es geliebt, er wollte unbedingt darin wohnen, ich habe es ...« Sie brach unversehens ab. »Salvatore kommt«, flüsterte sie in mein Ohr, »ich ruf dich wieder an.« Die Verbindung wurde unterbrochen.

Bewegungslos saß ich ein paar Minuten auf der Bank, Mamma Marias Lachen immer noch in meinen Ohren. Finù – ihre Stimme hatte gesungen, als sie seinen Namen aussprach. Doch sie hatte mir nicht verraten, was aus Finú geworden war und auch nicht, wem das Häuschen gehörte. *Maledetto* – mein Vater hatte nach so vielen Jahren immer noch die Macht über ihr Leben. Und über meins.

»Leonardo hat es geliebt, er wollte unbedingt darin wohnen, ich habe es ...« Wie hatte sie den Satz beenden wollen? Ich überlegte. Ihm vererbt? Ihm geschenkt? Wem gehörte es dann jetzt, nach Leonardos und Grazias Tod? Vielleicht Matilde? Wenn es Matilde gehörte, könnte ich darüber verfügen, denn ich war ihr Vormund. Das hieße, wenn ich verheiratet wäre mit einer Person, hätte auch diese Person ...

Ich stand auf, um herauszufinden, in was für einem Spiel ich gerade mitspielte.

Kapitel 30

PHIL

Die weiße Rauchfahne ließ feinste Rußpartikel auf uns regnen, bevor sie sich im Himmel über dem Meer verflüchtigte. Wir Passagiere waren ein großer Schwarm, der sich in konzentrischen Kreisen aneinander vorbeibewegte. Mal ging ich mit dem Strom, mal gegen ihn. Inzwischen kannte ich jeden Quadratmeter der Fähre und traf immer die gleichen Leute.

Ich trank Espresso mit Günther, einem Lastwagenfahrer aus Berlin, ich trank Espresso mit Geert, mit zwei E, einem Lastwagenfahrer aus Rotterdam, und hörte mir zwei ähnlich verlaufende Lebensgeschichten an. In einem der beiden Bordrestaurants holte ich mir mittags verkochte *penne all'arrabiata* und einen Schnupfen.

Die Klimaanlage kühlte alles nieder. Zum Aufwärmen setzte ich mich in einen Liegestuhl neben das leere Schwimmbassin in die Sonne. Meine Gedanken waren allein bei Lella. Ich wollte sie aus einem einzigen Grund wiedersehen: um bei ihr zu bleiben. Ich sehnte mich danach, in ihre Augen zu schauen, darin das Licht wechseln zu sehen, ihren Körper in meiner Nähe zu haben. Ich wünschte mir, wie auf Salina mit ihr reden, essen, lachen zu können, ich wollte sie festhalten und nie mehr alleine lassen. Noch sieben Stunden bis zur Ankunft in Palermo. Ich machte mich auf den Weg in die Bar, um einen weiteren Espresso zu trinken.

Kapitel 31

LELLA

Wie eine Spionin drückte ich mich in den Schatten der Kirche, die schräg gegenüber der Kanzlei lag. In diesem Moment öffnete sich die Tür. Schnell verschwand ich hinter einem Mauervorsprung. Claudio hastete mit zurückgegeltem Haar und teuer aussehender Aktentasche davon. Ich wartete, bis ich ihn nicht mehr sehen konnte, ließ noch drei Sicherheitsminuten verstreichen und überquerte dann erst die Via Cavour.

Die dicke Dame vom letzten Mal führte mich hinein und ließ mich gegenüber von Acquabollente senior Platz nehmen.

»Es hat sicher etwas zu bedeuten, dass Sie zu mir kommen, nachdem mein Sohn gerade das Haus verlassen hat.« Wieder sein vermeintlich besorgter, süßlicher Ton.

»*Sie* haben die Sache damals bearbeitet, nicht Ihr Sohn«, erwiderte ich. »Ich habe nur eine Frage dazu.«

»Eine einzige?« Seine hellwachen Augen fixierten mich.

»Eine einzige, ja. Wem gehört das Haus, das meine Mutter von ihrer Tante geerbt hat, heute?«

Er antwortete sofort: »Der Vorgang Passarello Giuseppina/Allegra Maria. Da brauche ich gar nicht nachzugucken, aber ich werde es Ihnen zeigen, einen Moment.« Er hinkte ins Nebenzimmer. War mein Beschluss, ihm zu trauen, ein Fehler gewesen? Und was tat ich, wenn ich mit meiner Vermutung über die jetzige Besitzerin des Hauses richtig lag?

»*Eccolo.*« Er kam mit einigen Papieren in der Hand zurück. »Hier steht es, ich erinnere mich genau. Das hat ja damals bis zur Klärung so lange gedauert, da die noch lebende Schwester der Giuseppina Passarello, Francesca Antonia Passarello, das Erbe zunächst angenommen und dann abgelehnt hat. So ging es später erst an die Maria Elisabetta Allegra, die es an … ah sehen Sie, und nach Tod des Begünstigten Bellone, Leonardo Ludovico am 16. Mai, äh, nach Tod der Begünstigten LaMacchia, Grazia Paolina, na so was, genau drei Jahre später! Wäre ich nicht Anwalt, würde ich sagen, was für ein Zufall.«

Ich schüttelte den Kopf. Grazias Todestag war kein Zufall.

Er lächelte milde. »Also, aus dem Testament Ihres Bruders geht hervor, dass *Sie,* nun, nach dem Ableben der LaMacchia, Grazia Paolina, die Erbin sind.«

Ich! Das Haus gehörte mir! Somit war es also noch leichter für Claudio. Die Sache mit Matilde konnte ruhig schiefgehen, wenn er erst mal mit mir verheiratet war, gehörte das Haus auch ihm. Der Ehevertrag, der ihm dies garantierte, steckte bestimmt schon in seiner Aktentasche.

»Was ist das Haus ungefähr wert, was schätzen Sie, Signor Acquabollente?«

»In Euro? Es gibt ja Leute, gerade alte wie ich, die rechnen noch in Lire.« Er kicherte und sah in diesem Moment wie ein verknitterter Säugling aus. »Bei der Lage? Da gibt es natürlich sehr strenge bauliche Auflagen, aber eine halbe

Million sollte dafür doch zu bekommen sein. Euro wohlgemerkt.«

»Vielleicht habe ich doch noch eine zweite Frage.«

»Bitte!«

»Diese jüngste Schwester von der Zia ... also von Giuseppina Passarello, lebt die heute noch?«

»Ja, doch, doch, die lebt noch.« Der alte Herr schaute mich erstaunt an.

»Meinen Sie, ich könnte Sie besuchen?«

»Sicher. Ich kann Ihnen die Adresse geben, sie wohnt in Sant'Elia. Sie ist, nun, sagen wir es so, sie ist für ihr Alter geistig noch sehr rege, immerhin ist sie schon über achtzig, aber etwas kompliziert. Wie gesagt, der Fall damals ...«

»Eine letzte Frage!«

»Nur zu! Mein Honorar kennen Sie ja, nehme ich an. Ich habe Zeit.« Er hatte Zeit und auch so etwas wie Humor, der alte Avvocato. Es gelang mir nicht, ein Lächeln zu verbeißen.

»Mein Wohnsitz ist in Deutschland, und ich bin ledig. Angenommen, ich bliebe unverheiratet ... Meine Aussicht, Matilde vom Gericht zugesprochen zu bekommen, wäre dann wohl äußerst gering, oder? Um nicht zu sagen hinfällig?«

Er zögerte, doch an seinen Augen sah ich, dass er verstanden hatte, was ich meinte.

»Überbringen Sie bitte den Leuten, die Sie das glauben machen wollen, meine kollegialen Grüße. Es stimmt schon, ein Kind kann man nicht erben wie eine Vitrine aus dem 18. Jahrhundert oder ein Haus. Zwar wird der Wille der leiblichen Eltern bestmöglich berücksichtigt, aber das Jugendamt hat da auch ein Wörtchen mitzureden. Doch Folgendes: Sie sind die Tante, Sie sind jung, das Kind kennt Sie und hat auch bekundet, bei Ihnen bleiben zu wollen?«

Ich bejahte.

»Dies alles wird geprüft werden, immer zum Wohl des Kindes, versteht sich. Und dann steht dem Vorgang überhaupt nichts im Wege. Um noch mal auf die Frage zurückzukommen: Eine eheliche Verbindung mag förderlich sein, ist aber nicht vonnöten.« Es war fünf vor zehn, als der alte Avvocato mich zur Tür begleitete. Wir schüttelten uns die Hand.

»Wir Sizilianer mögen einen schlechten Ruf haben, doch auf dieser Insel gibt es noch Männer, die Recht und Unrecht unterscheiden können. Auch wenn es alte Männer sind, die in Ihren Augen vielleicht den falschen Nachnamen tragen. Denken Sie mal darüber nach, Signorina.«

Die *Comune di Bagheria* war in einem aufwendig restaurierten Gemäuer untergebracht. Über der schweren Eingangstür hing das Wappen von Bagheria, Krone, Lorbeerkranz und ein Löwe, der unbeholfen Männchen machte, auf weißem Grund. Auf dem Bürgersteig davor stand ein alter Mann, der auf einem umgedrehten Wäschekorb wilden Fenchel und Sträuße getrockneter Kräuter zum Verkauf anbot. Sein lebhaft gemusterter Acrylpullover leuchtete.

Zehn nach zehn. Claudio kam wahrscheinlich erst um halb elf, und unser Termin war vermutlich für 11 Uhr angesetzt. An die sizilianische Interpretation von Pünktlichkeit hatte ich mich nie gewöhnen können.

Egal, wann er kam, ich würde ihn zur Rede stellen für die Dreistigkeit, mit der er mir Lügen erzählt hatte, denn es stimmte nichts. Gar nichts. Der alte Acquabollente war ein ausgezeichneter Diplomat, er hatte seinen Sohn komplett herausgehalten und dennoch: Claudio hatte gelogen – und das würde ich ihm auf den Kopf zusagen. Die Autos schoben sich direkt neben mir durch den Corso Umberto. Manche parkten in zweiter Reihe und, wenn die schon besetzt war, auf der Fahrbahn. Durchdringendes Hupen und die Trillerpfeifen der selbst ernannten Parkwächter durchbohrten mein Trommelfell.

Da kam er. Mit vor Eifer gesenktem Kopf steuerte Claudio seinem Heiratstermin entgegen. Er bemerkte mich und witterte auch gleich, dass etwas nicht in Ordnung war. Wortlos hielt er vor mir an. Plötzlich spürte ich eine tiefe, wohltuende Ruhe in mir.

»*Sei un pezzo di merda*, Claudio!« Ich genoss die geflüsterten italienischen Wörter, mit denen es sich so viel besser beleidigen und beschimpfen ließ als auf Deutsch. »Wann wärst du damit herausgerückt, dass mir das Limonenhaus gehört? Sobald ich unterschrieben hätte?« Ich bedachte ihn mit einem Blick, der all meine Verachtung zeigte. »Du hast mein Leben und das von Matilde riskiert! Nur für Geld! Mit Geld kannst du dir aber nicht alles kaufen, zumindest nicht das, was einen wahren Mann ausmacht. Und das willst du doch sein, oder? Ein Mann! Du bist nur erbärmlich, Claudio!« Mit diesen Worten ließ ich ihn stehen und ging.

Die Via Sant'Elia war eine sehr steile Straße, die schnurgerade hinab in das kleine Dörfchen führte. Im Laufe der Jahre war das am Meer gelegene Sant'Elia eingemeindet worden, doch seine stolzen Einwohner würden sich niemals freiwillig als einen Teil von Porticello bezeichnen.

Das Haus der Francesca Passarello stand unten an dem Platz, in den die steile Straße nach fünfzig Metern mündete. Noch bevor ich klingeln konnte, öffnete eine untersetzte Frau mittleren Alters die Tür. Sie hielt einen Lappen und Fensterputzmittel in der Hand und redete unablässig, während sie die verspiegelte Haustür polierte. Zunächst verstand ich kaum, was sie sagte, doch dann merkte ich, dass sie mich vor irgendetwas warnen wollte.

»Das Haus ist gefährlich, die Caterina putzt hier schon lange, und sie ist immer in Lebensgefahr. Die Caterina befindet sich in Lebensgefahr, und alle, die hier hereinkommen!«

Ich zögerte. Was wollte diese plappernde Putzfrau von mir?

»Wenn da nun wieder der Bus nicht bremsen kann, was ist dann mit der Caterina?«

»Ich weiß es nicht ...«, konnte ich nur sagen.

»Zu steil, man sieht es ja, und wenn der Bus nicht anhalten kann? Wenn die Bremsen versagen? Ist es vorbei mit ihr!« Sie zeigte die Straße hinauf. »Das ist eine Todesrampe!« Sie bekreuzigte sich.

»Caterina!«, rief eine kräftige Stimme von oben. »Erzähl nicht wieder diesen Unsinn. Das ist vor zwölf Jahren passiert! Zweimal wird der Bus unser Haus nicht treffen!«

»Jetzt ruft die da wieder nach der Caterina. So, hier hat sie gut geputzt, fertig. Jetzt bringt sie den Besuch herauf!«

»Caterina!«, rief es wieder. Ich folgte Caterina die Treppen hinauf und wurde in einen Salon geführt. Die alte Dame saß aufrecht und schlug ungeduldig mit der Hand auf die Lehne ihres Sessels. »Wen bringst du mir da, Caterina?«

»Zu dieser Zeit noch! Eine *fuitina fuizziva!*«, Francesca Passarello klang empört. »Zehn Jahre früher, da gab es das noch öfter. Ich erinnere mich an die *sorelle* Zarcone, die zwei Schwestern, die raubten sie aus dem Wäschegarten. Erst die eine, die sie aber gar nicht wollten, sie brachten sie zurück und dann eben die andere, die Richtige. Und die Anna Licari. Vom Grab des Vaters, das sie gerade mit frischen Blumen schmückte, vom Friedhof weg, haben die sie geholt!«

Ich balancierte meine Espressotasse auf den Knien und beobachtete, wie sie die Augenbrauen zusammenzog und die dünne Haut ihres faltigen Gesichts dabei noch mehr Falten schlug.

»Aber wir hatten ja schon die sechziger Jahre«, sagte sie jetzt. »Die Mädchen liefen schon in Miniröcken herum, also in Palermo jedenfalls!«

Meine Mutter hatte sicher keinen Minirock getragen. Ich stand auf, stellte die Tasse auf ein Beistelltischchen und schaute mir die Fotografien an, die in silbernen Rahmen auf einer antiken Anrichte standen.

Obwohl ich nicht ein einziges Foto aus ihrer Jugend kannte, entdeckte ich sie sofort. Ich nahm das Bild in die Hand. Meine Mutter schaute in die Kamera, ihre Haare waren zu einem lockeren Knoten frisiert, Rock bis zu den Knien, Strickjacke, dazu flache Ballerinas, die gerade wieder modern waren. Sie hielt ein Eis in der einen Hand, der andere Arm hing locker herab. Ihr Lachen bekümmerte mich mehr als alles, was ich bis jetzt über sie erfahren hatte. Es war herrlich selbstsicher und ein wenig frech.

»Ja, das ist sie, die Maria! Sie tat mir so leid!«

»Warum hat sie ihn nicht angezeigt?« Meine Frage kam mir dumm vor. Die Sizilianer redeten seit Hunderten von Jahren nicht gerne mit der Polizei. Warum sollte also gerade meine Mutter diese Tradition brechen? »Aber das hatte wahrscheinlich überhaupt keinen Sinn«, setzte ich schnell hinzu.

»Nein. Ja.« Meine Großtante suchte nach ihrer Brille, die auf ihrem Schoß lag. »Es war ja nun so: Die Familie des Mädchens versuchte, es geheim zu halten, man schämte sich, man ging nicht zur Polizei. Wenn es dennoch herauskam, wurde derjenige, der es getan hatte, angeklagt, und zwar vom Staat. Doch da gab es das Gesetz, das die *matrimonio riparatore* vorsah, die alles wieder aufhob. Maria hätte ihn anklagen müssen, sie hätte den Prozess durchstehen und sich zudem noch gegen das Gesetz und die allgemeine Moral wehren müssen. Sie wollte es nicht, und die Pina hat ja nie etwas gemacht, was ihre Mariuccia nicht wollte ...«

»Die Heirat, die repariert? Was soll das genau heißen?«

»Das Gesetz besagte, dass ein Mädchen die Verurteilung des Angeklagten aufheben konnte, und zwar durch die Einwilligung in eine Heirat.«

»Ihren Vergewaltiger!? Das war legal?«

»Aber ja! Und das haben alle gemacht. Denn nur dadurch konnte das Mädchen ihre Schande und die ihrer Familie reinwaschen.«

Ich war wütend. Was für ein perfides Zugeständnis: ... er hat mich zwar vergewaltigt, aber eigentlich war es nur ein etwas grob geratener Heiratsantrag, Euer Ehren, mehr nicht ...

Was für eine Qual, was für eine Lüge. Und das alles nur wegen der Ehre! Wie hatte Signora Pollini es ausgedrückt? *Das Mädchen hätte sonst immer diesen Ruf behalten. Den einer Hure!*

»Ein anderes Mädchen hat es dann gewagt, drüben in der Provinz Trapani, in Alcamo. Das muss im selben Jahr gewesen sein, 1965. Franca Viola, gerade achtzehn. Die hat sich als Erste gegen das Gesetz gewehrt und hat die Schmähungen ausgehalten, mit denen alle über sie hergefallen sind. Ihr Vater und ihre ganze Familie hat sie unterstützt. Elf Jahre hat der Typ bekommen. Seine Freunde, die ihm geholfen haben, sind auch ins Gefängnis gewandert. Die Franca ist richtig berühmt geworden, es war groß in den Zeitungen. Danach haben sich immer mehr Frauen getraut, einer erzwungenen Heirat nicht mehr zuzustimmen. Das Gesetz ist übrigens erst im Jahre '81 abgeschafft worden.«

Zia Pinas Schwester schüttelte sich. »Ach, die Zeiten früher, lassen wir das. Machen mich ganz schwermütig. Komm her, Mädchen, lass dich lieber noch mal anschauen!« Ich ging zu ihr und nahm ihre Hand. Sie war trocken und kühl.

»Im *Casa dei Limoni* habt ihr gewohnt! Dein Bruder und die Grazia, und eine ganze Zeit lang auch du. Ich hab das gewusst, natürlich, man hat mir alles erzählt, was die jungen Leute da machen.«

»Warum haben Sie das Limonenhaus nicht haben wollen?«

»Ach, ich war glücklich hier, mein Mann, Gott habe ihn selig, hat uns dieses schöne Haus gebaut. Ein Gezerre und Gezurre war's, weil die Maria ja nie von der Pina adoptiert worden ist. Ein Durcheinander, das Jahre dauerte. Ich habe es dann am Ende abgelehnt, der Avvocato ist schier verrückt geworden. Aber der war ja immer feucht, der Kasten, so direkt am Meer. Außerdem glaube ich, dass das Haus kein Glück für den bringt, der in ihm wohnt! Und wenn es für die Maria ein bisschen Geld abwerfen würde, auch gut, habe ich gedacht.«

Lag es wirklich am Limonenhaus? War das Schicksal meiner Mutter, das von Leonardo, Grazia und auch meins und

Matildes durch ein paar feuchte Mauern bestimmt worden? Ich glaubte nicht an so einen Quatsch! Ich musste jetzt los, musste mich endlich wieder um Matilde kümmern, zu lange schon hatte ich mich von den schrecklichen Ereignissen vor vierzig Jahren ablenken lassen. Ich schüttelte ihre Hand, die die meine noch immer festhielt. »Danke, dass Sie mir so viel erzählt haben. Ich muss jetzt gehen. Aber eines würde mich noch interessieren. Kannten Sie den heimlichen Verlobten meiner Mutter, diesen Finú?«

Francesca Passarello ließ meine Hand los, warf den Kopf zurück und schnalzte mit der Zunge. »*Magari!* Ach, wenn es doch so gewesen wäre! Ich war so oft bei der Pina, ich habe sie getröstet, ihr wochenlang Essen gebracht, sie war ja nicht mehr die Alte, nachdem die Sache passiert war. Wir haben viel geredet. Aber nie, niemals hat sie mir erzählt, mit wem Maria so glücklich war. Ist ja vorbei, hat sie gesagt. Was nutzt es jetzt, wenn wir sein Leben beobachten ... Nie ist sie damit rausgerückt. Das habe ich ihr lange übel genommen.« Sie schüttelte den Kopf und beäugte mich durch ihre Brillengläser. Ich ging zur Anrichte, um mir die junge Maria noch einmal anzuschauen.

»Ein paar Andeutungen, seltsame Gerüchte sind damals allerdings herumgegangen, der Verlobte hätte sie noch haben wollen, ja, der hätte sie angeblich danach noch nehmen wollen.« Wieder schüttelte sie den Kopf. »Ich glaube, darauf hat die Maria gewartet, dass er sie rächt und dann rettet, tzzz. Das hat es vorher noch nie gegeben, dass einer seine Verlobte zurückhaben wollte, nachdem ... Die Leute haben es nicht glauben wollen.«

Wir hörten Caterina ihre endlosen Aufzählungen hinunterhaspeln, während sie nebenan in der Küche herumstampfte. »Fertig. So, das hast du gut gemacht, nun hier, das Spülbecken noch, *ecco fatto!*«

Die alte Dame zuckte mit den Schultern. »Eine bessere Putzfrau findet man in ganz Sizilien nicht!«

Sie rückte ihre Brille zurecht, nahm ein Körbchen vom Tisch neben sich und holte eine Häkelarbeit aus dünnem Garn daraus. »Das muss ein feiner Kerl gewesen sein. *Un bravo ragazzo*, der nicht wusste, was er da vorhatte. Aber!« Sie machte eine Pause. »Ihre Freundin, die Teresa, hat darüber etwas gewusst, so viel ist sicher! Zu viel, sagen manche ...« Das Garnknäuel fiel zu Boden und rollte zu mir herüber. Ich hob es auf und setzte mich sprachlos auf meinen Stuhl. Teresa? Etwa die Teresa?!

»Gott hat sie bestraft«, flüsterte meine Großtante.

Ich beugte mich vor, um sie besser zu hören, und wickelte dabei automatisch das Knäuel auf, bis ich merkte, dass der Faden sich straff zwischen uns spannte.

»Teresa kam ein einziges Mal zu uns, nach Tagen erst, da war Maria schon weg, bei ihm, diesem Tier ...« Sie hielt inne.

Bei ihm, meinem Vater. Ich nickte, sie sollte weiterreden.

»Sie wollte sofort wieder gehen, sie sprach kaum. Ich wunderte mich über sie. Als beste Freundin wäre ich länger im Haus meiner bedauernswerten Freundin geblieben. Doch dann sah ich sie mit meiner Schwester tuscheln. Die Pina hat mir nachher erzählt, es gäbe Gerüchte. Der Verlobte Finú denke, Maria hätte schon vorher etwas mit dem Kerl angefangen. Pina hat Teresa gebeten, Maria zu besuchen in ihrem neuen Heim, ihr aber nichts vom dummen Geschwätz der Leute zu sagen. Ich weiß nicht, ob sie es getan hat. Ich weiß auch nicht, warum sie sie an diesem verhängnisvollen Abend nicht abgeholt hat. Aber Gott weiß es, und er hat sie gestraft!«, wisperte meine alte Großtante Francesca, und ich konnte mir mit einem Mal vorstellen, wie sie als junge Frau ausgesehen haben musste.

»Welche Teresa?«, schaffte ich endlich zu fragen.

»Na, die Tochter der LoContes.« Ihre Augen funkelten lebhaft durch ihre Brillengläser. »Eine dieser ehrenwerten Familien, du weißt schon. Aber ihre Mutter Rosalia, Gott habe sie selig, die war noch für etwas anderes bekannt. Zu der sind sie ja alle gegangen, die ist eine Plazenta-Wäscherin gewesen, ging von Haus zu Haus, kaufte den Wöchnerinnen die Nachgeburt ab und bereitete aus dem Blut und den Säften ...« Sie brach ab, als sie meinen Gesichtsausdruck sah. Ich atmete tief ein und brachte etwas wie ein Lächeln zustande.

»... sie machte jedenfalls ihre Heilmittel daraus. Sie gab den Frauen Amulette aus polierten Ziegenknochen und Pulver für Liebestränke mit. Die Teresa hat mit den Mittelchen ihrer Mutter weiter gehandelt, obwohl sie davon nichts verstand ... Ihre eigene Tochter hat sie mit ihren Zaubertropfen nicht von der Schwermütigkeit erlösen können. Die Grazia, das Mädchen, das später deinen Bruder geheiratet hat!«

Kapitel 32

LELLA

In den nächsten Stunden saß ich in meinem Zimmer und versuchte alles aufzuschreiben, was ich tun musste. Es fiel mir nicht leicht, denn ich konnte die Gedanken an Teresa einfach nicht abstellen: Teresa war die beste Freundin meiner Mutter gewesen! Teresa hatte meine Mutter nicht abgeholt!

Nur langsam wurde meine Liste länger, doch am Ende standen die drei wichtigsten Dinge untereinander. Erstens: den einflussreichsten Anwalt nehmen, der zu finden war. Einen aus der Großstadt, aus Palermo.

Dann: das Haus verkaufen.

Außerdem: beim Jugendamt eine Person suchen, der ich vertrauen konnte.

Es war heiß im Zimmer, eine grünlich schillernde Fliege fand den rettenden Fensterspalt nicht und flog in regelmäßigen Abständen beharrlich gegen das Glas. Ein nerviges Geräusch, so hoffnungsvoll, aber doch vergeblich. Ich stand auf und ließ sie hinaus. Befreit zischte sie in den Himmel.

Alles, was ich mir vorgenommen hatte, würde dauern. Für Matildes zerbrechliche Kinderseele wäre jeder weitere Tag, den sie von mir getrennt war, ein Schaden. Konnte eine Seele kaputtgehen? Oder verbog sie sich eher? Wurde sie grau, verbleichte sie? Wie sah Mamma Marias Seele wohl aus? Und wie die von Teresa? Ich warf mich auf das Meer von Blättern, das inzwischen das ganze Bett bedeckte. Plötzlich hatte ich das Bedürfnis, Gott einen Handel anzubieten. »Lass mich Matilde finden, lass Teresa gnädig sein«, betete ich. Doch ich empfand meine Bitte sogleich als absurd. Gott und ich wussten, dass sich die Begriffe ›Teresa‹ und ›gnädig‹ ausschlossen. »Ich werde dir ... ich werde für dich ...« Mir fiel auf, dass ich nicht mehr viel besaß, was ich Gott zum Tausch anbieten konnte.

Ich betrachtete meine Liste. Womit sollte ich beginnen? Einen Anwalt suchen? Die Worte von Claudios Vater tauchten wie zähe Blasen in meinem Kopf auf und blieben dort kleben: »... auf dieser Insel gibt es noch Männer, die Recht und Unrecht unterscheiden können.«

Es hatte keinen Sinn, ich kam nicht darum herum, einen Mann aufzusuchen, der wie der alte Acquabollente den falschen Nachnamen trug.

Kapitel 33
PHIL

Ich hatte mich ein wenig verfahren, doch um Mitternacht rollte ich mit meinem Citroën endlich in Bagheria ein, fuhr über einen Bahnübergang und weiter geradeaus, eine ansteigende Geschäftsstraße hoch. Haushaltswaren-, Schmuck- und Modegeschäfte, nichts, was man in Deutschland nicht auch finden würde. Den Handyladen musste ich mir allerdings merken. Morgen früh, gleich wenn er öffnete, würde ich dort ein neues Gerät erstehen. Die Straße wurde steiler, und als ich erkannte, wo ich mich befand, übermannte mich regelrechte Euphorie: Rechts von mir kam jetzt die Kirche mit dem Brunnen davor, der Ort, an dem ich Lella zum ersten Mal aufgespürt hatte! Ohne Handy und mit diesem komischen Taxifahrer, dem ›warmen Arm‹. Es schien Jahre zurückzuliegen.

Ich hatte keine Kraft mehr, noch ein Hotel zu suchen, daher legte ich mich hinten auf die gepolsterte Rückbank, deckte mich mit einem Pullover und meinem Mantel zu und schlief tatsächlich ein.

Um kurz nach vier wurde ich wach, weil ich erbärmlich fror. Ich stellte fest, dass es an einem 29. Mai auf Sizilien eiskalt sein konnte, dass die Scheiben beschlagen waren, dass mein Körper mir überall wehtat und die Sonne noch lange nicht aufgehen würde. Nach zwei verzitterten Stunden beschloss ich, dass es an der Zeit war, mir die Zähne zu putzen und einen Kaffee zu trinken.

Kapitel 34

LELLA

Wieder ein neuer Morgen. Noch bevor ich die Augen öffnete, fing ich an zu beten. »*Dio! Ti prego!* Lass meinen Plan aufgehen! Nur noch einen kleinen Schubser von dir, Gott, den Rest werde ich selbst erledigen.«

Nach einem Cappuccino-Frühstück in der Bar am Hafen machte ich mich auf den Weg zur Backstube. Die Tür stand wieder offen, jemand sang dahinter mit wunderschöner Stimme.

»Io lavoro – e penso a te!«

Ich trat in den Kuchenduft ein, der mich wie ein molliger Mantel umfing. Ein Junge in Bäckerkleidung stand mit dem Rücken zu mir, er schob Bleche voller Cannoliröllchen in den Ofen und wiederholte in leidenschaftlichen Tönen, dass er arbeite und an mich denken müsse. Ofen auf, ein, zwei, drei … sieben Bleche, dann bemerkte der Bäckerjunge mich und verstummte. Er schloss die Klappe und drehte sich ganz zu mir um. Als ich nach dem Besitzer fragte, wischte sich der Junge die Hände an seiner erstaunlich sauberen Bäckerjacke ab. Er war vielleicht gerade siebzehn und trug eine Duschhaube aus Papier auf seinen schwarzen Locken.

Gaetano war nicht da. Ich seufzte vor Enttäuschung. Wann er denn wiederkommen würde?

»*É in ferie.*« Er war im Urlaub.

»*E la Signora?*«

»*La Signora?*«

»*Si, sua moglie,* Teresa!«

Er verzog sein Gesicht, um gleich wieder freundlich zu grinsen. Nein, die wäre doch nie in der Bäckerei. Die wären alle im Urlaub oder zu Hause, das wüsste er nun auch nicht so genau. Er schnappte sich ein weiteres Blech und sang mit einstudiertem Seitenblick zu mir: »*Io lavoro – e penso a te ...!*«

Zurück auf der Straße rief ich Susa an und schilderte ihr kurz, was ich herausgefunden hatte.

»Dein Vater!? Das ist heftig ... Der Gedanke daran ist richtig fürchterlich! Jetzt kann ich es dir ja sagen, aber ich mochte den noch nie!«

»Ich versuche, so wenig wie möglich daran zu denken. Ich muss Matilde wiederbekommen, ach, zwischendurch denke ich, es ist alles total aussichtslos, Susa!«

»Wo hast du sie denn schon gesucht?«

»Ich werde Mátti nie finden.«

»Ach nee, meine kleine Itakerin, so geht das nicht! Da hast du dir die unpassendste Zeit ausgesucht, um aufzugeben. Gerade jetzt musst du noch mal alle deine Kräfte zusammenkratzen! Du schaffst das! Wenn nicht du, wer dann? Ruf mich an, wenn du mich brauchst, jetzt muss ich los!« Ein paar schmatzende Küsschen erreichten mein Ohr, sie legte auf.

Wenn nicht du, wer dann? Was für ein toller Spruch. Danke, Susa.

Ich kann da nicht hineingehen!, dachte ich, als ich vor dem Hochhaus stand. Hinter den Fenstern und all den feindseligen, menschenleeren Balkonen lauerte irgendwo Teresa. Ich wollte wegrennen, so schnell wie möglich, doch dann dachte ich an Susa und entschied, es wenigstens zu probieren. Und wenn ich nur bis ins Treppenhaus kam und es gerade mal schaffte, Matildes helle, zwitschernde Stimme durch die Wohnungstür zu hören. Ich wählte noch einmal Susas Nummer und beauftragte sie, mich in einer Stunde zurückzurufen. Sollte ich nicht antworten, müsste sie die Polizei rufen.

»Polizei. In Sizilien. Badscheria. Mache ich.«

»Bagheria, mit ›gh‹ geschrieben«, verbesserte ich sie. Ich liebte ihre mühelose Art, Probleme anzugehen, und gab ihr die genaue Adresse. »Bei LaMacchia, vierter Stock.«

»Also gut. Uhrenvergleich: Jetzt ist es Viertel nach neun. Ich ruf dich exakt um zehn Uhr fünfzehn wieder an. Sei vorsichtig!«

In diesem Moment kam ein ungefähr zehnjähriger Junge aus dem Haus, an seiner Seite ein großer Hund mit kahlen Stellen im gelblichen Fell. Vermutlich war er für die zahlreichen auf dem Vorplatz platzierten Hundehaufen verantwortlich. Ich küsste Susa durchs Telefon und schlüpfte durch die offene Tür hinein. Im Fahrstuhl presste ich meine Handflächen fest wie eine betende Tempeltänzerin zusammen. Konzentration, Ruhe, alles würde sich fügen.

Die Wohnungstür der LaMacchias war nur angelehnt. Ich lauschte. In Filmen bedeuteten angelehnte Türen immer mindestens einen Toten in der Wohnung. Stille.

»*Permesso?*«, flüsterte ich und klopfte zaghaft. Nein, keiner gab mir die »Erlaubnis«.

Ich schob die Tür vorsichtig auf und spürte, wie meine Nackenhaare sich aufstellten.

»*Sogni d'oro!*«, donnerte eine samtige Stimme plötzlich derart laut, dass ich zurücksprang.

Dio! Ich atmete tief durch. Mit ihrer Wachsamkeit war es nicht weit her, wenn sie die Tür offen ließen und im *salotto* TV-Werbung für den Schlaftee »Goldene Träume« einschalteten. Das konnte nur heißen, dass Matilde nicht in der Wohnung war. Ich hörte weder die Stimme von Teresa noch etwas von ihren Söhnen. Ich schaffte es weiterzugehen, vielleicht war Gaetano allein. Im *salotto* waren alle Vorhänge zugezogen. Unter dem mit Goldschnörkeln verzierten Sofa erspähte ich Matildes Plastiktiger. Ich ballte nervös die Fäuste. Sie war hier gewesen! Ich ging durch die dämmrige Dunkelheit auf den Fernseher zu und schaute nach der Fernbedienung, um ihn leiser zu stellen. Keine Fernbedienung zu sehen. Ich war verrückt. Doch was sollten sie schon mit mir machen? Mich schlagen? Gefangen halten? Wenn Susa mich in einer Stunde nicht erreichte, würde sie ein Sondereinsatzkommando in die Wohnung schicken. Ich kicherte nervös. Meine allerbeste Freundin war zu allem in der Lage, ohne eine einzige Fremdsprache zu beherrschen. Schnell holte ich die Tiger unter dem Sofa hervor und steckte sie in meine Handtasche. Trotz des laufenden Fernsehers hörte ich, dass irgendwer angeschlurft kam. Im nächsten Moment erschien jemand in Puschen, Pyjamahose, zerknautschtem Hemd und unrasiertem Gesicht im Rechteck der Türöffnung. Gerötete Nase, triefende Augen, die Fernbedienung wie ein unbrauchbares Stück Holz in der Hand: Gaetano. Heute Nacht hatte ich wieder und wieder über ihn nachgedacht: Konnte Gaetano der Verlobte sein? Hatte die eifersüchtige Teresa ihre

Freundin absichtlich in die Falle laufen lassen, um ihn zu bekommen? Zutrauen würde ich es ihr! Doch auch wenn es so gewesen wäre, wie wurde aus einem Gaetano ein Finú? In Sizilien verstümmelte man die Namen zwar gerne, alles wurde abgekürzt, aus Giuseppina wurde Pina, aus Antonio Nino, aus Salvatore Totó, Turi oder sogar Turiddu. Auch meine Mamma Maria war von ihrer Tante liebevoll Mariuccia genannt worden. Aber Gaetano – Finú? Aus einem Gaetano machten sie hier höchstens einen Tanino. Und wenn er es sein sollte, musste dem ehemaligen Verlobten meiner Mutter dann nicht auch der kleine Finger fehlen?

»Sie sind nicht da.«

»Wo ist Matilde? Wo ist Teresa mit ihr? Geht es ihr gut? Isst sie, redet sie?«

Es klang noch flehentlicher, als ich befürchtet hatte. Er machte eine hilflose Bewegung mit der Hand. Ich starrte auf seine Finger und versuchte, etwas zu entdecken, was ich beim letzten Mal vielleicht übersehen haben könnte. Nach der linken Hand nahm ich mir die Rechte vor. Zehn Finger ... er konnte es nicht sein.

Er merkte es und versteckte seine Hände mitsamt der Fernbedienung vor mir auf dem Rücken.

»Kennst du einen Finú?« Er schaute mich aus blutunterlaufenen Augen von unten an und drückte auf der Fernbedienung herum. Der Ton wurde noch lauter. »Maria hat ihn sehr geliebt, diesen Finú«, rief ich gegen den Fernseher an. »Sie hat sich für das, was passiert war, bis in ihre tiefste Seele hinein geschämt, obwohl sie keine Schuld traf. Maria hat gehofft, dass ihr Verlobter Finú zu ihr kommt, dass er ihr verzeiht, wenn man es so nennen will, und dass er ihre Entführung rächen würde.«

Gaetano starrte zu Boden. Ich schrie jetzt fast: »Aber er kam nicht!« Endlich hatte Gaetano auf der Fernbedienung den richtigen Knopf gefunden. Ich flüsterte in die entstandene Stille: »Marias Freundin hat ihr von dem Verlobten erzählt. Es waren Lügengeschichten, die nach Marias Willen auch noch ihr Herz gebrochen haben. Ich bin nicht sicher, was sie noch alles getan hat.« Ich wurde wieder lauter: »Aber ich schwöre beim Tod von Leonardo und Grazia, ich werde nicht zulassen, dass Matilde bei dieser Frau aufwächst!«

Ich ging zur Tür und drehte mich zu ihm.

»Deine Tochter hat gemeinsam mit meinem Bruder bestimmt, dass Matilde bei mir leben soll. Ich werde einen Antrag beim Jugendamt stellen. Es wird lange dauern, aber ich bin bereit zu kämpfen. Heute am späten Nachmittag werde ich im *Casa dei Limoni* sein.« Ich wollte ihm Zeit geben, vielleicht konnte er in der Zwischenzeit mit Teresa reden. Ich wusste nicht, ob das sinnvoll war. Versuchen musste ich es.

»Ich werde die restlichen Sachen der beiden ordnen.«

Seine Augen zuckten unruhig. Er wusste, dass es im Haus nichts mehr zu ordnen gab.

»Dort, wo du immer die Torten vor die Tür gelegt hast, da bin ich so gegen fünf.«

Er schüttelte mit schmerzlich verzerrtem Gesicht den Kopf. Ich seufzte. Susa musste das Einsatzkommando nicht herbeirufen, doch ein richtiger Erfolg war mein Besuch hier auch nicht gewesen. Ich drehte mich um und ging langsam aus der Wohnung.

Kapitel 35
PHIL

Ich ging logisch vor. Zunächst kaufte ich an einem Zeitungsstand einen Stadtplan und stellte eine Liste aller Orte auf, an denen Lella sich aufhalten konnte. An erster Stelle stand die Kanzlei, die ich trotz der Regellosigkeit der Straßenführung nach kurzer Zeit wiederfand. Obwohl ich nicht ernsthaft damit gerechnet hatte, zog sich etwas in mir zusammen, als ich sah, dass die beiden Treppenstufen vor der Eingangstür leer waren. Eine abwegige Hoffnung, die ich da gehegt hatte. Lella war keine Frau, die ihre Zeit morgens um neun vor irgendwelchen Türen zubrachte.

Ernüchtert betrachtete ich das goldene Schild, das an der Tür angebracht war: »Dott. Rocco Acquabollente – Avvocato / Notaio«. Rocco – ›kochendes Wasser‹ – für mich klang das wie der Name eines streitsüchtigen Preisboxers. Ich überging den zur goldenen Faust geformten Türklopfer und drückte die Klingel. Erst nach mehrmaligem Läuten öffnete eine winzige Frau, die mit hervorquellenden Augen wie eine Kröte auf der Schwelle zu sitzen schien und es dennoch schaffte, hochmütig auf mich herabzublicken. Ich stammelte eine Auswahl von Namen und Worten, die mir angebracht erschienen.

Quando? Dove? Mit dem Finger zeigte ich mehrmals auf den Boden, was die Krötendame bewog, ihn an dieser Stelle einer genauen Untersuchung zu unterziehen. Ich winkte ab, nein, mit dem Boden war alles in Ordnung. Signora Bellone, war Signora Bellone gestern in der Kanzlei erschienen? Heute? Wann? Jemals? Überhaupt? War der Chef da? Claudio? Gab es einen Claudio hier? Sie zuckte die Schultern, verschränkte die kurzen Arme vor der gewaltigen Brust und ließ sich dann herab, auf einen Stapel Formulare, der auf einem kleinen Tisch lag, zu weisen. Sollte ich mich eintragen? Anmelden? Sie begann zu reden, doch ich verstand nichts. Unauffällig schaute ich mich um. Keine Lella, die auf den Fluren der Kanzlei in einem Ledersessel hockte. Es gab in dem schlichten Eingangsbereich und dem düsteren Flur keine Ledersessel, noch nicht einmal ordinäre Holzstühle. Die Kröte öffnete die Haustür und versuchte, mich mit ihrem kugeligen Körper hinauszudrängen. Da ich keinen Wert darauf legte, von ihr berührt zu werden, gelang ihr das tatsächlich. Die Tür fiel hinter mir zu, und noch immer war ich keinen Schritt weiter.

Kapitel 36

LELLA

Eine Minute nach fünf schloss ich an diesem Nachmittag das Limonenhaus auf. Gaetano war nicht zu sehen. Die Tür klemmte wie zuvor und gab zusätzlich noch ein unbekanntes, krächzendes Geräusch von sich. Ich stieg die schmale Treppe hinauf und wappnete mich: Bei Tageslicht würde alles noch viel schäbiger aussehen.

Auf der Schwelle blieb ich abrupt stehen. Die Küche war hell, die Flügeltüren standen offen. Goldenes Sonnenlicht fiel auf den Tisch, der da ganz, heil und wieder rund mit seinen beiden Halbmonden in der Mitte stand: der *mezzo tondo!* Wie in Trance strich ich mit den Händen über das glatte Holz und griff nach dem Brief, der mit einer aufgeklebten Briefmarke für nur 25 Lire auf dem zusammengefügten Tisch für mich hinterlegt worden war. Oder besser für Maria Elisabetta Allegra. Ich zog an dem Tisch, aber die beiden Hälften ließen sich nicht mehr auseinanderschieben. Rasch ging ich in die Knie und schaute unter die Tischplatte. Sie waren mit den dafür vorgesehenen Scharnieren an der Unterseite ordentlich aneinander befestigt. Und noch etwas sah ich: Linien, fein geschwungene, schwarze Linien. Jemand hatte den Namen meiner Mutter und ein halbes »&«-Zeichen

in das dunkle Holz gebrannt. Auf der anderen Seite kam die fehlende Hälfte des Zeichens und sein Name dazu: »Maria & Finú«.

Ein Fensterladen auf dem Balkon knarrte leise. Ich fuhr zusammen, sodass meine Hüfte gegen den *mezzo tondo* stieß und ihn ein kleines Stück über die Bodenkacheln schob. Ich lauschte. War Gaetano doch schon hier? War jemand anderes hier? Ich erhob mich und blieb ganz still stehen. Nichts. Ich war allein.

Jetzt erst nahm ich den Briefumschlag in meiner Hand genauer in Augenschein. Das gelbliche Papier war porös, das ›M‹ von Maria mit derselben feinen Verschlungenheit gemalt, die ich schon aus dem Liebesbrief kannte. »*Ritorna al mittente*« stand neben die Adresse gekritzelt. Meine Mutter hatte diesen Brief nie zu Gesicht bekommen. Die plötzliche Gewissheit nahm mir den Atem.

Ich ging hinaus auf den Balkon, holte mein Handy aus der Handtasche und rief im *Salvatore* an. Völlig egal, wo mein Vater gerade war, Mamma Maria musste sofort von diesem Brief wissen.

Sie kam ans Telefon.

»Mamma, ich bin mit Gaetano im Limonenhaus verabredet. Er ist aber noch nicht da. Stattdessen steht die andere Hälfte vom *mezzo tondo* auf einmal hier, und ich habe einen Brief an dich gefunden! Er ist schon ziemlich alt, aber noch ungeöffnet.« Hier stand ich, drei Meter über dem Wasser, und atmete die salzige Meeresluft ein, die das Haus auch schon umweht hatte, als dieser Brief vor über vierzig Jahren abgeschickt worden war. »›Zurück an Absender‹ steht vorne drauf. Hast du damals einen Brief zurückgeschickt?«

Ihre Stimme war kaum hörbar. »Nein ... Nein! Das ist nicht gut.« Sie fing an zu weinen. »Nein, besser nicht zu wissen, was da drin steht.«

»Ich glaube, es ist die Schrift von Finú, ich habe einen Brief von ihm in deiner alten Bibel gefunden.«

Sie murmelte so leise, dass ich es kaum hören konnte: »Maria, Liebe meines Lebens, Licht meiner Augen, Sinn all meines Tuns, meine Seele! ...«

Sie konnte ihn immer noch auswendig.

»Ich öffne den anderen Brief jetzt für dich, in Ordnung?«

Ein schwaches Schluchzen: »Wenn du unbedingt willst, es ist ja alles doch nicht mehr zu ändern.«

»Moment, ich lege den Hörer einen Moment beiseite.« Die Kunst, ein Handy zwischen Ohr und Schulter einzuklemmen, ohne es fallen zu lassen oder sämtliche Tasten zu drücken, hatte ich noch nie beherrscht.

Meine Finger schafften es nicht sofort, den Umschlag zu öffnen, so sehr zitterten sie. Doch dann gab das poröse Papier widerstandslos nach, und ich konnte den elfenbeinfarbenen Bogen behutsam aus dem Umschlag schälen und auseinanderfalten. Der Wind zerrte an ihm, wollte ihn mir aus den Händen reißen und über das Geländer flattern lassen. Ich nahm das Telefon und ging hinein.

»Also, ich lese vor:

Maria, Du wirst immer die Liebe meines Lebens bleiben, auch jetzt, wo mein Albtraum wahr geworden ist. Die Leute reden viel, aber keiner weiß genau, was geschehen ist, doch für mich steht fest, er muss Dich gezwungen haben!
Es war gegen Deinen Willen, ich weiß es, und unsere Herzen schlagen

noch füreinander! Komm zu mir! Wir werden von hier weggehen, auf den Kontinent, nach Rom, zu meiner Tante, wo uns keiner kennt.
Meine Maria, ich wollte es Dir verschweigen, aber ich kann es nun doch nicht.
Teresa hat mir durch einen Freund etwas für meinen Finger geschickt. Sie hat ihm gesagt, sie hätte Dich gesehen. Du sollst mit Appetit essen, und es soll Dir gut gehen. Ich weiß nun nicht, was ich glauben soll. Mein Herz, in dem Du immer noch wohnst, ist unendlich schwer.«

Ich konnte nicht weiterlesen, Tränen blockierten meinen Hals. Auch Mamma weinte, ich erkannte es an den klickenden Geräuschen, die sie mit ihrer Kehle machte. Ich schluckte, danach ging es wieder:

»*Gott schütze Dich.*
Dein Finú (der Name, der für immer nur Dir allein gehören wird)
Gaetano LaMacchia«

Gaetano war also doch Finú. Ich hatte mich durch einen vorhandenen Finger irreführen lassen. Hätte Mamma Maria diesen Brief damals erhalten, wäre sie mit ihm vermutlich doch noch sehr glücklich geworden. Der Gedanke, dass es mich und auch Leonardo dann nie gegeben hätte, kam mir in diesem Moment bedeutungslos vor. War sie noch dran?
»Mamma?!«
Ihre Stimme war erstaunlich fest. »Wir wären weggegangen.«
»Bestimmt.«
»Sag ihm, ich wäre damals mit ihm weggegangen.«
»Gut, ich sage es ihm.«

»Er wird dir helfen. Jetzt weiß ich endlich, dass er dir helfen wird.« Sie legte auf.

Fast im selben Moment klopfte es. Ich lief zur Treppe, von oben sah ich, wie die Haustür sich wehrte.

Es war Gaetano. Er blieb unten an den Stufen stehen, als wage er sich nicht herauf, und schaute mich an. Ich konnte sein Rasierwasser riechen und den Stoff seines Anzugs knistern hören. Er sah sonderbar feierlich aus.

»Du bist also Finú.« Ich konnte nur noch flüstern. Das Haus schien ihn einzuschüchtern. Er strich mehrfach über das Revers des Sakkos, bevor er antwortete. Seine Bewegungen wirkten alt, gebrechlich.

»Ich warte lieber draußen auf dich«, sagte er.

Ich lief die Stufen hinab und trat hinaus. Das Meer war türkisfarben, die Wellen schlugen gluckernd unter die Steine. Gaetano kam mit schweren Schritten auf mich zu. Wir schauten uns lange in die Augen, es war mir nicht unangenehm.

»Ich sehe so viel von Maria in dir.«

»Wirklich?« Noch vor ein paar Tagen wäre ich über diesen Satz überhaupt nicht glücklich gewesen, jetzt war ich stolz.

»Es ist nach all der Zeit immer noch schwer, daran zu denken«, sagte er stockend. »Wie muss sie gelitten haben, meine Mári. Und ich würde heute immer noch alles geben, um es ungeschehen zu machen. Und die Jahre danach.« Mit einer müden Geste knetete er seine Nasenwurzel, als ringe er um Fassung.

»Aber ich lag im Bett an diesem Unglücksabend, schon geschlagene vierundzwanzig Stunden, und konnte vor Schmerzen nicht denken. Ich hatte nicht aufgepasst, diese Rührmaschinen waren damals wirklich gefährlich. Der *Dottore* Carnevale, der hätte mir meinen Finger am liebsten gleich abgetrennt. Der Knochen war fast durch, der hing ja nur noch herunter. Da bin ich mit blutigen Bandagen aus seiner Praxis gerannt.« Er strich sich langsam die Bügelfalten der grauen Hosenbeine glatt und schnaubte. »Ein Freund brachte mir dann am nächsten Mittag ein Fläschchen, das mir jemand, der nicht genannt werden wollte, schickte. Eine Tinktur aus dem heiligen Blut der Mutter Gottes. Von Maria und der ganzen Sache hatten wir bis dahin noch nichts gehört, es hatte sich noch nicht bis zu uns herumgesprochen.«

Er erzählte jetzt müheloser.

»Es war wie ein Wunder. Schon ein paar Stunden später haben die Schmerzen aufgehört. Ich trug zwar noch einen kolossalen Verband und musste die linke Hand ruhig halten, wusste aber, dass er nicht ganz verloren war, der Finger.«

Er schaute auf seine Schuhe und fuhr leiser fort:

»Am späten Nachmittag kam Teresa. Die hat den alten Verband abgenommen, hat die Tinktur von ihrer Mutter darauf geträufelt, den Finger mit dem polierten Knöchel von … einer Ziege war der, glaube ich, geschient und das Ganze neu verbunden. Sie hätte die magischen Kräfte von ihrer Mutter geerbt, hat sie mir ins Ohr geflüstert. Ich glaubte ihr, und es hat ja auch geholfen.«

Mit einem zerknirschten Ausdruck in den Augen hielt er mir seinen kleinen Finger vor das Gesicht. Er stand ein wenig schief ab. Unter dem zweiten Gelenk, da wo der Finger schon fast in die Handfläche überging, sah ich einen blassen, rosa Ring auf der Haut.

»Während sie den Verband wechselte, hat sie mir auch

die ganze Geschichte erzählt. Eine *fuitina d'amuri*, eine freiwillige Entführung also, eine Flucht aus Liebe! Ich bin aufgesprungen, habe geschrien, das könne niemals wahr sein, und lauter so Sachen. Ich wollte sofort los, um den Kerl umzubringen, aber Teresa hielt mich zurück. Sie sagte, sie hätte Maria besucht, und das Bett von der Tante sei schon bereitet gewesen für die beiden. Und Maria hätte nach *pasta con l'acciughe* verlangt.«

Er griff sich mit beiden Händen an die Stirn.

»Das war die Leibspeise von meiner Maria, es konnte also stimmen. Ich weigerte mich dennoch, das alles zu glauben, aber als Maria dann meinen Brief ungelesen zurückschickte, wurden die Zweifel immer stärker und machten mich krank. Mein Herz war mir herausgerissen worden, wie hatte ich mich in Maria so täuschen können ...«

»Sie hat ihn nie erhalten«, warf ich ein. »Teresa hat ihn abgefangen.«

Er zog ein riesiges Stofftaschentuch aus seiner Anzugjacke und tupfte sich die Augen ab. Auch mir kamen wieder die Tränen. Da standen wir beide in der Sonne und weinten wegen etwas, das vor vierzig Jahren geschehen war.

Ich schniefte: »Wenn du die Wahrheit nicht gewusst hast, warum durfte ich Mátti trotzdem aus der Backstube mitnehmen?«

»Am Tag nach Grazias Beerdigung ...«, er bekreuzigte sich mit dem Taschentuch, »... habe ich euch in Matildes Zimmer gehört. Ich habe gehört, wie Teresa dich gewarnt hat, in Matildes Nähe zu kommen. Du hast sie nach dem Limonenhaus gefragt. ›Deine Mutter hat nur bekommen, was sie verdient hat, jeder von uns hat bekommen, was ihm zusteht‹, hat sie geantwortet.

Darum brachte ich Mátti in die Backstube und ließ euch gehen.« Er gestikulierte mit den Armen in Richtung Horizont, auf einmal wirkte er viel jünger als zuvor im Haus.

»Am gleichen Tag bin ich los und habe nach vierzig Jahren die Scheidung eingereicht. Stell dir vor, einen Tag nach Grazias Beerdigung!« Gaetano lächelte jetzt mit nassen Wangen zu mir herüber.

»Wenn sie das mit der Trennung erfährt ... und wenn das unsere Nachbarn hören, das gibt einen Aufruhr! Seitdem du mit der Kleinen weg warst, wohne ich in der Backstube. Doch als Matilde dann vor zwei Tagen zu uns gebracht wurde, ging ich sofort nach Hause. In der *pasticceria* haben die Leute davon erzählt. So was spricht sich ja rum. Da konnte ich doch nicht ... da konnte ich mein kleines Mädchen doch nicht alleine lassen!«

»Das war richtig!«

»Teresa, Teresa«, sagte er, »wenn Teresa erst davon erfährt ...«

Kapitel 37

PHIL

Es war unmerklich Mittag geworden, und die meisten Punkte auf meiner Liste waren abgehakt. Ich hatte die *Bar Aurora* von Grazias Vater gefunden, in der ich, ohne Deutsch zu reden, ohne überhaupt zu reden, ein mit Marmelade gefülltes *cornetto* erstand und mich währenddessen diskret umschaute. Der *nonno* mit den drolligen Ohren war nirgendwo zu sehen gewesen. Auch das Hochhaus hatte ich gefunden. Auch dort benahm ich mich so unauffällig wie möglich, fragte mich aber, was ich da überhaupt tat. Lella würde mit Matilde ganz gewiss nicht in Teresas Wohnung ein und aus spazieren, und nach einer spontanen Begegnung mit den drei Maurer-Brüdern stand mir nicht der Sinn. Einige Minuten, bevor der Handyladen um elf endlich aufmachte, stand ich ungeduldig vor der Tür. Fünfzig Minuten später war ich Besitzer eines neuen Handys und einer unendlich langen italienischen Telefonnummer.

Zurück im Auto schloss ich die Augen und konzentrierte mich. Zwei wichtige Punkte auf meiner Liste waren noch offen: das Limonenhaus und Lellas Pension. Wie sollte ich die jemals finden?

Ich überlegte. Hatte Lella das Haus irgendwann genauer beschrieben? Es stand am Meer. Doch Meer gab es hier jede Menge. Sollte ich die ganze Küste abfahren? Ihre Pension konnte überall sein. Aus welchem Blickwinkel ich die Angelegenheit auch betrachtete, um eine aufsehenerregende Suchaktion würde ich nicht herumkommen. Das war *die* Gelegenheit! Endlich konnte ich meine bemüht originellen Ideen, die ich bei Brigida verschwendet hatte, für etwas durchaus Lohnendes einsetzen.

Ich hatte die Wahl: Ich konnte »Lella, wo bist du?« an den Himmel schreiben oder Flugblätter verteilen. Ich konnte sie mit einem dieser kleinen Wagen, die mit quäkendem Megafon durch die Gassen fuhren und Matratzen oder Haushaltswaren verkauften, ausrufen lassen. Doch ich durfte ihr nicht schaden. Zu viel Lärm um ihre Person würde sie vielleicht in Verruf bringen, so viel hatte ich von Sizilien schon verstanden. Also musste ich vorsichtig und geschickt vorgehen und ein bisschen lustig natürlich auch. Sie sollte nicht anders können, als ihren Mund zu einem Lächeln zu verziehen.

Nach zwei Stunden hatte ich weder Pension noch Limonenhaus gefunden, doch klebten jetzt viele Zettel in Bagheria, deren Neongrün so aufdringlich hervorstach, dass man genötigt war, sie zu lesen. Überall klebten sie, vor der Kanzlei, vor der *Bar Aurora*, auch in der rückwärtigen Gasse, knapp neben der Tür, durch die es zur Backstube ging, an der Schranke zum Hochhaus der Familie LaMacchia, an allen Kirchen und Strommasten, die mir Erfolg versprechend erschienen. Dabei war ich häufig von den Bagherianern, oder wie auch immer man sie nannte, mit neugierigen Blicken bedacht worden. Doch niemand hatte ein Wort zu mir gesagt.

SALINA! L.!
Habe neue Telefonnummer:
0039-338-47926345
Ruf mich bitte an. P.

»SALINA!« war sicherlich ein Blickfang für sie. »EINFACH NUR WEISSE ROSEN?« hatte ich nach langem Abwägen verworfen. Das »L.« bedeutete natürlich Lella, aber das wusste nur sie.

Nachdem ich die Zettel angebracht hatte, fuhr ich weiter ziellos durch den Ort, in der vagen Hoffnung, mit dem Auto zufällig in irgendeine Straße einzubiegen und dabei den Zipfel einer auberginenfarbenen Strickjacke aus den Augenwinkeln zu erhaschen. Ich ließ mich von blauen Einbahnstraßenpfeilen und kreisrunden Verbotsschildern durch die engen Gassen Bagherias schicken und hielt Ausschau nach ihrem tänzerischen Gang. Ich fantasierte davon, über einen Platz zu laufen, hinter mir Absätze zu hören, mich umzudrehen und dann ... Obgleich ich nicht einmal wusste, was ich genau tun würde, wenn ich sie träfe, sehnte ich mich so sehr nach ihr, dass es wehtat. Aber ich konnte nichts tun, als auf ihren Anruf zu warten und dabei weiterzufahren und Ausschau zu halten. Überall begegnete ich meinen kopierten Zetteln.

L.! Ruf mich bitte an!

Warum tat sie das nicht endlich!? Wo zum Teufel war sie? Ich kontrollierte noch einmal mein neues Handy, ein Vorführmodell, das bereits aufgeladen war, aber auf dem nachtblauen Display blinkte nur die Uhrzeit. 17.02 Uhr. Seit zehn Stunden suchte ich nun schon nach ihr.

Da ich gerade in der Nähe war, steuerte ich die *Bar Eden* an. Ich kannte Bagheria schon recht gut, vielleicht sogar besser als manch einer der Taxifahrer, die den Tresen umlagerten und mir zunickten, als ich mit gewaschenem Gesicht und ordentlich zurückgekämmtem Haar aus der Toilette kam. Einer von ihnen sagte: »*Va meglio, eh?!*«, was wahrscheinlich »Jetzt geht's dir besser, was?« bedeuten sollte. Ich bestellte einen Milchkaffee.

Die Tür ging auf, eine weitere Gestalt durchquerte die Bar. Sekunden später klopfte mir jemand auf die rechte Schulter und rief ein »Ouuuh!« in mein Ohr. Es war Mario ›warmer Arm‹, der Taxifahrer, und obwohl meine Erinnerungen an ihn nicht allzu angenehm waren, freute ich mich jetzt, ihn zu sehen. Mario war der Schlüssel zu allem, schließlich hatte er Lella zu mir nach Palermo ins Hotel gefahren. Er wusste, wo ihre Pension war!

»Wo iste wunderschöne *Signorina?*«

Ich schnappte nach Luft. Ich hatte es doch geahnt, der Kerl konnte Deutsch! »Also verstehen Sie mich?«

»Natürlich! War lange in *Stoccarda*, Stuttgart. Iste zwanzig Jahre her.«

»Ja aber ...« Warum war er dann vor ein paar Tagen mit mir durch die Straßen gefahren und hatte ausschließlich Sizilianisch gesprochen?

Mario beantwortete meine ungestellte Frage: »Habe ich manche Male keine Lust, Deutsch zu spreche, aber manche Male schon.«

Ich wurde so aufgeregt, dass ich ungeduldig seine Schulter tätschelte, etwas, was sonst bestimmt nicht meine Art war. »An dem Morgen neulich, wo haben Sie die Signorina da abgeholt?«

Er sah mich verständnislos an.

Ich sprach langsamer: »Erinnern Sie sich? Von welchem Hotel? Wo war ihre Pension?«

»Ah, meine deutsche Freund, musst du ehrlich zugeben, iste eigentlich Schutze von die Daten.« Er wollte sich schier kaputtlachen über diesen gelungenen Scherz. »Wo ich abgeholt habe die Signorina? Na, an die Hafen, *al porto di Porticello*, vor eine Bar. Und rate, wie heißte die Bar?!« Er lachte wieder, als er mein gespanntes Gesicht sah. »Bar *al porto!*«

Meine Hoffnung stürzte in sich zusammen. Diese Ortsangabe lieferte mir nur einen schwachen Hinweis auf den Standort der Pension. Sie musste zu Fuß vom Hafen aus in wenigen Minuten erreichbar sein.

Ich ließ mir von ihm seine Visitenkarte in die Hand drücken, »Wenn du eine gute Fahrer brauchst, ne?«, und bezahlte meinen Milchkaffee. Weil ich von Lella wusste, dass man seine Mitmenschen mit dem Bezahlen auch demütigen kann, bezahlte ich seinen Espresso gleich mit und verließ die Bar.

Kapitel 38

LELLA

Gaetano ging ein paar Meter bis zum Ende der Mole auf das Felsplateau zu. Dort glitzerte es, als ob Glasscherben zwischen den flachen Steinen verstreut wären, doch es war die Sonne auf dem Meerwasser, das in den Löchern und Mulden stand.

Er hätte mein Vater werden können, und ich wäre nicht Santinella genannt worden, ganz bestimmt nicht. Vielleicht hätten sie mich Giovanna getauft, und ich wäre Siziliens erste Sterne-Köchin geworden oder Tauchlehrerin auf Salina.

Ich hole ihn ein. »Du hast Marias Tischhälfte vor den Flammen gerettet, oder?«

»Ja.« Seine Handflächen zeigten zum Himmel. »Und viele andere Sachen auch. Meine Tochter ist hier oft heimlich hingegangen. Sie hat stundenlang im Haus gesessen, in der ersten Zeit, als sie wieder bei uns wohnte. Teresa bekam das raus und hat es ihr verboten. Denn Teresa hasste dieses Haus.«

Er schaute zum Limonenhaus hinüber.

»Nun weiß ich auch, warum. Es hat sie an ihren Verrat und die Lüge erinnert, auf die ihr ganzes Leben aufgebaut ist. Als ich Grazia in der Klinik besucht habe, musste ich es ihr in die Hand versprechen, dass ich mich darum kümmere. Hinten in der *pasticceria* habe ich eine große Kiste stehen, mit vielen Dingen, die Grazia wichtig waren. Erinnerungen an deinen Bruder, Fotos, seine Lederjacke und solche Sachen eben. Für Matilde. Ich konnte die Tischhälfte nur ganz knapp vor Teresas Feuer retten, kam fast zu spät. Meine eigenen Söhne ließen mich nicht rein. ›Geh nach Hause, Papa!‹, riefen sie von dort oben.« Er zeigte auf das schmale Küchenfenster, das einzige Fenster in der Wand, oben rechts, hoch über der Tür.

»Ich verstehe es nicht, keiner von meinen Söhnen hat je geheiratet. Die sind immer nur bei uns gewesen. Manchmal denke ich, Teresa hat sie mit geriebenen Fingernägeln oder Haarspitzen in einem Trank verhext, damit sie keine anderen Frauen außer ihr angucken mögen.«

Er strich sich nachdenklich über die Stirn.

»Ich stehe also vor dem Haus, und die lassen mich nicht rein. Stühle und anderer Kram, zerschmettert zu Kleinholz, lagen schon auf der Mole. Die haben einfach alles aus dem Fenster runtergeworfen. Der Tisch passte da aber nicht hindurch, das wusste ich. Hier ...«, er zeigte auf den Boden ein Stück vor uns, »... da sieht man es noch, ganz schwarz. Da haben sie in der Nacht alles verbrannt. Das war dieses Jahr zu San Giovanni. Da hat meine Grazia noch gelebt.« Er bekreuzigte sich wieder und schaute von mir weg, aufs Meer.

Ich fröstelte trotz des warmen Windes, als ich den verfärbten Kreis auf den Steinen ansah. Wir schwiegen. Über uns kreischte eine fette Möwe. Sie segelte über den Himmel, ohne mit den Flügeln zu schlagen. Nach einer Weile drehte sie ab.

Leicht strich ich über seinen Arm. »Und wie hast du den Tisch nun gerettet?«

»Ich hab dem Antonio den Einstieg hier unten gezeigt und gesagt, da wäre was dahinter.« Er wies auf die unscheinbare Luke, die im Sockel des Hauses, links unterhalb der Haustür eingelassen war. Ein angelaufener Messingriegel war plump davor genagelt. »Großer Lagerraum, habe ich behauptet. Isidoro und Domenico haben auch sofort ihr Werkzeug geholt und ihn aufgebrochen, waren erst mal beschäftigt. Ich habe meine Söhne nie verstanden, wenn ich nicht genau wüsste, dass sie von mir sind ...« Gaetano zuckte mit den Schultern.

»Ich habe nämlich Tommaso vorbeischippern sehen, ein Schulfreund. Der fährt schon lange nicht mehr raus, fischt nur noch für sich. Meine Söhne hämmerten da unten an der Luke, und ich ließ Tommaso den halben Tisch vom Balkon auf sein Boot runter. Er musste natürlich aufpassen, dass er hier nicht auf Grund läuft. Dann fuhr er weg, mit dem Tisch auf Deck, bis rein in den Hafen. Ist ja nicht weit.«

»Und dann hast du ihn wieder zurückgebracht, als das Haus leer war.«

»Ja. Wollte ihn ja Maria nicht wegnehmen oder mein Verlobungsgeschenk wiederhaben.«

»Eins verstehe ich aber immer noch nicht so richtig.«

Gaetano blickte versonnen über das Meer.

»Mein Vater. Der hatte sich genommen, was er wollte.« Gaetano machte ein schnaubendes Geräusch.

»Und auch Teresa hat bekommen, was ihr ihrer Meinung nach zustand.«

Gaetano bedachte mich mit einem gequälten Blick. »Ja, das meinte sie wohl.«

»Warum haben sie nie wieder miteinander gesprochen? Für die beiden war doch alles in Ordnung? Gut, mein Vater hat kurz darauf auch noch die Polsterei seiner Eltern und die Mitgift seiner Schwester verspielt, er hat seine Schulden nicht bezahlt, hat jemanden schwer verletzt und wurde aus Sizilien fortgeschickt. Aber er ist ja nicht zimperlich, warum ist er nie wieder hier aufgetaucht?«

»Ich glaube«, sagte Gaetano leise, »ich glaube, selbst die beiden herzlosesten Menschen der Welt haben erkannt, dass ihr vermeintliches Glück auf dem Unglück anderer beruht. Und Tränen sind nun mal kein fruchtbarer Boden für so etwas wie Liebe.«

Er schaute mir jetzt fest in die Augen.

»Sie haben sich gegenseitig die Schuld an ihren unglücklichen Ehen gegeben, aber insgeheim haben sie die Wahrheit gewusst. Sie wollten vom Anblick des anderen nicht an das erinnert werden, was sie mir und ... meiner Maria angetan hatten. Selbst dein Vater hat versucht, das mit aller Macht zu vermeiden.«

Ich spürte eine Gänsehaut über meinen Rücken laufen.

»Teresa konnte Grazia nicht lieben, die war immer mehr meine Tochter als ihre. Und als Grazia dann deinen Bruder heiratete, Marias und Salvatores Sohn, das war für sie der gewaltigste Schlag!«

Er ging mit ausgebreiteten Armen auf und ab.

»Es war für uns alle unmöglich! Schon die Idee einer Verlobung war völlig ausgeschlossen. Sollte ich mit Salvatore nach alter Sitte die Bedingungen aushandeln, sollten die Bellones einige Tage später zu den LaMacchias kommen, mit einem Rosenstrauß und dem Verlobungsring ... undenkbar. Hätte Teresa Maria etwa stolz die Bettwäsche und umhäkelten Tischdecken aus Grazias Aussteuertruhe herzeigen sollen, die sie jahrelang zusammengetragen hat? Sollten wir alle zusammen Kuchen essen und über die Vorzüge unserer Kinder plaudern? Grazia und Leonardo auf dem Sofa, sittsam zwischen uns? Niemals!«

Ich schüttelte bei dieser absurden Vorstellung den Kopf.

»Aber sie haben es trotzdem getan«, rief Gaetano, »sie haben geheiratet und auch noch ein Kind bekommen! Die Vorstellung, dass Marias Blut bei uns in der Wohnung herumläuft, machte Teresa wahnsinnig. Von Vererbung und DNA und wie das alles heißt, da versteht sie ja nichts, aber Blut, Blutsbande und so, das versteht sie. Und Blutsbande, die kann man nicht zerreißen.«

Er strich über seine kurzen weißen Haare. »Maria und ich sind also doch noch zusammengekommen. Matilde ist unser Kind, unser Kind, das eine Generation übersprungen hat. Und dann ... mit fast einem halben Jahrhundert Verspätung ...«, er zog wieder das Stofftaschentuch aus seiner Hosentasche und tupfte sich noch einmal die Augen ab, »... habe ich heute Mittag die andere Hälfte meines Verlobungsgeschenks in das Haus getragen und für dich den Brief auf den *mezzo tondo* gelegt.«

»Ich habe ihn ihr vorgelesen. Deine Maria wäre mit dir weggegangen.«

»Maria ... Meine Maria. Sieht sie immer noch so aus?« Er sah mich zärtlich an, und seine Ohren leuchteten.

»Ich möchte mit Matilde leben«, sagte ich. »Ich liebe dieses kleine Mädchen, und ich werde alles tun, um sie wiederzubekommen!«

Ein Taxi kam mit Vollgas auf die Mole gefahren. Ich machte einen Schritt rückwärts und fühlte, wie eine Muschelschale knirschend unter meinem Absatz zerbrach. Schnell griff ich nach Gaetanos Hand. »Was auch immer passiert, ich werde um Matilde kämpfen!«

»Ich helfe dir, wir werden sie holen«, sagte Gaetano energisch und erwiderte meinen Händedruck, »ich weiß auch schon, wo.«

Das Taxi bremste erst kurz vor uns. Geblendet von der Sonne starrten wir den Fahrer an, der heraussprang. Eine Sekunde später erkannte ich ihn, es war Mario, seinen Nachnamen wusste ich nicht mehr.

»Signorina Bellone, kommen Sie!«, rief er in breitestem sizilianischem Dialekt. »Schnell, es geht um Leben und Tod!«

Kapitel 39

PHIL

Ich bog gerade in die Straße ein, die laut Mario nach Porticello führen sollte, als ich ihn sah. Der Ölkopf Claudio, der Lella und Matilde mit seinen Handynachrichten nach Bagheria vor die Kanzlei gelockt hatte! Mit einer Aktenmappe unter dem Arm und seinen angeklatschten Haaren auf dem Kopf lief er zielsicher auf ein Lokal zu. »Don Ciccio« stand auf dem Schild über der Tür. Sehr vertrauenswürdig klang das nicht. Und auch die schwach im Sonnenlicht blinkenden Buchstaben sahen eher nach Jahrmarktbeleuchtung aus als nach einem empfehlenswerten Restaurant. Aber Lella hatte mir erklärt, dass man sich davon auf Sizilien nicht täuschen lassen durfte.

Claudio verschwand im Dunklen des Eingangs. Ich parkte den Citroën, holte Marios Visitenkarte aus der Tasche und wählte seine Nummer.

»Mario, *ciao*, das ging jetzt schneller, als ich dachte, aber ich brauche dich unbedingt.« Ich duzte ihn nun auch. »Verstehst du?! Ja, genau, einen guten Fahrer! Beeil dich!« Ich beschrieb ihm, wo ich war, und betrat das Restaurant.

Die Klimaanlage surrte, über den vielen unbesetzten Tischen hingen Zeitungsausschnitte und Fotos der Speisen, die hier zu erwarten waren. Selbst bei einem hungrigen Mann wie mir schürte die Farbgebung der Fotos nicht gerade den Appetit.

Unter dem Ölporträt eines weißhaarigen Mannes saß Claudio. Er hatte mich nicht bemerkt. Ich setzte mich hinter einen Pfeiler, der Kellner kam und hinterließ kommentarlos ein kleines Glas mit einem goldgelben Getränk und ein Ei auf meinem Teller. Mein Magen knurrte. Vorsichtig klopfte ich an das Ei. Es war kalt, aber offenbar hart gekocht. Ich pellte es und spülte es hungrig mit dem süßlichen Wein hinunter. Seltsame Vorspeisen hatten sie hier bei ›Don Tschitscho‹.

Da kam Mario auch schon herein und winkte mir fröhlich zu, als wären wir zum Billardspielen verabredet.

»Wohin fahren wir?«, fragte er auf Deutsch und setzte sich mir gegenüber.

»Wir fahren nicht, ich brauche ein paar Informationen.« Ich legte einen Fünzig-Euro-Schein vor ihn auf den Tisch. Mario verzog kummervoll sein Gesicht. »Nicht von dir«, beruhigte ich ihn. »Von dem da! Vorsicht, er soll uns noch nicht sehen!«

Marios Mine entspannte sich sofort. Er steckte den Schein ein, erhob sich und spähte äußerst diskret um den Pfeiler. »Ouuh, *concorrente*, da weht die Wind also her.« Wenn Claudio uns jetzt noch nicht bemerkt hatte, musste er blind sein.

»Mario, ich nenne dich Mario, ja?«

»So, wie ich heiße, ja.«

»Ich bin Phil.«

»Viel? Ah, wie Viel Collins.«

»Du musst nur meine Fragen an ihn übersetzen.«

»Welche Frage hast du? Ich übersetze alles, bin ich eine

schlaue Fuchs, mache *interprete* für dich, Dolmetscher.« Er lehnte sich zufrieden zurück, um seinen Rücken ausgiebig an der Stuhllehne zu schubbern. Der Kellner kam mit einem weiteren Ei und dem obligatorischen Gläschen auf uns zu, ich winkte dankend ab.

»Komm, wir gehen rüber. Du übersetzt bitte einfach Wort für Wort!«

Gemeinsam bildeten wir eine Barriere vor Claudio, der Papiere aus seiner Aktenmappe vor sich ausgebreitet hatte und sie eingehend studierte. Als ich dicht vor ihm stand, platzte meine abgrundtiefe Wut aus mir heraus, und ich rief: »Du Depp willst sie also tatsächlich heiraten?«

»*Scusate?*« Claudio sprang erschrocken auf. Sein Stuhl fiel krachend zu Boden.

»*No, niente scusate*«, rief ich und bedeutete Mario, sich zurückzuhalten. »Wenn einer sie heiratet, dann *io, lei io sposa!*« Ich trat einen Schritt auf Claudio zu, der sich nun gänzlich aufgerichtet hatte, den ich aber dennoch um einen ganzen Kopf überragte. Von oben knurrte ich ihn an: »*Tu capito?* Wenn sie einer heiratet, dann *io!*«

Claudio starrte nur in mein Gesicht. Zwei Kellner kamen gelaufen, einer hob den Stuhl auf, der andere tat nichts.

»Ah, war nicht so korrekte. Sollte ich für ihn noch eine Male erklären?«, mischte Mario sich mit gedämpfter Stimme ein.

»Sag ihm Folgendes, Mario«, rief ich. »Ich weiß, dass die ganze Heiratsgeschichte an den Haaren herbeigezogen ist. Was ich nicht weiß, ist, warum er den ganzen Zinnober hier abzieht. Aber das werde ich herausfinden, und zwar bald.«

Mario übersetzte, stockte dann: »Ah, Zinnober, was ist der Zinnober?«

»Warum er den ganzen Scheiß hier veranstaltet!« Ich ging noch näher an Claudio heran: »*Lella, dove é Lella? Tu sai?*«

Claudios Gesicht wechselte von überrascht auf überheblich. Natürlich wusste er, wo sie war, er lächelte zumindest so, schob in aller Ruhe die Papiere zusammen und ließ sie in die Aktentasche gleiten. Dann fragte er Mario etwas, was ich nicht verstand.

»Er fragt, ob du weißt, wer *er* ist, und er wird dich anverklagen, egal, worum der Sache sich dreht.« Claudio presste die Tasche wie ein Schutzschild an sich. Wahrscheinlich hatte er von Lella schon die Zustimmung zu irgendwas, Vollmachten, ihre Unterschrift!

Meine Wut wurde zu einem rasenden Wirbel, blitzschnell packte ich ihn und nahm seinen Ölkopf in den Schwitzkasten. Das ging überraschend leicht. Doch er war stärker, als er aussah, und wehrte sich. Wir begannen, wie ein tollwütiges Tier mit vier Beinen zwischen den Tischen herumzuschwanken.

»*Ouuh! Piano, piano!*« Die Kellner, die sich schon wieder zurückgezogen hatten, kamen wieder aus ihren Ecken hervor.

»Frag ihn, ob er an Matildes Entführung beteiligt ist!«, keuchte ich.

»*No!*«, schrie Claudio unter mir, ohne die Übersetzung überhaupt gehört zu haben.

»Frag ihn, was für eine Vereinbarung er mit diesen Bodyguards, mit diesen drei Brüdern hat!« Aus den Augenwinkeln sah ich zwei Jungs in Kochbekleidung, die interessiert aus einer Tür äugten. Ich zerrte Claudio unter meinem Arm mit mir. Mario öffnete uns zuvorkommend die Tür, wir torkelten auf den Bürgersteig, wo ich ihn heftig von mir stieß.

Ich hatte Glück, die Straße war leer. Auch aus dem Restaurant schien sich niemand einmischen zu wollen. »Also *was* jetzt!?«

Das Erste, was der Idiot machte, war, sich in der Scheibe von Marios Taxi im Profil zu betrachten und sein Haar zu glätten. Dann ließ er einen Schwall italienischer Worte los.

»Er sagt, er wollte nur helfen, und noch mal, dass er dich wird anverklagen.« Mario stand mit verschränkten Armen an seinen Wagen gelehnt. Claudio schaute mich verächtlich an und zog etwas aus seiner Hosentasche. Kaum war ich wieder bei ihm, da riss er die Arme hoch und erwischte mich mit etwas Hartem, Scharfem an der Stirn. Ich schwankte nur leicht unter seinem Schlag, doch es tat abscheulich weh. Ich presste ihn mit meinem ganzen Gewicht an das Auto, umspannte seinen Hals mit beiden Händen und drückte zu. Ich kannte diese Sachen alle nur aus Filmen, aber sie gelangen bemerkenswert gut.

Sieh an, man braucht nur genug Wut, dachte ich, bevor ich »Hör mal!« in sein Ohr brüllte. »Du *cazzo di testa* sagst mir jetzt sofort, was du wirklich vorhast. Erzähl mir bloß nicht denselben Dreck, den du Lella erzählt hast, oder ich bringe dich um!« Das meinte ich tatsächlich so in diesem Moment, und sogar er schien verstanden zu haben. Ich sah Angst in seinen Augen aufflackern.

Er konnte nicht reden, also löste ich eine Hand und lockerte so meinen Griff. Ich hörte mir sein konfuses Gestammel an, doch da fiel mir noch etwas ein. Mit meiner freien Hand entriss ich Claudio seine schicke Ledermappe, öffnete und schüttelte sie aus. Mehrere Blätter wurden vom Wind über den Bürgersteig geweht. Er protestierte schreiend, ich drückte wieder fester zu.

»Soll ich wirklich alles übersetzen, was er hat gesagt?«, fragte Mario. Ich nickte und wischte mir mit einer Hand die Feuchtigkeit von Stirn und Wange. Es war Blut.

»Er sagt, du bist eine Scheiße deutsche Naziskin, und er sollte mit das Haus eine Menge Geld machen, und alle, auch Lella hätte ja was bekommen, auch Grazias Brüder, schön teilen und so. Ich verstehe nicht, was er meint. Verstehste du das?«

»Weiter«, keuchte ich nur, »was sagt er noch?«

»Dass es ihm geht einen *cazzo* um Lella und die Kind. Ob du etwa im Ernste hast gedacht, dass er diese ... äh, dass er sie noch haben wollte?«

»Wie hat er sie genannt?« Aber ich hatte schon verstanden. Meine Faust schoss vor und erwischte Claudio mitten im Gesicht. Es knackte und fühlte sich gut an. Ich hatte ihm die Nase gebrochen, meine erste Nase.

Kapitel 40

LELLA

Leben und Tod? Matilde! Claudio? Der alte Anwalt? Wer von den dreien?

»Was ist passiert? Mario, bitte, ich muss alles wissen!«

Mario preschte im Rückwärtsgang über die Mole, der Motor heulte auf. Gaetano hielt sich mit beiden Händen am Armaturenbrett fest. Neben mir auf der Rückbank war ein großer, frischer Blutfleck. Ich rückte noch weiter davon weg.

»Die haben sich geprügelt«, rief er immer noch im sizilianischen Dialekt, sodass ich Mühe hatte, ihn zu verstehen. »Wer?!«

»*Il tedesco*. Phil.« Er sprach Phils Namen wie das deutsche ›viel‹ aus.

Phil war hier? Wieso war er hier? Jemand hatte ihn verprügelt, wie furchtbar! Er hatte sich vielleicht für mich geprügelt, wie großartig! Mein Herz vollführte einen seiner Doppelhopser und schämte sich sofort dafür.

»*Si!* Sie werden nicht glauben, aber wenn Sie Gesichter sehen von die beide, vielleicht schon …«

»Moment mal, Mario! Warum sprechen Sie auf einmal … Sie können Deutsch!?«

»Aber sicher«, erwiderte er, »ich kann auch *diplomazia* und *interprete*, äh, wie heißt noch mal, Übersetzer, kann ich auch. Hab ich die Fragen genau übersetzte. Jede Wort!« Mario drehte sich fortwährend zu mir nach hinten. Vielleicht hätte ich mich besser neben ihn gesetzt, dachte ich, das würde unsere Überlebenschancen erhöhen. Immerhin fuhren wir jetzt wieder vorwärts. Wir kamen am Sportplatz, dann am Hafen vorbei. Eine Nachricht landete auf meinem Handy, gedämpft hörte ich das Ploppen aus meiner Handtasche. Ja, Susa, ich weiß, dachte ich, dir gefällt die Idee mit dem Einsatzkommando immer noch. Aber jetzt habe ich keine Zeit, dir zu antworten. Denn gerade berichtete Mario uns mit lauter Stimme von einem Hilfskarabiniere, der die beiden Kämpfenden verhaften wollte. Natürlich sei es allein ihm, Mario, zu verdanken, dass dies nicht geschehen sei. Er habe ihm erzählt, sie wären zwei gute Freunde, die sich verwechselt und aus Versehen in die Fresse gehauen haben.

... »*O scusi, Signorina!*«, entschuldigte er sich bei mir. In seinem gewöhnungsbedürftigen Deutsch setzte er hinzu: »Und habe ich sie einfach gepackt in mein Taxi, beide mit viel Blut, der andere spielte wie umgebracht.«

Obwohl ich meinte zu wissen, wer der andere, der spielte wie umgebracht, war, fragte ich Mario: »Bitte, wer hat wen krankenhausreif geschlagen, und wie haben Sie mich überhaupt gefunden?«

»Heute um fünf, ich gehe in die Bar, wie immer, bevor ich anfange mit Taxi. Und steht diese *tedesco* da und fällt mir fast um die Hals.«

Gaetano drehte sich fragend zu mir um.

»Dein Deutsch ist toll, Mario, aber sprich doch lieber Italienisch, meinetwegen auch Dialekt. Dann können wir *alle* etwas verstehen.«

Auf Italienisch erzählte Mario uns, dass Phil nach mir gefragt hätte. Er hätte nicht gewusst, wo er mich suchen sollte, und auch nicht, wo Porticello liegt. Er hob sekundenlang beide Hände vom Lenkrad. »Porticello! Ist da, wo immer ist, oder, *Signorina*?«

In meinem Bauch drehte sich eine Mischung aus sahnigem Glück und kribbelnder Angst. Phil war zurück nach Sizilien gekommen! Zurück zu mir? Er hatte doch nicht etwa die schwangere Brigida verlassen? Und wenn doch? War das nicht unfair, irgendwie unmoralisch? Musste ich ihn zu ihr zurückschicken? War er schwer verletzt?

Mario schilderte, wie Phil ihn angeheuert und für seine Übersetzerdienste bezahlt habe. Gott sei Dank vorher, denn er hätte doch nicht ahnen können, dass die beiden sich nach zwei Sätzen verhauen würden.

»Und wie haben Sie mich gefunden?«

Das sei der Instinkt von diesem schlauen *tedesco*, diesem Phil, gewesen. Mario grinste begeistert in den Rückspiegel. In einem Hafen in der Nähe, bei den Segelbooten, habe er mich suchen sollen. Oder im Limonenhaus, falls er wüsste, wo das sei, habe der *tedesco* ihm gesagt. Wieder verfiel er, ohne es zu merken, ins Deutsche. »Aber klar weiß ich, wo die *Casa dei Limoni* steht, bin ich ja aus Porticello!«

Wie gut Phil mich kannte! Doch bevor ich darüber weiter nachdenken konnte, waren wir an der Notaufnahme angekommen. Vor dem Eingang standen die Leute in dicken Trauben beieinander. Mario schob uns hindurch. Ein Mann an einem Tropf zog an seiner Zigarette und kam mir dabei beunruhigend nah. Ich wich zurück. Seine tiefen Augenringe hatten exakt den gleichen violetten Farbton wie sein Bademantel.

Gaetano zupfte mich am Ärmel. »Ich warte hier auf dich. Mich machen Krankenhäuser immer ganz schwermütig.«

Ich drückte seine Hände. »Schaffen wir das mit Matilde?«

»Ja, mein Mädchen, das schaffen wir!« Spontan küsste ich ihn auf beide Wangen.

»Bis gleich!«

Mario dirigierte mich durch den überfüllten Wartebereich, vorbei an apathischen Menschen mit Gipsarmen und jodverschmierten Gliedmaßen, die hier schon seit Jahren auszuharren schienen. Er klopfte an eine Tür, an der »Kein Zutritt für Patienten! Bitte nicht klopfen!« stand, und öffnete sie. Der grimmige Blick der Krankenschwester entspannte sich, als sie ihn sah.

»Meine Schwester«, erklärte Mario beiläufig. Die beiden würden sonst noch bis heute Abend da draußen sitzen und warten, behauptete er und platzte dabei fast vor Stolz. Unverzüglich lief er über den Gang und zeigte auf einen Vorhang. »*Numero uno*, der deutsche Viel Collins liegt hier, und *numero due*, bekommt da drin eingerichtet die Nase.« Er zeigte auf eine geschlossene Tür schräg gegenüber. »Will uns anverklagen. Was will der mich denn anverklagen? Habe ich doch nur übersetzte. Ich werde *ihn* anverklagen, sollte mir zahlen die Reinigung für sein Blut in meine Wagen, haha. Bin gleich wieder da!«

Er wollte zurück in Richtung Ausgang hasten, doch ich hielt ihn zurück. Auf einmal hatte ich keinen Mut mehr, Phil gegenüberzutreten.

»Ist er wirklich da hinter dem Vorhang?«, flüsterte ich.

Mario schaute mich an, als sei ich völlig verrückt geworden. »Aber sicher.« Er lugte in die Kabine. »Schläft, oder ist ohne Bewusstheit, oder vielleicht schon tot.« Der kleine Taxifahrer lachte belustigt auf. »Kommen Sie!«

Doch ich konnte nicht. Was wäre, wenn Phil gar nicht wegen mir, sondern nur wegen irgendwelchen Fotos, einem neuen Villen-Auftrag oder einem erneuten Handanhalten um Brigida zurückgekommen war? Auf einmal war ich überzeugt, dass es so sein musste, und glaubte, vor Scham sterben zu müssen. Oder mindestens durchzudrehen.

»Gehen Sie vor. Ich muss mich erst mal orientieren.« Verlegen ruderte ich mit den Armen in alle Richtungen. »Ich komme nach.«

Mario schüttelte nur den Kopf.

Zögernd linste ich nun doch an dem Stoff vorbei. Phil lag auf einer Liege. Sein Gesicht war bleich, seine Augen geschlossen. Auf der Stirn hatte er eine klaffende Wunde, die linke Wange war mit getrocknetem Blut verschmiert. Zwei Knöpfe fehlten an seinem grünen Hemd, auf dem ein großer rotbrauner Fleck prangte. Ich zog den Kopf zurück und blieb versteckt hinter dem Vorhang stehen.

Mario verdrehte die Augen und trat mit einem fröhlichen »*Ciao, ragazz'!*« zu Phil an die Liege. Ein mattes »*Ciao*« erklang als Antwort. Er war also doch nicht bewusstlos.

»Wo ist sie?«, stöhnte er.

Mario gab keine Antwort, jedenfalls hörte ich nichts.

»Du hast sie nicht gefunden.« Das kam leise und enttäuscht. »Und ich bin mit dem Auto hier.« Er nuschelte. »Bin sofort mit dem Auto zurück und mit der Fähre rüber nach Palermo. Was für ein Wahnsinn.« Vermutlich hatten sie ihm ein starkes Mittel gegen die Schmerzen gegeben, denn jetzt kicherte er. »Mario, sie ist gar nicht schwanger. War auch nie schwanger.«

Ich sog die Luft ein. Vielleicht fantasierte er auch, aber wenn Brigida ihn wirklich angelogen hatte, war sie so gemein, wie ich mir immer verboten hatte, sie mir vorzustellen.

»*La Signorina* war also nie schwanger.« Mario fragte nicht, er versuchte nur zu verstehen, was er hörte.

»Wo sind denn alle? Die wollten doch gleich die Wunde nähen«, murmelte Phil und fing wieder an zu lachen. »Dass sie so lügen kann.« Es klang glücklich. Es klang völlig überdreht.

»Es war ein großer Fehler, überhaupt wegzugehen. Zwei Fragen gibt es noch, Mario. Zwei Fragen.«

Sie hatten ihm was gegeben, definitiv.

»Aha, die Lügen, die Fehler, die Fragen«, fasste Mario zusammen.

Mein Herz stampfte im Leerlauf vor sich hin.

»Erste Frage: Ein Jahr lang war ich mit einer Frau zusammen, die mir nie vertraut hat, die ihr Leben vor mir geheim gehalten hat. Warum, Mario? Warum?«

Mario streckte seine Handflächen nach oben. »*Boh?!*« sagte er leise.

»Aber das war ja meine Schuld, ich habe mich ja genauso aufgeführt!« Phil klang äußerst zufrieden mit sich und seinem Zustand. »Freiheit und Unabhängigkeit. Immer schön darauf bestehen, und den anderen bloß nicht langweilen. Das viel Wichtigere habe ich darüber vergessen. Jemandem vertrauen. Einem verrückten Taxifahrer wie dir zum Beispiel. Oder einer wundervollen Köchin, einer wunderschönen Sizilianerin mit einem wunderschönen Mund.« Jetzt musste ich reingehen zu ihm, sonst würde es peinlicher, als es schon war. Ich holte tief Luft, da redete er bereits weiter. »Mario, weißt du, ich habe dieser Frau auf Salina mehr erzählt als irgendeinem Menschen. Bei ihr konnte ich *der* sein, der ich wirklich bin. Ich habe sie einfach geliebt, ganz, ganz einfach geliebt. Nach dieser Frau habe ich mein Leben lang gesucht.«

»So, ist *basta* jetzt!« Mario riss den Vorhang beiseite. »Damit du nicht immer musst weitersuchen!« Ich zuckte ertappt mit den Achseln, doch Phil sah mich an und strahlte über sein zerschundenes Gesicht. »Lella!« Er schwang seine Beine zu Boden und setzte sich auf. Mario schob mich näher an die Liege heran. »Tut es sehr weh?«

Phil packte meine Hände und zog mich langsam zu sich. »Oh, ich glaube, mir ist doch etwas schwindelig.« Er hielt sich schwankend an mir fest. Ich stand zwischen seinen Beinen, verwirrt, ihn plötzlich so dicht vor mir zu haben.

»*Ragazzi!*« Mario zog sich salutierend auf den Flur zurück und ging langsam davon.

»Was hast du mit Claudio angestellt?«, konnte ich nur stottern.

»Einer musste das erledigen«, sagte Phil gut gelaunt.

»He, Mario, komm zurück, du hast die zweite Frage noch nicht gehört!« Phil wandte seinen Blick wieder mir zu und wurde ein bisschen ernster. »Also gleich meine Antwort darauf: Ja, ich möchte mit dir zusammenleben, Lella. Aber nur unter zwei Bedingungen. Erstens: Du musst es wirklich wollen. Und noch etwas...« Er kam mit seinem Mund ganz nah an meinen Hals und raunte mit strenger Stimme: »... nur wenn du mit mir und Matilde auf Salina Roller fährst und dabei singst.« Sein Atem kitzelte mich. Ich konnte nicht mehr ernst bleiben und prustete los. »Ich habe mich nämlich in diese singende Rollerfahrerin verliebt«, flüsterte er weiter.

»Obwohl die nur in deiner Fantasie existiert?«, wisperte ich immer noch lachend zurück.

»Ich werde sie auf diesem Roller schon zum Singen bekommen.« Zwei Männer in Arztkitteln gingen an unserer Kabine vorbei, ohne uns zu beachten. Ich zog den Vorhang zu, legte meine Hände auf seine Schultern und schaute in das leuchtende Blau seiner Augen. Phil schlang seine Arme um meine Taille und zog mich sanft an sich. Wieder kamen Schritte den Flur entlang, diesmal blieben sie vor unserer Nische stehen.

Sofort rief mich meine sizilianische Sittlichkeit dazu auf, sich aus seinen Armen zu winden, doch ich blieb, wo ich war, und Phil hielt mich ruhig fest. Der Vorhang wurde ein Stück geöffnet, Acquabollente senior musterte uns einige Sekunden schweigend. Gaetanos liebenswürdiges Gesicht tauchte hinter ihm auf.

»Und mein Sohn, wo ist der?«, fragte der Anwalt knurrend. »Ich muss ihn hier rausholen, werde ihn in eine Privatklinik bringen. Und Sie!« Er zog den Stoff noch ein Stück weiter auf und wandte sich an Phil, der mich noch immer in den Armen hielt. »Sie haben ihm unfreiwillig zu seiner neuen Nase verholfen. Und wer wird es bezahlen? Ich, wer denn sonst.« Er wartete, bis ich Phil den Satz übersetzt hatte, und wandte sich dann an mich. »Signorina, Sie werden das Mädchen in Kürze wiedersehen. Zwei uralten Freunden wie uns können Sie vertrauen!«

Ich liebte diese beiden alten Männer! Ich verehrte, vergötterte sie!

»*Grazie!*« Schwach vor Freude zeigte ich auf die Tür, quer über den Flur. Signor Acquabollente klopfte Gaetano auf den Rücken und verschwand hinkend hinter der Tür.

»Ich warte draußen auf dich«, sagte Gaetano leise zu mir und wandte sich ab, drehte sich aber noch einmal um und begutachtete uns mit schnellen Blicken, als ob er eine Skizze von uns anfertigen wollte. Dann lächelte er und ging.

Phil sah mich erwartungsvoll an. Die Angst und die Anspannung der letzten Tage stiegen zusammen mit dem Salina-Glücksgefühl direkt in meine Augen und ließen mich gleichzeitig lachen und weinen. Aufgeregt wischte ich an meinen Augen herum und versuchte gleichzeitig, etwas zu sagen, was mir völlig misslang.

»Übersetze es mir später«, flüsterte Phil, »jetzt möchte ich etwas anderes tun.«

Endlich küssten wir uns.

Lange.

Immer wieder.

LELLAS EPILOG

»Es steht zu nah am Wasser, und bitte, muss man unbedingt das Meer sehen?«

»*Signora*, Salina ist nun mal eine Insel, hier sieht man von überall das Meer.«

Phil tritt hinter mich und umfasst meinen Bauch. »Meine Dicke, wenn du nicht mehr schwanger bist, wirst du aber wieder so wie vorher, oder?«

Ich lache. »Nein! Und von hässlichen Männern mit Narben im Gesicht lasse ich mir gleich gar nichts sagen!«

»Du entwickelst dich langsam zu einer widerborstigen Sizilianerin. Bald wächst dir ein Damenbart.«

»Den habe ich schon immer, da hättest du vor unserer Heirat genauer hinschauen müssen.«

Phil bläst mir in den Nacken. »Wann kommt deine Mutter?«

»Übermorgen. Sie landet am Nachmittag in Catania. Sie wird ein Haus so nah am Wasser vielleicht nicht mögen ...«

Der Makler nimmt meine Hand in seine Pranken und schüttelt sie, als ob er mir bereits zum Kauf gratulieren will. »*Signora*, bedenken Sie, dies ist eine einmalige Gelegenheit: Das Haus ist eigentlich gar nicht zu verkaufen.«

»Ich weiß nicht, vielleicht brauchen wir auch kein eigenes Haus. Ach, Phil, wir müssen noch Brot holen und Oliven für den Zitronensalat, Giuseppe kommt heute Abend mit seiner Frau.«

Ich tue, als bemerke ich den ritterlichen, fast ehrfurchtsvollen Blick des Maklers nicht. Auf Sizilien bin ich mit meinem Bauch eine Heilige. Als werdende Mutter darf ich empfindlich, unberechenbar und launenhaft sein.

»Danke für Ihre Geduld, wir überlegen es uns«, antwortet Phil höflich und schüttelt den Kopf über mich. Er will jetzt nicht lachen, er will genervt sein, aber das bekommt er nicht hin.

»Ist er Deutscher? Er spricht aber ganz anständig Italienisch«, sagt der Makler zu mir.

»Na, das will ich meinen.« Phil nimmt meine Hand. »Ich habe ja auch eine hervorragende Lehrerin. Wo ist sie eigentlich? Matilde!«, ruft er laut. »Nimm Babe bitte an die Leine, er soll nicht ins Wasser!«

Matilde dreht sich nicht um. Schon prescht die dralle Hundewalze an ihr vorbei in die Wellen, bis nur noch der hechelnde Kopf herausschaut.

»Mátti!«, rufen wir im Chor. Widerwillig wendet sie sich um. Sie grinst, oben und unten fehlen vier Milchzähne.

»Kuckma!«, ruft sie auf Deutsch und zeigt aufs Wasser. »Jetzt ist der Babe schon reingelauft, da kann ich doch auch rein.«

»Na gut«, antworte ich, »aber nur kurz mit den Füßen, das Wasser ist noch kalt. Und dann müssen wir gehen, *nonno* Gaetano kommt gleich mit der Fähre in Rinella an. Und der freut sich so auf dich.«

»Der kann sich ja auch freuen, wenn ich nass bin, oder?«

»Stimmt eigentlich«, sagt Phil.

»Stimmt eigentlich nicht«, sage ich.

Matilde läuft auf mich zu, umarmt mich und reibt ihren Kopf wie eine junge Katze an meinem schon ziemlich vorstehenden Bauch.

»Lella, wenn ich in Köln in die Schule gekommen bin und lesen lerne, muss das Baby aber auch was lernen. Also Deutsch und Italienisch. Und Kölnerisch. Und *Siciliano*.«

»Ja«, ich nicke, »wenn du in Köln in die Schule gekommen bist, bringst du ihm alles bei, auch Deutsch. Das musst du dann mit ihm üben, so wie du jetzt Italienisch mit Phil übst.«

Phil schaut mich an, seine rechte Augenbraue zuckt nach oben. Das macht sie neuerdings, wenn ihm etwas gefällt. Ich drücke Matilde an mich und schaue über das dunstige Meer. Die Maisonne wärmt meine Schultern, ich atme begierig den Geruch nach Tang und nassen Kieselsteinen ein. Wie Matilde wird unser zweites Kind alle unsere Sprachen und Dialekte lernen; es wird im Sommer Maulbeeren und Kakteenfrüchte essen, winzige Schnecken aus ihren Gehäusen zutzeln und Mandelgranita mit Brioche frühstücken. Es wird in den Ferien an Salinas Stränden schwimmen lernen, und wenn es einen Seeigelstachel im Fuß hat, wird es von seiner Schwester Matilde huckepack nach Hause getragen werden.

Ich sehe, wie Phil Matilde auf die Schultern nimmt, und spüre einen leichten Tritt des Kindes im Bauch.

Wir – Mamma Maria, Gaetano, Susa und Timmi, und die Toten, die wir lieben – werden seine Familie sein.

Danksagung

Nach langer Zeit ist dieses Buch endlich fertig. Ich möchte mich bei denen bedanken, die daran geglaubt haben, die es gelesen haben, und mir immer wieder zugehört haben. Besonderen Dank an:

Claudia – deine Kommentare haben mich zum Lachen und Weiterschreiben gebracht.

Maria – deine Briefe und Mails haben mich oft zu Tränen gerührt.

Danke auch an:

Gianni, für den sizilianischen Abend in der katholischen Mission in Köln.

Antonella, die perfekte deutsch-sizilianische Mischung, die ich dort kennenlernen durfte.

Francesco Leone und Kristina für die Geduld und Schnelligkeit, mit der sie meine Fragen beantwortet haben.

Alle Männer, die schon mal eine Brigida in ihrem Leben hatten und mir so freizügig davon erzählten.

Die Künstlerin Mirella Pipia, die mir sizilianische Betten und halbe Tische aufzeichnete und mich zu ihrer Mutter Maria schickte. Danke für die anschaulichen Erzählungen aus alten Zeiten, Signora Scaduto!

Avvocato Alessandro Gjomarkaj und Avvocato Filippo Castronovo für ihre sizilianische Sorgerechtsberatung; Hella Neukötter für ihre schonungslosen Streichungsvorschläge. Roswitha Schreiner fürs Mutmachen; Tine für so manche Kaffee-Schreib-Pause an ihrem Küchentisch; Philipp für diverse Computer-Rettungs-Aktionen.

Grazie Giuseppe, dass du mir Salina gezeigt hast!

Danke an Martin Claßen und Ferdinando Scianna für ihre wunderbaren Sizilienfotos, die mich immer wieder inspirierten.

Danke an Tanja Heitmann dafür, dass sie sich auch nach vier Jahren noch an einen Text von mir erinnerte und meine Agentin wurde.

Danke an meine Lektorin Dr. Andrea Müller, für die freundschaftliche Professionalität unserer Zusammenarbeit.

Und danke an meinen Mann Balou, an meine Kinder Marta und Moritz, die mich so oft in Ruhe schreiben ließen. Ohne euch wäre es alles nur halb so schön!

Stefanie Gerstenberger im Gespräch

Wie kamen Sie auf die Idee für diesen Roman?
Die erste Idee kam mir auf einem Gang durch die Gassen Palermos. Ich wollte ursprünglich eine Art Road-Movie schreiben: Zwei Menschen, die sich nicht leiden können, finden auf einer erzwungenen Reise durch Sizilien zueinander. Als sich die Geschichte während des Schreibens aber verselbstständigte und die Familien um Lella sich immer stärker verfeindeten, musste ich meine Ursprungsidee noch einmal überdenken und fragte schließlich eine sizilianische Freundin um Rat: Was konnte in der Vergangenheit geschehen sein, um diese Fehde zu begründen? Sie weihte mich in einen schrecklichen sizilianischen »Brauch« ein, der mich so fasziniert hat, dass ich ihn unbedingt in meinen Roman aufnehmen musste. In der Nacht danach konnte ich kaum schlafen, aber ich wusste, ich hatte den packenden Kern meiner Geschichte gefunden.

Warum haben Sie Sizilien als Schauplatz für »Das Limonenhaus« gewählt?
Durch meine Freundschaft zu einer Sizilianerin, die in Bagheria eine Sprachschule führt, fühlte ich mich auf der Insel sofort wohl, als ich zum ersten Mal dorthin reiste – obwohl ich alle gängigen Vorurteile gegen diese Region hatte. Ich war seither noch viele Male dort und stellte fest, dass Sizilien nur so strotzt vor Geschichten. Meistens sind sie traurig und dramatisch. So dramatisch, dass man für einen Roman die Hälfte streichen muss, sonst wird er unglaubwürdig.

Gibt es reale Vorbilder für die Protagonisten Ihres Romans?
Ohne die Gesichter meiner Figuren ganz klar vor Augen zu haben, kann ich nicht schreiben. Ich suche sie auf Fotos aus meinem Bekanntenkreis, Zeitschriften oder Bildbänden, kopiere

oder schneide sie aus und hänge sie über meinen Schreibtisch, sodass ich sie alle immer sehen kann. Dann versehe ich die so visualisierten Figuren mit den Eigenarten von Menschen, die ich kenne. Phil zum Beispiel ist äußerlich dem bekannten englischen Schauspieler ähnlich, mit dem er dauernd verwechselt wird. Sein Charakter hat Züge eines Exfreundes. Manche Figuren sind auch Mischungen aus zwei, drei Vorbildern. Ich mag sie alle, die Bösen besonders ...

Haben Sie selbst Kinder und finden sich diese in der Charakterisierung von Matilde wieder?
Ich habe zwei Kinder. Als ich mit dem Roman begann, war mein Sohn gerade vier. Bei ihm habe ich mir abgeschaut, was ein Kind in diesem Alter kann, wie es spricht, an welche Schubladen es herankommt (an alle) und so weiter. Auch die Eigenart Matildes, kleine Dinge zu entdecken, die man als Erwachsener nicht mehr wahrnimmt, stammt von ihm. Ansonsten ist Matilde der einzig frei erfundene Charakter des Romans.

Ihre Heldin Lella ist Köchin – können Sie selbst auch kochen, und was ist Ihr sizilianisches Lieblingsgericht?
Ich wollte früher mal Köchin werden. Natürlich koche ich nicht so gut und selbstverständlich wie Lella, aber einiges habe ich mir von ihr abgeschaut.
Meine Lieblingsgerichte sind die »Caponata« und die kleinen, in Teig frittierten Fischchen, die man im Ganzen isst.

Ihr Held Phil versucht in »Das Limonenhaus« alles, um seiner Freundin Brigida zu imponieren. Was war das Ungewöhnlichste, das Sie je getan haben, um einen Mann zu beeindrucken?
Ich habe in der Karibik Kartoffelsalat und Würstchen zubereitet und dem Skipper auf einem langen, nächtlichen Segeltörn serviert. Allein die sauren Gurken zu bekommen, war eine Herausforderung für sich!

Was war das Ungewöhnlichste, das je ein Mann getan hat, um Ihnen zu imponieren?
Antwort: Er hat eine Apfelsine rundherum mit einem Reißverschluss versehen und einen Ring darin versenkt. Wie er das geschafft hat, weiß ich nicht. Das Geschenk war sehr saftig, klebrig und romantisch.

Zwischen Lella und Phil funkt es schon bei der ersten Begegnung – glauben Sie an Liebe auf den ersten Blick?
Unbedingt! Ist mir selbst schon passiert. Nicht im Flugzeug, sondern auf dem Segelboot in der Karibik. Die Geschichte mit dem Kartoffelsalat. War spannend.

Wenn Sie für ein Jahr auf eine Insel verbannt würden, welche drei Dinge oder Personen müssten unbedingt mit?
Natürlich meine zwei Kinder und mein Mann. Der müsste aber ein Boot haben, um ab und zu mal weg zu können ...

Welche Figur aus »Das Limonenhaus« möchten Sie einmal im realen Leben treffen? Und was würden Sie ihr sagen?
Ich würde gern einen ganzen Abend lang mit Lellas Zwillingsbruder Leonardo an einem Tisch sitzen. Er ist ein richtiger Spaßmacher und kocht fantastisch. »Tut mir leid, dass ich dich so früh habe sterben lassen«, würde ich ihm zum Abschied sagen.

Schreiben Sie mit der Hand, der Schreibmaschine oder dem Computer? Wie muss man sich Ihren Alltag als Autorin vorstellen?
Wenn die Kinder morgens zur Schule gehen und die Haustür hinter sich zugemacht haben, stürze ich an meinen Schreibtisch und freue mich auf das Begrüßungs-Pling meines Laptops. Es hört sich kitschig an, aber Schreiben macht mich glücklich.

Frühstückstisch abräumen, Betten machen, aufräumen, das kommt alles später – wenn ich über meinen Text nachdenken muss oder ich mich nach ein, zwei Stunden einfach ein bisschen bewegen will.

Was ist für Sie schwieriger: den ersten Satz zu schreiben oder den letzten?
Den ersten Satz habe ich ungefähr vierzig Mal umgeschrieben, den letzten drei Mal. Aber die Angst vor dem weißen Blatt kenne ich nicht, im Gegenteil. Ich schreibe gern drauflos, um beim nächsten Durchlesen viele Sätze wieder zu löschen. Zwischendurch gelingt dann auch mal was.

Wie lange hat es gedauert vom Schreiben des ersten Satzes bis hin zum druckreifen Manuskript?
Im Frühjahr 2005 war ich auf Sizilien, um mir Inspirationen für ein vages Ideengerüst zu holen. Mit einem ganzen Sack voller Geschichten kam ich zurück. Vier Jahre später waren diese Eindrücke dann endlich so geordnet, wie sie jetzt zu lesen sind.

Wie haben Sie reagiert, als Ihr Roman vom Diana Verlag angenommen worden war? Wie war der Tag danach?
Ich habe an alle meine vier Schwestern eine Jubel-Mail geschrieben.

Am Tag danach bin ich in eine große Buchhandlung gegangen und habe mich unter lauter Kollegen gefühlt ...

Was möchten Sie unbedingt in der Zukunft noch tun?
Die Drehorte für eine mögliche Verfilmung des »Limonenhauses« auf Sizilien suchen.

Tangotanzen und Klavierspielen lernen.

Schreiben Sie bereits an einem neuen Roman und, wenn ja, verraten Sie, worum es gehen wird und wohin Sie Ihre Leserinnen darin entführen werden?
Der Roman wird auf Elba spielen. Er wird von Reisegruppen, Nachtklubs, Zitronengärten, unbekannten Vätern, einsamen Wohnwagen, Eiscafés und Schießübungen mit einer Beretta handeln. Und von dem Gefühl, im eigenen Leben festzustecken und das eigentlich Wichtige zu verpassen.

Eine unvollendete Liebe,
ein Geheimnis, das den Tod
überdauert, eine Tochter auf der
Suche nach der Wahrheit

Diana Hardcover · ISBN 978-3-453-29103-4

Ab September 2010 im Buchhandel erhältlich

www.diana-verlag.de

Über den Roman

Nach dem frühen Tod ihrer Mutter wächst Magdalena bei den Großeltern auf, die ihre neugierigen Fragen nach dem unbekannten Vater nie beantworten konnten. Warum kehrte ihre Mutter dreißig Jahre zuvor allein von Elba zurück? Und wer ist dieser Mann, der seine Tochter nie kennenlernen wollte? Bei ihrem Versuch, das Geheimnis der unvollendeten Liebe ihrer Eltern zu entschlüsseln, lernt Magdalena Nina und Matteo kennen. Ohne zu ahnen, wie einschneidend diese Begegnung für sie sein wird, hofft Magdalena mithilfe der beiden ihren Vater schnell zu finden. Doch es soll eine schmerzhafte Suche mit überraschendem Ausgang werden – eine Suche, die ihren Anfang nimmt inmitten eines alten Zitronengartens auf Elba ...

Leseprobe

Was bisher geschah:

In ihren Ferien arbeitet die dreißigjährige Magdalena für ein Busunternehmen als Reisebegleiterin und fährt mit einer kleinen Urlaubergruppe nach Elba. Während der Mittagspause entdeckt sie in einem Restaurant ein altes Wandgemälde und erkennt, dass ihre Mutter vor dreißig Jahren genau an diesem Ort gewesen sein muss. Verwirrt von dieser Tatsache vergisst Magdalena die Zeit und muss irgendwann feststellen, dass Stefan, der Busfahrer, ohne sie weiter in Richtung Hafen gefahren ist. Ein junger Mann nimmt sie auf seinem Roller mit, aber in einer scharfen Kurve bricht das Fahrzeug aus, Magdalena stürzt und verliert für kurze Zeit das Bewusstsein. Zum Glück nur leicht verletzt findet sie sich später in der Obhut der Italienerin Nina wieder, die sie erst ins Krankenhaus gebracht hat und sich ihrer nun fürsorglich annimmt.

Als Magdalena die Augen aufschlug, lag sie auf einem Bett und blickte an die Zimmerdecke über sich. Ihr Mund lächelte noch über einen sich gerade verflüchtigenden Traum, als ihr ein Schreckensstoß in die Eingeweide fuhr und sie sich wieder erinnerte: an den Roller und die Fahrt auf der Bergstraße, das Auto von unten, an Nina und ihren kräftigen Freund, den Arzt im Krankenhaus und ihre Reisegruppe, die seit 18.00 Uhr an der Fähre auf sie wartete! Magdalena setzte sich auf, prompt meldete ihr linkes Bein sich mit einer Schmerzensfanfare, die ihr bis unter die Schädeldecke schoss. O verdammt, wie viel Uhr mochte es sein? Stefan und Resi mussten inzwischen gemerkt haben, dass ihr Zuspätkommen einen ernsthaften Grund hatte. Ließen sie die elbanische Polizei schon die Insel nach ihr absuchen? Sie musste Stefan sofort anrufen!

Aber was soll ich ihm sagen, wo ich bin?, dachte sie. Ohne den Kopf allzu viel zu bewegen, ließ Magdalena sich auf das Kissen zurücksinken. Obwohl es in dem Zimmer dämmrig war, konnte sie in dem grünlichen Licht, das durch die Fensterläden links von ihr sickerte, erkennen, dass alles um sie herum weiß war: die Wände, die Decke über ihr, auch das Laken, das ihren Körper bedeckte. Hinter der Tür hörte sie gedämpfte Stimmen. Als sie das Laken anhob, sah sie ihr linkes Bein wie ein gut verschnürtes Paket darunter liegen. Dumpf puckerte der Schmerz darin, und sie wagte nicht, den Verband zu berühren. Außerdem trug sie nichts weiter am Leib als ihre Unterwäsche – einen nicht gerade neuen Schlüpfer in Hellblau und einen angegrauten Sport-BH, den sie schon längst hatte aussortieren wollen.

Zieh immer deine beste Unterwäsche an, wenn du in die Stadt gehst. Falls dir etwas passiert und du ins Krankenhaus kommst, musst du dich wenigstens nicht schämen. Ein Spruch von Oma Witta, die sie leider viel zu früh mit der Erinnerung an ihre guten Ratschläge allein gelassen hatte. Wer hat mich denn ausgezogen?, überlegte Magdalena. Nina vermutlich, hoffentlich hat sie vorher ihren Leibwächter aus dem Zimmer geschickt.

Magdalena war immer noch schwindelig. Mit einer langsamen Drehung des Kopfes schaute sie sich um. Das Zimmer war winzig, das Fußende des Bettes stieß beinah schon an die Tür, an den Wänden hing kein einziges Bild, nicht einmal einen Nagel konnte sie entdecken. Dafür blieb ihr Blick an einem Kleiderschrank ohne Türen hängen, in dem sich bunte Kleidungsstücke auf ihren Bügeln aneinanderpressten, einige waren halb herausgezogen, schief, wie Vogelscheuchen. Vorsichtig richtete sie sich ein wenig auf und knipste die kleine Nachttischlampe an, die auf einer Apfelsinenkiste neben dem Bett stand. Himmel, wie viele Klamotten! Wahrscheinlich war Nina eines dieser anstrengenden Gucci-Modepüppchen. Aber ein sehr nettes Modepüppchen, immerhin hatte sie einer wildfremden Person ihr Bett überlassen. In ihrem Kopf begann Magdalena die Kleidungsstücke nach Farben zu ordnen, alles Weiße nach links, dahinter die beigefarbenen Teile, die beiden gelben gehörten daneben, dann die hellorange Jacke, oder was immer das auch war, jetzt das dunklere Orange, als Nachbarin bekam es die karmesinrote Bluse mit den Flamencorüschen. Nur mit einiger Anstrengung konnte Magdalena ihr Hirn davon abhalten, den Berg Schuhe, der auf dem Boden lag, in der gleichen Weise zu sortieren. Zu Hause hatte sie die Buchrücken in allen Bücherregalen und auch die Shampoo- und Duschgelflaschen im Bad harmonisch nach Farben angeordnet. Opa Rudolf ließ sie gewähren, angeblich hatte sie schon als Dreijährige im Kindergarten die Jacken auf diese Weise sortiert und durcheinandergebracht.

Es klopfte an der Tür. Nina schob sich durch den schmalen Spalt, den das Bett ihr ließ, ins Zimmer. Sie umtänzelte das Schuhgebirge auf dem Boden und stellte einen Teller auf der Nachttischkiste ab. Magdalena blinzelte in das Zahnlückenlächeln, Nina war wunderschön.

»Wie geht es dir?«, flüsterte sie jetzt, wartete Magdalenas

Antwort aber gar nicht ab. Ihr Anblick schien sie zu überzeugen, denn mit kräftigerer Stimme fuhr sie fort: »Ricotta-Spinat-Ravioli mit etwas zerlassener Butter, das Einzige, was Mikki einkauft, aber damit kennt er sich aus. Er kommt aus der Emilia-Romagna, dort sind die Weltmeister der Teigtaschen.«

Magdalena nickte stumm. Nina war so lieb zu ihr – warum eigentlich?

»Mikki ist unser DJ. Dünn wie eine Kiefernnadel, aber immer hungrig.« Sie reichte Magdalena die Gabel. »Kannst du ruhig essen.« Magdalena aß, aber nicht ruhig, es duftete einfach zu köstlich. Gierig schob sie sich eine der Taschen in den Mund und bemühte sich dann, wenigstens gesittet zu kauen.

»Hast du denjenigen eigentlich gefunden?«

»Bitte?!« Der Bissen blieb Magdalena auf halbem Weg in der Speiseröhre stecken.

»Du hast heute Nachmittag gesagt, du wolltest jemanden suchen. Und, hast du ihn oder sie gefunden?«

Sie schluckte: »Nein. Es war schwieriger, als ich dachte. Aber ich muss unbedingt Stefan Bescheid sagen, wo ich bin. Verdammt, ich kann noch nicht mal seine Nummer auswendig ...!«

»Alles schon geschehen!«, unterbrach sie Nina. »Schöne Grüße und gute Besserung von der Treva-Geschäftsleitung!« Sie lachte und sagte: »Die sind ja wirklich schnell. Noch während meines Anrufs haben sie ihn am Handy gehabt. Er weiß also Bescheid, war mit dem Bus bereits auf der Fähre. Und du sollst einen gelben, grünen, weißen Schein, irgend so einen Schein eben, vom Krankenhaus mitbringen, haben die gesagt, für die Versicherung.«

»Aber? Woher weißt du ...?«

Wieder unterbrach Nina sie: »Ich habe die Treva-Touristik gegoogelt, da angerufen, von deinem Unfall erzählt und nach Stefan Glink gefragt. Sie haben mir sogar seine Telefonnummer gegeben, aber dieses Gespräch solltest du vielleicht lieber selbst führen ...« Ihr Blick wanderte von Magdalenas Gesicht zu dem verpackten Bein, das sich wie die dickere von zwei großen Würsten unter dem Laken abzeichnete. »Tut noch weh, oder?« Magdalena nickte mit vollem Mund. Nina stemmte die Hände resolut wie eine Krankenschwester in ihre schmalen Hüften und rief mit verstellter Stimme: »Alkohol, Kind, du brauchst deine Tabletten und Alkohol, bin gleich wieder da.« Sie legte ihr Handy neben Magdalenas Bein ab und verließ das Zimmer.

Nun erst recht hungrig, spießte Magdalena die nächste buttrig glänzende Teigtasche auf, und während sie hinter der Tür Gelächter hörte und der süßliche Geruch von angebratenen Zwiebeln darunter hindurchzog, wurde ihr klar, dass sie nicht Stefan, sondern ihren Großvater Rudolf anrufen wollte. Sie tippte seine Nummer ein und wartete, aber Opa Rudi war nicht da. Natürlich nicht, es war ja Donnerstag, da gab er sein berüchtigtes »sanftes« Boxtraining, ebenso wie am Montag, und auch der Rest der Woche lief bei ihm nach einem unumstößlichen Plan ab.

Magdalena holte tief Luft, als sie ihre eigene Ansage auf dem Anrufbeantworter hörte: »Guten Tag, wir sind im Moment nicht zu Hause ...« Mensch, Rudolf, wollte sie am liebsten schreien, du musst doch von Elba gewusst haben, du musst gewusst haben, dass es hier passiert ist. Warum hast du nie etwas gesagt, wenn ich dich danach gefragt habe? Doch ihr fehlten mit einem Mal die Worte, und sie stotterte nur etwas von ihrem verlorenen Handy, der verpassten Fähre und dem Plan, am nächsten Tag dem Bus mit dem Zug hinterherzufahren. »Morgen früh rufe ich dich an, und am Sonntagabend bin ich ja schon wieder zu Hause. Bis dann.« Sie legte auf. Wunderbar, sie hatte es wieder einmal geschafft, Italien aus ihrem Telefonat auszuklammern – keine Ortsnamen, keine italienischen Begriffe, sie befand sich in einem Niemandsland, das sie vor ihrem Großvater nicht erwähnte.

So, und weil es so großartig lief, könnte sie doch bei Florian gleich weitermachen mit dem Lügen. Aber nein, keine Nachricht für Florian. Sie hatten sich für den Zeitraum von einer Woche ein SMS-Verbot auferlegt, Funkstille, eine Pause zum Überlegen für sie beide. Florian hatte sich bis jetzt auch daran gehalten, und irgendwie kränkte sie das. Sie hätte ihm sofort zurückgeschrieben. In was für einen Schlamassel war sie da nur reingeraten. Sie war so verdammt schwach, was Männer anging. Aber Florian und Sandra haben selbst Schuld, dachte sie zum tausendsten Mal. Ihre Freundin Sandra hatte sich bei ihr ein ganzes Jahr lang über ihren Freund Florian ausgeheult, und Florian wiederum beschwerte sich bei ihr über Sandra. Magdalena hörte zu, erteilte Ratschläge, kicherte und schimpfte mit Sandra über alle Männer, während sie Red Bull mit Wodka tranken, und wurde mit Florian an seinem Küchentisch bei Southern Comfort still und schwermütig. Am Ende dieses Jahres stellte sie fest, dass sie Southern Comfort wesentlich lieber mochte als Red Bull, dass Florian ziemlich gut küssen konnte und sie zu solch ehrlosen Handlungen tatsächlich fähig war. Sie rief Sandra immer seltener an und schämte sich nun schon seit zehn Monaten für ihre Affäre. So konnte es einfach nicht weitergehen.

Nina kam mit einer Tablettenschachtel, einem Glas und einer Rotweinflasche zurück. Das hatte sie also mit Alkohol gemeint. Magdalena hatte schon befürchtet, sie wollte ihre Schürfwunden mit Wattebausch und irgendeiner brennenden Flüssigkeit behandeln – eine Vorstellung, die ihr Bein sogleich noch stärker hatte schmerzen lassen.

»Trink!« Nina goss ihr ein. Magdalena nahm einen Schluck und spürte, wie der Rotwein warm ihre Kehle hinunterrann.

»Und hier, die zwei nimmst du auch noch, dann kannst du gut schlafen. Das ist doch alles Quatsch, von wegen keine Tabletten mit Alkohol ... gerade dann kommen die gut!« Magdalena spülte die beiden grünen Pillen widerspruchslos mit einem weiteren Schluck Wein hinrunter.

»Also?« Die Hände locker an der rechten Hüfte ineinander verschränkt, lehnte Nina in ihrem rosa Kleidchen am Schrank. Magdalena starrte gedankenverloren auf Ninas Brüste, die sich unter dem dünnen Stoff abzeichneten. Sie wusste natürlich, was Nina meinte: Sie wollte etwas über das Foto aus der Handtasche hören. War das der Deal, Ninas Bett gegen ihre Geschichte? Das »Also?« hing auffordernd in der Luft.

»Na ja, ich weiß gar nicht so richtig, wo ich anfangen soll«, sagte Magdalena ausweichend. » Meistens erzählen die Leute eher *mir* etwas, und ich höre zu. Ich scheine diese Menschen irgendwie anzuziehen, besonders natürlich die aus der Reisegruppe, aber auch im Supermarkt oder auf der Straße, da erzählen die mir einfach mal so ihr Leben. Passiert dir das auch?«

Nina schüttelte den Kopf. »Heute ist es mal andersrum, und *ich* höre dir zu«, sagte sie. »Wie war das also mit deiner Mutter?«

Magdalena seufzte. »Meine Mutter.« Dann schwieg sie einen Augenblick, nahm einen weiteren Schluck Wein und biss fest auf den Rand des Glases. Es ging seltsamerweise nicht kaputt.

»Das Foto habe ich ungefähr vor zwei Jahren gefunden«, begann sie, »in einem Schrank in Opa Rudis Holzwerkstatt. Da waren auch andere Fotos von ihr und eben dieses einzige mit dem Mann neben sich, so ein ganz junger, sie war ja selbst noch keine zwanzig, und ... ich weiß es ja nicht genau, und das hört sich für dich jetzt bestimmt komisch an ...«

»Trink noch etwas, und dann erzähl einfach!«

Magdalena nippte an dem Wein und begann. »Meine Mutter starb, als ich ein Jahr und sechs Monate alt war, ich bin bei meinen Großeltern aufgewachsen. Mein Opa war Hausmeister in einer Schule, ist er immer noch.« Magdalena hielt ein paar Gedenksekunden für die zehn Jahre inne, in denen Oma Witta noch lebte und die sie zu dritt in dem alten Backsteinhaus neben der Osterkappelner Grundschule verbracht hatten, bevor es dann so verdammt leer und still bei ihnen wurde.

Nina setzte sich zu ihr auf das Bett und nahm ihr, ohne zu fragen und ohne sie dabei aus den Augen zu lassen, das Glas aus der Hand. Sie nahm einen kräftigen Schluck daraus.

»›Vater unbekannt‹ steht in meiner Geburtsurkunde. Meine Mutter ist schwanger aus einem Italienurlaub zurückgekommen, von Elba, das weiß ich seit heute ziemlich sicher ...«

Nina lächelte ungläubig und gab Magdalena das Glas zurück.

»Da gab es Durchschläge und Formulare vom Jugendamt,

Anträge zur Vaterschaftsfeststellung und solche Sachen – aber nichts, sie hat es nicht gesagt! Hat weiter in Freiburg studiert, Englisch und Philosophie, und ist mit mir in die Vorlesungen gegangen, das hat anscheinend ganz gut geklappt, bis sie dann leider ...« Nina legte ihr eine Hand auf den Oberarm und drückte so fest, dass es fast wehtat, die andere Hand schlug sie sich vor den Mund.

»Sag mir nicht, wie sie gestorben ist, bitte!«, murmelte sie und stand auf. »Ich kann so etwas nicht anhören.« Ninas Stimme wurde immer lauter. »Ich sehe es sofort vor mir und kriege die Bilder dann nicht mehr aus meinem Kopf, ich ertrage es einfach nicht!« Magdalena rieb sich den Arm und räusperte sich verlegen. Ein Fahrradunfall, wie es sie hundertfach gegeben hatte, ein abbiegender Lkw, ein toter Winkel. Die Rückspiegel, die diesen tödlichen Unfall hätten verhindern können, gab es immer noch nicht in Deutschland, während sie in anderen Ländern längst Pflicht waren ...

»Wer mein Vater ist, hat meine Mutter selbst meinen Großeltern angeblich niemals verraten ...«

»Und du vermutest, es ist der, der neben ihr auf dem Foto vor dem Napoleon-Schild steht. Und jetzt suchst du ihn!«

Magdalena schaute Nina überrascht und beinahe ein wenig bewundernd für ihre Fähigkeit an, die Dinge so schnell und klar auf den Punkt zu bringen. Das würde ich auch gerne können, dachte sie und seufzte. Nina deutete das Geräusch falsch: »Nicht weinen, schlaf jetzt erst mal, wir finden das Foto, ich verspreche es dir! Ich leg mich dann heute Nacht neben dich.« Nina zog ein gestreiftes Kissen aus den Tiefen des Kleiderschranks hervor und warf es rechts von Magdalena auf die einladend breite Matratze.

»Wir haben noch nicht geöffnet, sonst würden dich die

Bässe von unten aus dem Bett katapultieren. Zahnbürste steht im Bad. *Buona notte!*« Sie lächelte, stakste wie ein hochbeiniger Flamingo durch die Schuhsammlung und zog die Tür hinter sich zu. Magdalena ordnete in ihrer Vorstellung blitzschnell die hellblauen Espadrilles, die nachtblauen Sandaletten, türkisblauen Stöckel und die grünen Clogs nebeneinander an. Ihr Hirn konnte die Sortiererei einfach nicht bleiben lassen, am liebsten wäre sie auch noch aufgestanden und hätte das Zimmer und die Klamotten genauer untersucht. Deine Scheißneugier ist echt widerlich, beschimpfte sie sich unhörbar, mach lieber das Licht aus! Im Halbdunkel trank sie den Wein aus und legte sich zurück auf das Kissen, Zähneputzen würde sie heute ausfallen lassen. Die Geräusche um sie herum lullten sie allmählich ein: die Grille vor dem Fenster, das Rauschen der Pinien, das sie sich vielleicht nur einbildete, das leise Stimmengemurmel vor ihrer Tür. Komisch, dachte sie, bevor sie einschlief, ich liege auf Elba in einem fremden Bett, habe nur noch meine Unterwäsche am Leib und bin doch ganz ruhig. Verzeih mir, Rudi, auch wenn du nichts davon wissen willst: Jetzt geht es mal um mich. Ich bin endlich hier und werde ihn morgen finden, den Italiener, den unscharfen Mann im Halbschatten, den meine Mutter geliebt hat und der mein Vater ist!

Diana Verlag

KATE MORTON
Der verborgene Garten

Tiefe Gefühle, dunkle Geheimnisse

Als die junge Australierin Cassandra von ihrer Großmutter ein kleines Cottage an der Küste Cornwalls erbt, ahnt sie nichts von dem unheilvollen Versprechen, das zwei Freundinnen ein Jahrhundert zuvor an jenem Ort einlösten. Auf den Spuren der Vergangenheit entdeckt Cassandra ein Geheimnis, das seinen Anfang in den Gärten von Blackhurst Manor nahm und seit Generationen das Schicksal ihrer Familie bestimmt.

»Ein glänzender Unterhaltungs-Mix aus Familiensaga, Krimi und Liebesgeschichte.« *Brigitte*

»Großartige Mischung aus Jane-Austen-Roman und *der englischen TV-Serie Das Haus am Eaton Place*.« *Freundin*

978-3-453-35476-0
www.diana-verlag.de